EEN ZOMER VOL VERRASSINGEN

Eerste en tweede druk (e-book), 2022; vierde druk, 2024

Oorspronkelijke titel *It Happened One Summer*


Omslag Monika Roe
Omslagbeeld Monika Roe
Omslagbewerking Margo Togni
Vertaling en redactie Deul & Spanjaard, Groningen
Binnenwerk Eveline Deul

ISBN 978 90 214 9888 1 / NUR 343
www.lovebooks.nl

# Een zomer vol verrassingen

Tessa Bailey

Vertaald door Martijn van Opbergen

Amsterdam · Antwerpen

# Dankwoord

Dit boek was mijn manier om te ontsnappen aan de quarantaine van 2020 en daarom heeft het voor altijd een speciaal plekje in mijn hart. Telkens als alles me even te veel werd, sloot ik me in mijn schrijfkamer op en reisde ik naar Westport om twee mensen te helpen verliefd te worden. Voor die mogelijkheid ben ik heel dankbaar. Ik had dit boek niet kunnen schrijven zonder mijn man Patrick, die een verwarde negenjarige bezig moest houden tijdens die lange, bizarre maanden zonder school.

Dank ook aan mijn vriendinnen Nisha, Bonnie, Patricia, Michelle, Jan en Jill, voor alle opbeurende berichtjes en bezoekjes, waarbij zij heel keurig op de stoep bleven en ik schreeuwend op de veranda stond in een pyjama van twijfelachtige herkomst. Dank aan het personage Alexis Rose uit *Schitt's Creek*, op wie ik zo smoorverliefd werd dat ik haar via Piper een lang en gelukkig leven wilde geven. Dank aan alle hulpverleners, artsen en verpleegkundigen die al sinds 2020 onvermoeibaar voor ons werken met gevaar voor eigen gezondheid. Jullie zijn helden. Zoals altijd bedank ik mijn fantastische redacteur, Nicole Fischer; mijn agent, Laura Bradford; en natuurlijk iedereen die mijn verhalen leest en blijft lezen. Ik ben dol op jullie allemaal.

# Hoofdstuk een

Het ondenkbare was gebeurd.

De langste relatie die ze ooit gehad had… Zomaar ineens voorbij.

Drie weken van haar leven weggegooid.

Piper Bellinger probeerde te ontdekken wat er mankeerde aan haar lipstickrode, asymmetrische cocktailjurkje van Valentino, maar kon niets vinden. Haar smaakvol gebruinde benen glansden zo erg dat ze er zojuist haar tanden nog in gecheckt had. En dankzij de boobtape die ze onlangs backstage op de Fashion Week in Milaan meegetjoept had, de beste die er bestond, stonden haar meiden er fraai bij. Groot genoeg om ieders oog te trekken en klein genoeg om met enige regelmaat iets sportiefs op Insta te kunnen zetten. Mensen houden van afwisseling.

Al met al was er met haar uiterlijke verschijning niets mis, constateerde Piper tevreden. Ze liet haar blik omhoog gaan langs de scherpe vouw in de broekspijpen van Adrians klassieke Tom Ford-*sharkskin* en kon een zucht niet onderdrukken bij het zien van de opgesneden revers en de monogramknopen. De manier waarop haar vriend ongeduldig op zijn Chopard-horloge keek en over haar schouder de menigte scande, droeg alleen maar bij aan het effect van verveelde playboy. Was het die koele ongenaakbaarheid geweest die haar zo in hem had aangetrokken?

God, het leek wel eeuwen geleden, hun eerste ontmoeting. Ze had sindsdien alweer minstens twee gezichtsbehandelingen gehad. Wat vloog de tijd. Toch herinnerde ze het zich als de dag van gisteren. Het was op het verjaardagsfeest van Rumer Willis en ze zou zomaar in een plas kots gestapt zijn als Adrian haar niet had vastgegrepen. Daar lag ze in zijn armen, keek omhoog naar zijn gebeeldhouwde kaaklijn en kreeg spontaan visioenen van het oude Hollywood, de tijd van heren in rookjassen en dames in ruisende avondjurken. Het was de openingsscène van haar eigen klassieke liefdesfilm.

En nu was de aftiteling begonnen.

'Dus je wilt dit allemaal missen?' fluisterde Piper terwijl ze haar champagneglas tussen haar borsten drukte. Misschien hielp het als ze ergens zijn aandacht mee kon trekken. 'We hebben samen zóveel meegemaakt.'

'Heel veel, ja.'

Adrian zwaaide naar iemand in de verte. Ik ben zo bij je, zei zijn lichaamstaal. Ze waren samen naar deze black, white & red-party gekomen. Een kleinschalig dakfeestje voor de fine fleur van Los Angeles om geld in te zamelen voor een nieuwe Indie-film, *Lifestyles of the Oppressed and Famous*. De schrijver-regisseur was een vriendje van Adrian, wat inhield dat de meeste mensen die hier rondliepen kennissen van hém waren, terwijl háár meiden er niet eens waren om haar te troosten of te assisteren met een waardige aftocht.

Met tegenzin richtte Adrian zijn aandacht weer op haar. 'Sorry, wat zei je?'

Pipers glimlach voelde breekbaar aan, dus zette ze er een tandje bij. Zolang het maar niet hysterisch werd. Kin omhoog, vrouw! Dit was toch niet haar eerste relatie die op de klippen liep? Ze had zelf ook heel wat mannen gedumpt. Meestal onverwachts. In deze stad volgde je je impulsen.

Pas de laatste tijd begon ze in te zien hoe snel alles veranderde.

Piper was achtentwintig. Niet echt oud en toch was ze een van de oudste vrouwen op dit feest. Op alle feesten tegenwoordig, nu ze erover nadacht. Het rijzende popsterretje dat op de glazen balustrade leunde en uitkeek over Melrose leek geen dag ouder dan negentien. Zij had geen tape uit Milaan nodig om haar tieten te liften. Die van haar waren licht en levendig en de tepels deden Piper denken aan het onderkantje van een ijshoorn.

De gastheer zelf was tweeëntwintig en stond aan het begin van een glanscarrière in de cinema.

Pipers eigen carrière? Nou, dit. Feesten. Gezien worden. Influencen, maar zelfs dat niet echt. Af en toe een *whitening*-product in beeld houden en daar wat dollars voor krijgen.

Niet dat ze het geld nodig had. Voor zover ze wist tenminste. Alles wat ze wilde, kon ze krijgen met één beweging van haar creditcard. Wat er daarna gebeurde, geen idee. De factuur zou wel in haar stiefvaders e mail verschijnen of zo. Hopelijk zou hij niet raar opkijken van het kruisloze slipje dat ze bij een Parijse webshop had besteld.

'Piper? Hallo?' Adrian wapperde zijn hand voor haar gezicht en pas nu realiseerde ze zich dat ze zo lang naar de jonge zangeres had staan staren dat ze vreemd terugkeek.

Piper glimlachte en zwaaide naar haar, wees schaapachtig naar haar glas champagne en richtte haar aandacht weer op Adrian. 'Is dit omdat ik het met mijn therapeut over je gehad heb? We zijn echt de diepte niet ingegaan hoor. Meestal vallen we in slaap halverwege de sessie.'

Hij staarde haar een paar tellen aan. Wat eigenlijk best fijn was. Zoveel aandacht had hij haar niet meer gegeven sinds die plas kots. 'Ik heb heel wat onbenullige gleuven gehad, Piper.' Hij zuchtte. 'Maar onbenulliger dan jij zie ik niet vaak.'

Ze bleef glimlachen, maar het kostte meer moeite dan normaal. Iedereen kon haar zien. Op dit moment stond ze op de achtergrond van minstens vijf selfies die hier en daar op het dak gemaakt werden, inclusief een van Ansel Elgort. Het zou een ramp zijn als haar moedeloosheid zichtbaar was, zeker wanneer het nieuws over de break-up bekend zou worden. 'Ik begrijp je niet,' lachte ze, terwijl ze haar roségouden haar over haar schouder zwaaide.

'Goh,' smaalde hij. 'Kijk, babe. Het waren drie leuke weken. Je ziet er superhot uit in bikini.' Hij haalde zijn Tom Ford-schouders op. 'Maar nu moet het maar afgelopen zijn, voordat het saai wordt, snap je?'

Saai. Een dagje ouder. Geen regisseur of popster.

Gewoon een smakelijke chick met een miljonair als stiefvader.

Maar Piper had nu geen tijd om daarover na te denken. Ze wilde alleen maar zo onopvallend mogelijk hier weg en dan eens stevig janken. Of nou ja, eerst een benzo naar binnen gooien en een inspirerende quote op haar Insta zetten natuurlijk. Iets met groeien en van jezelf houden misschien?

Haar zus Hannah zou er ongetwijfeld de perfecte songtekst bij weten. Ze zat altijd tussen de stapels vinyl, met die monsterlijke koptelefoon op haar oren. Verdomme, had ze maar beter geluisterd naar wat Hannah over Adrian had gezegd.

Wat was het ook alweer? O ja.

*Alsof iemand ogen op een tulp heeft getekend.*

Opnieuw was Piper ver weg met haar gedachten en voor de tweede keer keek Adrian op zijn horloge. 'Zijn we klaar? Ik moet nog wat mensen spreken.'

'Oh. Ja natuurlijk,' zei ze snel. Haar stem klonk afschuwelijk gekunsteld. 'Natuurlijk moeten we het uitmaken voor het te saai wordt. Ik had er alleen nog niet op die manier naar gekeken.' Ze tikte haar glas tegen het zijne. 'Op onze bewuste breuk. *Très* volwassen.'

'Whatever. Als je het zo wil noemen,' zei Adrian met een flauwe glimlach. 'Bedankt voor alles.'

'Nee, jíj bedankt.' Ze drukte haar lippen op elkaar en probeerde niet onbenullig te lijken. 'Ik heb veel over mezelf geleerd de afgelopen drie weken.'

'Kom op, Piper.' Adrian lachte en nam haar van onder tot boven op. 'Je speelt modepopje van je vaders geld. Waarom zou jíj iets moeten leren?'

'Wie heeft het over moeten?' vroeg ze luchtig. Haar mondhoeken stonden nog steeds dapper omhoog.

Adrian wilde nu echt verder en zuchtte geërgerd. 'Oké, je moet niks natuurlijk. Maar je moet wel hersenen hebben die verder kunnen kijken dan hoeveel likes je krijgt op de volgende foto van je voorgevel. Er is méér in het leven, Piper.'

'Dat weet ik,' zei ze. Ze klonk geïrriteerd, maar ook een beetje beschaamd. 'Ik documenteer het leven met mijn foto's. Ik...'

'Oh god,' zei hij half kreunend, half lachend. 'Je vráágt er gewoon om.' In het penthouse riep iemand zijn naam en hij stak een vinger op terwijl hij haar aan bleef kijken. 'Je bent niet speciaal, oké? Er zijn duizenden Piper Bellingers in deze stad. Het was leuk om een tijdje met je te chillen.' Hij haalde zijn schouders op. 'Maar je tijd is nu om.'

Wonder boven wonder wist Piper haar glimlach te bewaren toen Adrian weg beende en alvast naar zijn vrienden riep. Iedereen op het dak keek naar haar. Er werd achter handen gefluisterd. Blikken vol medelijden werden haar toegeworpen. Ze hief haar glas op naar een paar mensen, maar besefte toen dat het leeg was. Ze zette het op het dienblad van een passerende ober, zocht haar satijnen Bottega Veneta Knot Clutch en glipte zo waardig mogelijk door de menigte toeschouwers. Bij de lift moest ze een paar keer knipperen voordat ze het knopje scherp zag.

Toen de deur eindelijk achter haar was dichtgeschoven, liet ze zich tegen de metalen wand vallen en ademde diep in door haar neus en uit door haar mond. Op de socials ging het nieuws ongetwijfeld al rond dat Adrian haar gedumpt had, wie weet zelfs met video. Zelfs celebraties van C-garnituur zouden haar nu niet meer uitnodigen.

Ze had een reputatie van leuk gezelschap. Iemand met wie je gezien wilde worden. Een it-girl.

Wat had ze nog als ze haar sociale status kwijt was?

Piper pakte haar telefoon uit haar tas en bestelde een Uber Lux. Ze werd gekoppeld met een chauffeur die maar vijf minuten hiervandaan was. Ze sloot de app en opende haar favoriete contacten. Even zweefde haar duim boven Hannahs naam, maar uiteindelijk besloot ze Kirby te bellen. Al bij de eerste keer overgaan nam haar vriendin op.

'Oh mijn god, heb je Adrian echt gesmeekt om je niet te dumpen? Waar Ansel Elgort bij was?'

Het was nog erger dan ze al dacht. Hoeveel mensen hadden TMZ al getipt? Morgenavond rond halfzeven zou haar naam rondgaan op de redactie van de roddelsite terwijl hoofdredacteur Harvey uit zijn stenen mok dronk. 'Ik heb Adrian niet gesmeekt. Kom op, Kirby, je weet toch dat ik niet zo ben?'

'Tuurlijk, bitch. Maar de rest van de wereld niet. Je moet iets aan damage control doen. Je hebt toch wel iemand voor je pr?'

'Niet meer. Daniel vond het niet nodig om een persbericht uit te sturen elke keer als ik ga shoppen.'

Kirby snoof. 'Oké boomer.'

'Maar je hebt gelijk. Ik moet iets aan damage control doen.' De deur schoof open en Piper stapte de lift uit. Haar rode zolen klakten op de vloer van de lobby. Eenmaal op Wilshire Boulevard kreeg ze direct droge ogen van de hete julilucht. De wolkenkrabbers van downtown Los Angeles verhieven zich hoog in de smog van de zomernacht. Ze moest haar hoofd in haar nek leggen om de toppen te zien. 'Tot hoe laat is het zwembad open op het dak van het Mondrian?'

'Vind je dit een moment om te zwemmen?' snauwde Kirby, gevolgd door het geknetter van haar vape. 'Geen idee, maar het is nu al na twaalven. Het zal zo wel dichtgaan.'

Een zwarte Lincoln stopte langs de stoep. Piper controleerde het kenteken twee keer en stapte toen in. 'Als we nou eens inbreken in dat zwembad en een beetje gaan lopen chillen, zou dat niet de beste damage control zijn? Dan wordt Adrian degene die het heeft uitgemaakt met een legende.'

'Shit,' zei Kirby. 'Je wilt Piper twintig veertien weer tot leven wekken?'

Precies. De mooiste periode van haar leven was het jaar dat ze eenentwintig werd en als een dolle alle party's in Los Angeles afschuimde. Het jaar dat ze beroemd werd door beroemd te zijn. Ze zat nu een beetje in een sleur, meer niet. Het werd hoog tijd om haar kroon terug te verdienen. Misschien dat ze dan Adrians woorden niet meer zou horen die in haar hoofd rondspookten en haar bijna deden denken dat hij een punt had.

*Zijn er duizenden zoals ik?*

*Of ben ik het meisje dat om één uur 's nachts illegaal gaat zwemmen boven op een van de beroemdste hotels van de stad?*

Piper knikte resoluut en leunde voorover. 'Kunt u me naar het Mondrian brengen alstublieft?'

Ze hoorde Kirby joelen aan de andere kant van de lijn. 'Ik zie je daar.'

'Ik heb een beter idee.' Piper kruiste haar benen en liet zich in de leren bank zakken. 'Als we nou eens iederéén daar zien?'

# Hoofdstuk twee

Het was koud en donker in de politiecel.

Piper stond rillend midden in het hok, haar armen om haar lichaam heen geslagen, zodat ze niet per ongeluk iets aanraakte waarvoor ze een tetanusprik zou moeten krijgen. Tot dit moment was het woord 'marteling' hooguit een vaag begrip geweest. Iets wat ze nooit écht zou begrijpen. Maar proberen om niet in het beschimmelde toilet te plassen na een mixdrankje of zes, dat was een kwelling die geen enkele vrouw ooit zou moeten meemaken. De plees op Coachella waren niets vergeleken met de ranzige metalen troon die haar in de hoek van de cel hing uit te lachen.

'Hallo?' riep Piper, terwijl ze op haar hakken naar de tralies wankelde. Er was geen bewaarder te zien, maar vlakbij klonk het herkenbare geluid van een potje Candy Crush. 'Dag, ik ben het, Piper. Is er nog een andere wc misschien?'

'Nee, prinsesje,' riep een verveelde vrouwenstem terug. 'Alleen deze.'

Piper wipte van het ene been op het andere. Haar blaas moest echt heel nodig geledigd worden. 'Waar gaat u zelf dan?'

De vrouw snoof. 'Naar de wc voor de niet-criminelen.'

Piper jammerde zachtjes, al had ze stiekem bewondering voor

zo'n snelle en brute reactie. 'Ik ben geen crimineel,' probeerde ze opnieuw. 'Dit is een misverstand.'

Gelach weergalmde door de kleurloze gang van het politiebureau. Hoe vaak was ze niet langs het bureau op North Wilcox gereden? Nu zat ze er zelf.

Maar oké, het was een vet feest geweest.

De bewaarder verscheen langzaam aan de andere kant van de tralies, haar vingers in de band van haar beige uniformbroek. *Beige.* Kennelijk had de kledingontwerper van de politie mogen meedenken over het zo gruwelijk en bizar mogelijk straffen van arrestanten. 'Met tweehonderd man inbreken in een hotelzwembad na sluitingstijd, noem je dat een misverstand?'

Piper kruiste haar benen en haalde zwaar adem via haar neus. Als ze haar Valentino onder piste, bleef ze eigenlijk net zo lief hier. 'Maar de openingstijden hingen nergens.'

'Gaat je dure advocaat dat als argument gebruiken?' Duidelijk geamuseerd schudde de bewaarder haar hoofd. 'Wie heeft dan die glazen deur ingeslagen om al die verwende pubers naar binnen te laten? De onzichtbare man?'

'Dat weet ik niet, maar ik ga het uitzoeken,' beloofde Piper plechtig.

De bewaarder zuchtte en probeerde haar lachen in te houden. 'Daar ben je te laat mee, schat. Je vriendinnetje met de paarse haarpunten heeft allang gezegd dat jij de aanvoerder van het stel was.'

Kirby.

Dat kon niet missen.

Niemand anders op het feest had paarse haarpunten. Niet dat Piper wist tenminste. Ergens tussen het watergevecht en het vuurwerk in had ze niet meer opgelet wie er nog bij kwam. Ze had niet op Kirby moeten vertrouwen. Het was haar vriendin, maar ze waren niet zó close dat ze zou liegen tegen de politie. Hun vriendschap bestond er vooral uit dat ze comments schreven onder elkaars posts op social media en elkaar opstookten tot het doen van allerlei buitenissige aankopen, zoals een tasje in de vorm van een lippenstift van vierduizend dollar. Zulke oppervlakkige vriendschappen waren meestal prima, maar vandaag niet.

Daarom had ze haar ene toegestane telefoongesprek besteed aan Hannah.

Waar bleef haar zusje eigenlijk? Ze had een uur geleden al gebeld.

Piper huppelde van links naar rechts en het scheelde weinig of ze moest de urine binnenhouden met haar handen. 'Waarom moet u eigenlijk een beige broek aan?' pufte ze. 'Dat ding hoort hier bij mij, achter de tralies.'

'Nou.' De bewaarder stak berustend een hand op. 'Eindelijk zeg je iets verstandigs.'

'Letterlijk elke andere kleur zou beter zijn. Helemaal geen broek zou beter zijn.' Piper ratelde maar door om niet te hoeven letten op de ramp die zich in haar onderlichaam afspeelde. Zoals ze wel vaker deed in lastige situaties. 'U hebt best een leuk figuur. Nooit gehoord van "Gij zult geen kaki dragen?"'

De vrouw trok een wenkbrauw op. 'Jou zou het wel staan.'

'U hebt gelijk,' snikte Piper. 'Dat denk ik ook.'

De lach van de bewaarder verflauwde en met een zucht vroeg ze: 'Wat bezielde je toch om er zo'n puinhoop van te maken?'

Piper zakte een beetje in elkaar. 'Mijn vriend heeft me gedumpt. En hij… hij heeft me niet eens aangekeken. Volgens mij wilde ik gewoon gezien worden. Erkend. En niet genegeerd. Snapt u?'

'Als vrouw doe je rare dingen als je afgewezen wordt. Daar weet ik ook wel het een en ander van.'

'Echt waar?' vroeg Piper hoopvol.

'Tuurlijk. We hebben toch allemaal weleens de kleren van onze vriend in de badkuip gegooid en er bleekwater overheen gegoten?'

Piper stelde zich voor hoe het Tom Ford-pak er met chloorvlekken uit zou zien en een huivering ging door haar heen. 'Auw,' fluisterde ze. 'Misschien had ik gewoon zijn banden moeten doorsnijden. Dat is tenminste niet verboden.'

'Uh... dat is wel verboden.'

'Oh.' Piper gaf de bewaarder een overdreven knipoog. 'Natúúúrlijk.'

De vrouw schudde haar hoofd en speurde links en rechts de gang af. 'Oké, luister. We hebben een rustige nacht. Als je belooft dat je niet moeilijk doet, mag je van mij de iets minder gore wc gebruiken.'

'Oh mijn god, bedankt. Bedankt bedankt bedankt!'

Voordat ze de sleutel omdraaide, keek de bewaarder haar nog één keer heel serieus aan. 'Ik heb een taser, hoor.'

Piper volgde haar redder naar de toiletten verderop in de gang, waar ze met grote zorg haar Valentino opstroopte en zich eindelijk verloste van de druk op haar blaas. Ze stopte pas met kreunen toen de laatste druppel viel. Tijdens het handen wassen viel haar oog op de spiegel. Een gezicht met de ogen van een wasbeer staarde terug. Haar lippenstift zat overal en haar haar hing er slap bij. Dit was niet helemaal hoe ze de avond begonnen was en toch kon ze een gevoel van triomf niet onderdrukken. Ze had maar mooi iedereens aandacht afgeleid van de break-up.

De rondcirkelende politiehelikopter terwijl zij voorop ging in een *conga line* had haar status als de regerende partykoningin van

Los Angeles weer stevig verankerd. Daar ging ze tenminste van uit. Haar telefoon was in beslag genomen toen ze de foto's en de vingerafdrukken gingen maken, dus ze wist eigenlijk niet wat er op internet gebeurde. Haar vingers jeukten om op haar scherm te tikken en dat was precies wat ze zou doen zodra Hannah haar hieruit had gehaald.

Ze bekeek haar spiegelbeeld en merkte tot haar verbazing dat ze niet zo opgewonden werd als vroeger van het idee dat ze viraal aan het gaan was. Was er iets mis met haar?

Snuivend draaide Piper zich weg van de wasbak en duwde met een elleboog de deur open. Ze had een zware nacht achter de rug. Niet zo raar dat ze een beetje uit haar doen was, om vijf uur 's ochtends. Eerst maar wat bijslapen, dan zat ze voor ze het wist de felicitaties op haar socials te liken en hordes nieuwe volgers te verwelkomen. Het kwam allemaal goed.

Net toen de bewaarder haar terug naar de cel kon brengen, klonk het geroep van een collega aan het andere eind van de gang. 'Yo, Lina. De borg voor Bellinger is betaald. Breng haar maar naar voren.'

Triomfantelijk gooide Piper haar armen in de lucht. 'Yes!'

Lina moest lachen. 'Kom mee, Miss LA.'

Weer vol energie huppelde Piper met haar bewaarder mee. 'Lina, hè? Echt superbedankt.' Ze vouwde haar handen onder haar kin en trok haar prijswinnende pruilmondje. 'U bent heel aardig voor me geweest.'

'Zoveel stelde het nou ook weer niet voor,' gromde de bewaarder, al keek ze er tevreden bij. 'Ik had gewoon geen zin om je pis op te dweilen.'

Piper lachte en wachtte tot Lina de deur aan het einde van de grauwe gang had opengemaakt. En daar, aan de balie, stond

Hannah. Ze had haar slaapkleren aan en een honkbalpet op en vulde met halfdichte ogen een stapel formulieren in.

Piper kreeg een warm gevoel in haar borst toen ze haar jongere zus zag. Ze leken totaal niet op elkaar, uiterlijk niet en innerlijk niet en toch was er niemand anders die Piper zou bellen in geval van nood. Hannah was de stabiele van de twee, al had ook zij haar luie hippiekant.

Piper was langer. Hannah werd als kind 'garnaal' genoemd en zelfs op de middelbare school had ze nooit echt een groeispurt gehad. Haar kleine gestalte verzoop zowat in het UCLA-sweatshirt. Zandblonde haren piekten onder de rode pet vandaan.

'Dus deze dame kan gaan?' vroeg Lina aan een man met dunne lippen achter de balie.

Zonder op te kijken zwaaide hij met zijn hand. 'Geld opent alle deuren.'

Lina maakte de handboeien weer los en Piper schoot naar voren. 'Hannnnns,' jammerde Piper en gooide haar armen om haar zus heen. 'Ik maak het goed met je, echt. Ik doe een hele week al je klusjes in huis.'

'We hoeven niks te doen in huis, muts.' Hannah gaapte hartgrondig en wreef haar ogen uit. 'Hoezo ruik je naar wierook?'

'Oh.' Piper snuffelde aan haar schouder. 'Dat is van de waarzegster, denk ik.' Ze ging wat rechter staan en kneep haar ogen halfdicht. 'Al weet ik niet hoe die nou weer op het feestje is beland.'

Hannah keek haar verbaasd aan en leek iets wakkerder te worden. Haar hazelnootbruine ogen stonden in schril contrast met Pipers hemelsblauwe. 'Heeft ze toevallig ook iets gezegd over een boze stiefvader in je toekomst?'

Piper kromp in elkaar. 'Daar was ik al bang voor. De toorn

van Daniel Q. Bellinger.' Ze wrong zich in bochten om te zien of er al iemand met haar telefoon terugkwam. 'Hoe is hij erachter gekomen?'

'Het nieuws, Pipes. Het nieuws.'

'Aha.' Ze zuchtte en probeerde haar verkreukelde jurk glad te strijken. 'Maar zijn advocaten fiksen het wel, toch? Als ik maar eerst onder de douche mag voordat hij aan zijn preek begint. Ik lijk wel een wandelende "na"-foto.'

'Hou toch op, je ziet er goed uit,' zei Hannah. Met getuite lippen zette ze haar handtekening onder het laatste formulier. 'Je ziet er altijd goed uit.'

Piper wiebelde charmant met haar schouders.

'Doei Lina!' riep Piper terwijl ze het bureau uitliep. Haar geliefde telefoon lag als een pasgeboren baby in haar armen en haar vingers trilden alsof ze al aan het swipen waren. Ze hadden haar naar de achteruitgang gedirigeerd. Dat was het protocol, zeiden ze. Hannah zou met de auto om het gebouw heen komen.

Eén stap buiten de deur en ze was omringd door fotografen. 'Piper! Hier!'

Een pterodactylus krijste in haar binnenste.

De zenuwen buitelden door haar buik, maar ze wist een glimlachje tevoorschijn te halen en wandelde, hoofd omlaag, zo snel ze kon naar de Jeep van Hannah.

'Piper Bellinger!' schreeuwde een van de paparazzi. 'Hoe was het in de cel?'

'Heb je spijt dat je gemeenschapsgeld hebt verspild?'

Met de neus van haar ene pump bleef ze in een scheur steken en ze ging haast plat op het asfalt. Ze kon zich maar net vastgrijpen aan de deur die Hannah had opengeduwd en hees zichzelf op de bijrijdersstoel. Het geroep werd wat gedempt toen ze het portier eenmaal had dichtgetrokken, maar die laatste vraag bleef rondspoken in haar hoofd.

Gemeenschapsgeld verspild? Ze had gewoon een feestje gegeven, toch?

Nou ja, er had tig man politie bij moeten komen, maar kom, dit was Los Angeles. De politie moest toch altijd stand-by staan, juist voor dit soort dingen?

Oké, dat klonk wel érg verwend en arrogant, dat vond ze zelf ook.

Ineens had ze niet meer zo'n zin om social media te checken.

Ze veegde haar klamme handen af aan haar jurk. 'Ik wou niemands geld verspillen of zo. Ik heb gewoon niet zo ver vooruitgedacht,' zei ze zacht, terwijl ze haar zus voor zover de autogordel het toeliet probeerde aan te kijken. 'Zit ik in de problemen, Hanns?'

Bijtend op haar onderlip navigeerde Hannah langzaam door de mensen die driftig bezig waren om Piper op de foto te krijgen. 'Het ziet er niet goed uit,' zei ze na even nadenken. 'Maar kom, je haalt wel vaker dit soort stunts uit. De advocaten geven er wel weer een draai aan en morgen is iedereen alweer met wat anders bezig.' Ze gaf een paar tikjes op het touchscreen en gitaren klonken door de auto. 'Ik heb het perfecte nummer klaargezet. Hoor maar eens.'

Daar pompte 'Prison Women' van REO Speedwagon uit de speakers.

Piper liet haar hoofd tegen de neksteun vallen. 'Erg grappig.' Even tikte ze met haar telefoon tegen haar knie, rechtte toen haar rug en opende Instagram.

Daar had je hem. De foto die ze zo te lezen om 2:42 uur vannacht had geplaatst. Kirby, het achterbakse kreng, had hem gemaakt met Pipers telefoon. Op de foto zat Piper op de schouders van een man van wie ze zich de naam niet meer kon herinneren, al wist ze nog vaag dat hij voor de Lakers speelde. Op haar slip en de boobtape na was ze naakt, maar wel op een soort van artistieke manier. Haar Valentino-jurk slingerde ergens op een ligstoel. Rondom haar werd zoveel vuurwerk afgestoken dat Onafhankelijkheidsdag erbij verbleekte. Omringd door vonken en rook leek Piper wel een godin die oprees uit een elektrische storm en de foto had bijna een miljoen likes.

Ze moest het eigenlijk niet doen, maar toch tikte Piper door naar het gedeelte waar je de namen kunt zien van de mensen die je foto geliket hebben. Adrian stond er niet tussen.

Geen probleem. Een miljoen anderen wel, ja toch?

Maar met die anderen had ze geen relatie van drie weken gehad.

Voor hen was ze gewoon een plaatje op een scherm. Als die andere mensen haar drie weken hadden meegemaakt, zouden ze dan ook verder scrollen? Haar laten wegzakken in de grijze brij van duizenden anderen meisjes die net zo waren als zij?

'Hé,' zei Hannah en ze zette de muziek op pauze. 'Het komt allemaal wel goed.'

Piper lachte, maar het klonk zo geforceerd dat ze er meteen mee ophield. 'Ik weet het. Het komt altijd wel goed.' Ze perste haar lippen op elkaar. 'Wil je horen over de natte-boxerwedstrijd?'

## Hoofdstuk drie

Maar het kwam niet goed.

Verre van.

Tenminste, niet als het aan hun stiefvader Daniel Bellinger lag, Oscarwinnend filmproducent, filantroop en wedstrijdzeiler.

Piper en Hannah waren naar binnen geslopen via de leveranciersingang van hun landhuis in Bel-Air, waar ze woonden sinds hun moeder met Daniel was getrouwd. Piper was toen pas vier en Hannah twee, dus ze konden zich niet herinneren dat ze ooit ergens anders gewoond hadden. Héél soms, als Piper een vleug zeewind van de Stille Oceaan opving, verschenen er dwars door de mist van het verleden een paar verdwaalde flarden van herinneringen aan het havenstadje in het noordwesten waar ze was geboren. Maar niets substantieels en het was ook altijd weer weg voordat het duidelijker werd.

Maar de woede van haar stiefvader? Die was duidelijk genoeg.

Je las het in de gebronsde trekken van zijn beroemde gezicht, in het teleurgestelde hoofdschudden toen de zussen gingen zitten op de bank in zijn thuiskantoor. Achter hem prijkten de glimmende awards op hun planken en de filmposters in hun lijsten. De telefoon op het L-vormige bureau lichtte elke twee tellen op, al had hij het geluid afgezet in verband met de preek die hij ging geven. Hun moeder was naar pilates en eerlijk gezegd baarde dat Piper nog wel de meeste zorgen. Maureen had altijd een kalmerend effect op haar man. Een effect dat de zussen nu heel erg goed konden gebruiken.

'Uh, Daniel?' probeerde Piper luchtig. Ze duwde een paar futloze haren achter haar oor. 'Hannah heeft hier helemaal niks mee te maken. Mag zij gewoon naar bed?'

'Jij blijft hier, Hannah.' Zijn ogen dwongen haar op haar plaats. 'Je hebt haar borg betaald, ondanks mijn uitdrukkelijke verbod.'

Piper draaide zich stomverbaasd naar haar zus. 'Heb jíj dat betaald?'

'Wat moest ik anders?' Hannah rukte de pet van haar hoofd en propte hem tussen haar knieën. 'Jou daar laten zitten?'

'Precies,' zei Piper langzaam en ze keek haar stiefvader met toenemende paniek aan. 'Wat moest ze anders? Mij daar laten zitten?'

Geërgerd ging Daniel met zijn hand door zijn haar. 'Ik dacht dat je je lesje al geleerd had, Piper. Of lesjes, moet ik zeggen. Meervoud. Je schuimt nog steeds elke dag alle feesten van hier tot de Valley af, maar tot nu toe zonder dat het me geld kostte of jij me voor lul zette.'

'Auw.' Piper liet zich zakken in de kussens. 'Je hoeft niet zo gemeen te doen.'

'Oh nee?' Daniel snoof van ergernis en kneep in zijn neusbrug. 'Je bent achtentwintig, Piper en je hebt niets van je leven gemaakt. Niets. Je hebt alle kansen gekregen, alles wat je hartje begeerde en het enige wat je hebt is een… een online bestaan. En dat stelt geen moer voor.'

*In dat geval stel ik zelf ook niks voor.*

Piper pakte een kussen en drukte het tegen haar borrelende

maag. Ze gaf Hannah een dankbare blik toen zij over haar knie wreef. 'Daniel, sorry. Mijn vriend had het op een rotmanier uitgemaakt en ik ging door het lint. Maar het zal niet meer gebeuren.'

Daniel leek wat te ontspannen en ging op de rand van zijn bureau zitten. 'Je denkt toch niet dat ik iets cadeau heb gekregen in mijn carrière? Ik ben begonnen als loopjongen bij Paramount. Broodjes halen, koffie rondbrengen. En ondertussen zat ik te zwoegen op de filmacademie.' Piper knikte en probeerde hoogst geïnteresseerd te lijken, al vertelde Daniel dit verhaal op elk etentje en liefdadigheidsevenement. 'Ik stond paraat, gewapend met mijn kennis en gedrevenheid, totdat ik mijn kans kon grijpen.' Hij klapte zijn vuist dicht. 'En ik heb nooit meer achteromgekeken.'

'Toen ze je vroegen om Corbin Kidder te helpen om zijn tekst te leren,' wist Piper nog.

'Exact.' Haar stiefvader knikte kort, tevreden dat ze blijkbaar zat op te letten. 'Waar de regisseur bij zat. En ik bracht mijn tekst niet alleen met vuur en ijver, ik maakte hem ook beter. Gaf er wat meer schwung aan.'

'En toen hebben ze je assistent-scenarist gemaakt.' Hannah zuchtte en hielp hem om het verhaal af te ronden dat ze zo vaak hadden gehoord. 'Onder de grote Kubrick.'

Hij ademde uit door zijn neus. 'Juist. En daarmee kom ik weer bij mijn punt.' Hij zwaaide met zijn wijsvinger. 'Piper, je hebt het te gemakkelijk. Hannah is tenminste afgestudeerd en verdient haar eigen geld. Natuurlijk, ze heeft dat baantje als locatiescout aan mijn netwerk te danken, maar ze doet tenminste iets voor de kost.' Hannah haalde haar schouders op, maar zei niets. 'Zou je überhaupt reageren als een kans zich aandient, Piper? Je hebt geen drive om iets te doen. Of om iets te willen. En waarom ook? Ik heb je een leven gegeven waarin je geen ambities hoeft te hebben. Je hebt het zo comfortabel dat je geen reden hebt om iets te veranderen.'

Piper keek naar het gezicht van de man die ze als haar vader beschouwde en was verbijsterd dat hij zo negatief over haar bleek te denken. Hier, in Bel-Air, was ze opgegroeid. Vakantie vieren, feesten aan de rand van het zwembad en met beroemde acteurs rondhangen, dat was het leven dat ze kende. Niemand van haar vrienden werkte. Ze kon degenen die hadden gestudeerd op één hand tellen. Wat moest je met een diploma? Geld verdienen soms? Alsof ze dat niet al hadden.

Daniel en haar moeder hadden haar nooit gestimuleerd om iets anders te gaan doen. Ze kon zich zo'n gesprek althans niet herinneren. Was motivatie iets wat andere mensen gewoon bij hun geboorte meekregen? En als het moment aanbrak dat ze hun weg in de wereld moesten vinden, deden ze dat dan gewoon? Had ze al die tijd een doel moeten zoeken?

Vreemd genoeg had ze nu niets aan alle inspirerende quotes op haar Insta.

'Ik hou heel veel van jullie moeder,' ging Daniel verder, alsof hij haar gedachten kon lezen. 'En daarom heb ik zoveel geduld gehad. Maar Piper… je bent nu te ver gegaan.'

Ze probeerde zijn blik te vangen en haar knieën begonnen te trillen. Had hij ooit zo onvermurwbaar geklonken? Ze kon het zich niet herinneren. 'Echt?' fluisterde ze.

Ze voelde dat Hannah ging verzitten, een teken dat ook zij de ernst van het moment begreep.

Daniel knikte langzaam. 'De eigenaar van het Mondrian investeert in mijn nieuwe film.' Dat nieuwtje landde als een handgranaat midden in het kantoor. 'Hij is niet blij met gisteravond, zacht uitgedrukt. Dankzij jou lijkt het of zijn hotel slecht beveiligd is. Je hebt hem voor lul gezet. En erger nog, die hele tent had wel kunnen afbranden.' Hij keek haar met harde ogen aan en wachtte tot het ingezonken was. 'Hij dreigt zich terug te trekken, Piper. Het gaat om een flink bedrag. Zonder zijn bijdrage kunnen we die film niet maken. Dan moet ik een andere geldschieter regelen en met de huidige economie kan dat jaren duren.'

'Het spijt me,' jammerde Piper. Ze zakte nog dieper weg in de kussens nu ze besefte wat ze had aangericht. Had ze een zakendeal van Daniel verknald? Alleen maar zodat zij als overwinnaar uit een verbroken relatie tevoorschijn kon komen? Was ze dan zo oppervlakkig en dom?

Had Adrian gelijk?

'Ik wist niet... Ik wist niet van wie het hotel was.'

'Natuurlijk niet. Wat maakt het uit wie er last heeft van jouw acties? Toch, Piper?'

'Oké.' Hannah ging rechtop zitten en fronste haar wenkbrauwen. 'Je bent wel érg streng. Ze heeft een fout gemaakt en dat snapt ze nu.'

Daniel bleef onaangedaan. 'Nou, deze fout zal ze moeten verantwoorden.'

Piper en Hannah wisselden een snelle blik uit. 'Wat bedoel je met' (Piper maakte aanhalingstekens met haar vingers) '"verantwoorden?"'

Langzaam liep hun stiefvader om zijn bureau en trok de onderste la open. Hij aarzelde heel even en haalde toen een officieel uitziende map tevoorschijn. Hij tikte ermee op zijn bureaukalender en bekeek de nerveuze zussen met half dichtgeknepen ogen. 'We hebben het niet vaak over jullie verleden. Over de tijd vóór ik met jullie moeder getrouwd was. Want laten we eerlijk zijn: ik ben gewoon een egoïst en ik vind het geen prettig idee dat ze ook van iemand anders gehouden heeft.'

'Awww,' zei Piper automatisch.

Hij sloeg geen acht op haar. 'Je weet dat je vader visser was in Westport, Washington. En dat je moeder daar is geboren. Charmant stadje.'

Piper veerde op toen het over haar biologische vader ging. Hij heette Henry, viste op koningskrab en was jong gestorven, meegezogen in de ijzige diepten van de Beringzee. Haar ogen dwaalden af naar het raam, naar de wereld daarachter, terwijl ze zich probeerde te herinneren wat er vooraf was gegaan aan het luxeleven waaraan ze zo gewend was. Het landschap en de kleuren van de eerste vier jaar van haar leven ontglipten haar nog steeds, maar ze kon zich de omtrek van haar vaders hoofd herinneren. Zijn hartelijke lach, de geur van zout water op zijn huid.

Ze herinnerde zich ook hoe haar moeder dan meelachte, warm en teder.

Ze kon zich geen voorstelling maken van die andere plaats, die andere tijd, toen alles zo anders was dan nu, en reken maar dat ze het vaak genoeg geprobeerd had. Als Maureen niet als kersverse weduwe naar Los Angeles was getrokken, met weinig meer dan haar aantrekkelijke verschijning en haar naaivaardigheden, dan had ze nooit een baan hebben gekregen op de kostuumafdeling van Daniels eerste film en was hij niet verliefd op haar geworden. Dan was hun huidige levensstijl niets meer dan een droom en zou Maureen in een totaal andere, onvoorstelbare tijdlijn leven.

'Westport,' herhaalde Hannah, alsof ze het woord op haar tong wilde proeven. 'Mama heeft die naam zelfs nooit genoemd.'

'Tja, nou. Ik kan me voorstellen dat dat te pijnlijk was voor haar.' Hij snoof licht en tikte weer op de rand van de map. 'Het gaat nu natuurlijk goed met haar. Heel goed zelfs.' Hij pauzeerde een tel of twee. 'De mannen van Westport... Ze gaan allemaal de zee op als het krabseizoen in de Beringzee begint. Ze hebben maar één kans per jaar om een smak geld te verdienen. Maar dat lukt niet altijd. Soms vangen ze weinig, maar de inkomsten moeten toch verdeeld worden over de hele bemanning. Daarom hield je vader er ook een café op na.'

Pipers mondhoeken krulden omhoog. Zoveel had ze nog nooit over hun biologische vader gehoord. Al deze details... Ze vielen als muntjes in een lege spaarpot in haar binnenste en maakten hem langzaam vol. Ze wilde meer. Ze wilde alles weten over de man waarvan ze zich alleen de uitbundige lach kon herinneren.

Hannah schraapte haar keel en drukte haar dij tegen die van Piper. 'Waarom vertel je dit allemaal? Ik bedoel, waarom nu?' Ze beet op haar lip. 'En wat zit er in die map?'

'Het eigendomsbewijs van het café. Hij heeft hem aan jullie nagelaten.' Hij legde de map neer en sloeg hem open. 'Jaren geleden heb ik iemand aangesteld om een beetje op het pand te letten en onderhoud te plegen. Maar ik had er eigenlijk heel lang niet meer aan gedacht. Tot nu.'

'Oh mijn god...' fluisterde Hannah. Ze begreep al beter waar dit gesprek naartoe ging dan Piper. 'Ben je van plan om...'

Daniel zuchtte.

'Mijn investeerder eist dat je duidelijk laat merken hoeveel spijt je hebt, Piper. Hij is een selfmade man, net als ik. Het lijkt wel of hij me wil inpeperen wat voor een verwend rijkeluiskindje ik van mijn dochter heb gemaakt.' Piper huiverde, maar Daniel tuurde net op dat moment in de map en zag het niet. 'Normaal gesproken vertel ik iedereen die iets van me eist dat hij kan opsodemieteren… maar ik denk eigenlijk zelf ook dat het leerzaam zou zijn als je eens een tijdje voor jezelf zorgt.'

'Wat bedoel je met' (daar waren de aanhalingstekens weer) "voor mezelf zorgen?"'

'Ik bedoel dat je eens uit je comfortzone moet komen. Ik bedoel dat jij naar Westport gaat.'

Hannahs mond viel open.

Piper schoot overeind. 'Wacht even, wat? Hoelang? Wat ga ik daar doen?' In paniek keerde ze zich naar Hannah. 'Weet mama dit?'

'Ja.' Maureen stond in de deuropening. 'Ze weet het.'

Jammerend beet Piper op haar vuist.

'Drie maanden, Piper. Dat red je wel. En hopelijk ga je zonder te zeuren, want mijn film hangt ervan af.' Daniel kwam achter het bureau vandaan en gooide de map in Pipers schoot. Ze keek ernaar als naar een wriemelende kakkerlak. 'Boven de kroeg is een kleine studio. Ik heb gebeld of het schoongemaakt kan worden. En ik zal een rekening voor je openen om je op weg te helpen, maar verder…' Bah, wat keek hij tevreden. 'Verder sta je er alleen voor.'

Terwijl ze in haar hoofd optelde hoeveel gala's en modeshows ze in drie maanden zou moeten missen, stond Piper op en keek smekend naar haar moeder. 'Mam, laat je hem mij zomaar wegsturen?' Het duizelde haar. 'Wat moet ik daar doen voor de kost? Vis vangen? Ik kan niet eens een ei bakken.'

'Het lukt je wel, dat weet ik zeker,' zei Maureen zacht. Haar ogen stonden meelevend, maar streng. 'Dit is beter voor je. Wacht maar af. En misschien leer je nog iets over jezelf.'

'Nee.' Piper schudde haar hoofd. Zeker na gisteravond was het toch duidelijk dat ze niets kon, behalve feesten en er goed uitzien? Ze had geen talent om te overleven buiten de hekken van het landhuis. En zolang er niet te veel veranderde, kon ze daarmee omgaan. Maar dáár zou het overduidelijk zijn hoe hulpeloos en nutteloos ze was. 'Nee, ik ga niet.'

'Dan betaal ik je advocaten niet,' zei Daniel ferm.

'Ik sta te shaken,' fluisterde Piper terwijl ze een trillende hand ophield. 'Kijk dan.'

Hannah sloeg een arm om haar zus heen. 'Ik ga met je mee.'

Deze mededeling leek Daniel toch te verrassen. 'En je baan dan? Alsof dat zo makkelijk was om te regelen. Ze staan in de rij om voor Sergei te werken.'

Toen Sergeis naam viel, op wie Hannah al tijden een oogje had, voelde Piper haar zus een fractie van een seconde twijfelen. Al een jaar droomde de jongste Bellinger van de aanstormende jonge regisseur, die met zijn debuutfilm *Nobody's Baby* de Gouden Palm in Cannes in de wacht had gesleept. De ballads die vrijwel continu uit haar kamer schalden, hadden zeker te maken met die peilloze verliefdheid.

Het aanbod van haar zus ontroerde haar, maar Piper wilde absoluut niet dat door háár fouten de liefste persoon die ze kende ook in Westport zou belanden. Bovendien was het nog helemaal niet zo zeker dat ze zelf zou gaan. 'Daniel bedenkt zich wel,' fluisterde ze vanuit haar mondhoek. 'Het komt wel goed.'

'Geen sprake van,' bulderde Daniel beledigd. 'Eind juli vertrek je.'

'Dat is al over een paar weken!' rekende Piper snel.

'Tijd genoeg om je lopende zaken af te ronden, zou ik zeggen. Behalve dan dat je die niet hebt.'

Maureen maakte een geluidje. 'Zo is het wel genoeg, Daniel.' Met een afkeurende blik dirigeerde ze de verbijsterde zussen het kantoor uit. 'Kom. Laten we dit eerst eens verwerken.'

De drie dames Bellinger gingen naar de bovenverdieping, waar de met dik tapijt beklede overloop toegang gaf tot de kamers van Hannah en Piper. Ze gingen Pipers kamer binnen, zetten haar op de rand van het bed en deden toen een stap naar achteren, alsof ze coassistenten waren die een diagnose moesten stellen.

Met haar handen op haar knieën bestudeerde Hannah haar gezicht. 'Hoe voel je je, Piper?'

'Kun je hem echt niet ompraten, mam?' kreunde Piper.

Maureen schudde haar hoofd. 'Het spijt me, schat.' Ze ging naast Piper zitten en nam een slappe hand in de hare. Even was ze stil, duidelijk aan het zoeken naar woorden. 'Dat ik me niet echt verzet tegen dit plan, dat is voor een deel omdat... Weet je, ik voel me ontzettend schuldig dat ik zo weinig verteld heb over je echte vader. Het deed te veel pijn. En ik was verbitterd geworden. Ik heb het allemaal opgekropt, maar daardoor heb ik ook zijn nagedachtenis verwaarloosd. Dat had ik niet moeten doen.' Haar oogleden gingen omlaag. 'Naar Westport gaan... is je vader ontmoeten, Piper. Hij ís Westport. Die stad... het verleden leeft er voort. Meer dan je je kunt voorstellen. Daarom kon ik er niet blijven na zijn dood. Hij was overal... Het was zó oneerlijk en ik was zó vreselijk kwaad. Zelfs mijn ouders konden me niet meer bereiken.'

'Hoelang zijn zij nog in Westport gebleven nadat jij vertrok?' vroeg Hannah. Hun grootouders kwamen af en toe op bezoek in LA, maar steeds minder vaak naarmate de zussen ouder werden. Toen Daniel zijn stiefdochters wettelijk erkende, hadden opa en oma dat moeilijk gevonden en verwaterde het contact tussen hen en Maureen, al spraken ze elkaar nog wel met de feestdagen en op verjaardagen.

'Niet zo lang. Kort daarna kochten ze de ranch in Utah. Zo

ver weg van zee als mogelijk.' Maureen keek naar haar handen. 'Westport was zijn magie kwijt, denk ik. Voor ons allemaal.'

Piper begreep het schuldgevoel van haar moeder heus wel. Maar moest ze nu haar hele leven omgooien voor een man die ze niet kende? Vierentwintig jaar waren voorbijgegaan zonder dat iemand één woord over Henry Cross had gezegd. Haar moeder kon moeilijk verwachten dat ze nu ineens naar Westport zou rennen omdat zij zelf haar schuldgevoelens zo graag achter zich wilde laten.

'Het is niet eerlijk,' kermde Piper. Ze liet zich achterover op bed vallen en maakte kreukels in de ecru-kleurige Millesimo-sprei. Hannah kwam ernaast liggen en sloeg haar arm over Pipers buik.

'Het is maar voor drie maanden,' zei Maureen, terwijl ze opstond om weg te gaan. In de deuropening draaide ze zich om. 'Eén wijze raad, Piper. De mannen in Westport... zijn niet wat je gewend bent. Ze zijn rauw en direct. Het zijn echte doeners, vergeleken met... de mannen die jij kent.' Haar blik dwaalde af. 'Ze doen levensgevaarlijk werk. Maar hoe bang je ook bent, ze gaan telkens weer terug naar zee. Het werk gaat altijd vóór het meisje. Ze gaan liever dood terwijl ze doen waar hun hart ligt, dan dat ze veilig thuiszitten.'

Maureen klonk ongebruikelijk ernstig en Piper luisterde gespannen. 'Waarom wil je dat ik dit weet?'

Haar moeder haalde een tengere schouder op. 'Omdat het gevaar in een man opwindend kan zijn voor een vrouw. Totdat het niet meer opwindend is. En je eraan kapotgaat. Onthoud dat, voor als... je je laat meeslepen.'

Even leek het of Maureen nog meer wilde zeggen, maar toen tikte ze twee keer op de deurpost en vertrok. De zussen staarden haar na.

Piper reikte achter zich en pakte een kussen. 'Hier, Hannah. Druk het op mijn gezicht tot ik niet meer beweeg. Please! Dat is de meest menswaardige oplossing.'

'Maar ik ga mee naar Westport.'

'En je baan dan? En Sergei? Nee.' Piper zuchtte. 'Jij hebt hier te veel om voor te blijven, Hanns. Ik red me wel.' En met een quasi serieuze blik: 'Ze zullen in Westport toch ook wel sugardaddy's hebben?'

'Nee echt, ik ga met je mee.'

# Hoofdstuk vier

Brendan Taggart was de eerste inwoner van Westport die de vrouwen zag.

Hij hoorde vlakbij een autodeur dicht slaan en draaide zich langzaam om op de ton waarop hij zat. Hij vergat van zijn fles bier te drinken en de sterke verhalen en de muziek in de No Name hoorde hij nog maar half.

Brendan zag door de smoezelige ruiten hoe de twee uit de taxi stapten en ging er automatisch van uit dat het verdwaalde toeristen waren die zich bij het verkeerde adres hadden laten afzetten.

Totdat ze de eerste stuks bagage uit de kofferbak begonnen te halen. Het bleken er uiteindelijk zeven.

Met een grom nam hij een slok bier.

Ze waren een heel eind uit de drukte. Er was hier in geen velden of wegen een horecagelegenheid te bekennen. Bovendien waren ze gekleed op een zomeravond op het strand, terwijl het nu goot van de regen. Ze leken zichtbaar in de war door waar ze beland waren.

Degene met de slappe hoed trok direct zijn aandacht. Vooral omdat ze er zó belachelijk uitzag, met dat tasje in de vorm van een lippenstift aan haar pols en de handen die ze ter hoogte van haar schouders hield, alsof ze niets durfde aan te raken. Ze bekeek het gebouw van boven tot onder en lachte toen. Even leek het of het lachen overging in snikken, maar vanwege de muziek en het vensterglas kon hij dat niet met zekerheid zeggen.

Zodra Brendan merkte dat de jurk van Slappe Hoed zich in de regen naar haar borsten begon te vormen, draaide hij snel zijn hoofd weg en deed weer alsof hij luisterde naar Randy's verhaal, al had hij het verdomme al tachtig keer gehoord.

'De zee kookte die dag,' zei Randy met een stem als roestig schroot. 'We hadden het ruim al vol, dankzij onze schipper hier.' Hij hief zijn schuimende pint op naar Brendan. 'Op het dek was het zo glad als een eendenkont en ik sta te dromen over het geld dat we met kruiwagens tegelijk zouden binnenhalen als we weer aan wal waren. We halen de allerlaatste pot naar boven en verdomd, daar zit ie, de grootste krab van de hele zee. De grootvader van alle krabben. En hij kijkt me aan met zijn kleine kraaloogjes en hij zegt dat we hem niet zonder slag of stoot gaan binnenhalen. No way.'

Randy zette één been op de kruk waar hij net nog op zat en trok zijn meest dramatische gezicht. Hij werkte al langer op Brendans schip dan dat Brendan er de schipper van was. Hij had bijna meer seizoenen meegemaakt dan de andere bemanningsleden bij elkaar. Aan het einde van elk seizoen gaf hij een afscheidsfeest. En dan het volgende seizoen, je kon er de klok op gelijk zetten, kwam hij toch weer opdagen, nadat hij de opbrengst van het jaar ervoor tot de laatste cent had uitgegeven.

'Dus dat beest steekt zijn poot zó door de pot heen, gewoon dwars door het net en alles, en grijpt de mouw van mijn oliejas, ongelogen waar. Het ging razendsnel. Alsof de tijd stil stond, mensen. De schipper schreeuwt dat ik de pot moet binnenhalen, maar ik kan geen vinger meer bewegen. Serieus waar. Dat beest had me betoverd. En ineens slaat er een golf over het dek. Niemand had hem zien aankomen. Ik zweer je dat die krab hem had opgeroepen. En ineens lig ik in het water.'

De man die als een grootvader voor Brendan was, zweeg even en dronk zijn fles bier in één teug halfleeg.

'En toen ze me weer aan boord hadden getrokken...' Hij ademde uit. 'Toen was de krab spoorloos verdwenen.'

De enige twee bezoekers in de volle gelagkamer die het legendarische verhaal nog niet hadden gehoord, lachten en applaudisseerden en dat was het moment waarop Slappe Hoed en de andere vrouw besloten om hun entree te maken. Binnen een paar tellen was het zo stil dat je een speld kon horen vallen, en dat verbaasde Brendan helemaal niet. Westport was een toeristische trekpleister, zeker wel, maar in de No Name kwamen niet veel buitenstaanders. Deze kroeg stond niet op Tripadvisor.

En dat kwam vooral doordat het een illegale kroeg was.

Maar dat er vreemdelingen binnenkwamen en hun zondagsavondse potje ouwehoeren verstoorden, dat was niet eens de grootste schok. Nee, dat was hoe ze eruitzagen. Vooral Slappe Hoed, die vooropging en de relaxte energie van de kamer meteen op scherp zette. Zoals de korte, losse jurk rond haar lichaam viel en de riempjes van haar sandalen om haar kuiten gewikkeld waren, kon ze zo uit een modeblad gestapt zijn, met haar strakke silhouet en vloeiende rondingen.

Dat stelde Brendan heel objectief vast.

Hij had gewoon oog voor aantrekkelijke vrouwen, meer niet.

Hij zette zijn bier op de vensterbank en sloeg zijn armen over elkaar. Het stoorde hem dat ze allemaal als idioten naar de vrouwen zaten te staren. Randy's tong hing op zijn schoenen en ook de anderen waren zo te zien al zowat hun huwelijksaanzoek aan het instuderen.

'Pipes, een beetje hulp graag?' vroeg het tweede meisje, dat de deur nog met haar heup stond open te houden en tegelijkertijd een zware koffer naar binnen probeerde te sleuren.

'Oh!' Slappe Hoed draaide zich snel om en een blos verscheen op haar gezicht – en wát voor een gezicht. Dat viel niet te ontkennen, zo zonder dat viezige raam ertussen. Voor die hemelsblauwe ogen zouden de meeste mannen door het vuur gaan, om nog maar te zwijgen van de gulle, eigenwijze mond. De combinatie maakte haar naïef en verleidelijk tegelijk, en daar wilde Brendan graag zo min mogelijk mee te maken hebben. 'Sorry, Hanns,' zei ze verontschuldigend. 'Ik ga de rest wel...'

'Laat mij maar,' zeiden minstens negen mannen tegelijk en sprongen van hun kruk. Eentje nam de koffer van de vriendin van Slappe Hoed over, terwijl de anderen elkaar zowat onder de voet liepen om als eerste buiten in de regen te zijn. Zeker de helft van die slijmerds waren zijn eigen bemanningsleden, merkte Brendan op. Het was toch om je kapot te schamen.

Een paar tellen en wat gebekvecht later lagen alle koffers op een hoop in het midden van de ruimte en stond iedereen er verwachtingsvol omheen. 'Zo, wat een heren! Zo beleefd en gastvrij,' kweelde Slappe Hoed met haar bizarre handtas tegen haar borst gedrukt. 'Bedankt!'

'Ja, bedankt,' zei het tweede meisje zacht. Ze veegde wat regendruppels van haar gezicht met de mouw van haar UCLA-sweatshirt. 'Uhm, Pipes?' Ze draaide om haar as. 'Weet je zeker dat we hier goed zitten?'

Slappe Hoed leek nu pas voor het eerst te merken waar ze

was. Haar grote ogen werden nog groter toen ze de inrichting en de stamgasten van de No Name in zich opnam. Met verachting zag Brendan haar terugdeinzen voor het stof op het allegaartje aan meubilair, de kapotte planken op de vloer, de oude visnetten die aan de dakspanten hingen. Haar teleurgesteld omlaag getrokken mondhoeken spraken boekdelen. *Niet goed genoeg voor jou, mop? Dan is dáár het gat van de deur.*

Met tuttige bewegingen maakte Pipes (die naam was net zo stom als dat lippenstifttasje) haar handtas open, haalde er een telefoon uit die onder de bling zat en tikte met een vierkante, rode nagel op het scherm. 'Is dit... 62 North Forrest Street?' vroeg ze met dichtgeknepen keel.

Jazeker, klonk het van alle kanten.

'In dat geval' (ze keerde zich naar haar vriendin en ademde met snelle stootjes) 'zitten we hier goed.'

'Oh,' antwoordde het UCLA-meisje. Ze schraapte haar keel en trok haar gezicht, dat ook mooi was, maar op een minder opvallende manier dan dat van Pipes, in een gespannen glimlach. 'Uh... sorry voor de rare binnenkomst. We dachten dat hier niemand was.' Ze stond wat te schuifelen op haar laarzen, die duidelijk niet bedoeld waren om te werken. 'Ik ben Hannah Bellinger. En dit is mijn zus Piper.'

*Piper dus.* Niet Pipes.

Niet dat dat veel beter was.

De slappe hoed ging af en Piper schudde haar haren op alsof ze in een fotostudio stond. Ze lachte iedereen schaapachtig toe. 'Deze tent is van ons. Gek hè?'

Er viel een stilte die nog dieper was dan toen ze binnenkwamen.

Van hen?

De No Name was van niemand. Het stond hier al leeg sinds hij op de basisschool zat.

Op een gegeven moment hadden omwonenden geld bij elkaar gelegd om een voorraadje bier en sterkedrank aan te leggen, zodat ze een plek hadden om aan de toeristen te ontsnappen in de drukke zomermaanden. Zo ging het nu al een jaar of tien en nog steeds haalden de stamgasten om de beurt geld op om de drank te laten vloeien. Brendan kwam hier niet eens zo vaak, maar hij beschouwde No Name als hun gezamenlijk eigendom. En nu kwamen er twee grieten van buiten binnenvallen om de tent op te eisen. Dat zat hem absoluut niet lekker.

Brendan hield van routine. Van dingen die waren zoals ze hoorden te zijn. En deze twee hoorden hier niet, zeker die Piper niet. Ze zag hem mokken en wuifde onbeschaamd met een pink naar hem.

Ze keek pas van hem weg toen Randy verbijsterd begon te lachen. 'Wát? Is de No Name van jullie?'

Hannah ging naast haar zus staan. 'Noemen jullie het zo?'

'Al jaren,' bevestigde Randy.

Sanders, een van Brendans bemanningsleden, maakte zich los van zijn vrouw en kwam naar voren. 'De laatste eigenaar was er een van Cross.'

Brendan merkte dat er bij het noemen van die naam een nauwelijks merkbare rilling door Piper heen ging.

'Ja,' zei Hannah aarzelend. 'Dat weten we.'

'Wacht even!' Piper begon weer met de snelheid van het licht op haar telefoon te scrollen. 'Er zou een conciërge moeten zijn, ene Tanner. Onze stiefvader betaalt hem om het hier aan kant te houden.' Nog steeds dapper glimlachend liet ze haar ogen over de groezelige bar dwalen. 'Is hij… met vakantie geweest?'

Brendan voelde zijn nekspieren aanspannen van irritatie. Dit was een trotse vissersplaats met oude tradities. En dan kwam dat rijke mokkel zijn vrienden beledigen? Zijn bemanning?

Randy en Sanders grijnsden snuivend naar elkaar. 'Tanner? Die zit daar,' zei Sanders. De mensen gingen uiteen, zodat de 'conciërge' zichtbaar werd, die uitgeteld met zijn hoofd op de bar lag. 'Die is al sinds 2008 met vakantie.'

Iedereen in de kroeg hield zijn bier omhoog en lachte om deze geslaagde grap. Ook Brendans mondhoeken krulden op, al was zijn ergernis nog niet verdwenen. Helemaal niet zelfs. Hij pakte zijn bier van de vensterbank en dronk, terwijl hij zijn blik op Piper gericht hield. Het was alsof ze het aanvoelde, want ze draaide zich om met weer zo'n flirterige glimlach. Er liep een warme rilling door zijn onderlichaam, al had hij allang besloten dat hij geen interesse had.

Toen viel haar blik op de trouwring die hij nog altijd omhad. Ze keek snel een andere kant op en haar houding werd op slag minder plagerig.

*Mooi. Ga een ander maar lastigvallen.*

'Ik denk dat ik even iets moet uitleggen,' zei Hannah, terwijl ze zich achter in haar nek wreef. 'Onze vader... was Henry Cross.'

Brendan fronste verbaasd zijn wenkbrauwen. Waren deze wichten de dochters van Henry Cross? Hij was te jong om hem gekend te hebben, maar het verhaal van zijn dood was net zo legendarisch in het stadje als Randy's verhaal over de reuzenkrab. Al werd het minder vaak verteld, aangezien het ongeluk bracht. Vissers praatten er alleen fluisterend over, wanneer ze te veel hadden gedronken of die dag angstige momenten op zee hadden gehad.

Na Henry Cross was er niemand anders uit Westport meer

gestorven tijdens de jacht naar de machtige koningskrab op de Beringzee. Bij de haven stond een gedenkteken voor hem, waar elk jaar op de dag van zijn dood een krans werd gelegd.

Het was niet ongewoon dat mannen op zee bleven. De visserij op koningskrab is het gevaarlijkste beroep in de Verenigde Staten. Elke herfst komen er vissers niet meer thuis. Maar in Westport hadden ze al ruim twintig jaar niemand meer verloren.

Randy liet zich stomverbaasd weer op zijn kruk vallen. 'Ga weg. Maar dan zijn jullie... Dan moeten jullie de dochters van Maureen zijn.'

'Ja,' zei Piper met zo'n mooie glimlach dat Brendan er onrustig van werd. 'Inderdaad.'

'Krijg nou wat. Ja, nu zie ik het. Ze kwam vaak met jullie naar de haven en dan vertrokken jullie met bergen snoep in je zakken.' Randy richtte zich abrupt tot Brendan. 'Je schoonvader zal niet weten wat hij meemaakt. De meiden van Henry. Zomaar hier in zijn kroeg.'

'Onze kroeg,' verbeterde Brendan rustig.

Deze twee woorden waren genoeg om de stemming te doen omslaan. Een paar stamgasten slopen snel terug naar hun kruk en lieten zelfs hun drankjes staan op de geïmproviseerde tafeltjes van omgedraaide kisten.

Brendan dronk rustig zijn bier op, trok een wenkbrauw op en keek uitdagend langs de hals van zijn fles naar Piper. Toegegeven, ze vertrok geen spier, zoals de meeste anderen deden onder zijn beruchte blik. Er waren groentjes die hun broek volscheten als hij ze vanaf de brug streng aankeek. Maar deze jonge vrouw keek onderzoekend terug, met haar polsen weer hoog opgetrokken en het lange rosé-goud-honingkleurige haar over haar schouders gegooid.

'Tja, het testament zegt iets anders,' zei Piper liefjes. 'Maar maak je niet druk. Je zult maar drie maanden last van ons hebben. Dan gaan we terug naar LA en kun jij weer fijn vijandig doen.'

Het werd nog stiller, voor zover dat mogelijk was.

Alleen Randy vond het allemaal bijzonder hilarisch en had een smile zo breed dat Brendan zijn tanden kon tellen. Drie waren er van goud.

'Waar slapen jullie?' vroeg Brendan.

De zussen wezen naar het plafond.

Brendan lachte smalend. 'Serieus?'

De stamgasten wisselden bezorgde blikken uit. Er kwam zelfs iemand van zijn kruk en probeerde Tanner wakker te krijgen, maar zonder resultaat.

Het was een absurde situatie. Als die tuthola's het hier in de kroeg al een bende vonden, wacht dan maar tot ze de rest zagen. Ze waren veel te fijngevoelig voor een nacht hier in Westport, vooral die ene. Ze konden maar beter een pension nemen.

Tevreden met die conclusie zette Brendan zijn bierfles weg en hees zichzelf overeind. Tot zijn voldoening merkte hij dat Pipers ogen zich verwijdden toen hij zijn volle lengte bereikte. Om de een of andere reden wilde hij zich niet te dicht bij haar wagen. Hij hoefde absoluut niet te weten hoe ze rook. Maar hij had ook geen zin om zo'n treuzelende sul te zijn, dus deed hij een stap naar voren en pakte met elke hand een koffer. 'Goed, dan breng ik u naar uw slaapvertrek.'

# Hoofdstuk vijf

Wat de fuck wás dit voor een eikel?

Piper stak haar kin in de lucht en volgde de reus naar de achterwand van het café, dat trouwens niet veel groter was dan haar inloopkast in Bel-Air, en naar de smalle trap die naar boven leidde. Hannah dribbelde achter hen aan. God, wat was hij groot. Op de trap moest hij bukken om met zijn schippersmuts niet langs het plafond te schuren.

Héél even, daarnet in de gelagkamer, had Piper de grijsgroene ogen onder die muts best fascinerend gevonden. Zijn zwarte baard was goed verzorgd. Vol en kortgeknipt. Die schouders hadden goed van pas gekomen bij het watergevecht van een paar weken terug, om nog maar te zwijgen van de rest van zijn lijf. Alles aan hem was groot en ook het verwassen sweatshirt kon niet verbergen hoe gespierd zijn borst en armen waren.

Toen ze merkte dat hij naar haar keek, had ze gedaan wat ze altijd deed als een man geïnteresseerd leek: haar veren een beetje opschudden.

Voor haar was het net zo natuurlijk als ademhalen. Subtiel een heup naar voren bewegen. Zo gaan staan dat het licht flatteus op haar jukbeenderen viel en de focus op haar mond lag. En ten slotte zijn ziel opzuigen met haar ogen. Ze had het allemaal al zo vaak gedaan en meestal met succes. Maar deze man leek er alleen maar pissig van te worden.

Hoe kon zij nu weten dat hij getrouwd was? Er zat wel twintig, dertig man daar. In de kroeg van haar vader, die nu blijkbaar beheerd werd door een stel locals. Het was gewoon allemaal wat veel tegelijk, anders was die gouden ring haar heus wel eerder opgevallen. Het leek wel of hij hem met opzet liet zien en omdat zij geen type was dat het met getrouwde kerels aanlegde, had ze direct haar blik afgewend.

Piper rolde haar schouders een voor een en besloot om vriendelijk te blijven tegen de reus. Voorlopig in elk geval. Het had ook wel iets, toch? Die fanatieke trouw? Als zij ooit zou trouwen, hoopte ze dat haar echtgenoot ook zo was. Als hij eenmaal door had dat ze hem niet probeerde te verleiden, zou hij vast wat relaxter worden. Zij en Hannah zouden drie maanden hier blijven. Geen goed idee om nu al vijanden te maken.

'Moeten we de sleutel niet halen bij Tanner?' riep Piper naar boven.

'Hoeft niet,' antwoordde hij kortaf. 'Er zit geen slot op.'

'Oh.'

'De voordeur beneden kan natuurlijk wel dicht,' zei hij, terwijl hij de deur van het appartement openschopte en naar binnen ging. 'Maar bijna alle stamgasten hebben de sleutel.'

Piper beet op haar lip. 'Dat lijkt me niet heel veilig...'

'Bang dat je lippenstifttasje gejat wordt?' De minachting droop ervan af.

Hannah ademde scherp in. 'Hij is die kant op gegaan.'

Piper probeerde beheerst te blijven en ging ook het appartement binnen. Er was nog geen licht gemaakt, dus wachtte ze af, nadat ze een stapje opzij had gedaan om Hannah binnen te laten.

Op dit moment was ze dankbaarder dan ooit dat haar zus zo koppig was en haar niet alleen naar deze uithoek had laten gaan.

'Ik denk dat we verkeerd begonnen zijn,' zei Piper tegen de man, waar hij ook was. 'Hoe zei je ook alweer dat je heette?'

'Dat heb ik niet gezegd,' klonk zijn bariton spottend vanuit het duister. 'Maar ik ben Brendan.'

'Brendan...'

Het licht ging aan.

Piper moest Hannahs arm vastpakken om niet flauw te vallen.

Nee.

Nee nee nee.

'Fuuuck,' hoorde ze Hannah naast zich fluisteren.

Dit moest een vergissing zijn.

Ze had op Westport gegoogeld en een beetje onderzoek gedaan, maar niet veel natuurlijk. Het was niet Los Angeles, dus wat zou je er verder over moeten weten? Haar research had in elk geval uitgewezen dat Westport een charmant, ietwat rommelig kustplaatsje aan de Stille Oceaan was. Een surfbestemming. Een pittoresk stadje. En dus had ze verwacht dat ze hooguit een beetje zou moeten afzien in een rustieke, maar bewoonbare en fotogenieke studio met uitzicht op zee.

Maar dat was dit niet.

Het hele appartement bestond uit één kamer. Vooruit, er was een flinterdun scheidingswandje vóór de badkamer, maar als ze drie stappen naar links deed, stond ze in het poppenkeukentje. En met drie stappen naar rechts botste ze tegen het stapelbed.

Een stapelbed, ja.

Had ze zo'n ding ooit weleens in het echt gezien?

Brendan kwam naar de zussen toe geschuifeld op zijn grote werkschoenen. Hij deed zijn armen over elkaar voor zijn brede borst en keek de studio rond. Hij leek ineens erg tevreden. 'Of wilt u nog verder kijken?'

Pipers ogen dwaalden langs het plafond. Het was zinloos om de spinnenwebben te tellen. Op elk oppervlak zat minstens een centimeter vuil, en dan had ze de badkamer nog niet eens gezien. Er was één raam, dat direct uitkeek op de bakstenen muur van het gebouw ernaast. Ze konden dus niet eens fatsoenlijk luchten, al was dat heel hard nodig.

Ze opende haar mond om te zeggen dat ze weg wilde. Met het beetje geld dat Daniel op hun rekening had gezet, konden ze vast wel een auto huren en terug naar Los Angeles gaan. Tenminste, dat hoopte ze. Een auto huren kon duizend dollar kosten of vijftig, dat wist ze eigenlijk niet precies. Dat soort dingen regelden anderen meestal voor haar.

Ze moesten gewoon Daniel bellen en zeggen dat de conciërge niets had gedaan aan het appartement. Dan zou hij misschien medelijden krijgen en haar en Hannah naar huis laten komen. Dat kon toch niet anders? Het was hier onleefbaar. Zolang er niet schoongemaakt was tenminste, maar wie kon dat doen?

Brendans blik bleef onafgebroken op haar rusten. Hij leek te wachten tot ze instortte.

En ze gíng instorten, dat kon niet missen.

Maar toen klonken er bekende woorden in haar oren en ze voelde haar nek verstrakken.

*Je speelt modepopje van je vaders geld.*

*Waarom zou jíj iets moeten leren?*

*Je bent niet speciaal, oké?*

*Je hebt geen drive om iets te doen. Of om iets te willen. En waarom ook? Ik heb je een leven gegeven waarin je geen ambities hoeft te hebben. Je hebt het zo comfortabel dat je geen reden hebt om iets te veranderen.*

Brendans zelfvoldaanheid voelde ineens plakkerig. Als lijm die opdroogde in haar luchtpijp. Goh, wat origineel. Wéér een man die haar waardeloos vond. Verrassend.

Hij was minder dan niets. Zijn mening was onbelangrijk.

Al begon het zo onderhand behoorlijk vervelend te worden dat iedereen zo'n lage dunk van haar had.

Deze eikel kende haar pas een paar minuten en hij deed al net zo neerbuigend over haar capaciteiten als haar stiefvader en haar ex-vriendje. Lokte ze het zelf uit, zo'n hard oordeel? Maar hoe dan?

Hoe dan ook, nu ze op deze horrorplek gedumpt was, zat ze absoluut niet te wachten op dat eeuwige geoordeel, zeker niet als het niet gerechtvaardigd was.

Eén nacht. Dat overleefde ze wel. Hoopte ze.

'Dit is goed, toch, Hanns?' zei Piper opgewekt. 'We zijn nooit op zomerkamp geweest als kind. Het wordt vast chill.'

Piper wierp een blik op Hannah en zag tot haar opluchting dat die een glimlach op haar gezicht had. 'Ja hoor, prima.' Ze liep door de ruimte alsof ze een penthouse van een miljoen dollar bezichtigde. 'Heel veelzijdig. Knus. Een likje verf, meer heeft het niet nodig.'

'Hmm,' neuriede Piper instemmend, terwijl ze knikte en met een vinger op haar kin tikte. 'Vorm én functie. Van die ouwe pallet in de hoek kan ik een mooie plank voor mijn schoenen maken.'

Ze waagde het om een snelle blik op Brendan te werpen, maar merkte tot haar schrik dat die superieure glimlach nog steeds fier op zijn gezicht stond. En toen hoorde ze het geritsel. Alsof iemand een oude krant verkreukelde. 'Wat is dat?' vroeg ze.

'Jullie huisgenoot.' Hij stak zijn tong in zijn wang en slenterde nonchalant naar de deur. 'Of huisgenotén, denk ik.'

Hij was nog niet uitgepraat of een knaagdier scharrelde kriskras over de vloer en snuffelde rond met een trillend neusje. Wat was dat? Een muis? Maar die waren toch schattig? Gillend klauterde Piper op het bovenste stapelbed en Hannah kwam er direct achteraan. Zo ver mogelijk van de rand zaten ze in elkaars armen te bibberen. Piper probeerde niet te kokhalzen.

'Fijne avond nog, dames.' Arrogant grinnikend verdween Brendan. De traptreden kreunden onder zijn werkschoenen. 'Ik zie jullie nog wel. Misschien.'

'Wacht!' Voorzichtig klom Piper van het bed en ging huiverend naar het overloopje, waar Brendan was blijven wachten. Ze probeerde niet te hard te praten. 'Weet jij toevallig een goede ongediertebestrijder slash schoonmaker hier in de buurt?'

Hij snoof van minachting. 'Nee. In deze stad maken we zelf ons huis schoon en vangen we ons eigen ongedierte.'

'Catchy *cityslogan*.' Ze zocht de vloer af of er geen beesten naar haar enkels hapten. 'Zet maar op een bord. Goed voor de vastgoedprijzen.'

'Vastgoedprijzen,' herhaalde hij. 'Dat soort praat hoort in LA. Niet hier.'

Piper rolde met haar ogen. 'Best handig om zo precies te weten welke dingen waar horen. En welke mensen.' Nog steeds met een half oog op de vloer zei ze afwezig: 'Soms sta ik in een kamer vol bekenden en dan nog heb ik niet het gevoel dat ik daar hoor.'

Terwijl die laatste zin nog in haar eigen oren na-echode, keek Piper op en zag Brendan fronsend op haar neer staren. Ze was onverwachts iets te eerlijk geweest en wilde er snel luchtig overheen praten, maar ze was zo uitgeput dat ze niets kon bedenken.

'Anyway, bedankt voor het hartelijke welkom, burgemeester Mopperkont.' Ze deed een stap het appartement in. 'Je hebt me even goed op mijn plek gezet.'

Hij kneep zijn ogen toe. 'Wacht even.' Vreemd genoeg hield Piper haar adem in, alsof hij iets belangrijks ging zeggen. Ze had het idee dat hij sowieso niet veel zei als het niet belangrijk was. Maar op het laatste moment leek hij zich te bedenken en liet zijn bedachtzame blik varen. 'Jullie zijn hier toch niet om een reality-show op te nemen of zoiets?'

Ze sloeg de deur voor zijn neus dicht.

# Hoofdstuk zes

Brendan deed zijn voordeur op slot en keek op zijn horloge. Kwart over acht, op de seconde. Zoals een goed schipper betaamt, nam hij even de tijd om de lucht, de temperatuur en de dichtheid van de mist te schatten. Het leek erop dat de mist pas tegen tien uur zou optrekken, zodat hij weinig last van de augustuswarmte zou hebben tijdens het boodschappen doen. Hij verschoof zijn muts een beetje en ging linksaf, richting West Ocean Avenue. Zijn vaste looproute. Timing was alles voor een visser en hij bleef graag scherp, ook als hij vrij was.

De winkels gingen net open. Het gekrijs van hongerige meeuwen vermengde zich met de belletjes van winkeldeuren. Iemand sleepte een krijtbord naar de stoeprand waarop reclame werd gemaakt voor de verse vangst, die Brendan en zijn mannen grotendeels zelf hadden aangevoerd na hun laatste tocht. Winkeliers wensten elkaar loom goedemorgen. Bij de brouwerij stond een groepje jongeren te roken, al gekleed voor het strand.

Het einde van het toeristenseizoen naderde en dus werd er overal korting gegeven. Op vissershoedjes, ansichtkaarten, dagschotels. Hij hield van de kringloop van de dingen. Van traditie. Van de routine die je vond in de verandering van het weer en de wisseling van de seizoenen. Het was de continuïteit van deze plek. Zo permanent als de oceaan waar hij zo van hield. Hij was geboren in Westport en zou er nooit weggaan.

Ergernis kroop onder zijn huid toen hij dacht aan gisteravond. Alsof er een steen was gegooid in het kalme water van hoe de dingen werden gedaan. Dit was geen plek waar buitenstaanders zomaar kwamen opdagen om te zeggen dat ze ergens eigenaar van waren. Hier in Westport werkten de mensen als ze iets wilden hebben. Zonder bloed, zweet en tranen had je nergens recht op. Deze twee meisjes leken hem geen types die waardering hadden voor de stad, de mensen en het verleden waarop het allemaal gebouwd was. Voor het harde werk dat nodig was om een gemeenschap in stand te houden aan de rand van de wispelturige oceaan.

Maar goed dat ze niet lang bleven. Het zou hem niets verbazen als Piper vannacht naar het dichtstbijzijnde vijfsterrenhotel was gevlucht.

*Soms sta ik in een kamer vol bekenden en dan nog heb ik niet het gevoel dat ik daar hoor.*

Waarom moest hij steeds aan dat zinnetje denken?

Hij had er vannacht veel te lang op lopen kauwen en vanochtend opnieuw. Het klopte niet. En hij hield niet van dingen die niet klopten. Een mooie (met een scherp gevoel voor humor ook nog, laten we eerlijk zijn) jonge vrouw als Piper kon toch overal horen waar ze maar wilde?

Behalve hier.

Brendan wachtte voor het stoplicht en stak toen Montesano Street over. Voorbij de automatische deuren van de Shop'n Kart verdween zijn irritatie toen hij zag dat alles op zijn plek stond. Hij zwaaide naar Carol, de vaste caissière. Kartonnen meeuwen hingen aan het plafond en cirkelden rond in de luchtstroom die hij binnen had gelaten. Er waren nog niet veel mensen in de winkel. Daarom kwam hij ook zo graag vroeg. Geen gesprekken of vragen over het komende krabseizoen. Of hij een grote vangst verwachtte, welke koers hij had uitgestippeld. Of de bemanning van de Della Ray de Russen te snel af zou zijn. Je moest niet praten over je plannen, dan jinxte je de boel alleen maar.

Als zeeman was Brendan afhankelijk van het geluk. Hij wist dat je nu eenmaal niet alles kunt controleren. Hij kon een strak schema opstellen en zijn schip op de door hem gekozen koers sturen. Maar de oceaan bepaalde zelf hoe en wanneer hij zijn schatten prijsgaf. Met het krabseizoen in aantocht, kon hij alleen maar hopen dat het geluk ze opnieuw zou toelachen, zoals het de afgelopen acht jaar had gedaan sinds hij zijn schoonvader had opgevolgd als schipper.

Brendan pakte een mandje en ging naar het westen, naar de vriesafdeling. Hij had geen lijstje en dat hoefde ook niet, want hij haalde altijd hetzelfde. Eerst een pak hamburgers, daarna…

'Hé Siri, wat is een lekkere maaltijd?'

Brendan stond stokstijf stil toen hij de stem hoorde, een gangpad verder.

'Oké, dit heb ik op het web gevonden,' was het elektronische antwoord. Een gekreun volgde. 'Hé Siri, wat is een mákkelijke maaltijd?'

Hij plantte zijn vuist op zijn voorhoofd toen hij Piper tegen haar telefoon hoorde praten alsof het een levend wezen was.

Er klonk een gefrustreerd gemompel. 'Hé Siri, wat is dragon?'

Brendan wreef over zijn gezicht. Wie had dit kindvrouwtje zonder begeleiding naar buiten laten gaan? Eerlijk gezegd shockeerde het hem dat hij haar überhaupt in een supermarkt aantrof. Zo vroeg in de ochtend ook nog. Maar hij ging niet vragen wat ze hier deed. Dat interesseerde hem geen reet. Hij moest zich aan zijn schema houden.

Hij sjokte verder, pakte de hamburgers uit de vriezer en gooide ze in zijn mandje. Daarna pakte hij aan de andere kant van het gangpad zijn vaste brood. Gewoon tarwe. Hij aarzelde voordat hij het volgende gangpad inliep, waar Piper nog steeds met haar telefoon bezig was… en bleef toen onwillekeurig toch even staan en fronste zijn wenkbrauwen. Wie had er verdomme een jumpsuit met glitters aan in een supermarkt?

Tenminste, hij dacht dat zoiets een jumpsuit heette. Het was zo'n pak uit één stuk dat vrouwen weleens in de zomer aanhadden. Alleen waren de pijpjes van dit exemplaar zo kort dat ze haar strakke kont nauwelijks bedekten en glitterde het pak als een discobal.

'Hé Siri…' zei ze met hangende schouders. Het mandje bungelde aan haar slappe vingers. 'Wat is een maaltijd met twee ingrediënten?'

Zonder het te willen slaakte Brendan een zucht. In een werveling van haar keek ze op en knipperde met haar ogen.

Er ging een steek van bewondering door zijn borst. Hij probeerde er niet op te letten.

Maar verdomme, ze was nog knapper dan gisteren.

Hij rolde zijn schouders en probeerde de spanning in zijn ribbenkast te verminderen. Waarschijnlijk lokte ze deze reactie uit bij elke man die ze tegenkwam. Zelfs onder de felle supermarktlampen kon hij geen smetje aan haar ontdekken. Niet dat hij zo goed *wílde* kijken, maar het was sterker dan hemzelf. Ontkennen was zinloos. Dit perfecte lichaam herinnerde hem er voor het eerst sinds een heel lange tijd aan dat hij behoeften had die hij niet voor de rest van zijn leven met de hand kon blijven bevredigen.

Nog een goede reden waarom ze maar zo snel mogelijk moest vertrekken.

'Toch nog hier?' Brendan rukte zijn ogen los van haar lange, absurd gladde benen en vervolgde zijn weg door het gangpad. 'Ik had verwacht dat jullie wel vertrokken zouden zijn,' zei hij, terwijl hij een zak pasta en een pot saus in zijn mandje gooide.

'Nope.' Ze kwam naast hem staan en hij voelde dat ze behoorlijk trots op zichzelf was. 'Het lijkt erop dat je nog minstens één dag met me opgescheept zit.'

Hij liet een doos rijst in zijn mand vallen. 'Vrede gesloten met de familie Muis?'

'Tuurlijk. Ze gaan straks een baljurk voor me maken.' Ze keek vanuit haar ooghoek of hij de Assepoestergrap begrepen had. Maar hij liet niets merken. 'Uh...'

Ging hij nou langzamer lopen zodat ze hem kon bijhouden? Waarom? 'Wat wil je?'

Ze knipperde niet eens met haar ogen om zijn onbeschofte toon. Respect. Ze stak haar kin omhoog en hoewel de glimlach misschien een beetje onvast was, hij wás er tenminste. 'Uh, ik merk aan je dat je haast hebt, maar...'

'Klopt.'

Het vuur in haar ogen van gisteravond was terug. Het flakkerde achter het hemelsblauw. 'Ik weet niet of je naar je afspraak moet om in de vis te rollen...' Ze boog zich naar voren en snoof. 'Maar cancel die maar. Niet meer nodig.'

'Welkom in Westport, schat. Hier ruikt alles naar vis.'

'Ik niet,' zei ze en ze stak een heup naar voren.

'Blijf maar eens een tijdje hier dan.' Hij reikte naar een blik erwten. 'Of nee, doe dat maar niet.'

Ze liet de hand met de telefoon erin tegen haar dij kletsen.

'Wauw. Wat is jouw probleem?'

'Je bent gewend dat de mannen over elkaar heen struikelen om het jou naar de zin te maken, hè?' Hij gooide het blik in de lucht en ving het op. 'Sorry hoor, maar daar hoor ik niet bij.'

Om de een of andere reden barstte Piper uit in een half-hysterisch lachen. 'Tuurlijk joh. Ze staan in de rij om mijn bevelen te ontvangen.' Ze wees met haar telefoon naar hem. 'Is dat wat hier gaande is? Doe je zo lomp tegen me omdat ik verwend ben?'

Brendan boog zich iets in haar richting. Hij was nu dichtbij genoeg om haar sensationele lippen uiteen te zien gaan, om de geur op te vangen van iets schaamteloos vrouwelijks. Niet bloemig, maar rokerig en sensueel en toch op de een of andere manier licht. Hij wilde dichterbij komen en alles nog beter opsnuiven, en dat maakte hem nog pissiger dan hij al was. 'Gisteravond had ik eerder in de gaten dan de rest hoe je over deze plek denkt. Zoals je naar het gebouw keek en lachte. Alsof je dacht dat het een wrede grap was.' Hij dacht even na. 'Kijk, ik heb een paar man op mijn schip rondlopen en ze hebben allemaal een familie. Een geschiedenis. Er lopen wortels door de hele stad. Door de No Name. Over het dek van mijn schip. Het is mijn taak om niet te vergeten hoe waardevol mijn bemanningsleden zijn. En degenen die aan wal op ze wachten. Daarom is de hele stad in feite mijn taak. Je beseft niet hoeveel karakter ervoor nodig is om deze plek te laten draaien. Hoeveel doorzettingsvermogen.'

'Nee, inderdaad,' stamelde ze, al een stuk minder fel. 'Ik ben hier nog geen dag.'

Een prikkeling van medelijden (en een beetje spijt dat hij zo onaangenaam deed) ging door zijn buik en hij wist dat het tijd was om verder te gaan. Maar toen hij de hoek omging naar het volgende gangpad, kwam ze achter hem aan. Ze probeerde te doen alsof ze wist wat ze deed en stopte appelazijn en limabonen in haar mandje.

'Jezus.' Hij zette zijn eigen mandje neer en sloeg zijn armen over elkaar. 'Wat ga je in vredesnaam maken met die combinatie?'

'Iets om jou mee te vergiftigen, nou goed?' Ze gaf hem nog een laatste vinnige blik en stapte weg. Tot aan het einde van het gangpad had hij goed zicht op haar fraai wiebelende achterwerk. 'Fijn, zo'n vriendelijke buurman. Weet je, als je zoveel van deze stad houdt, probeer dan eens een betere ambassadeur te zijn.'

Oké. Daar had ze hem.

Brendan was opgevoed door een gemeenschap. Door een hele stad, hoe klein die ook was. Al vóór zijn tiende had hij elk huis in Westport vanbinnen gezien. Alle bewoners waren vrienden van zijn ouders. Ze pasten op hem, zijn ouders pasten op de kinderen van anderen, enzovoort. Zijn moeder nam altijd iets lekkers mee naar de feestmaaltijd, waarmee de thuiskomst van de vissers werd gevierd, en ze maakte soep voor zieke kennissen. Vriendelijkheid en vrijgevigheid waren de standaard. Het was verdomd lang geleden dat hij zich had afgevraagd wat zijn moeder van zijn gedrag zou vinden, maar nu dacht hij eraan en hij trok een vies gezicht.

'Fuck,' mopperde hij. Toen greep hij zijn mandje en liep snel achter Piper aan. Verwend rijk trutje of niet, ze had wel gelijk. Over dit ene ding dan. Op deze manier deed hij zijn Westport geen recht. Maar net zoals wanneer hij op zee uit koers raakte, wat niet vaak gebeurde trouwens, kon hij gewoon de juiste route weer opzoeken en als de sodemieter verdergaan met zijn dag. 'Oké,' zei hij, terwijl hij achter Piper in het pad met bakbenodigdheden verscheen. Hij zag haar schouderbladen samentrekken.

'Als ik moet geloven wat je tegen je telefoon zei, ben je op zoek naar een makkelijke maaltijd. Toch?'

'Ja,' mompelde ze zonder zich om te draaien.

Hij wachtte tot ze hem aan zou kijken, maar dat gebeurde niet. Niet dat hij per se haar gezicht hoefde te zien, of iets anders. Welnee. Van zo dichtbij schatte hij in dat ze net tot aan zijn schouder kwam en hij voelde iets van spijt dat hij zo lullig was geweest. 'Italiaans is het makkelijkst, als het niet fancy hoeft te zijn.'

Eindelijk draaide ze zich om, maar alleen om met haar ogen te rollen. 'Het hoeft niet fancy te zijn. Trouwens, het is toch vooral…' Ze schudde haar hoofd. 'Laat maar.'

'Wat?'

'Het is toch vooral voor Hannah.' Ze ging met haar vingers langs de schappen. 'Dat ik ga koken. Als bedankje dat ze mee is gekomen. Dat had ze helemaal niet hoeven doen. Denk maar niet dat jij de enige bent met belangrijke mensen in je leven en wortels en zo. Ik heb ook mensen voor wie ik wil zorgen.'

Brendan maakte zichzelf wijs dat hij er geen behoefte aan had om Piper beter te leren kennen. Waarom ze hier was en wat haar plannen waren. Nee hoor, geen interesse. Toch hoorde hij zichzelf ineens praten. 'Wat kom je eigenlijk doen in Westport? Het café verkopen?'

Ze trok haar neus op en dacht na. 'Dat is een optie, ja. Zover hebben we eigenlijk nog niet vooruitgedacht.'

'Denk eens aan al die enorme hoeden die je dan kan kopen.'

'Weet je wat jij kan doen, kloo…' Ze draaide zich resoluut om en begon weg te lopen, maar hij pakte haar bij haar elleboog. Ze rukte zich onmiddellijk los en deed een paar stappen achteruit, met ogen vol verachting. Op zo'n heftige reactie had hij niet gerekend, tot hij merkte dat ze naar zijn trouwring keek.

Hij werd direct overvallen door een sterke behoefte om het misverstand uit de wereld te helpen.

'Ik heb geen interesse,' zei ze bot.

'Ik ook niet.' Maar zijn polsslag zei duidelijk dat hij loog. 'Wat je daarnet zei, over je zus en je wortels, dat snap ik wel.' Hij schraapte zijn keel. 'En je hebt er nog meer. Hier in Westport. Als je ernaar op zoek wilt gaan.'

Haar minachting leek iets te zakken. 'Mijn vader, bedoel je?'

'Onder andere. Ik heb hem zelf niet gekend, maar hij is een deel van deze stad. En dat betekent dat hij een deel is van ons allemaal. Wij onthouden iedereen.'

'Ik heb niet zoveel om te onthouden,' zei ze. 'Ik was vier toen we weggingen en daarna… praatten we niet meer over hem. Niet dat ik het niet wilde weten, maar het was te pijnlijk voor onze moeder.' Haar ogen glinsterden. 'Maar ik weet nog wel hoe hij lachte. Ik kàn het zó terughalen.'

Brendan gromde en had spijt dat hij bij hun eerste ontmoeting meteen in de verdediging was geschoten en niet naar andere invalshoeken had gezocht. 'We hebben een gedenkteken voor hem. Bij de haven, tegenover het museum.'

Ze knipperde met haar ogen. 'Serieus?'

Hij knikte en kon nog net op tijd zijn aanbod inslikken om haar ernaartoe te brengen.

'Ik weet niet of ik durf te gaan kijken,' zei ze peinzend, meer tegen zichzelf. 'Ik ben er zo aan gewend dat ik nauwelijks herinneringen aan hem heb. Wie weet wat er boven komt?'

Hoe langer hij in Pipers bijzijn verkeerde, hoe meer hij begon te twijfelen aan zijn eerste indruk. Was ze echt zo'n verwend nest uit Luilekkerland? Zonder dat hij het van plan was, begon hij op een rijtje te zetten wat hij van haar wist. Ze ging bijvoorbeeld niet achter een man aan die al bezet was. Ze voelde zich soms niet thuishoren in een kamer vol mensen die ze kende. En ze stond om half negen 's ochtends in de winkel omdat ze voor haar zus wilde koken. Dus nee, misschien toch niet zo egocentrisch als hij eerst dacht.

Maar wat maakte het uit wat hij dacht?

Ze zou binnenkort weer weg zijn. En hij had sowieso geen interesse. Einde verhaal.

'Dan bel je je therapeut. Die heb je vast wel.'

'Twee, mijn reserve meegerekend,' antwoordde ze met opgeheven hoofd.

Brendan duwde zijn fascinatie voor haar halslijn weg en rommelde in zijn mandje. 'Hier. Maak gewoon een makkelijke bolognese voor je zus.' Hij schoof zijn pot marinara in haar mandje, samen met een zak penne. 'Kom.'

Terwijl hij omkeek of ze hem wel volgde, ging hij naar de vleesafdeling, waar hij een pond rundergehakt pakte en het bij haar andere aankopen deed, waaronder nog steeds de limabonen en de appelazijn. Hij was benieuwd of ze die zou afrekenen, al was het maar uit koppigheid.

Piper keek naar het vlees en toen naar hem. 'Hoe werkt dat dan?'

'Beetje olijfolie in een koekenpan, gehakt erin en wachten tot het bruin is. Gesneden uitje erbij, wat champignons als je daarvan houdt. Als het gaar is de saus erbij. Over de pasta gooien.'

Ze gaapte hem aan alsof hij haar zojuist de regels van cricket had uitgelegd.

'Maar moeten het dan laagjes worden?' Piper stamelde alsof ze de stappen in haar hoofd nadeed en merkte dat het allemaal te stressvol was. 'Of moet het door elkaar gehusseld?'

Brendan pakte de saus terug. 'Weet je wat? Loop maar naar West Ocean Avenue en haal wat afhaalmenu's.'

'Nee, wacht!' Ze probeerde de pot uit zijn handen te trekken. 'Ik kan het wel.'

'Geef toe, je hebt nog nooit een fornuis gebruikt,' spotte hij. 'En je kunt het café niet meer verkopen als je het laat afbranden.'

'Dat gebeurt niet.' Ze liet een binnensmonds gilletje horen. 'God, ik heb medelijden met je vrouw.'

Automatisch liet hij de pot los en trok zijn hand terug alsof hij zich had gebrand. Hij wilde iets zeggen, maar er zat iets in zijn keel. 'En terecht,' bracht hij uiteindelijk met een houterige glimlach uit. 'Ze heeft het zwaar gehad.'

De kleur verdween uit haar gezicht en ze focuste zich op het middelpunt van zijn borst. '"Gehád?" Ik wou niet... ik bedoel... is ze...?'

'Ja,' zei hij op vlakke toon. 'Ze is er niet meer.'

'Wat vreselijk.' Ze deed haar ogen dicht en balanceerde op haar hielen. 'Nu wil ik ergens in een hoekje kruipen en doodgaan, als dat helpt.'

'Laat maar, het is oké.' Brendan kuchte in zijn vuist en liep haar voorbij. Nog een paar laatste spullen pakken en dan snel weg hier. Maar vrijwel meteen bedacht hij zich. Hij wilde haar niet achterlaten met een schuldgevoel. Ze kon het toch ook niet weten? 'Zeg, hoor eens.' Hij knikte naar haar mandje. 'Zet in elk geval het nummer van de brandweer onder een sneltoets.'

Piper aarzelde een fractie van een seconde en snoof toen minachtend. 'Vergeet jij de zeep nou maar niet,' zei ze terwijl ze met een hand voor haar neus wapperde. Maar hij zag de dankbaarheid in haar hemelsblauwe ogen. 'Ik zie je nog wel. Misschien.'

'Waarschijnlijk niet.'

Ze haalde haar schouders op. 'We merken het wel.'

'Zoiets ja.'

Goed.

Klaar.

Uitgepraat.

Binnen de kortste keren had hij alles afgerekend.

En hij liep naar huis met een reusachtige smile.

# Hoofdstuk zeven

Met de boodschappen in het minikoelkastje hadden de gezusters Bellinger besloten op verkenning te gaan, natuurlijk ook om te ontsnappen aan de viezigheid in hun woning. En nu zat Piper op de houten reling over de haven uit te kijken, het hoofd iets schuin, zodat het zachte briesje van de vroege middag door het haar in haar nek waaide en de warme zonnestralen op haar wangen vielen. Ze zag er fris en uitgerust uit, in haar bodysuit met lage rug en skinny jeans. Haar Chloé-enkellaarsjes zeiden: misschien dat ik wel op zo'n boot stap, zolang een ander het werk maar doet.

'Hanns,' zei ze vanuit haar mondhoek. 'Iets hoger en dan schuin vanboven.'

'Ik krijg een lamme arm van die telefoon.'

'Toe nou, nog ééntje. Ga anders op die bank staan.'

'Piper, ik heb nu veertig foto's gemaakt waar je als een jonge godin op staat. Hoeveel heb je er wel niet nodig?'

Ze pruilde als een peuter. 'Hannah, pleaaase. Dan krijg je een ijsje van me.'

'Ik ben geen zeven meer,' mopperde Hannah, terwijl ze op het stenen bankje ging staan. 'Oké, met discodip.'

'Oeh, dit zou een leuke foto van jou zijn!'

'Oh, vast,' antwoordde haar zus droog. 'Daar zitten mijn negentien volgers op te wachten.'

'Als je me nou gewoon één keertje...'

'Nee. Daar hebben we het al over gehad. Hoofd iets achterover.' Piper gehoorzaamde en Hannah drukte af. 'Ik hou van mijn privacy. Geen foto's online.'

Piper sprong van de reling en nam de telefoon van Hannah terug. 'Je bent gewoon supercute en ik vind dat iedereen dat mag zien.'

'No way. Te veel stress.'

'Hoe bedoel je?'

'Je bent er zelf waarschijnlijk zo aan gewend dat je er nooit meer bij stilstaat dat... al die vreemden met hun likes en reacties bepalen hoe leuk jij iets vindt. Ik bedoel, bén je wel hier, aan deze haven of denk je alleen na over een bijschrift?'

'Auw, die was onder de gordel.' Ze snoof. 'Is "Als een vis in het water" wat?'

'Ja hoor,' lachte Hannah. 'Als je mij maar niet tagt.'

'Prima,' mopperde Piper en ze stopte haar telefoon in haar kontzak. 'Ik plaats hem later wel, dan hoef ik nu in elk geval niet op mijn likes te letten. Ik heb hier sowieso geen bereik. Goed dan... waarheen moet ik mijn oogbollen richten? Hoe ziet de werkelijkheid eruit vandaag? Leid mij erheen, oh wijze vrouw.'

Met een toegeeflijke lach haakte Hannah haar arm door die van Piper. Ze haalden een ijsje bij een klein winkeltje en liepen in de richting van de rijen vissersschepen. Meeuwen cirkelden onheilspellend boven hun hoofd, maar na een tijdje werden ze met hun schrille gekrijs een deel van de omgeving en was Piper niet bang meer dat ze onder gescheten zouden worden. Het was een broeierige augustusmiddag. Toeristen op sandalen en met vissershoedjes op schuifelden langs reclameborden voor walvissafari's en gingen aan boord van boten die in het water dobberden. Anderen stonden in een kringetje op een steiger en lieten zo te zien een soort stalen emmers in het water zakken.

Iets verderop zag Piper een wit gebouw dat volgens een bord het scheepvaartmuseum was en ze herinnerde zich wat Brendan had gezegd over het gedenkteken voor Henry Cross. 'Hé, uh... ik overval je misschien een beetje, maar er schijnt daar een gedenkteken te zijn voor onze vader. Wil je kijken?'

Hannah dacht na. 'Dat is misschien best weird.'

'Hééł weird,' beaamde Piper.

'Maar het is nog weirder als zijn dochters niet eens gaan kijken.' Ze beet op haar lip. 'We doen het. Als we wachten, gaan we alleen maar redenen zoeken om het uit te stellen.'

'Zou je denken?' Niet voor het eerst die dag viel het Piper op hoe weinig ze spraken over de olifant in de kamer, oftewel: de vage mist van hun vroegste jaren. 'Meer over Henry te weten komen, zou je dat willen uitstellen dan?'

'Misschien wel.' Ze wisselden blikken uit. 'Misschien is het handiger om mama's voorbeeld te volgen, wat dit betreft.'

'Misschien.' Maar zo voelde het niet. Het voelde alsof er een gat zat in haar geheugen. Alsof er een los draadje aan haar trui zat waar ze de hele tijd aan moest denken. Het liet haar niet meer los wat Brendan in de supermarkt had gezegd. Oké, haar moeder en grootouders hadden nooit veel verteld over Henry, maar ze had zelf ook op onderzoek uit kunnen gaan, toch? Misschien was dit haar kans. 'Ik denk dat ik wel wil.'

'Oké.' Haar zus bekeek haar aandachtig. 'Kom op dan.'

Piper en Hannah slenterden verder langs de haven, op zoek naar het gedenkteken. Een oudere man zat de krant te lezen op het gazon van het museum en zwaaide. Ze zwaaiden terug. Niet lang daarna ontwaarden ze vlak aan het water een beeld van brons. Ze gingen steeds langzamer lopen, maar uiteindelijk stonden ze toch aan de voeten van het beeld. Meeuwen krijsten rondom, schepen bromden in de verte en het leven ging door als altijd, terwijl zij voor de artistieke weergave van hun lang geleden gestorven vader stonden.

Daar was hij dan. Henry Cross. Al die tijd had hij hier gestaan. Dat wil zeggen, een meer dan levensgrote, bronzen versie van hem. Misschien was dat de reden waarom de bevroren glimlach en de metalen plooien in zijn oliejas zo onpersoonlijk leken, zo vreemd. Piper zocht in zichzelf naar iets van een connectie, maar ze vond niets. En het schuldgevoel daarover gaf haar een droge mond.

Bij de voeten was een plaquette geplaatst: *Henry Cross. Diep gemist, voor altijd herinnerd.*

'Hij lijkt een beetje op een jonge Kevin Costner,' mompelde Piper.

Hannah snoof. 'Shit ja.'

'Je had gelijk. Dit is weird.'

Hun handen vonden elkaar. 'Kom, we gaan. Ik moet sowieso over tien minuten zoomen met Sergei.'

Hannah had met haar baas afgesproken dat ze in Westport wat administratief werk zou doen en ze wilde nog even haar haar borstelen en een goede achtergrond zoeken.

Met flinke pas en in stilte sloegen de zussen de straat in die naar de No Name leidde. Hannah was diep in gedachten, terwijl Piper probeerde om te gaan met het schuldgevoel en een licht gevoel van falen omdat ze niet… direct gegrepen was door haar eerste ontmoeting met Henry.

Was ze te oppervlakkig om zelfs iets te voelen? Of had het begin van haar leven zo weinig te maken met haar huidige situatie dat ze er gewoon niet meer bij kon komen?

Piper ademde diep in. Haar longen waren in elk geval blij met het gebrek aan smog hier. Alle vissers die ze passeerden, over het algemeen wat oudere mannen, begroetten hen met een tikje aan hun pet. Piper en Hannah glimlachten terug. Al bleven ze een jaar in Westport, aan de vriendelijkheid van de bewoners zou ze waarschijnlijk nooit wennen. Het had absoluut iets prettigs dat mensen zomaar het bestaan van de ander erkenden, maar toch gaf ze de voorkeur aan de verveelde onverschilligheid van LA. Zeker weten.

Ook was het een bijzondere ervaring om onder het lopen niet de hele tijd op haar telefoon te kijken. Doordat ze nu niet hoefde te reageren op de reacties onder haar post, miste ze niet de vrouw die verse vis voor het raam van haar winkel uitstalde, de meeuwen die vochten om een frietje, de peuter die een snoepwinkel uit kwam rennen met een mond vol zoute toffee. Misschien moest ze haar telefoon wat vaker in haar zak houden. Of op z'n minst proberen om zoveel mogelijk authentieke momenten mee te pikken.

Bij de No Name stond tot Pipers verbazing een man tegen de deur geleund. Hij leek in de zestig, had een beetje een buikje en op zijn hoofd stond een ouderwetse pet. Hij wachtte de zussen op met half toegeknepen ogen, de mondhoeken licht gekruld.

'Hoi,' zei Hannah terwijl ze haar sleutels zocht. 'Kunnen we u helpen?'

De man zette zich af tegen de deur en sloeg een hand op zijn bovenbeen. 'Ik kwam de meiden van Henry en Maureen eens met eigen ogen bekijken. En daar zijn jullie dan.'

Haar hart maakte een vreugdesprongetje. Ze had de naam van hun vader twintig jaar niet gehoord en het was fijn dat iemand hem nu uitsprak en erkende dat zij en hun moeder bij hem hoorden. 'Ik ben Piper,' zei ze met een glimlach. 'En dit is Hannah. En u bent...?'

'Mick Forrester, zeg maar gewoon Mick,' zei hij vriendelijk en hij schudde ze hartelijk de hand. 'Ik ken jullie nog van dat jullie zó klein waren.'

'Oh? Nou, het is fijn om als volwassenen kennis met je te maken.' Ze keek even naar Hannah. 'Mijn zus moet werken. Maar als je binnen wil komen, er staat vast nog wel een lekker biertje koud.'

'Dat zal niet gaan. Ik moet naar de seniorenlunch.' Hij legde zijn grote handen op zijn buik, alsof hij al nadacht over wat hij ging bestellen. 'Maar ik wilde echt even gedag komen zeggen en kijken of jullie meer op Henry of op Maureen lijken.' Met twinkelende ogen nam hij ze in zich op. 'Ik zou zeggen: op jullie moeder. Gelukkig maar. Jullie willen er toch niet uitzien als zo'n onbehouwen visserman.' Hij lachte. 'Het leven op zee doet wat met het uiterlijk van een man, hoor. Maar jongens, wat kon jullie vader lachen. Soms hoor ik het nog. Een lach waar de dakpannen van rammelden.'

'Ja.' Vanbinnen kromp Piper in elkaar bij het idee dat deze vreemde meer warme herinneringen aan haar vader had dan zijzelf. 'Dat is zo'n beetje het enige dat ik van hem weet.'

'Verdorie.' Hannah lachte gespannen. 'Ik kom te laat voor de meeting. Pipes, hoor ik straks alles van je?'

'Tuurlijk. Succes.' Piper wachtte tot Hannah binnen was en het gebonk op de trap van de No Name was weggestorven. 'Waar kende je mijn vader van?'

Mick ging er goed voor staan, met zijn armen over elkaar. Een klassieke vertelhouding. 'We hebben altijd samen gevist. We werkten ons samen op, van groentje via gezel tot volwaardig bemanningslid, tot ik uiteindelijk de Della Ray kocht en zelf schipper werd.' Zijn ogen werden doffer. 'Het spijt me dat ik erover moet beginnen, Piper, maar ik stond op de brug toen we hem verloren. Het was een inktzwarte dag. Henry was de beste vriend die ik ooit gehad heb.'

Piper legde een hand op zijn elleboog. 'Wat erg voor je.'

'Verdomme, jij bent zijn dochter.' Hij trok zijn arm weg. 'Ik zou jóú moeten troosten.'

'Ik wou dat ik… Kijk, we weten bijna niks over hem. En onze moeder…'

'Ik denk dat het te pijnlijk voor haar was om erover te praten. Dat komt vaker voor, weet je. Vissersvrouwen zijn taai. Ze hebben stalen zenuwen. Mijn vrouw ook en die heeft ze doorgegeven aan Desiree, onze dochter.' Hij knikte me toe. 'Je hebt haar man Brendan waarschijnlijk al ontmoet op de avond dat jullie aankwamen.'

*Desiree.* Dus zo heette Brendans overleden vrouw. In een oogwenk was ze echt geworden. Iemand met een persoonlijkheid. Met een gezicht, een stem, een aanwezigheid.

Een verdrietige trek was om zijn mond gekomen bij het noemen van zijn dochter. 'De vrouw van een visserman moet leren om haar angsten op te kroppen en altijd door te gaan. Niet huilen of klagen. Maar ik denk dat jullie moeder een beetje rebelleerde tegen die ongeschreven wet. Ze kon niet omgaan met haar verlies en dus ging ze weg. Ze is opnieuw begonnen op een plek die haar niet deed denken aan Westport. Ik zal je eerlijk zeggen dat ik daar ook weleens aan gedacht heb toen mijn dochter was overleden. Maar ik heb besloten om toch maar op mijn koers te blijven.'

Pipers keel was dik. 'Ik vind het zo erg van je dochter.'

Mick knikte met een vermoeid gezicht. 'Luister, er is nog veel meer dat ik jou wil vertellen. Maar je blijft hier nog wel even, dus dat komt wel. Veel mensen hier kenden je vader en we halen allemaal graag herinneringen op.' Hij haalde een papiertje uit zijn achterzak en gaf het aan Piper. Er was een adres op geschreven, houterig maar leesbaar. 'Nu we het toch hebben over de mensen hier, er is niemand die liever wil bijkletsen dan Opal. Dit is haar adres. Ik weet niet of je al tijd gehad hebt om haar op te zoeken?'

Opal? Was dat iemand die ze zou moeten kennen?

De naam zei haar niets, maar ze zweeg.

Bij Henry's gedenkteken was ze al niet zo ontroerd geweest als ze had moeten zijn en daarom wilde ze nu niet óók nog haar onwetendheid toegeven, nog afgezien van het schuldgevoel dat maar niet wegging. Bovendien was er iets wat ze wilde weten en ze wilde nu de kans niet missen om het te vragen.

'Opal. Natuurlijk.' Piper vouwde het papiertje op en twijfelde even of ze de volgende vraag zou stellen. 'Mick… hoe is Henry precies…?' Ze zuchtte diep en begon opnieuw. 'We weten dat het op zee gebeurd is, maar verder niks eigenlijk.'

'Ah.' Hij nam zijn pet af en drukte hem tegen zijn borst. 'Het was een monstergolf. Het ene moment stond hij op het dek en het volgende moment was hij weg. Hij werd er zó van afgeveegd. We denken allemaal dat hij zijn hoofd gestoten moet hebben voor hij in het water viel, want niemand kon beter zwemmen dan Henry. Hij was waarschijnlijk al bewusteloos toen hij het water raakte. Het is in de Beringzee zo verdomde koud… je hebt maar een minuut voordat de adem uit je longen wordt geperst.'

Ze rilde en kreeg kippenvel over haar hele lijf. 'Oh mijn god,' fluisterde ze, terwijl ze zich voorstelde hoe die stoere bronzen man over de reling verdween en eenzaam naar de bodem van de oceaan zonk. Koud. Maakte hij dat nog mee of was hij buiten bewustzijn geraakt? Ze hoopte het laatste. Vreemd genoeg dwaalden haar gedachten af naar Brendan. Hoe veilig was hij als hij zich op zee waagde? Was vissen altijd zo gevaarlijk? Of alleen krabvissen? 'Dat is verschrikkelijk.'

'Ja.' Mick zuchtte, zette zijn pet weer op en gaf haar een onhandig klopje op haar schouder. Pas toen realiseerde Piper zich dat haar ogen nat waren. 'Ik beloof dat ik je niet elke keer aan het huilen maak als je me ziet,' zei hij. Hij probeerde overduidelijk luchtig te doen.

'Niet elke keer? Dus alleen sóms?' Ze lachte.

Hij keek nu ook weer vrolijk. 'Hoor eens, vrijdagavond hebben we een feestje. Gewoon wat eten en drinken met een paar lui. Iedereen neemt wat mee. Praten over vroeger. Jij en Hannah zijn van harte uitgenodigd.' Hij wees in de richting van de haven. 'In die straat daar staat een kroeg, de Blow the Man Down. Vanaf pakweg acht uur kun je ons vinden in het benedenzaaltje. Ik hoop dat jullie ook komen.'

'Ik hou wel van een feestje,' zei ze met een knipoog. Hij moest ervan blozen.

'Afgesproken dan.' Hij tikte op de typische Westport-manier aan zijn pet. 'Leuk om je te ontmoeten, Piper. Een hele fijne dag nog.'

'Van hetzelfde, Mick.'

'De dochter van Henry Cross,' mompelde hij tijdens het weglopen. 'Krijg nou wat.'

Piper keek hem nog even na en ging toen naar binnen. Ze

wilde Hannah niet storen tijdens haar zoommeeting, dus ging ze op een ton zitten en luisterde naar de stilte. Voor het eerst was de No Name meer dan enkel vier muren.

# Hoofdstuk acht

Later die avond stond Piper naar het gehakt te kijken en zich af te vragen waar ze de moed vandaan moest halen om het met blote handen aan te raken. 'Niet te geloven dat rauw vlees op hersenen lijkt. Wist jij dat?'

Hannah verscheen achter haar en legde haar kin op de schouder van haar zus. 'Je hoeft dit niet te doen, hoor.'

Ze dacht aan Brendans zelfvoldane grijns. 'Oh, jawel.' Zuchtend porde ze met haar wijsvinger in de rode homp. 'We hebben geen budget om elke avond te laten bezorgen en het is sowieso goed om af en toe zelf te koken.' Ze wipte van het ene been op het andere, schudde haar polsen en haalde diep adem. 'Ik ben je grote zus en ik ga ervoor zorgen dat je goed eet. Plus, jij hebt de wc *from hell* schoongemaakt, dus als iemand een sticker en een lekkere maaltijd verdient, dan ben jij het wel.'

Ze voelde haar zus huiveren. 'Dat is waar. Sommige remsporen waren nog uit de tijd van Reagan.'

Na haar meeting was Hannah naar een huishoudwinkel gegaan voor schoonmaakspullen. Ze hadden een bezem, stoffer en blik en wat oude doeken gevonden in een voorraadkast beneden in het café, maar meer ook niet. En dus was er een flinke hap uit hun budget gegaan naar bleekmiddel, een zwabber, een emmer, keukenrollen, schuursponzen, allesreiniger en staalwol om de muizengaatjes dicht te maken. Alle acht. Vooral de plint achter het stapelbed leek wel van Zwitserse kaas.

Het grootste deel van de middag hadden ze schoongemaakt en hoewel het studiootje nog steeds wat groezelig oogde, was het flink opgeknapt. En Piper moest toegeven dat het voldoening gaf om zelf vooruitgang te boeken. Om een 'voor' en een 'na' te hebben zonder dat het met make-up te maken had.

Niet dat ze dacht dat ze ooit zou kunnen wennen aan schoonmaken. Maar toch.

Het rook nu naar citroen in plaats van naar rottend afval en daar waren de gezusters Bellinger uit Bel-Air verantwoordelijk voor. Dat zouden ze thuis nooit geloven. Pipers manicure zou hysterisch worden als ze de schilfers in haar nagellak zag. Als ze straks eenmaal gesetteld waren, moesten ze nodig op zoek naar een salon waar ze haar, nagels en waxen deden.

Maar nu eerst de pasta bolognese.

Toen ze naar de ingrediënten keek zoals ze daar uitgestald lagen, moest ze denken aan haar spontane ontmoeting met Brendan. God, wat was hij zelfingenomen geweest. Totdat ze over zijn overleden vrouw begon. Toen was hij niet meer zo zelfingenomen. Eerder flink van slag. Hoe lang geleden zou zijn vrouw overleden zijn?

Niet zo lang waarschijnlijk, aangezien hij zijn trouwring nog omhad. En dan had hij een goede reden om zo uit zijn doen te zijn. Ondanks dat ze hem niet kon uitstaan, die potige visser met zijn donkere baard, voelde ze ergens een spoortje van sympathie. Misschien konden ze in elk geval de beleefdheid opbrengen om elkaar te groeten op straat. Het was maar voor drie maanden. Een jeugd in Los Angeles had haar wel geleerd hoe je frenemy's maakt.

Ze verheugde zich er stiekem op om de volgende keer dat ze hem zag, te zeggen dat ze haar bolognesesaus geperfectioneerd had en verder gegaan was met soufflés en coq au vin.

Trouwens, waarom ook niet? Misschien had ze een onontdekt talent voor koken.

Piper draaide aan de knop van het fornuis en probeerde met ingehouden adem een pit aan te steken. En toen nog eens. En nog eens.

Plotseling schoot een steekvlam uit het zwarte smeedijzer. Ze gilde, struikelde achteruit en werd gelukkig opgevangen door haar zus.

'Misschien dat je een staartje moet maken?' stelde Hannah voor. 'Een vinger of twee kun je wel missen, maar je *beach waves* zijn heilig.'

'Oh mijn god, je hebt gelijk,' riep Piper uit. Ze zocht snel een elastiekje en deed haar haar keurig in een paardenstaart. 'Als ik jou niet had, Hanns.'

'Geen probleem.'

'Oké, daar gaat hij dan,' zei Piper en spreidde haar vingers boven het gehakt. 'Ik moest het in een beetje olijfolie bruin laten worden, zei hij. Dat klinkt niet héél moeilijk.'

'Wie zei dat?'

'Och.' Ze maakte een afkeurend geluid. 'Ik zag Brendan in de supermarkt vanochtend. Hij liep natuurlijk weer eikelig te doen.' Met haar ogen stijf dicht pakte ze het gehakt en liet de hele bonk in de pan vallen. Ze schrok een beetje van het gesis dat volgde. 'Hij is weduwnaar, wist je dat?'

Hannah kwam naast het fornuis staan en leunde met haar elleboog tegen de muur, die een stuk schoner was dan vanochtend. 'Hoe weet je dat?'

'We waren aan het kibbelen en toen zei ik dat ik medelijden had met zijn vrouw.'

'Oei.'

Kreunend prikte Piper met een roestige spatel in het blok vlees. En nu, moest ze het op een gegeven moment omdraaien of zo? 'Echt hè? Maar toen maakte hij een grapje om de lucht te klaren. Best raar eigenlijk. Hij had me makkelijk een enorm schuldgevoel kunnen geven.' Piper beet even op haar lip. 'Ben ik echt zo verwend?'

Haar zus stak een vinger onder haar rode honkbalpet en krabde aan haar slaap. 'We zijn allebei verwend, Pipes, in die zin dat we altijd alles hebben gekregen wat we wilden. Maar ik vind het geen leuk woord, want het betekent zoiets dat je… niet meer te redden bent. Alsof je helemaal geen goede eigenschappen hebt. Maar die heb je wel.' Ze fronste haar wenkbrauwen. 'Zei hij dat dan? Dat je verwend was?'

'Niet met zoveel woorden, maar toch.'

Hannah snoof. 'Ik mag hem niet.'

'Ik ook niet. Vooral die spieren niet. Gatver.'

'Ja, die spieren,' moest Hannah toegeven. Ze sloeg haar armen om haar middel en zuchtte diep. Piper begreep meteen aan wie ze dacht. 'Hij haalt het niet bij Sergei. Niemand haalt het bij Sergei.'

Haar handen waren vettig, dus liep Piper naar de gootsteen (nog een geluk dat het keukentje maar een meter breed was) en waste haar handen. Ze droogde ze af aan een doek, legde die ergens weg en begon toen weer in het gehakt te prikken. Het werd al aardig bruin, dus gooide ze de gesnipperde ui erbij en stelde tevreden vast dat ze de volgende Giada De Laurentiis was. 'Jij valt altijd op worstelende kunstenaars,' mopperde ze. 'Van die types die het zo vreselijk zwaar hebben.'

'Is wel zo.' Hannah zette haar pet af en ging met een hand door haar halflange haar. Ze droeg het bijna nooit los, al was het net zo mooi als dat van Piper. Schandalig, vond Piper, maar ze had zich er al lang geleden mee verzoend dat Hannah Hannah was. Ze zou niets willen veranderen aan haar zus. 'Maar Sergei is anders. Hij doet niet alsóf hij hip is, zoals de andere regisseurs met wie ik gewerkt heb. Hij maakt echte kunst. Melancholiek en ontroerend en ruig tegelijk. Als de vroege Bob Dylan.'

'Heb je hem al gesproken sinds we hier zijn?'

'Alleen in groep-meetings.' Hannah pakte een cola light uit het koelkastje en draaide de dop eraf. 'Hij had zoveel begrip toen ik zei dat ik weg moest. Ik kan gewoon mijn baan houden... en hij mijn hart,' zei ze weemoedig.

Ze snikten allebei.

Maar het geluid stierf weg in Pipers keel toen ze de vlammen van het aanrecht zag slaan.

Het aanrecht?

Wacht even... De handdoek waar ze net haar handen mee afgedroogd had...

Die stond in de fik.

'Shit! Hannah!'

'Oh mijn god! Wat de fuck moeten we doen?'

'Weet ik veel!' In een reflex smeet Piper de spatel in de richting van de vlammen. Dat leek niet zoveel te helpen. De oranje vingers reikten alleen maar hoger. Het laminaat op het aanrecht was al aardig aan het smelten. Kon het aanrecht zelf ook branden? Het was van hout, dus waarschijnlijk wel. 'Is dat die doek waar we mee schoongemaakt hebben?'

'Misschien... ja, ik denk het eigenlijk wel. Hij zat helemaal onder dat citroenspul.' Vanuit haar ooghoeken zag Piper Hannah op en neer springen. 'We moeten beneden een brandblusser zoeken.'

'Geen tijd!' riep Piper. Het irriteerde haar mateloos dat ze nu, op het randje van de dood, in gedachten Brendan hoorde lachen op haar uitvaart. 'Oké, water dan, moeten we er geen water overheen gooien?'

'Dan maken we het vast alleen maar erger,' piepte Hannah angstig.

Het vlees was in rook aan het opgaan, net als haar kortstondige kokscarrière. 'Ja jezus, wat moet ik dán?' Ze zag een tang op de rand van het aanrecht liggen, greep hem, aarzelde een fractie van een seconde, pakte toen de brandende doek bij een punt vast en sleurde de hele fikkende bende de pan in, boven op het vlees.

'Wat doe je?' schreeuwde Hannah.

'Geen idee! Dat had ik toch al gezegd? Ik ga die pan naar buiten brengen voordat de hele hut afbrandt.'

En dus rende Piper met de pan de trap af. Een pan met daarin een inferno van vlees en met schoonmaakmiddel doordrenkt textiel. Ze hoorde Hannah achter zich de trap af komen, maar hoorde niets van wat ze riep. Ze was er honderd procent op gefocust om buiten te komen.

Beneden in het café dacht ze aan wat Mick Forrester eerder die dag had gezegd. Jongens, wat kon jullie vader lachen. Een lach waar de dakpannen van rammelden. Onwillekeurig ging ze iets langzamer lopen en keek naar het plafond, maar schopte uiteindelijk toch de voordeur open en rende schreeuwend om hulp met een brandende koekenpan de straat op.

# Hoofdstuk negen

Voor de vorm keek Brendan even op het krijtbord van de Red Buoy, maar hij wist donders goed dat hij fish en chips zou bestellen. Elke maandagavond zag hij Fox in dit eettentje, een begrip in Westport. Het bestond al toen hun grootvaders de zee op gingen. Brendan at er altijd hetzelfde. En waarom ook niet? Bij de Red Buoy hadden ze de beste vis van de stad.

Klanten liepen in en uit en zeiden elkaar gedag. De meesten kwamen afhalen en kwamen naar buiten met vettige zakken onder hun arm. Maar Brendan en Fox zaten aan een van de drie tafeltjes die de zaak rijk was en wachtten tot hun bestelling werd afgeroepen. Misschien had Fox door dat Brendan wel erg vaak naar de overkant keek, naar de No Name, maar hij zei er niets van.

'Je bent stiller dan anders,' merkte Fox op. Hij leunde zo ver naar achteren op zijn stoel dat het niet veel scheelde of hij tuimelde achterover. Maar dat zou niet gebeuren, wist Brendan. Zijn beste vriend en de plaatsvervangend schipper van de Della Ray maakte zelden een fout. 'Zit je aan krabben te denken?'

Brendan gromde en loerde weer naar de overkant.

Het werd verdomme hoog tijd dat hij inderdaad aan krabben ging denken. Over een paar weken begon het seizoen en gingen ze weer de Beringzee op. Op die vertrouwde, maar ijskoude wateren zouden ze twee weken lang achter de koningskrab aan gaan en moesten ze het ruim zo vol zien te krijgen dat de zeskoppige bemanning het weer een jaar kon uitzingen.

Alle bemanningsleden van de Della Ray werkten de rest van het jaar ook in de visserij in de haven van Westport, maar het koningskrabseizoen was de tijd dat ze hun grote slag sloegen. En ze rekenden er allemaal op dat Brendan wist hoe.

'Ik heb eens op de kaart zitten kijken,' zei Brendan uiteindelijk, nadat hij zichzelf met moeite op zijn tafelgenoot had geconcentreerd en niet op het gebouw aan de overkant. 'Ik heb zo het idee dat de Russen hun potten uit gaan zetten op de plek waar wij vorig jaar waren. Want dan weet je zeker dat je goed zit, toch? Maar het seizoen begint dit jaar een stuk vroeger en de getijden zijn veranderlijker. Niks is zeker dus.'

Fox dacht na. 'Dus je wou meer naar het westen gaan?'

'Naar het noorden.' Ze wisselden blikken van begrip uit. Beiden wisten dat de zee daar veel ruwer was. 'De laatste jaren is er maar weinig gevangen, daar in de buurt van St. Lawrence Island. Maar ik heb een voorgevoel.'

'Jouw voorgevoel klopt wel vaker. Daar weet mijn bankrekening alles van.' Hij leunde voorover en tikte zijn fles Bud tegen die van Brendan. 'We doen het, verdomme.'

Brendan knikte. Hij was blij dat de stilte terugkeerde.

Maar hij zag dat Fox een glimlach probeerde te onderdrukken. 'Wil je iets kwijt?' vroeg Brendan ten slotte.

Op Fox' gezicht verscheen eindelijk de smile die het zo goed deed bij de vrouwen. Hij was er zondagavond niet bij geweest in de No Name omdat hij toen in Seattle zat, een vrouw opzoeken die hij online had leren kennen. Aangezien hij twee nachten was weggebleven, nam Brendan aan dat de date, uh, geslaagd was. Maar hij beet liever zijn tong af dan dat hij daarnaar vroeg. Dat soort dingen kon je beter privé houden.

Het feit dat zijn beste vriend populair was bij de vrouwen irriteerde hem vandaag meer dan anders. Hij snapte niet zo goed waarom.

'Misschien wil ik wel iets kwijt ja,' antwoordde Fox. 'Ik was vanochtend in de haven en daar hoorde ik dat we gasten uit LA hebben, hier in ons mooie Westport. En het schijnt dat jij een aanvaring hebt gehad met een van die bezoekers.'

'Van wie heb je dat?'

Zijn vriend haalde zijn schouders op. 'Wat maakt dat uit?'

'Iemand van de bemanning dus. Sanders.'

Fox vermaakte zich zo te zien uitstekend. 'Je blaast de No Name nog omver met dat gestaar van je, schipper.' Als hij lachte kwam er zo'n stom kuiltje in zijn wang. Zat dat er altijd al? Hielden vrouwen van die onzin? 'Ik heb gehoord dat ze niet bang was van jouw beruchte boze blik.'

Brendan voelde een golf van weerzin. Vooral omdat het waar was. Piper was niet bang geweest. Gisteravond niet en vanochtend ook niet. 'Hoor jezelf nou praten. Je lijkt wel een schoolmeid.'

Daar moest Fox hartelijk om lachen. Maar toen nam hij nog een slok bier en werd zijn gezicht iets serieuzer. 'Het is oké, weet je,' zei hij op zachte toon, vanwege de klanten die op hun bestelling stonden te wachten. 'Het is zeven jaar geleden, man.'

'Ik weet hoe lang het geleden is.'

'Oké.' Fox kende hem goed genoeg om te weten dat hij het onderwerp nu met rust moest laten. Niet dat zijn vrouw een verboden onderwerp was. Maar de draad weer oppakken, ooit, vroeg of laat... Zelfs de suggestie maakte hem nerveus.

In gedachten was hij na haar dood altijd een getrouwd man gebleven. Het was een gewoonte geworden. Een routine. Een soort troost. En dus zat hij niet te wachten op een gesprek als dit.

En toch, toen ze even later hun bestelling hadden opgehaald en weer waren gaan zitten, begon Brendan niet meteen met eten. Hij merkte dat zijn rechterhand tot een vuist gebald naast zijn bord lag. Fox zag het ook en wachtte af.

'Als je die oudste, Piper, maar met rust laat,' bromde Brendan. 'Vraag niet waarom.'

Fox keek op van zijn bord. Zijn mond stond serieus, maar er waren pretlichtjes in zijn ogen. 'Volkomen met rust, dat beloof ik plech...' Toen liet hij de vork vallen die hij net in zijn hand had genomen en keek naar iets op straat. 'Wat de...?'

Met een ruk draaide Brendan zijn hoofd naar het raam. Onmiddellijk had hij de situatie in de peiling en zocht zijn zeemansgeest naar een oplossing. Zijn leven was dan wel gebaseerd op vaste patronen en routine, maar juist door die georganiseerde mentaliteit kon hij makkelijker met de chaos dealen. Problemen ontstonden, oplossingen dienden zich aan. Ook een soort ordening, maar dan anders.

Maar dit...

Ontzet zag hij Piper de straat op rennen met iets in haar handen waar de vlammen uit sloegen.

Zijn lijf bewoog uit zichzelf. Hij sprong op en schreeuwde naar het meisje met de zonneklep achter de kassa. 'Brandblusser, nu!'

Ze schrok zich wezenloos en trok wit weg. Nou, hij zou later wel sorry zeggen, maar nu sprintte hij naar de overkant van de straat en trok de pin uit de brandblusser. Een paar helse seconden lang keek hij hoe Piper als een kip zonder kop rondrende, op zoek naar een veilige plek om de brandende koekenpan neer te zetten. Uiteindelijk gooide ze hem maar gewoon op straat.

'Opzij,' beval Brendan. Hij richtte de spuitmond op de basis van de vlammen en doofde ze in een wolk natriumbicarbonaatpoeder. Wat achterbleef was een verkoolde pan die zo te zien uit de negentiende eeuw stamde. Hij ademde diep in en merkte dat zijn hart als een razende tekeerging. Zonder nadenken liet hij de brandblusser vallen en greep Piper bij haar polsen om haar handen te inspecteren. 'Mankeer je wat?'

'Nee,' hijgde ze en keek naar hem op. 'Bedankt, uh… voor het blussen.'

Hij liet haar handen weer los. Hij durfde niet goed toe te geven hoe enorm opgelucht hij was dat ze ongedeerd was. Hij trok de muts van zijn hoofd en was blij dat er eindelijk iets van irritatie zijn buik binnensloop. 'Verdomme, Piper,' brulde hij. 'Dat van de brandweer onder een sneltoets, dat was maar een grapje.'

Brendan had pas in de gaten dat Hannah haar zus naar buiten was gevolgd toen ze tussen hen in sprong. Ze was pislink en haar woede was voor hém bestemd. 'Schreeuw niet zo tegen mijn zus, lompe lul.'

Vanbinnen kromp hij in elkaar. *Lompe lul?*

Hij hoorde Fox grinniken. Brendan draaide zich om naar zijn vriend om te zeggen dat hij zijn kop moest houden, maar merkte toen dat zich een nieuwsgierige menigte verzameld had.

'Laat maar, Hannah.' Piper kwam zuchtend achter haar zus vandaan. Rood van schaamte probeerde ze met de rand van haar shirt de koekenpan van het wegdek te pakken. Door die manoeuvre kwam haar slanke buik bijna helemaal bloot te liggen. Brendan klemde zijn kiezen op elkaar. Als hij al zag dat ze een moedervlekje rechts van haar navel had, dan zag iedereen het. Ze had dat glitterding niet meer aan, maar in een fietsshort, met losse haren en een paar vegen op haar neus was ze niet minder mooi. 'Let maar niet op hem,' zei Piper en maakte een achteloos wuifgebaar. 'Zie jij ergens een plek waar ik dit ding kan weggooien?'

'Let maar niet op hem, zegt het dametje,' zei Fox geamuseerd.

'En wie ben jij dan? Zijn knappe knechtje?' smaalde Hannah tegen een verbijsterde Fox en richtte haar woede meteen weer op Brendan. 'Ze heeft geen behoefte aan wéér een gast die haar als stront behandelt. Laat haar met rust.'

'Hannah,' siste Piper en begon weg te lopen. 'Doe geen moeite. Help me liever met die pan.'

Maar haar zus was nog niet klaar. 'Het is mijn schuld. Ik had die doek vol chemische troep op het aanrecht laten liggen. Zíj heeft juist het café gered.' Ze prikte Brendan in zijn borst. 'Dus laat. Haar. Met. Rust.'

Brendan voelde zich met de seconde kloteriger. Er zat iets raars in zijn keel en de eetlust waarmee hij zijn huis had verlaten, was weg. Hij moest nog steeds bekomen van het feit dat Hannah hem een lompe lul had genoemd en had gezegd dat Piper geen behoefte had aan wéér een gast die haar als stront behandelde. En in zijn buik begon iets warms en gevaarlijks te sudderen.

Het was allemaal nieuw voor hem. Het was uitzonderlijk dat vrouwen, zeker zulke opdondertjes, in het openbaar tegen hem schreeuwden. Of hem de stuipen op het lijf joegen door bijna de halve stad in de hens te zetten. Eigenlijk zou hij een hand over het schaakbord van de dag willen vegen en morgen opnieuw beginnen. Hopelijk was alles dan weer normaal. Maar hij wilde ook graag deze... situatie met Piper oplossen in plaats van vast te houden aan de status quo. Misschien was hij gewoon ziek aan het worden of zo, want toen Piper de pan in een vuilnisbak had gegooid en terugparadeerde naar haar voordeur, was het duidelijk dat ze naar huis wilde zonder nog een woord tegen hem te zeggen. En om de een of andere reden kon hij dat niet laten gebeuren.

Laat haar met rust, had haar zus gezegd. En dus wilden de excuses zijn mond niet verlaten.

Hij was toch niet zo'n hufter die de hele dag vrouwen liep te kwetsen?

Nee. Alleen maar deze.

Waarom alleen deze?

Brendan schraapte zijn keel. Hard. 'Piper.'

De vrouw die naar die naam luisterde stond stil, haar hand al op de deurknop. De hoofdbeweging waarmee ze haar haar achterover wierp was veel te sexy voor een maandagavond in Westport. Oh, jij weer? drukte haar houding uit.

Hannah fronste haar wenkbrauwen. 'Ik zei toch dat je mijn zus met...'

'Luister,' zei Brendan tegen de jongste zus. 'Ik heb je gehoord. En ik snap wat je bedoelt. Ik moet zeggen, je hebt best ballen voor iemand uit Los Angeles. Maar ik volg geen bevelen op, ik geef ze.' Hij wachtte even om dat te laten landen. 'Ik schold haar uit omdat mensen dat nou eenmaal doen als er bijna een ramp is gebeurd.' Over Hannahs hoofd heen ontmoette hij Pipers blik. 'Maar ik zal het niet meer doen.'

Er verscheen een rimpel tussen Pipers wenkbrauwen en verdomme, wat voelde hij zich opgelucht. Want het betekende dat hij haar niet koud liet. 'Het is oké, Hannah,' zei Piper. Ze liet de deur los. 'Ga jij maar vast naar boven, dan probeer ik ergens iets te eten te krijgen.'

Maar Hannah was nog steeds niet van plan een stap te verzetten. De menigte om hen heen ook niet. Brendan kon het zijn stadsgenoten niet kwalijk nemen dat ze nieuwsgierig waren. Deze twee meisjes pasten totaal niet in dit vissersplaatsje. Het waren twee explosies van kleur.

Piper kwam dichterbij en legde haar hoofd op de schouder van haar zus. 'Lief dat je voor me opkomt, Hanns, maar je bent veel te lief voor ruzie.' Ze drukte een kus op haar wang. 'Ga je maar even ontspannen. Je Radiohead-platen zitten in het geheime vak van mijn rode Chanel-koffer.'

De jongste zus straalde. 'Die pasten niet meer in mijn eigen bagage! Heb jij ze stiekem meegenomen?'

'Voor het geval dat, ja.' Ze gaf Hannah een heupstoot. 'Wegwezen jij. Slinger je platenspeler aan en zet hem gerust zo hard als je wilt.'

'Ben jij een vinylfanaat?' riep Fox uit. Brendan was vergeten dat hij er ook nog was. Hannah keek Brendans vriend bedenkelijk aan, maar dat stomme kuiltje in zijn wang werd alleen maar dieper. Hij wees met zijn duim in de richting van de haven. 'Wist je dat daar een platenzaak is? Op loopafstand. Ik wil wel even meelopen.'

Hannahs ogen werden groot als schoteltjes.

'Fox,' waarschuwde Brendan en trok hem aan zijn arm weg.

'Kom op man,' reageerde Fox voor hij iets kon zeggen. 'Het is maar een kind.'

'Ik ben geen kind,' riep Hannah. 'Ik ben zesentwintig!'

Fox liet zijn stem een octaaf zakken en bracht zijn gezicht dichterbij. 'Jezus, man, het is een leuke meid, maar absoluut niet mijn type. Ik probeer je alleen wat tijd alleen met Piper te geven.' Hij trok een wenkbrauw op.

'En wie wil er nou niet alleen zijn met Piper? Allemachtig, dát had Sanders niet gezegd.'

'Kop dicht.'

Zijn vriend moest lachen. 'Jij weet wel hoe je je verloren tijd moet inhalen hè?'

'Zoals ik al zei: vraag niet waarom,' gromde Brendan.

'Oké, oké. Vertrouw me,' prevelde Fox. 'Over een minuut of twintig zijn we weer terug en misschien zeg ik nog wel iets aardigs over je. Dat zou geen kwaad kunnen, stuk chagrijn.'

Brendan gaf het niet graag toe, maar Fox had een punt. Dit was de derde keer dat hij Piper zag en elke keer had hij zich als een enorme lul gedragen. Eerst omdat ze zijn stad had beledigd, daarna omdat hij tot de conclusie was gekomen dat ze een verwend kreng was. Maar wat voor excuus had hij deze keer? Hij was gewoon niet meer gewend om met het andere geslacht om te gaan. En nu... alleen zijn met een vrouw... het was een enorme stap. Hij kon sorry zeggen, naar huis gaan en proberen om niet meer aan haar te denken. Ja, dat kon makkelijk. Gewoon drie maanden dit deel van de stad vermijden en zijn vaste routine weer oppakken.

Ze keek door haar wimpers naar hem op. Niet flirtend, eerder... onderzoekend. Alsof ze nieuwsgierig was naar hem. En hij had spijt dat hij zo'n belabberd figuur had geslagen. 'Hij is mijn plaatsvervangend schipper. Als hij niet binnen twintig minuten met je zus terug is, verzuip ik hem en laat het op een ongeluk lijken.'

Een glimlach speelde om haar lippen en hij vroeg zich af (hij kon er niets tegen doen) met wat voor soort man zo'n vrouw zou willen zoenen. 'Maak een foto van zijn ID, Hanns,' zei Piper, die nog steeds naar Brendan keek alsof hij een puzzel was die ze misschien wel, misschien niet wilde oplossen. 'En stuur die naar mij voordat je gaat.'

Fox knikte en haalde zijn portemonnee uit zijn kontzak. 'Zo te horen zijn ze in LA mooi én slim.'

'Wauw.' Piper glimlachte naar Fox. 'Een complimentje. Ik dacht bijna dat die verboden waren in Westport.'

Brendan zond een dodelijke blik naar Fox. 'Wat had ik nou gezegd?'

Fox overhandigde Hannah zijn ID. 'Sorry, schipper. Dat doet mijn natuurlijke charme.'

De jongste Bellingerzus maakte een foto van Fox' rijbewijs en een paar tellen later pingde Pipers telefoon. Nu had ze zijn persoonsgegevens. Fox gebaarde Hannah om voor te gaan, en dat deed ze, met haar armen over elkaar. Maar pas nadat ze Brendan waarschuwend had aangekeken.

Goeie god, sinds wanneer was hij niet meer een van de meest gerespecteerde inwoners van de stad?

Gelukkig hadden de meiden geen pek en veren in huis, anders had het er slecht voor hem uitgezien. Hoewel, ze konden hem altijd nog als een reuzenkabeljauw ondersteboven ophangen op de kade.

Brendan besloot naar Piper toe te lopen, maar het voelde of hij op weg was naar zijn eigen executie. Niet dat hij benauwd hoefde te zijn om alleen te zijn met Piper, want zo'n beetje de halve stad stond nog te kijken hoe hij dit zou aanpakken. 'Die brand heeft jullie etentje verpest zeker?'

Ze knikte en friemelde aan de rand van haar shirt. 'Het was bijna perfect en ik denk dat dat niet mocht van het universum. Je had het gehakt moeten zien. Het zag er bijna niet meer uit als hersenen.'

Hij moest glimlachen en schrok er zelf van. 'Ik, ehm...' Hij verschoof zijn muts en snoof luid om de pottenkijkers weg te jagen. Gelukkig begonnen ze zich inderdaad te verspreiden. 'Het was lomp dat ik daarnet tegen je schreeuwde. Mijn excuses.' God, met de zonsondergang in haar ogen was ze nog mooier. Waarschijnlijk voegde hij er daarom aan toe: 'Voor deze keer en de andere keren.'

Piper vertrok haar mond en boog haar hoofd een beetje, alsof ze een glimlach probeerde weg te moffelen. 'Dank je. Excuses aanvaard.'

Brendan gromde en wees met zijn kin naar de Red Buoy. 'Ik had net mijn eten op tafel staan toen jij met die brandende pan verscheen. Ga naar binnen en eet het op.' Ze knipperde met haar ogen. In gedachten ging hij na wat hij gezegd had en besefte dat het op een bevel had geleken. 'Als je wilt,' voegde hij eraan toe.

Ze humde goedkeurend en glipte langs hem heen. Haar parfum bereikte zijn neus en deed blijkbaar iets met zijn hersenen, want hij volgde haar op de voet zonder dat hij zijn benen daar opdracht toe had gegeven. Nekken draaiden en ogen staarden toen ze naar binnen liepen en aan dezelfde tafel gingen zitten. De klanten die op hun bestelling stonden te wachten probéérden niet eens hun interesse te verbergen.

Hij wilde niet dat iemand hoorde wat ze zeiden. Dat ging niemand een donder aan. Alleen daarom ging hij niet tegenover, maar naast Piper zitten en trok haar stoel iets dichterbij.

Brendan duwde het bord fish en chips voor haar neus, pakte de vork en drukte die in haar hand.

'Dus...' Hij fronste zijn wenkbrauwen toen ze het kleinste frietje aan haar vork prikte. 'Je vriend was je... plaatsvervanger of zoiets? Dan ben jij dus de kapitein?'

Goddank. Eindelijk iets waar hij over kon praten.

'Hier zeggen we "schipper", maar inderdaad, ik ben de schipper van de Della Ray.'

'Oh.' Ze hield haar hoofd schuin. 'Waar komt die naam vandaan?'

'Ik heb het schip overgenomen van Mick, mijn schoonvader. Het is vernoemd naar zijn vrouw.'

'Wat romantisch.' Misschien vond ze het ongemakkelijk om over zijn schoonouders te praten, maar dan liet ze dat in elk geval niet merken. Integendeel, haar interesse leek zelfs gewekt. 'Hannah en ik zijn vanmiddag bij de haven geweest. Ik zag dat heel veel boten vrouwennamen hebben. Waarom is dat precies?'

Hij zag het beeld voor zich van een langs de kade paraderende Piper en vroeg zich af hoeveel nekken ze had doen draaien. 'Vrouwen zijn beschermers. Verzorgers. We geven een schip de naam van een vrouw omdat we hopen dat ze de bemanning zal beschermen. En dat ze een goed woordje doet bij die andere belangrijke vrouw in ons leven, de zee.'

Ze nam een hapje vis en glimlachte al kauwend. 'Werken er ook vrouwen op je boot?'

'Jezus, nee.' Daar ging de glimlach. 'We willen liever niet zinken.'

Een geamuseerd lachje speelde om haar mond. 'Dus het idee van een vrouw brengt troost, maar het is een ramp als ze op je boot komen.'

'Precies.'

'Nou, klinkt dat even logisch.' Het sarcasme werd verzacht met een knipoog. 'Mijn stiefvader heeft ons een klein beetje verteld over de krabbenvisserij. Klopt het dat jullie het maar een paar weken per jaar doen?'

'Dat verschilt per seizoen. Het hangt af van hoeveel krab er is en hoeveel we het jaar daarvoor gevangen hebben.'

Piper knikte. 'En wat doe je dan de rest van het jaar? Behalve midden op straat boos worden op onschuldige vrouwen?'

'Blijf je me dat nog lang kwalijk nemen?'

'Daar ben ik nog niet uit.'

'Ook goed,' zuchtte hij. Hij merkte dat ze gestopt was met eten en duwde de hand met de vork weer naar haar bord. Toen ze een fatsoenlijke hap in haar mond had gestopt, ging hij verder. 'In de zomer vissen we op tonijn. Dat zijn de langere klussen. Vier, vijf dagen op zee. Tussendoor gaan we soms een nacht het water op om zalm, forel, kabeljauw te vangen.'

Ze trok haar wenkbrauwen op en wees met haar vork naar het bord. 'Heb jij deze gevangen?'

'Dat zou goed kunnen.'

Ze bedekte haar mond. 'Wat bijzonder!'

Was dat zo? Het was een leuk idee dat zij hier naast hem iets zat te eten dat hij met zijn schip aan wal had gebracht. Natuurlijk, het deed hem altijd al goed dat de halve stad at of geld verdiende van wat hij ving, maar nu voelde hij ook een soort mannelijke trots die zijn borst deed opzwellen. 'Zal ik nog iets bestellen voor je zus? Ik kan ook vragen of ze Fox' eten willen inpakken. Dan regelt hij zelf wel maar wat.'

'Ze mag de helft van mij.' Ze schoof Fox' bord in zijn richting. 'Eet jij dit dan. Geen idee wat het is, maar het ziet er goed uit.'

Brendan gromde. 'Dat is kippenpastei.'

'Oh.' Ze wachtte tot hij zijn vork zou pakken, maar dat deed hij niet. 'Hou je niet van kip?'

'Het is geen fish en chips.'

'En dus vind je het smerig?'

'Dat is het punt niet. Ik heb dit niet besteld.' Hij ging verzitten en vroeg zich af of die stoelen altijd zo ongemakkelijk hadden gezeten. 'Ik neem hier altijd de fish en chips.'

Piper keek hem weer zo aandachtig aan van onder haar lange wimpers. Vervelend. Altijd als ze dat deed, voelde hij een soort druk op zijn rits. 'Probeer je nooit iets anders van het menu?'

'Nee. Ik eet graag fish en chips.'

'Maar dat is zo saai!'

'Ik noem het liever vertrouwd.'

'Ik snap het al.' Ze keek ineens heel serieus. 'Je bent bang dat er een vrouwelijke visser in die pastei zit.'

Hij bulderde het uit. Ze schrok ervan en hijzelf ook trouwens. Had iemand hem ooit zó spontaan laten lachen? Hij kon het zich niet herinneren. Hij keek voorzichtig om en zag iedereen in de Red Buoy, het personeel en een handvol klanten, naar hem kijken. Toen hij zich weer terugdraaide, bleek dat Piper de vork naar hem uitstak. 'Probéér het gewoon eens.'

'Ik weet nu al dat ik het niks vind.'

'En dus?'

*En dus?* 'Ik probeer geen dingen. Als ik besluit dat ik kippenpastei wil eten, dan eet ik hem helemaal op. Ik ga geen hapjes proeven en dat soort onzin. Dat is voor twijfelkonten.'

'Hannah zou zeggen dat je een psychisch probleem hebt.'

Brendan keek zuchtend naar het plafond. 'Ik had nooit een probleem totdat jullie opdoken en ernaar begonnen te zoeken.'

Een paar tellen gingen voorbij. 'Brendan?'

Hij haalde zijn ogen van het plafond. 'Ja, wat?'

Ze hield de vork weer voor zijn neus. 'Proef. Je gaat er echt niet dood van.'

'Jezus, oké, als je het dan zó belangrijk vindt...' Brendan pakte de vork, maar wel zo voorzichtig dat de tanden haar hand niet raakten. Hij hield de vork boven het deksel van de pastei en merkte dat ze haar vuist voor haar mond had en een zacht gilletje slaakte van plezier. Hij schudde zijn hoofd, maar was ergens ook opgelucht dat ze zich in elk geval leek te vermaken. Ten koste van hem, dat wel, maar hij had nog iets goed te maken voor die schreeuwpartij van daarnet.

Niet dan?

Hij stak de vork in de pastei en trok er een hap kip, groenten en jus uit. Hij stopte het allemaal in zijn mond en kauwde. 'Verschrikkelijk.' Achter de vitrine snakte iemand naar adem. 'Niet rottig bedoeld,' riep hij zonder zich om te draaien. 'Het is gewoon geen fish en chips.'

Piper liet haar handen weer zakken. 'Goed, dat viel tegen.'

Hij nam nog een hap. Zijn bovenlip glom van de jus.

'Je gaat hem helemaal opeten,' mompelde ze. 'Of niet?'

En nog een hap. Een grote. 'Dat zei ik toch?'

Een paar minuten aten ze in stilte verder, tot hij merkte dat haar aandacht naar het raam afdwaalde. Hij kon zien dat ze aan het incident met de koekenpan dacht en weer voelde hij zich schuldig dat hij tegen haar had geschreeuwd. 'Ga je ooit nog eens zelf koken?'

Ze staarde naar haar bord, dat nog bijna net zo vol was als eerst. 'Ik weet het niet. Ik wou het in elk geval een keer proberen en dan maar zien.' Ze kneep haar ogen tot spleetjes. 'Misschien helpt het als ik het fornuis een vrouwennaam geef.'

Brendan dacht even na. 'Eris.' Ze hield haar hoofd vragend schuin. 'De godin van de chaos.'

'Ha. Ha.'

Piper leek genoeg te hebben gegeten en legde haar vork neer, wat Brendan een onrustig gevoel gaf. Ze zaten hier al bijna een kwartier en hij wist nog niets over haar. Niets belangrijks in elk geval. Op zich zou hij haar best beter willen begrijpen, dit meisje dat zich het ene moment als een verwend kreng gedroeg en het andere moment als een kwetsbare vrouw. Er was iets fascinerends aan hoe ze eerst de ene kant op flitste en dan weer de andere kant. Hoe ze een vermoeden gaf van een diepere laag en daarna weer weg huppelde. Had hij het nou echt bijna de hele maaltijd over vissen gehad?

Het liefst wilde hij vragen wat Hannah bedoelde toen ze zei dat mannen Piper als stront behandelen. Die uitspraak zat hem al de hele tijd dwars. Maar in plaats daarvan vroeg hij: 'Je hebt me vanochtend geen antwoord gegeven. Wat kom je doen in Westport?' Ze was met haar vingers door haar haar aan het gaan, maar stopte daarmee toen ze zijn vraag hoorde. 'Je zei dat jullie drie maanden blijven,' ging hij verder. 'Dat is vrij specifiek.'

Onder tafel begon haar been te wiebelen. 'Dat is een beetje een awkward verhaal.'

'Heb je eerst een biertje nodig?'

Ze vertrok haar lippen. 'Nee.' Ze deed haar ogen dicht en rilde. 'Het is eigenlijk iets méér dan awkward. Het is vernederend. Ik weet niet of ik jou zulke munitie moet verschaffen.'

'Ik zal het niet tegen je gebruiken, Piper.' God, wat een klootzak zou hij dan zijn.

Haar hemelsblauwe ogen keken recht door hem heen en ze leek tevreden met wat ze zag. 'Oké. Niet meteen oordelen alsjeblieft.' Ze ademde diep in en uit. 'Ik had een rottige break-up. In het openbaar. Ik wou niet op de socials bekendstaan als dat zielige geval, dus nodigde ik iedereen in mijn telefoon uit om illegaal te partyen in het zwembad op het dak van het Mondrian.

Dat liep een beetje uit de hand, met politiehelikopters, vuurwerk, naakte lijven en alles. Ik werd opgepakt en dat kostte mijn stiefvader bijna de financiering voor zijn volgende film. Toen stuurde hij me hierheen met een piepklein beetje geld, om me een lesje te leren en me te dwingen voor mezelf te zorgen. Hannah is mee omdat ze me niet in mijn eentje wou laten gaan.'

De hele monoloog lang bleef Brendans vork in de lucht hangen. Hij probeerde het allemaal op een rijtje te zetten, maar de woorden die ze gebruikte, de wereld die ze beschreef... het stond zo ver af van wat hij kende dat het bijna een fantasieverhaaltje leek. 'Wanneer was dit?'

'Een paar weken geleden,' hijgde ze nog na. 'Wauw, het klinkt allemaal nog erger als ik het zo achter elkaar vertel.' Ze beet op haar onderlip en keek peinzend naar hem. 'Wat denk je nu? Dat je toch gelijk had en dat ik een verwende rijke bitch ben?'

'Leg me geen woorden in de mond. Het is al jouw schuld dat ik die klote pastei zit te eten.'

'Niet waar!'

Hij schoof nog een hap van die troep naar binnen en liet zijn gedachten over die rottige break-up gaan waar ze het over had. Waarom voelden zijn nekspieren zo strak? 'Ik denk van alles,' zei hij. 'Ten eerste kan ik me jou totaal niet in een cel voorstellen.'

'Zo erg was het niet. De bewaarder, Lina, was een schatje. Ik mocht de gewone wc gebruiken van haar.'

'Hoe heb je dat voor elkaar gekregen?'

'Mensen mogen me.' Ze hield haar hoofd iets omlaag en keek langs haar verrukkelijke neus naar hem. 'Meestal.'

Hij snoof. 'Dat zal best, flirtkont.'

Ze hapte naar adem. Haalde toen haar schouders op. 'Tja.' Even bleef het stil. 'Eerst wou je niet dat ik met je flirtte. En daarna dacht ik dat je getrouwd was. Mijn hele gewone strategie ligt overhoop en nu weet ik niet meer wat ik moet doen. Volgens mij is het zinloos om nu nog met je te flirten.'

*Zeker weten.* 'Probeer het maar eens.'

'Dat gaat niet meer!' mopperde ze. 'Mijn dekmantel is weg. Je weet te veel.'

Was hij nou aan het zweten onder zijn kleren? Wat de fuck was er mis met hem? 'Wat is de volgende stap na het flirten? Als je eenmaal aan elkaar gewend bent?'

'Aan elkaar wennen? Gatver.' Ze haalde haar schouders op. 'Ik weet het niet. Zover ben ik nooit gekomen.'

Ze kruiste haar benen, waardoor zijn blik naar haar short werd getrokken en vandaar naar haar prachtige gladde dijen. Daar was dat gevoel achter zijn rits weer. 'Maar we zijn een heel eind afgedwaald van het verhaal over mijn schandalige streken.'

'Helemaal niet,' antwoordde hij. 'Ik zit er nog steeds op te kauwen. Net als...'

'Nog één woord over die pastei en ik doe je wat!' Ze lachten flauwtjes naar elkaar. 'Anyway, Hannah en ik blijven hier tot Halloween, tenzij ik nog een sluw plannetje kan verzinnen om terug in LA te komen. Eigenlijk moest ik me minder bezighouden met koken en meer met sluwe plannetjes.' Ze tikte met een nagel op tafel. 'Misschien laat Daniel me eerder terugkomen als ik op de een of andere manier kan bewijzen dat ik verantwoordelijker ben geworden.'

Omdat Brendan zat te piekeren over het feit dat Piper kennelijk op een feest met naakte lijven was geweest (Hoe zat dat precies? Was ze zelf naakt geweest?) kwam hij onvriendelijker over dan hij wilde toen hij zei: 'Waarom probeer je niet gewoon te genieten zolang je hier bent en niet in die walgelijke stad?'

'Wie zegt dat ik niet geniet? Kijk mij dan, ik word afgesnauwd boven de fish en chips. Als dat niet het goede leven is, weet ik het ook niet meer.' En met een sarcastische grijns stopte ze een frietje in haar mond. Hij probeerde niet te kijken hoe ze kauwde. 'Maar je hebt gelijk, ik zou beter mijn best kunnen doen om het hier leuk te vinden. Misschien dat ik zo'n leuke vissersjongen zo ver krijg dat hij me mee uit vissen neemt.'

Hij kreeg zure oprispingen bij de gedachte aan haar aan boord bij een andere man. 'Dat kun je doen. Als je een tweederangs ervaring wil tenminste.'

'Kun jij het beter dan?'

'Zeker wel.'

Ging het eigenlijk nog wel over vissen? Brendan wist het niet zeker. Maar hij was opgewonden... en zij leek ergens op te wachten. Tot hij haar uitnodigde op zijn schip?

Paniek overviel hem en hij aarzelde net iets te lang. Piper gaf hem een schattende blik en toen was het moment voorbij, want ze stond op toen haar zus en Fox voor het raam verschenen. 'Daar heb je ze. Ik pak even iets voor de restjes.' Ze leunde voorover en gaf hem op elke wang een kus, alsof ze in fucking Europa waren of zo. 'Bedankt voor het eten, schipper. Ik beloof dat je geen last meer van me zult hebben.'

Ze gooide de overgebleven fish en chips in een doos en weg was ze, naar haar zus toe.

Brendan was er niet zo zeker van of hij geen last van Piper meer wilde hebben. Hoe dan ook, hij had duidelijk zijn kans gemist om haar mee uit te vragen. Morgen ging hij voor drie dagen de zee op, dus áls hij dit meisje uit Los Angeles beter wilde leren kennen, dan moest hij op een nieuwe kans wachten. En die kwam misschien nooit meer.

Met een smile van oor tot oor liet Fox zich op de stoel naast hem vallen. 'Hoe ging het, schipper?'

'Kop dicht.'

# Hoofdstuk tien

Reusachtige muizen met trillende neuzen achtervolgden Piper door een doolhof, terwijl zij ze met een brandende koekenpan van het lijf probeerde te houden. Dus toen ze wakker werd van een bons op de deur, dacht ze meteen dat de muizenkoning haar kwam halen. Ze draaide zich op haar rug, ging rechtop zitten en knalde met haar hoofd tegen het bed boven haar.

'Auw!' Ze schoof haar slaapmasker omhoog en voelde voorzichtig aan haar hoofd. Dat werd een blauwe plek.

Er klonk gegaap van het bovenste bed. 'Wéér je hoofd gestoten?'

'Ja,' gromde ze, terwijl ze probeerde te bedenken waardoor ze wakker was geworden. Het zonlicht kon het niet zijn, want met hooguit twee centimeter tussen hun raam en de muur van het huis ernaast was het pikdonker in de kamer. Als de zon überhaupt al op was.

Een vuist bonkte tweemaal op de deur. Piper gilde en greep naar haar borst. 'De muizenkoning,' hijgde ze.

Hanna giechelde. 'Wat?'

'Oh, niks.' Piper schudde de muizenissen uit haar hoofd en keek wantrouwig naar de deur. 'Wie is daar?'

'Brendan.'

'Oh.' Ze wierp een blik naar het bovenste bed, en al konden ze elkaar niet zien, ze wist dat Hannah net zo'n vragende frons had als zij. Wat moest die norse zeeman van haar dat het niet kon wachten tot een normaal tijdstip? Telkens als ze dacht dat ze elkaar voor het laatst hadden gezien, was hij er weer. Recht voor haar neus. Ze raakte er een beetje van in de war.

Het was waar wat ze had gezegd, dat ze niet meer wist wat ze moest doen. Mannen charmeren, verleiden, vleien en om haar vinger winden: het was voor haar een tweede natuur. Totdat ze zich begonnen te vervelen en verder gingen, wat de laatste tijd steeds eerder leek te gebeuren. Maar dat was het punt niet. Brendan had haar beroofd van haar grootste troef, de mooie-meisjes-kaart, en ze kon hem niet meer terugkrijgen. Hij had al te vaak achter haar façade gekeken. De eerste keer dat ze elkaar ontmoetten, had ze erbij gestaan als een verzopen kat en had ze zijn geliefde Westport beledigd. Bij de tweede ontmoeting had ze zijn overleden vrouw ontheiligd. En de derde keer had ze een van de meest gewaardeerde gebouwen van de stad bijna platgebrand…

En toch, met hem eten was best… leuk geweest.

Of misschien was dat het goede woord niet.

Anders. Het was ánders geweest. Ze had een gesprek gevoerd met een man zonder dat ze zich druk maakte of ze er op haar meest flatterende wijze bij zat en op de juiste manier lachte. Hij leek geïnteresseerd in wat ze te zeggen had. Was dat ook zo?

Hij was duidelijk niet meteen gecharmeerd geweest van haar verschijning. Haar geflirt, dat normaal zo goed werkte, maakte hem alleen maar chagrijniger. Maar misschien wilde hij wel vrienden zijn. Op basis van haar persoonlijkheid, zeg maar. Dat zou pas wat zijn!

'Pfff,' gaapte ze. 'Vrienden.'

Ze zwaaide haar benen over de rand van het bed, schoof haar voeten in een paar zwartfluwelen Dolce & Gabbana-slippers en hobbelde naar de deur. Nog even gaf ze toe aan haar ijdelheid en veegde de slaap uit haar ooghoeken. Toen deed ze de deur open en legde haar hoofd in haar nek om in het gezicht van de stugge schipper te kunnen kijken.

Voordat Piper goedemorgen kon zeggen, schraapte Brendan zijn keel en draaide zich een kwartslag, zijn ogen star op de deurpost. 'Ik wacht wel tot je aangekleed bent.'

'Sorry?' Niet-begrijpend trok ze haar neus op. Toen realiseerde ze zich dat ze enkel een tanktop en een slip aanhad. 'Oh ja.'

'Hier,' riep Hannah slaperig en gooide Piper een kussen toe.

'Bedankt.' Ze ving het en hield het als een donzen schild voor haar lichaam.

Wacht eens. Stond die man, ook wel bekend als de lompe lul, nu te blozen?

'Kom op, Brendan,' gniffelde ze. 'Er staat nog veel erger op mijn Instagram. Op iedereen z'n Instagram trouwens.'

'Niet op die van mij,' klonk er vanaf Hannahs bed. Een paar tellen later lag ze zacht te snurken.

Nu pas viel Pipers oog op de gereedschapskist aan zijn voeten. 'Waar is dat voor?'

Eindelijk durfde Brendan naar haar te kijken. Een spiertje trilde in zijn kaak. Het kussen bedekte Piper van haar nek tot haar bovenbenen, maar de welving van haar billen, met niets dan een slip eroverheen, was nog zichtbaar. Brendans ogen dwaalden over de bolling en gingen omhoog langs haar rug. Zijn adamsappel bewoog merkbaar. 'Ik heb een ander slot op de buitendeur gezet,' zei hij schor, terwijl hij zijn ogen weer naar haar gezicht dwong. 'En nu kom ik deze doen. Het duurt maar een paar minuten.'

'Oh?' Piper ging wat rechter staan. 'Hoezo?'

'We varen straks uit en blijven drie nachten weg. De laatste korte tocht voor het krabseizoen begint. Ik wou...' Hij ging door zijn hurken en begon in de kist te rommelen. Ze kon hem nauwelijks verstaan door het gerammel. 'Ik wou gewoon zeker weten dat het hier veilig is.'

Piper klemde het kussen steviger vast. 'Oh, dat is attent.'

'Tja.' Hij had zijn gereedschap gevonden en kwam weer overeind. 'Ik zag dat jullie het zelf nog niet gedaan hadden. Ondanks het feit dat jullie twee dagen de tijd hebben gehad.'

Ze schudde haar hoofd. 'Zo'n lief gebaar en dan toch een rotopmerking. Je kan het gewoon niet laten hè?'

Met een grom ging Brendan aan het werk. Blijkbaar had hij besloten haar te negeren. Whatever. Pesterig liet ze het kussen vallen en ging koffie zetten. Op haar trip met Fox naar de platenzaak had Hannah een winkeltje gevonden en daar zo'n klein één-kops koffiezetapparaat gekocht dat je normaal op hotelkamers vindt. Het kostte maar tien dollar, hoe bestónd het! Ze waren net zo blij met die buitenkans als Piper kon zijn als ze voor vierduizend dollar een Balmain-jurk in een sample sale scoorde.

'Wil je een kop koffie?' vroeg ze aan Brendan.

'Nee, bedankt. Ik heb er al een op.'

'Laat me raden.' Ze gooide een beker water in het apparaat, deed het deksel dicht en zette het aan. 'Je neemt nooit meer dan één kop.'

Een grom. 'Op zondag twee.'

Zijn wenkbrauwen trokken vragend samen. 'Wat is dat voor rode plek op je hoofd?'

'Oh.' Haar vingers zochten naar de beurse plek. 'Ik ben niet gewend aan een ander bed boven me. Ik stoot de hele tijd mijn hoofd.'

Hij maakte een onbestemd geluid en bleef fronsend kijken.

Pipers mondhoek krulde omhoog bij zoveel chagrijn. 'Waar gaan jullie deze keer op vissen?'

'Heilbot en roodbaars.'

Ze rolde met haar ogen om het kortaffe antwoord en leunde tegen het aanrecht. 'Hannah en ik hebben het over je voorstel gehad en we vinden het wel wat. Ze pakte haar koffie, roerde er met haar vinger in en nam een slok. 'We willen genieten van onze tijd in Westport. Vertel eens waar we heen moeten, wat we kunnen doen.'

Brendan had nog een minuut nodig om het slot af te maken. Hij probeerde het uit en deed het gereedschap terug in de kist. Toen kwam hij naar haar toe terwijl hij iets uit zijn kontzak haalde. Ze voelde een tinteling aan de binnenkant van haar dijen en wist dat hij haar keurend bekeek, maar ze deed of ze het niet merkte. Vooral omdat ze niet wist wat ze ervan moest denken. Aandacht van mannen was ze gewend, maar deze keer had ze niet automatisch het gevoel van succes dat daarbij hoorde. Brendans aandacht gaf haar een beetje... de kriebels. Natuurlijk keurde hij haar. Maar echte interesse was iets anders. Ze wist niet eens hoe ze zou moeten reageren als bleek dat Brendan meer dan vluchtige belangstelling zou hebben.

Bovendien had hij zijn trouwring nog om.

Dat betekende dat hij nog hing aan zijn overleden vrouw.

En dus zouden ze vrienden worden. Meer niet.

Brendan schraapte zijn keel. 'De vuurtoren is vijf minuten lopen. En het is nog warm genoeg voor het strand. Er is ook een kleine wijnmakerij in de stad. Mijn jongens klagen altijd dat ze daarheen moeten met hun date. Er is daar iets wat ze een selfieplek noemen. Echt iets voor jou dus.'

'Wie weet.'

'Ik heb ook wat afhaalmenu's meegenomen,' zei hij met een lage stem en gooide ze op het aanrecht. Omdat hij nu zo dichtbij was, was het onmogelijk om niet te merken hoe groot hij feitelijk was. Of om zijn no-nonsense-deodorant niet te ruiken.

Vrienden, meer niet, zei ze tegen zichzelf.

Van weduwnaars blijf je af.

Piper slikte en keek naar de menu's. Hij had er drie meegenomen.

Ze tuitte haar lippen. 'Ik zal maar doen of ik niet beledigd ben.'

'Ik bedoel niet dat je niet zelf moet koken. Dit is meer als back-up.' Hij vouwde het eerste menu open, van een Chinees restaurant. 'Ik heb aangestreept wat ik altijd bestel. Dan weten jullie wat het lekkerste is.'

Ze stootte hem aan met haar heup, maar omdat hij zeker twee koppen groter was, raakte ze vooral zijn bovenbeen.

'Je bedoelt: het enige wat jij hebt geprobeerd?'

Hij dreigde te gaan glimlachen. 'Dat is hetzelfde.'

'Pfff.'

'Heb je je telefoon bij de hand?' vroeg Brendan.

Met een knikje draaide ze zich om en begon naar het stapelbed te lopen. Onderweg raapte ze het kussen op en hield het weer voor haar kont, om een einde te maken aan zijn lijden en om hem te laten weten dat de boodschap duidelijk was. Vrienden, meer niet. Ze pakte haar telefoon van het hoofdeind en draaide het kussen naar de voorkant toen ze terugliep. Brendan keek haar verwonderd aan, maar zei niets over haar plotselinge preutsheid.

'Als er iets is wanneer ik weg ben, bel Mick dan.' Hij keek naar de grond. 'Dat is mijn... mijn schoonvader.'

'We hebben hem gisteren ontmoet,' zei Piper. Ze glimlachte de ongemakkelijkheid weg die ze voelde toen Brendan zijn schoonvader noemde. 'Echt een schatje.'

Brendan leek even van zijn stuk gebracht. 'Ah. Op die manier. Maar goed, hij woont niet ver hier vandaan. Zet zijn nummer in je telefoon, voor het geval jullie iets nodig hebben.'

'Ay-ay kapitein.' Ze klikte haar blote hielen tegen elkaar. 'En moet ik daarna het dek schrobben?'

Hij snoof. 'Zij heeft ook een keer een dweil in haar handen gehad, hoor.'

Piper straalde. 'Valt het op dat we schoongemaakt hebben?'

'Mja. Niet slecht,' was zijn commentaar en hij keek nog een keer in het rond. 'Klaar?'

Hij ratelde Micks nummer op en Piper deed hem het plezier om het in haar telefoon te zetten. 'Bedankt.'

'Misschien wil je mijn nummer ook,' zei hij achteloos, ineens totaal in beslag genomen door een afhaalmenu. 'Niet dat ik bereik heb op het water, maar...'

'Voor het geval ik kookadvies nodig heb als je weer terug bent?'

Hij bromde bevestigend.

Piper drukte haar lippen op elkaar om niet te lachen. Ze had gezien hoe Brendan omging met zijn vriend Fox. Hoe ze net als broers plagerijtjes met elkaar uithaalden als een vorm van communicatie. Het verbaasde haar niets dat hij niet makkelijk nieuwe vrienden maakte. 'Oké kapitein, kom maar op met dat nummer.'

Hij leek opgelucht en zei zijn nummer op. Ze toetste de cijfers in en belde meteen daarna het nummer. Zijn hoofd schoot omhoog, alsof hij niet begreep waar het geluid vandaan kwam.

'Dat is je telefoon,' zei ze lachend. 'Ik bel je even, dan heb je meteen *mijn* nummer.'

'Oh.' Hij knikte en een van zijn mondhoeken ging iets omhoog. 'Natuurlijk.'

'En, ga je nu naaktfoto's sturen?' fluisterde ze achter haar hand.

'Jezus, Piper,' bromde hij. Toen legde hij de afhaalmenu's recht en was het bezoek wat hem betrof ten einde. Bij de deur draaide hij zich nog één keer om. 'Dus de volgende keer dat je je hele telefoon uitnodigt voor een illegaal feest, zit ik er ook bij?'

Hij knipoogde om duidelijk te maken dat het een grapje was. Maar onwillekeurig moest ze grinniken bij de gedachte aan deze nuchtere reus tussen een menigte opgedirkte feestbeesten in een dakzwembad. 'Tuurlijk zit je er dan bij.'

'Mooi.'

Na een laatste, bijna onopvallende check van haar benen kuchte Brendan in zijn vuist, pakte zijn gereedschapskist en begon de trap af te lopen. Zonder zelfs maar gedag te zeggen. Zijn werk zat erop en formaliteiten waren voor sukkels. Piper rende naar de overloop en keek hem van boven na. 'Zijn wij vrienden, Brendan?'

'Nee,' bromde hij onmiddellijk terug.

Haar mond viel open en ze proestte het uit toen ze de deur dichtdeed.

Hannah was rechtop gaan zitten en vroeg: 'Wat is hier in godsnaam aan de hand?'

Langzaam schudde Piper haar hoofd. 'Ik heb geen flauw idee.'

# Hoofdstuk elf

Op de brug van de Della Ray zat Brendan driftig op zijn telefoon te tikken.

Eigenlijk zou hij nu zijn mannen moeten helpen met het inladen van proviand en ijs om de vangst vers te houden, want over een kwartier zouden ze vertrekken. Maar hij moest en zou gebruikmaken van de laatste paar minuten dat hij nog met zijn telefoon op internet kon, hoe beroerd het bereik in de haven ook was.

Hij had Instagram gedownload en nu vroegen ze om zijn persoonlijke informatie. Moest hij helemaal een account maken om een paar foto's te bekijken? Godsamme. Hij kon dit eigenlijk beter niet doen. Oké, Piper had uit eigen beweging verteld dat ze soms halfnaakt op deze rotapp stond, maar toch zou hij niet moeten kijken. Hij moest zich op de komende vistocht concentreren en kon absoluut niet nog meer beelden van Piper gebruiken dan het materiaal dat al in zijn hoofd rondspookte.

Allereerst was er dat beeld van Piper die de deur opendeed in een piepklein wit broekje. Wit! Dat had hij nooit verwacht, hij zou eerder denken aan roze of pauwblauw. Vanwege dat witte katoen rond haar pussy, onschuldig en sexy tegelijk, zat hij een uur later nog steeds met een halve erectie en was hij nu apps aan het downloaden als een hitsige tiener. Hij liep al te tandenknarsen sinds hij bij de No Name vertrokken was en zijn handen jeukten om ze over de soepele welving van haar billen te laten glijden. Maar hij moest het uit zijn hoofd zetten.

Waarom had ze dat kussen weer opgeraapt en opnieuw voor haar lijf gehouden?

Was het zó duidelijk dat hij opgewonden was en vond ze dat vervelend?

Bij die gedachte fronste hij zijn wenkbrauwen. Het was geen prettig idee dat ze zich ongemakkelijk voelde.

Vanwege hem nota bene.

'Alles aan boord. We kunnen.' Fox kwam de brug op. Hij had zijn pet van de Seattle Mariners laag over de ogen getrokken, maar Brendan zag de plagerige glinstering toch wel. 'Instagram aan het downloaden, schipper?'

'Instagram?' vroeg Sanders. Hij moest zijn rode krullenbol diep buigen om door de deur te kunnen. 'Wie heeft er nou nog geen Instagram?'

'Mensen die wél iets nuttigs te doen hebben,' grauwde Brendan. De andere twee hielden onmiddellijk hun mond dicht. 'Ik moet een gebruikersnaam maken of zo.'

Ook Deke, het derde bemanningslid, verscheen op de brug. Hij had een fles cola in zijn donkerbruine handen en nam een grote slok. 'Gebruikersnaam? Waarvoor?'

Geïrriteerd gooide Brendan zijn hoofd achterover. 'Jezus Christus.'

'Insta,' legde Sanders uit.

'Op zoek naar Piper zeker?' vroeg Fox. Hij vond het duidelijk allemaal erg vermakelijk. 'Een paar plaatjes downloaden om warm te blijven onderweg?'

'Kan dat?' Brendan schreeuwde het bijna. 'Kan iedereen haar foto's downloaden?'

'Jij, ik, iedereen,' zei Deke. 'Dit is internet, gast.'

Vol walging keek Brendan naar zijn telefoon. De noodzaak werd nu alleen maar groter om zich aan te melden bij die stomme app en met eigen ogen te zien wat er aan de hand was. 'Waarom kan ik er niet gewoon met mijn eigen naam op?'

'Omdat er negenhonderd andere Brendan Taggarts bestaan misschien?'

'Wat moet ik dan nemen?'

'SexySchippertje69,' suggereerde Fox.

'RoodAlsEenKreeft,' vulde Deke aan.

'VisluchtLover.'

Brendan keek zijn mannen woedend aan. 'Jullie zijn ontslagen. Van mijn brug af!'

'Oké oké, we gedragen ons al.' Fox stak zijn handen omhoog. 'Probeer eens SchipperBrendanTaggart?'

Brendan gromde en begon de naam met één vinger in te tikken. Met zijn grote handen raakte hij regelmatig een verkeerde letter en het duurde dan ook uren. 'Gelukt,' zei hij uiteindelijk en ging wat verzitten. 'En nu?'

Deke maakte het zich gemakkelijk naast Sanders. Het leek wel of het roddeluurtje was aangebroken of zo. 'Op haar naam zoeken,' zei hij, terwijl hij zijn eigen telefoon tevoorschijn haalde.

Brendan stak waarschuwend een vinger op. 'Niet meekijken.'

Zonder iets te zeggen stopte Deke zijn telefoon weer weg.

'De schipper is een beetje teergevoelig als het over Piper gaat,' legde Fox uit, nog steeds met die onuitstaanbare grijns op zijn gezicht. 'Hij weet niet zo goed wat hij met zijn ingewikkelde mannengevoelens aan moet.'

Zonder zijn vriend een blik waardig te keuren begon Brendan Pipers naam in de zoekbalk te typen. Hij zuchtte toen er een hele lijst resultaten verscheen. 'Zo'n blauw vinkje, wat betekent dat?'

'Oeh,' Sanders veerde op. 'Heeft ze een vinkje?'

'Is dat goed of slecht?'

Deke goot de laatste helft cola naar binnen en liet een enorme boer. Niemand reageerde. Zoiets hoorde bij de natuurlijke geluiden op een vissersschip. 'Het betekent dat ze veel volgers heeft. Een internetberoemdheid, baas.'

Grommend tikte Brendan op de naam met het vinkje en... een explosie van Piper vulde het scherm van zijn telefoon. Jezus, hij wist niet waar hij als eerste moest kijken. In één klein vierkantje zag hij haar knielen in de branding, op de rug gezien, met niets anders aan dan een zwemstring. Hij had de hele dag naar die prachtige kont kunnen staren (en dat zou hij later ook zeker doen als hij alleen was) maar er was meer. Veel meer. Duizenden foto's van Piper.

Op een andere foto droeg ze een rode jurk met bijpassende lippenstift, had ze een martini in de hand en schopte ze speels met een voet. Ze was belachelijk mooi. Bij een van de recentere foto's, eentje van een paar weken terug, viel zijn mond pas echt open. Toen ze hem dat verhaal vertelde over hoe ze was gearresteerd en naar Westport was gestuurd, had hij aangenomen dat ze het een beetje had aangedikt.

Maar nee.

Omringd door rook en vonken stond ze daar, in het centrum van een feestende menigte, handen in de lucht. Vrolijk en vol leven. En wat was dat getal onder dat hartje? Het aantal mensen dat de foto leuk vond?

Meer dan drie miljoen? Holy fuck.

Brendan wreef langzaam over zijn gezicht.

Piper Bellinger kwam van een andere planeet. Een oneindig veel coolere planeet.

Niks voor jou, man.

Vergeet haar maar.

Vol schaamte bedacht hij hoe hij haar gisteravond van zijn fish en chips had laten eten, terwijl ze duidelijk gewend was aan kaviaar en champagne. Kon hij maar terug in de tijd, dan zou hij zeker die afhaalmenu's niet meegebracht hebben. God, wat zal ze gelachen hebben.

'En?' wilde Fox weten.

Brendan schraapte zijn keel. 'Wat betekent "volgen"?'

'Niet doen,' zei Deke snel. 'Niet op drukken.'

Maar zijn duim kwam alweer omhoog. 'Te laat.'

Zijn bemanningsleden schoten verschrikt overeind. 'Godver, Brendan, ga me nou niet vertellen dat je op de blauwe knop hebt gedrukt,' kreunde Sanders met zijn handen in zijn rode krullen. 'Ze kan zien dat je haar bent gaan volgen. Dat je een internetstalker bent.'

'Kan ik haar dan niet gewoon ontvolgen?' Brendans duim bewoog al naar de telefoon.

Fox schoot vooruit. 'Stop! Nee, dat is nog erger. Als ze ziet dat je haar steeds volgt en weer ontvolgt, denkt ze dat je rare spelletjes speelt.'

'Jezus, ik gooi dat kloteding er wel weer af.' Brendan smeet zijn telefoon op het instrumentenpaneel, waar het ding tegen de ruit stuiterde. Zijn bemanning wachtte geïnteresseerd af of Brendan de app inderdaad zou verwijderen. 'Als ik tijd heb,' gromde hij en startte de motor. 'En nou aan het werk jullie.'

Zodra zijn mannen uit het zicht waren, pakte hij de telefoon langzaam weer op. Hij woog hem even in zijn hand, opende toen de app opnieuw en scrolde door Pipers feed tot één foto hem deed stoppen. Ze zat naast Hannah op een duikplank, samen gewikkeld in dezelfde handdoek, met waterdruppels op haar gezicht. Dit leek op de Piper met wie hij gisteravond had gegeten. Was ze dít meisje? Of toch de stoute partyqueen?

Als je moest afgaan op het enorme aantal foto's waarop ze het middelpunt was van feestjes, bals en zelfs prijsuitreikingen, moest je wel concluderen dat ze dol was op de schijnwerpers. Op rijkdom en luxe. Allemaal dingen waar hij geen klote van wist. Daar kwam bij dat ze duidelijk viel op opgepoetste, gemanicuurde mannen, waarschijnlijk met een bankrekening die leek op die van haarzelf. Dat hij interesse in haar had, was dus niet alleen onhandig, maar ronduit belachelijk. Hij was een vastgeroeste zeeman. Zij een rijke, avontuurlijke socialite. Hij kon niet eens iets nieuws bestellen in een restaurant, terwijl zij uitging en zelfs relaties had met celebraties.

Als hij niet voor lul wilde staan, moest hij zijn interesse in haar de komende maanden maar voor zichzelf houden.

Nog één blik op de foto van haar op de duikplank, toen schoof hij vastberaden zijn telefoon in zijn broekzak en focuste zich op wat hij wél kon.

Vissen.

# Hoofdstuk twaalf

Natuurlijk gingen ze als eerste maar de wijnmakerij.

Brendan, de rotzak, had gelijk gehad, want de selfieplek was inderdaad geweldig. Met de fonkelende gekleurde glas-in-lood-schildering en de wijnranken die omhoog kronkelden richting het woord 'vino' in neonletters, leek het wel een kapel voor de social media-goden.

Hannah dronk niet vaak. Dus met vier glazen wijn achter de kiezen had ze nogal wat pogingen nodig om een foto van Piper te maken die niet al te wazig en enigszins bruikbaar was.

Piper koos een filter en opende Instagram om het resultaat te posten. Gedachteloos tikte ze op haar notificaties. 'Oh, kijk nou.' Haar hart sloeg over. 'Brendan volgt me.' Ze tikte op zijn profiel en verslikte zich bijna. 'Ik ben de enige die hij volgt. Hij heeft pas net een profiel aangemaakt.'

Hannah tuitte haar mond. 'Oh jee. Beginnersfout.'

'Ja…' Maar het was ergens ook wel heel cute.

Wat vond ze van de gedachte dat Brendan naar haar borsten en billen keek? Zelfs haar braafste foto's waren nog vrij hitsig. Wat als hij afknapte op hoe vrijpostig ze was? En had hij echt een profiel aangemaakt speciaal om haar te volgen?

Misschien had Hannah een punt en liet ze social media haar

gedachten te veel bepalen. Nu zou ze zich de komende drie dagen afvragen naar welke foto's Brendan had gekeken en wat hij ervan vond. Zou hij moeten lachen om haar bijschriften? Wat zou de Instagram-feed van Piper Bellinger doen met de indruk die hij in het echte leven van haar gekregen had?

'Je had dat platenwinkeltje moeten zien, Pipes,' zei Hannah na nog een slok wijn. Typisch Hannah om na een glaasje te veel te gaan mijmeren over een platenzaak in plaats van over een ex-vriendje of een nieuwe vlam. Zolang ze zich kon herinneren, zat Hannah met een koptelefoon op haar hoofd en met haar neus in de songteksten. Ze had haar voor haar zestiende verjaardag meegenomen naar haar eerste concert, Mumford & Sons, en het arme kind was bijna out gegaan van alle prikkels. Haar hart klopte in de maat van muziek. 'Ze hadden een originele concertposter van Alice in Chains uit 1993. Die hing daar gewoon aan de muur! Ze waren er nog niet aan toegekomen om hem weg te halen!'

Piper glimlachte om haar enthousiasme. 'Waarom heb je niks gekocht?'

'Dat wou ik wel. Er stond een vette *Purple Rain*, maar ze vroegen er veel te weinig voor. Dat voelde als stelen.'

'Wat ben je toch braaf, hè meis.' Pipers vingers jeukten om door haar eigen feed te scrollen en alles door Brendans ogen te bekijken, maar ze wist zich te beheersen. 'En, hoe is die Fox?'

Hannah zette haar glas neer. 'Stop. Verkeerde vraag.'

'Hoezo? Hij is toch leuk?'

'Niet mijn type.'

'Niet depressief en artistiek genoeg?'

Haar zus snoof. 'Zijn telefoon pingde wel honderd keer in, wat was het, twintig minuten? Dus dat was óf één hartstochtelijk meisje óf een hele meute aanbidsters. En ik gok op dat laatste.'

'Mja,' gaf Piper toe. 'Het lijkt me wel een beetje een player.'

Hannah zwaaide met haar benen. 'Plus, ik denk dat hij gewoon *wingman* voor Brendan was. Hij liep hem continu de hemel in te prijzen.'

'Oh?' Heel casual nam Piper een slok. 'Wat zei hij dan zoal over Brendan? Gewoon nieuwsgierig.'

Haar zus kneep haar ogen tot spleetjes. 'Ga me nou niet vertellen dat je hem leuk vindt.'

'Natuurlijk niet. Ik bedoel, zijn trouwring is zowat vastgegroeid aan zijn vinger.'

'En hij doet lullig tegen je.' Hannah schoof een beetje heen en weer op haar kruk, alsof ze iets wilde zeggen maar nog niet wist hoe. 'Je bent de laatste tijd best vaak lullig behandeld door jongens, vind je niet? Door Adrian. En door die gast die die pilot had gemaakt voor HBO, hoe heette hij ook alweer? Ik bedoel, ik wil gewoon niet dat je in een negatief patroon terechtkomt.'

Piper deinsde een beetje achteruit. 'Een patroon waarbij ik mannen kies die me een klotegevoel geven?'

'Uh... ja.'

In gedachten ging ze haar laatste drie relaties af. Waar ze niet lang voor nodig had, want bij elkaar hadden die nét zes weken geduurd. 'Shit. Misschien heb je een punt.'

'Meen je dat?' Hannahs wenkbrauwen schoten omhoog. 'Ik bedoel... Precies.'

'Oké, ik zal er beter op letten,' zei Piper, terwijl ze over haar borst wreef, waar een doffe pijn opkwam. Waarschijnlijk had haar zus gelijk en koos ze met opzet steeds voor rotte appels. Maar waarom dan? Was ze bang voor een goede relatie? Omdat ze dacht dat zoiets toch niet voor haar weggelegd was? Het zou goed kunnen. Maar om Brendan nou óók in de categorie 'rotte appels' in te delen, dat sloeg nergens op. 'Die andere jongens waren niet het type dat sorry zegt. En al helemaal niet het type dat naar zijn overleden vrouw verlangt. Ik denk dat het bij mij vooral nieuwsgierigheid naar Brendan is. Mannen als hij hebben we niet in LA.'

'Dat is waar.'

'We hebben gepraat, écht gepraat. Zonder seksuele dubbelzinnigheden en zonder dat een van ons op zijn telefoon keek. Het was echt fucking raar. Ik denk dat dát het is wat me zo intrigeert.'

'Hm. Als je maar uitkijkt.' Terwijl het puntje van haar tong uit haar mond stak, vouwde Hannah een vliegtuigje van een papieren servetje. 'Waarom maak je anders niet een beetje lol met Fox? Dat lijkt me een stuk minder ingewikkeld.'

Piper wist niet eens meer hoe hij eruitzag, hooguit dat hij in het bakje 'aantrekkelijk' viel.

Nee, dan Brendan. Ze kon zich de kraaienpootjes naast zijn ogen zonder moeite voor de geest halen. De groene ogen met de piepkleine zilveren vlekjes. De enorme, verweerde handen en de brede schouders.

Toen riep ze zichzelf tot de orde.

Ze had gisteren nog met hem zitten eten. Logisch dat ze zich die dingen nog herinnerde.

*En Adrians stem, herinner je je die nog?*

'Misschien hou ik het gewoon bij mezelf zolang we hier zijn,' mompelde Piper.

Twee uur later zigzagden ze naar huis. Haar kleine zusje moest hoognodig naar bed. Om vier uur 's middags ja, maar *who cares*?

Toen de No Name in zicht kwam, vertraagde Piper haar pas. Er stond een bezoeker bij de deur. Een klein oud mannetje met een gereedschapskist in zijn hand en een zonnige glimlach op zijn gezicht.

'Mevrouw.'

'Uh... hoi.' Piper gaf Hannah een por en wees met haar hoofd naar de man bij hun voordeur. Het begon al haast normaal te worden dat er een local op de stoep stond telkens als ze thuiskwamen. 'Kan ik u helpen?'

'Nou, ik kom júllie juist helpen.' Met zijn vrije hand haalde hij een stukje papier uit zijn borstzak. 'Ik ben de eigenaar van de doe-het-zelfzaak aan West Pacific Avenue. Mijn zoons hebben tegenwoordig de leiding, maar ze hebben allebei jonge kinderen en beginnen pas later op de dag. Dus ik ben meestal degene die 's ochtends opent en vandaag vond ik dit briefje op de deur.'

Hij stak het papiertje uit naar Piper. Wat kon zij in vredesnaam met een doe-het-zelfzaak te maken hebben? Toch pakte ze het aan en las het snel, terwijl haar keel langzaam dichtkneep.

> Woning boven café No Name, t.b.v. Piper bellinger.
> S.v.p. schuimrubber aanbrengen onder bovenste
> bed i.v.m. hoofd stoten.
> b.v.d,
>
> Brendan Taggart (schipper)

'Oh god,' hijgde ze en wuifde zichzelf koelte toe met het velletje papier. *Zweef ik?*

Ze had net besloten dat ze alleen vrienden was met de zeeman en dat ze de aantrekkingskracht die ze voor hem voelde vooral irritant vond. Dit hielp daar niet echt bij.

'Hij had er ook wat geld bij gedaan,' zei de man met een klopje op haar arm. 'Ik ben bang dat je me wel even naar boven moet helpen. Mijn benen zijn er na mijn zeventigste mee opgehouden, maar verder werkt alles nog prima.'

'Oh, oké, natuurlijk. Ik pak uw gereedschap wel.' Piper tilde de stoffige gereedschapskist op, blij dat ze iets had dat haar afleidde van Brendans bijzondere gebaar. 'Uh, Hannah?'

'Huh?' Glazig keek ze voor zich uit. 'Oh. Ja.'

Gapend waggelde Hannah met haar beschonken lijf bij de deur vandaan, zodat Piper open kon doen. Ze leken wel een komisch trio, zo langzaam en onhandig schuifelden ze naar binnen en richting de trap. Piper gaf het oude meneertje een arm en samen volgden ze een wankelende Hannah naar boven. 'Ik ben Piper trouwens. Van het briefje.'

'Tja, misschien had ik eerst navraag moeten doen. Mijn vrouw zal wel raar opkijken dat ik met een vreemde jongedame naar haar kamer ga.' Ze lachte en hielp hem langzaam maar zeker de vijfde en de zesde tree op. 'Abe is de naam. Ik zag jullie gisteren nog lopen bij de haven. Ik zit vaak bij het scheepvaartmuseum mijn krantje te lezen.'

'Oh ja, daar ken ik u van.'

Hij leek het leuk te vinden dat ze zich hem herinnerde. 'Vroeger zat ik altijd op de veranda van het museum, maar ik kom de laatste tijd steeds moeilijker dat trapje op. Alleen op woensdag en donderdag, als mijn dochter niet in de supermarkt werkt, heeft ze tijd om me helpen. De andere dagen blijf ik op het gras en dan hoop ik maar dat het niet te warm is.'

Nog steeds met haar arm in die van Abe maakte Piper de deur van hun studio open. Toen ze binnen waren en ze een fles water in Hannahs handen had geduwd, wees ze naar het stapelbed. 'Dat is hem. U kunt waarschijnlijk mijn hoofdafdruk wel zien op de rand van het bovenste bed.'

Abe knikte, ging heel langzaam door zijn hurken en rommelde in zijn kist. 'Dat is een beste blauwe plek die je daar hebt. Nu in het licht zie ik het pas. Nou, dat gaan we eens oplossen.'

Terwijl Abe een nietpistool tevoorschijn haalde en grote stukken schuimrubber onder het bovenste bed begon te vast te nieten, probeerde Piper de plagerige elleboogstoten van haar zus te ontwijken. 'Brendan niet leuk vinden Piper huilen doet. Brendan regelen.'

'Hou je kop,' siste ze zo zacht mogelijk. 'Dit is gewoon hoe mensen met elkaar omgaan in zo'n gat. Misschien wil hij me inwrijven hoe kut LA is.'

'Nee hoor. Eerst dat slot, nu dit weer. Hij is gewoon een goedzak.'

'Ik dacht dat je hem niet mocht? Laat mijn zus met rust, lompe lul, zei je toch?'

'Op dat moment meende ik het,' bromde Hannah.

'Kijk, ik zit gewoon mijn tijd uit tot we terug kunnen. Ik zit heus niet te wachten op dit soort afleiding.'

'Maar...'

'Probeer je me nou te koppelen aan een krabbenvisser?' Ze wierp een snelle blik op Hannah en snoof. 'Dat zal mama leuk vinden.'

Hannah rolde met haar ogen en wilde net een snedig antwoord geven toen Abe een monter 'Klaar is Kees!' liet horen.

God, hoe hard hadden ze gepraat?

Abe had waarschijnlijk in de gaten waarom ze zo bezorgd keek, want hij lachte. 'Ik wou jullie niet afluisteren, maar op z'n tijd mis ik het wel, dat gekibbel tussen zussen. Onze meiden zijn allang getrouwd en het huis uit. En mijn zoons zie ik in de zaak, maar die gaan normaal met elkaar om. Jammer hoor.'

Piper hurkte neer naast Abe en hielp hem om zijn spullen op te bergen. 'Uh... ik, uh...' Haar stem daalde een paar octaven. 'Kent u kapitein Taggart goed?'

Haar zus grinnikte.

'Iedereen kent schipper Brendan, maar hij is erg op zichzelf. Geen kletskous. Hij komt gewoon de zaak binnen en haalt wat hij moet hebben. Erin en eruit.' Abe sloeg op zijn knie en stond op. 'Hij heeft focus, dat is het.'

'Dat denk ik ook,' stemde Piper in, terwijl ze iets te lang en hard aan die grijsgroene ogen dacht. Hoe ze zo hun best deden om niet over haar lichaam te dwalen. Pas toen Abe zijn keel schraapte, besefte ze dat ze voor zich uit zat te staren. 'Sorry. Ik zal u helpen met de trap.'

'Dan wens ik jullie verder het beste,' glimlachte Abe toen ze de begane grond hadden bereikt. 'Zeg, ben je al bij Opal langs geweest?'

Opal. Opal.

Piper groef in haar geheugen naar die naam. Had Mick Forrester het niet over ene Opal gehad en haar adres opgeschreven? Waarom dacht iedereen dat ze die vrouw ging opzoeken? Dat zou ze weleens willen weten. 'Uh, nee, nog niet.'

Even leek hij teleurgesteld, maar hij wist het snel te verbergen. 'Juist ja. Nou, Piper, leuk om kennis te maken. Wel zwaaien hè, als je me bij het museum ziet.'

'Natuurlijk.' Voorzichtig gaf ze hem de gereedschapskist en liet pas los toen ze zeker wist dat hij het gewicht kon dragen. Toen ze hem op stijve benen naar de deur zag schuifelen, kreeg ze een idee. 'Hé Abe, ik zit best flexibel in mijn tijd en zo ver is het museum niet. Dus als je... ik weet niet, als je een keer op een andere dag op de veranda wil zitten, dan kan ik best even met je mee lopen en je het trapje op helpen.'

Wat was dit? Het leek wel of ze bang was dat dit kleine oude mannetje haar zou afwijzen.

Was dit wat een man voelde als hij haar nummer vroeg?

Ze ontspande toen Abe zich met een hoopvolle blik omdraaide. 'Wil je dat echt?'

'Tuurlijk,' zei ze. Het verraste haar hoe prettig het voelde om nuttig te zijn. 'Vrijdagochtend? Dan kom ik na het hardlopen naar je winkel.'

Hij knipoogde. 'Nou, dan hebben we een date.'

Hannah hoefde nooit meer te drinken, dus naar de wijnmakerij gingen ze niet meer. In plaats daarvan maakten ze schoon. Ze hingen zelfs gordijnen op: groen met witte strepen. Ook maakten ze een uitstapje naar de vuurtoren, zoals Brendan had aangeraden, en gingen een dagje naar het strand, al leek het totaal niet op het *beach life* zoals ze dat in Californië gewend waren. Het strand hier lag vol scherpe kiezels en om drie uur 's middags had je al een trui nodig. Toch merkte Piper dat ze genoot en zich kon ontspannen. De dagen gingen sneller voorbij dan verwacht.

Vrijdagochtend ging ze aan het einde van haar hardlooprondje naar de winkel van Abe, waar hij al met een krant onder de arm stond te wachten. Tijdens de korte wandeling naar het scheepvaartmuseum bestookte hij haar met vragen over Los Angeles – net als veel van zijn plaatsgenoten waagde hij zich zelden buiten Westport. Ze vonden een tuinstoel voor hem op de veranda en ze beloofde de volgende ochtend weer langs te komen.

Piper wandelde naar de haven. Ze ging aan het uiteinde van een steiger zitten en liet haar voeten boven het water bungelen terwijl ze uitkeek over de machtige Stille Oceaan.

Wat zou Brendan nu aan het doen zijn?

Ze had gehoopt dat de afstand en de tijd haar zouden verlossen van de onweerstaanbare tinteling die er altijd door haar heen ging als ze aan hem dacht. Maar er waren nu drie dagen voorbij en zijn beeld verscheen nog steeds hinderlijk vaak in haar gedachten. Vanochtend, toen ze met een schok wakker was geworden en rechtop ging zitten, had het schuimrubber voorkomen dat ze haar hoofd gevoelig stootte. En met een hartstochtelijke zucht was ze weer gaan liggen.

Zou hij aan háár denken?

'Bwèh, Piper.' Ze stond weer op. 'Ga eens wat doen met je leven.' Ze had een ander soort afleiding nodig. Iets waardoor haar gedachten niet telkens naar Brendan zouden afdwalen.

Misschien was dit een goed moment om het geheim van die Opal te ontrafelen.

Ze had een foto gemaakt van het adres dat Mick had opgeschreven en die pakte ze er nu bij. Afleiding. Ze had Mick beloofd dat ze de vrouw zou opzoeken en vandaag had ze de hele dag de tijd, dus waarom niet?

Ze zocht het adres op in haar kaartenapp en snoof van verbazing toen bleek dat het maar twee minuten lopen was. Opal woonde in een flatgebouw dat op de baai van Grays Harbor en de haven uitkeek. Het was raar om bij iemand aan te bellen zonder eerst een afspraak te maken, maar de benedendeur ging onmiddellijk open. Piper haalde haar schouders op, nam de lift naar de vijfde verdieping en klopte aan bij appartement 5F.

De deur vloog open en een vrouw, zo te zien eind zestig,

deinsde verschrikt achteruit, een hand op haar keel. 'Oh god, ik dacht dat je Barbara was, mijn kapster.'

'Oh, sorry!' Piper kreeg een kleur. 'Ik was al verbaasd dat u zo snel opendeed. U bent Opal, toch?'

'Jazeker, maar ik koop niet aan de deur.'

'Ik kom niks verkopen. Ik ben Piper. Piper Bellinger.' Ze stak haar hand uit. 'Mick zei dat ik bij u langs moest gaan. Ik ben... de dochter van Henry Cross.'

Nu trok er een heel ander soort spanning door Opals schouders. 'Lieve help', hijgde ze.

Er hing iets in de lucht waardoor de haartjes in Pipers nek rechtop gingen staan. 'Hebt u... kende u me als baby'tje, of...?'

'Ja. Ja, ik heb je als kind gekend.' Opal sloeg een hand voor haar mond en liet hem weer zakken. 'Ik ben Opal Cross. Ik ben je oma.'

*Ik ben je oma.*

Die woorden klonken alsof ze voor iemand anders bedoeld waren.

Voor een kind dat zelfgebreide priktruien kreeg met kerst of dat achter in de stationwagen in slaap viel na een uitstapje naar Bakersfield. De ouders van haar moeder woonden in Utah en af en toe belden ze. Maar de ouders van Henry... Ach, ze had al zo lang geen gedachte meer gewijd aan haar familie van vaderskant dat ze totaal geen rekening had gehouden met een situatie als deze.

Maar hier stond Opal, recht voor haar neus, met een blik alsof ze spoken zag.

'Het spijt me,' fluisterde Piper na een lange stilte. 'Mick zei dat ik hierheen moest gaan. Hij ging er waarschijnlijk van uit dat ik wel wist wie u was. Maar dat wist ik niet. Sorry.'

Opal raapte zichzelf bij elkaar en knikte. 'Dat is niet zo vreemd. Je moeder en ik zijn niet echt leuk uit elkaar gegaan, ben ik bang.' Ze liet haar ogen nog een keer over Piper gaan en schudde sprakeloos haar hoofd. 'Kom erin. Ik... er is koffie, want ik verwacht Barbara elk moment. Zeg maar jij trouwens.'

'Bedankt.' Met een hoofd vol watten ging Piper de flat binnen en friemelde aan de rand van haar hardloopshirt. Voor het eerst in jaren zag ze haar oma en dan liep ze in deze zweterige kleren.

Charmant hoor.

'Poeh, ik weet niet waar ik moet beginnen,' zei Opal toen ze in haar kleine keuken stonden. 'Ga zitten. Koffie?'

Het was verontrustend hoe deze vrouw naar haar keek. Alsof ze uit de dood was opgestaan. En zo voelde het ook wel een beetje. Alsof ze een theater was binnengelopen terwijl het stuk al bezig was en iedereen behalve zij wist waar het over ging. 'Nee hoor, bedankt.' Piper gebaarde naar een glazen deur, die uitkwam op een klein balkon. 'Prachtig uitzicht.'

'Ja toch?' Opal ging zitten en pakte haar halflege koffiebeker. Zette hem weer neer. 'Ooit was ik blij dat ik op de haven uitkeek. Zo voelde ik me dichter bij Henry. Maar nu roept het alleen nog maar droevige herinneringen op.' Ze rilde. 'Sorry. Ik moet hier niet zo nonchalant over praten. Maar het helpt soms om direct te zijn.'

'Geen probleem. Je mag best direct zijn,' stelde Piper haar gerust, al was ze een beetje in de war. Niet alleen omdat ze ineens oog in oog met haar oma stond, maar ook omdat die over Henry praatte alsof hij pas gisteren was verdronken en niet vierentwintig jaar geleden. 'Ik weet niet veel meer van mijn vader. Een paar kleine dingen. En ze hebben me weinig verteld.'

'Ja,' zei Opal. Met gespannen kaken leunde ze achterover op haar stoel. 'Je moeder wou het per se allemaal achter zich laten. Maar niet iedereen kan dat.' Even zweeg ze. 'Ik heb Henry in mijn eentje opgevoed. Met zijn vader had ik... nou ja, niet echt een relatie. En daar hadden we allebei ook geen behoefte aan. Ik had alleen Henry. En mijn vriendinnen.' Ze zuchtte diep en probeerde zich duidelijk te herpakken. 'Maar wat brengt jou naar Westport?'

'Mijn zus en ik...' Piper maakte haar zin niet af, want ze dacht aan het vuurwerk en de politiehelikopters. Kennelijk wilde een mens toch een goede indruk maken op haar oma, zelfs al was ze inmiddels volwassen. 'We zijn op vakantie.' Om de een of andere reden voegde ze eraan toe: 'En een beetje speuren naar onze wortels, nu we hier toch zijn.'

Opal leek opgelucht. 'Dat is heel fijn om te horen.'

Piper ging wat verzitten. Wilde ze eigenlijk wel dat haar vader een... belangrijkere rol in haar leven ging spelen? Ergens had ze helemaal geen behoefte aan een sterkere band met Westport. Het maakte haar een beetje bang dat haar wereld, haar bestaan, er een heel nieuwe dimensie bij kreeg. Wat moest ze daarmee?

Ze had zo weinig gevoeld bij dat bronzen beeld. Wat nou als dat zo bleef? Als ze Opal teleurstelde omdat het verleden haar zo weinig deed? De arme vrouw had al genoeg meegemaakt.

Toch kon het nooit kwaad om iets meer te weten te komen over Henry Cross, de man die haar en Hannah had verwekt. De man over wie de mensen hier met stille eerbied praatten. De man die een eigen gedenkteken had aan de haven. Vanmorgen nog, tijdens het hardlopen, had ze bloemen aan zijn voeten zien liggen. Haar moeder had gelijk gehad. Hij wás Westport. En goed, de eerste keer dat ze het beeld had bezocht, was ze minder emotioneel geweest dan verwacht, maar toch was ze benieuwd naar hem. 'Heb je nog iets van Henry? Wat foto's misschien?'

'Ik hoopte al dat je dat zou vragen.' Opal sprong overeind, trippelde opvallend snel voor haar leeftijd naar de woonkamer en haalde een doos van een plank onder de tv. Terug in de keuken deed ze het deksel open, ritselde door wat papieren en haalde er een envelop uit met *Henry* erop. Ze schoof hem over tafel naar Piper. 'Maak maar open.'

Even draaide Piper de envelop aarzelend rond in haar handen en maakte hem toen toch maar open. Er kwam een oud schippersbrevet uit, met een korrelige foto van Henry in de hoek. Zijn gezicht was grotendeels vervaagd door waterschade. Verder een foto van Maureen, vijfentwintig jaar jonger. En een kiekje van Piper en Hannah, met het vergeelde plakband nog op de achterkant.

'Die lagen in zijn kooi op de Della Ray,' legde Opal uit.

Piper keel werd dik. 'Oh.' Ze streek met een vinger langs de omkrullende rand van de foto van Hannah en haar. Henry Cross was geen spook. Hij was een man van vlees en bloed geweest. Een man met een hart dat van hen had gehouden, van Maureen, Piper, Hannah. Van Opal. Waren zijn laatste gedachten voor hén geweest? Was het gek dat ze het gevoel had dat ze hem in de steek gelaten hadden? Natuurlijk, hij had zelf voor dat gevaarlijke beroep gekozen, maar hij verdiende het om herinnerd te worden door de mensen die hij had liefgehad. Opal dacht nog altijd aan hem, maar gold dat ook voor zijn eigen gezin?

'Hij was een man die wist wat hij wou. Hij was dol op een

stevige discussie. En na afloop samen lachen.' Opal zuchtte. 'Je vader hield veel van je. Hij noemde je altijd zijn kleine stuurvrouwtje.'

Het gevoel dat er bij het gedenkteken niet was geweest… het overspoelde haar nu als een trage golf. En ze moest een paar keer knipperen tegen de plotselinge warmte achter haar ogen.

'Misschien praat ik een beetje te veel.' Opal legde aarzelend een hand op Pipers pols. 'Ik krijg niet veel bezoek, en mijn vriendinnen… Het is ingewikkeld…'

Piper keek op van de foto. 'Wat bedoel je?'

'Nou…' Opal staarde in haar beker. 'Mensen houden niet van verdriet. Ze ontlopen het liever. En niemand heeft zoveel verdriet als een ouder die een kind verloren heeft. Op een gegeven moment heb ik besloten om ze maar niet meer met mijn ellende te confronteren en kwam ik steeds minder buiten. Daarom heb ik ook een kapster aan huis.' Ze lachte. 'Niet dat iemand ooit het resultaat ziet.'

'Maar… je bent prachtig,' zei Piper met verstikte stem. 'Ik geloof er niks van dat mensen jou willen ontlopen. Ga eropuit! De kroeg in. Achter de mannen aan.'

Haar oma kreeg pretlichtjes in haar ogen. 'Dat is meer jouw afdeling, lijkt me zo.'

Piper glimlachte. 'Dat zou best eens kunnen.'

Onzeker draaide Opal haar beker rond. 'Ik weet het niet. Ik ben eraan gewend om alleen te zijn. Ik heb al jaren niet zoveel gepraat als nu, behalve met Barbara. Misschien weet ik niet meer hoe ik sociaal moet zijn.' Ze haalde diep adem. 'Maar ik zal erover nadenken. Echt.'

Het was geen kleinigheid wat Piper op het punt stond te doen: een verbintenis aangaan met deze vrouw. Dit was haar oma, niet zomaar een kennisje. Het zou een band voor het leven kunnen worden. Een relatie die echt iets voorstelde. 'Goed. En als je er klaar voor bent… ben ik je wingwoman.'

Opal slikte en kromp een beetje in elkaar. 'Afgesproken.'

Even zaten ze in een prettige stilte, tot Opal op haar horloge keek en een zucht slaakte. 'Barbara is een schat, maar zo vergeetachtig als een goudvis.'

Piper tuitte haar lippen en bestudeerde het korte grijze kapsel. 'Wat was je van plan te laten doen?'

'Gewoon bijknippen, net als altijd.'

'Oké, of…' Piper stond op en ging achter Opal staan. 'Mag ik?'

'Ja hoor!'

Piper liet haar vingers door Opals haar glijden en bevoelde de textuur. 'Je wist het misschien niet, Opal, maar je kleindochter weet alles van beauty.' Haar mondhoeken krulden omhoog. 'Wat dacht je van een *faux hawk*?'

Een minuut of twintig later was Opals grijze haar in het midden pittig, maar subtiel omhoog gestyled. Het kwam eigenlijk wel goed uit dat het al een tijdje niet was geknipt, want zo kon Piper over genoeg haar beschikken om puntjes van te draaien. Daarna hadden ze een make-upset tevoorschijn gehaald die Opal ooit van een vasthoudende Mary Kay-consulente gekocht had (daar kwam haar wantrouwen voor kopen aan de deur dus vandaan) en was ze omgetoverd tot een adembenemende schoonheid.

Vol verwachting gaf Piper haar ten slotte de spiegel.

'En?'

Opal hapte naar adem. 'Ben ik dat?'

Piper lachte. 'Yes, dat ben jij.'

'Goh.' Haar oma bekeek zichzelf van alle kanten. 'Jeetje.'

'Zie je er nu nog steeds tegenop om onder de mensen te komen?'

'Helemaal niet.' Opal bewonderde zichzelf nog een keer en keek Piper aan. 'Dankjewel.' Ze haalde diep adem. 'Kom je… kom je snel nog een keer langs?'

'Natuurlijk. En dan neem ik Hannah mee.'

'Oh, dat zou heerlijk zijn. Ze was nog maar zó klein de laatste keer dat ik haar zag.'

Piper boog zich voorover en gaf Opal een kus op beide wangen, wat ze bijzonder grappig leek te vinden. Toen ze het kleine appartement verliet, verbaasde het haar hoe… vrolijk ze zich voelde. Uitgelaten zelfs. Op weg naar de No Name hoefde ze niet eens op haar telefoon te kijken, gewoon omdat ze de omgeving herkende. De vriendelijk groetende mensen en de rondcirkelende meeuwen waren niet langer vreemd voor haar.

In haar zak had ze de envelop met Henry's bezittingen en misschien was dát het wat haar verankerde op deze plek. Bij de No Name keek ze even omhoog naar de verveloze gevel en deze keer… probeerde ze het gebouw echt te zien. Probeerde ze echt te denken aan de man die ooit binnen deze muren zijn brood verdiende. En aan Maureen, die verliefd werd op die man, met hem trouwde en twee dochters met hem kreeg.

Een van die twee dochters was zij. Ze kwam voort uit hun liefde. Of Piper nu veel of weinig voelde bij het verleden, het was er nu eenmaal. Ze kon het niet blijven negeren of denken dat het niets met haar te maken had. Hoe bang het haar ook maakte.

Diep in gedachten en een beetje ongedurig ging ze op zoek naar Hannah.

Piper en Hannah staarden naar de telefoon en luisterden naar de stem van hun moeder over de speaker. 'Ik heb al die jaren een paar keer contact gezocht met Opal,' zei Maureen. 'Maar ze is net zo koppig als je vader was. Zij vond het een soort verraad dat ik wegging. Uitpraten ging niet meer. En ik… ik was egoïstisch. Ik wilde mijn hele oude leven, met al die pijn, gewoon vergeten.'

'Toch had ik graag eerder willen weten dat ze bestond,' zei Piper. 'Nu was ik compleet verrast.'

Maureen klonk verdrietig. 'Ik had het bijna verteld, maar…' Ze zuchtte. 'Dan had ik moeten toegeven dat ik al die tijd zoiets belangrijks had achtergehouden. Ik was bang voor jullie reactie. Het spijt me.'

Twintig minuten later ijsbeerde Piper over de versleten vloerplanken van de No Name. Hannah zat in kleermakerszit op een ton friet te eten en staarde wezenloos in de verte. Haar zus was het nieuws dat ze een oma hadden nog aan het verwerken, maar ze zou het waarschijnlijk pas echt begrijpen als ze alleen kon zijn met haar muziek.

Piper wreef Hannah troostend over haar schouder, terwijl ze om zich heen keek en de ruimte in zich opnam. Zat ze in een emotionele crisis doordat ze een verloren gewaand familielid had ontmoet… of begon ze oprecht interesse te krijgen in deze plek?

Ze waren nog zo jong geweest toen Maureen met ze verhuisde. Het was niet hun schuld dat ze hun vader waren vergeten. Maar nu konden ze niet meer om hem heen. In elk geval niet hier, waar hij overal te vinden was. Deze verwaarloosde kroeg was een perfect symbool voor zijn nagedachtenis. Iets wat ooit levend was… en nu in verval.

Wat als ze deze plek nieuw leven konden inblazen?

Hoe moest je dat überhaupt aanpakken?

Piper zag zichzelf in een stukje spiegelend glas dat bijna helemaal schuilging achter een grote plaat van triplex. Ze had een bepaald talent om altijd de meest flatterende verlichting te vinden, maar met de kale, met spinnenwebben bedekte peertjes die hier hingen, kon ze niets. Voor iedereen boven de vijfentwintig was het hier een nachtmerrie, want in dit licht sprong elke onregelmatigheid in je gezicht eruit. En toch had deze plek een vibe die deed denken aan een clandestiene kroeg uit de jaren dertig, wat je met een beetje zachte, rode verlichting mooi kon benadrukken.

*Hmm.* Ze was geen interieurontwerper. Elk jaar liet Maureen een professional komen om hun huis in Bel-Air op te knappen, waaronder alle slaapkamers. Maar Piper begreep wel iets van sfeer. Waarom mensen ergens wilden komen en blijven.

Sommige mannen gingen naar de kroeg om sport te kijken. Prima. Maar hoe krijg je een plek afgeladen vol? Door vrouwen. Zorg dat de dames het leuk vinden, dan komen de heren vanzelf, zelfs als ze entree moeten betalen.

Hoe zou ze dat hier eens aan kunnen pakken?

'Stel hè... stel dat we deze plek willen opknappen. Denk je dat we er met ons budget iets van kunnen maken?'

Hier had Hannah niet op gerekend. 'Waarom vraag je dat?'

'Ik weet het niet. Sinds ik Opal ontmoet heb, loop ik te denken hoe oneerlijk het is dat Henry's eigen gezin nooit om hem heeft gerouwd. Natuurlijk, dat was vooral mama's beslissing, maar misschien is dit een manier om het alsnog te doen. Om een beetje... contact met hem te maken. Om zelf te bepalen hoe we hem herinneren. Vind je dat gek?'

'Nee.' Hannah schudde haar hoofd. 'Nee, natuurlijk niet. Maar je overvalt me een beetje.'

Piper gooide het over een andere boeg. 'Dan is het misschien een manier om Daniel te laten zien dat we verantwoordelijke en actieve burgers zijn geworden. We knappen het café op, hij ziet hoe ongelofelijk handig we zijn en wie weet mogen we dan eerder naar huis.'

Hannah trok een wenkbrauw op.

'Dat is geen gek idee. Helemaal niet gek.' Hannah liet zich van de ton zakken en veegde haar handen schoon aan haar jeans. 'Ik bedoel, we moeten natuurlijk een dj-booth hebben.'

'In deze hoek, bij het raam?' wees Piper. 'Chill. Iedereen die langskomt ziet MC Hannah spinnen en dan weten ze niet hoe snel ze binnen moeten komen.'

Met de ruggen tegen elkaar draaiden de zussen rond en inspecteerden de ruimte. 'Het is niet groot genoeg voor een echte dansvloer, maar we kunnen planken aan de muur hangen waar mensen hun glas op kunnen zetten. Dat deel wordt sowieso alleen staanplaatsen.'

'Oeh, dan hebben we meteen de nieuwe naam. SAS, Sowieso Alleen Staanplaatsen.'

'Chill.' Hannah tuitte haar lippen. 'We moeten nog wel veel opruimen.'

Ze kreunden in koor.

'Denk je dat we deze nog kunnen repareren?' vroeg Piper terwijl ze met haar vinger over de rug van een schots-en-scheve stoel ging. 'En misschien de bar polijsten?'

Hannah snoof. 'Sowieso. Ik bedoel, wat de fuck moeten we hier anders doen?'

'Precies. Niet te geloven dat we hier pas vijf dagen zijn hè?'

Piper wreef met een knokkel in een ooghoek. 'Stel, we doen al dat werk en stoppen al ons geld erin en Daniel is niet onder de indruk. In dat geval verandert er niets en zitten we gewoon onze straf uit. Wat trouwens *mijn* straf is.'

'Niet zeuren. En in het beste geval mogen we eerder naar huis.'

Ze haalden tegelijk berustend hun schouders op.

Precies op dat moment viel een late zonnestraal door het stoffige raam naar binnen en weerkaatste op het glas achter de triplex plaat. Behalve het glas was er een wit hoekje van het een of ander te zien en zonder er echt over na te denken stapte Piper over lege flessen, verdween achter de bar en klemde het witte uitsteeksel tussen haar vingers. Met één ruk haalde ze een foto tevoorschijn. Er stonden twee mensen op die ze niet kende. De foto was in elk geval in dit café gemaakt, alleen was alles nieuwer en opgeruimder. Ze leken te zingen en aan de kapsels te zien waren ze kinderen van de jaren tachtig.

'Oh, een foto!' Hannah wrong zich in allerlei bochten om achter het triplex te kunnen kijken. 'Denk je dat er nog meer is?'

'We kunnen die plaat weghalen, maar dan krijgen we splinters in onze handen of er komt een kudde monsterspinnen achter ons aan. Of allebei.'

Hannah zuchtte. 'Na die wc boven vind ik niet gauw iets smerig meer. We doen het gewoon.'

Angstig jammerend pakte Piper de plaat beet. Hannah legde haar handen erbij. 'Oké. Een, twee, drie!'

Ze lieten de plaat op de grond ploffen en sprongen achteruit, voorbereid op het ergste. Maar achter het triplex kwamen geen spinnen vandaan, geen muizen, niets. Alleen een spiegel die vol hing met oude foto's. Fronsend keken ze elkaar aan, deden tegelijk een stap naar voren en trokken elk een foto los. 'Deze gast ziet er bekend uit…' zei Piper zacht. 'Hij is hier natuurlijk veel jonger, maar volgens mij heb ik hem zondag gezien. Hij zei dat hij mama kende.'

Hannah boog zich ook over de foto. 'Oh mijn god ja, dat is hem.' Ze lachte ongelovig. 'Best een lekker ding toen.'

Piper grinnikte. 'En jouw foto? Nog bekenden?'

'Nee.' Hannah pakte een andere foto. 'Wacht. Pipes.'

Piper was zo aandachtig de gezichten aan het scannen die haar vanuit een ver verleden aankeken dat ze niet meteen hoorde hoe dringend Hannahs stem klonk. Maar toen de stilte aanhield, keek ze op en zag dat al het bloed uit Hannahs gezicht was getrokken. 'Wat is er?' vroeg Piper. Ze ging naast haar zus staan, die met trillende vingers naar de foto staarde. 'Oh.'

Haar hand vloog naar haar plotseling razende hart.

Waar de bronzen Henry te onpersoonlijk was en de foto op het schippersbrevet korrelig en uitgelopen, een man die met een strak gezicht in de lens keek, zat déze foto vol leven. Hier lachte Henry, met een witte theedoek over zijn schouder en een schaduw van een snorretje op zijn bovenlip. Zijn ogen… ze schitterden en sprongen bijna van het glanzende fotopapier. Het waren hun eigen ogen.

'Dat is papa.'

'Piper, wat lijkt hij op ons.'

'Ja…' Ze kon bijna niet ademen. Ze pakte Hannahs hand en samen draaiden ze de foto om. Er stond iets achterop, vervaagd, maar nog goed leesbaar.

*Henry Cross*. En het jaar: *1991*.

Lange tijd waren de zussen sprakeloos.

Misschien kwam het doordat Piper overdonderd was door deze foto, het bewijs dat hun biologische vader echt bestaan had, maar het voelde plotseling… alsof het lot haar hierheen had gestuurd. Hun leven vóór Los Angeles was altijd gefragmenteerd, vaag geweest. Maar nu was het echt. Het leefde. Ze konden het verkennen. Misschien had ze het zelfs zonder het te beseffen gemist.

'We gaan deze tent opknappen,' zei Piper. 'Echt, we doen het. Niet omdat we dan eerder naar huis mogen, maar… je weet wel. Als een soort eerbetoon.'

'Ik dacht precies hetzelfde, Pipes.' Hannah legde haar hoofd op Pipers schouder en samen keken ze naar de man aan wie ze het leven te danken hadden en die vanuit een andere tijd naar ze lachte. 'We doen het.'

# *Hoofdstuk dertien*

Door de verrekijker zag Brendan zijn vertrouwde, geruststellende Westport aan de horizon opdoemen.

Hij hield van de zee en daarom maakte thuiskomen hem altijd wat melancholiek. Nergens was hij meer op zijn gemak dan op de brug, de motor brommend onder zijn voeten. Een geluidsinstallatie binnen handbereik zodat hij bevelen aan het dek kon geven. En de zekerheid dat die bevelen altijd zonder meer werden uitgevoerd. De Della Ray was een tweede huid en hij kroop er zo vaak in als mogelijk. Alleen dat kon zijn verlangen stillen naar het gevoel van het rijzen en dalen van het water, het geluid van de golven op de romp, de geur van zout en vis en kansen.

Maar de thuiskomst voelde deze keer anders. Hij was niet alweer de uren aan het aftellen tot hij weer naar zee kon. Hij voelde niet de opluchting dat hij zijn bemanning veilig had thuisgebracht. Vandaag waren er alleen zenuwen. Springerige, angstige, zweterige zenuwen.

Hij was er niet bij geweest met zijn hoofd, de afgelopen drie dagen. Natuurlijk, ze kwamen terug met een ruim vol vis. Ze hadden hun werk gedaan, net als altijd. Maar in zijn gedachten was hij veel meer dan de bedoeling was bezig geweest met een meisje uit Los Angeles.

Alleen was vanavond niet de juiste avond om die gedachten verder te onderzoeken. Absoluut niet.

Want als straks het schip aan de trossen lag en ze de vangst naar de veiling hadden gebracht, werd hij verwacht op het herdenkingsdiner voor Desiree. Elk jaar organiseerde Mick trouw de bijeenkomst in de Blow the Man Down en Brendan hield er altijd rekening mee met zijn vaarschema. Sterker, hij hielp meestal mee met organiseren. Maar deze keer… hoe moest hij deze avond doorkomen als hij al drie dagen non-stop aan Piper dacht?

Ja, het zat hem dwars dat ze zo open en bloot op internet stond. En ja, hij wist dat ze uit twee verschillende werelden kwamen en dat ze niet lang deel uit zou maken van de zijne. En toch dacht hij aan haar. Vroeg hij zich voortdurend af of het wel goed met haar ging. Of ze de juiste dingen bestelde van de menu's die hij had achtergelaten. Of de doe-het-zelfzaak zijn briefje had gevonden en ze haar hoofd niet meer elke ochtend stootte.

Hij dacht aan haar lichaam.

Zoveel dat het bijna hinderlijk werd.

Hij dacht aan hoe zacht ze onder hem zou voelen. Hoe veeleisend ze zou zijn in bed en hoe hij haar toch tevreden zou stellen. Twee keer, drie keer, telkens opnieuw, totdat haar nagels zijn rug aan gort hadden gekrabd.

Zijn mannen begonnen altijd hun telefoon te checken zodra de haven in zicht kwam en er misschien bereik was, en normaal rolde Brendan dan met zijn ogen. Maar nu had hij zelf ook zijn telefoon in zijn hand, bleef maar swipen en zijn wachtwoord invoeren, wilde dat klote-Instagram van haar zien. Een paar dagen geleden wist hij nauwelijks dat die app bestond. Nu hing zijn duim gretig boven dat icoontje, klaar om zich vol te zuigen met foto's van haar. Hij had nooit echt de behoefte om zich af te trekken als hij op zee was, maar reken maar dat het die eerste nacht nodig was. De tweede ook.

Ein-de-lijk verscheen het icoontje van zijn mobiele provider linksboven op het scherm en met ingehouden adem tikte hij op Instagram. Het eerste dat hij zag was een wit poppetje. Hij tikte erop.

Was Piper hem gaan terugvolgen?

Grommend keek hij over zijn schouder of niemand hem zag glimlachen.

Er stond één nieuwe foto op haar feed. Zijn hart ging tekeer terwijl hij hem groter maakte. Kijk, ze had zijn raad opgevolgd en was naar de wijnmakerij gegaan. En shit, wat zag ze er goed uit.

**Wijne dag allemaal!**

Hij moest grinniken om het bijschrift toen er een bericht van Mick binnenkwam.

**Bel me**, dat was alles.

Brendans glimlach verdween en met bonzend hart wachtte hij tot zijn schoonvader opnam. Verdomme, Piper had zich natuurlijk weer in de nesten gewerkt. Ze had vast weer brand gesticht. Of haar nek gebroken toen ze de trap af vluchtte voor een muis. Of...

'Hé, Brendan.'

'Wat is er aan de hand?' wilde hij weten. 'Iets gebeurd?'

'Rustig,' lachte Mick. Er klonk muziek op de achtergrond. 'Er is niks gebeurd. Ik wou je gewoon nog even herinneren aan vanavond.'

Het schuldgevoel maakte zijn maag hol. Deze man ging vanavond herdenken dat hij zijn dochter al zeven jaar moest missen, terwijl Brendan zich druk liep te maken om Piper, aan niets anders dacht dan aan haar. Dat was toch onfatsoenlijk? Zo'n man was hij niet.

Brendan keek naar zijn trouwring en slikte. Zeven jaar. Hij kon zich Desirees stem nauwelijks meer herinneren. Of haar gezicht of hoe ze lachte. Maar hij was niet het type dat zijn trouwbelofte brak. Als hij iets beloofde, hield hij zich eraan. Desiree zat zo verweven in alle aspecten van zijn leven in Westport dat het soms leek alsof ze niet eens dood was. En daarom was hij altijd blijven hangen in het 'tot de dood ons scheidt'-gedeelte.

Alles om hem heen deed hem aan haar denken. Haar ouders, de jaarlijkse herdenkingsdienst, de mensen die op hun bruiloft waren geweest. Hij had het altijd als een soort heiligschennis gevoeld om de ring af te doen, maar nu... nu begon het juist verkeerd te lijken om hem om te houden.

Alleen was vanavond niet het juiste moment om grote beslissingen te nemen.

Hij had de plicht om de herdenkingsdienst bij te wonen, lichamelijk én geestelijk, en dus deed hij dat.

'Ik ben erbij vanavond,' zei Brendan. 'Dat spreekt voor zich.'

De eerste paar jaar na Desirees dood was de herdenkingsmaaltijd meer een soort herhaling van de begrafenis geweest. Niemand lachte, iedereen sprak op gedempte toon. Alleen een enorme hork zou iets anders voelen dan het diepste respect wanneer Mick en Della overal foto's van hun dochter ophingen, een taart meebrachten met haar naam in helderblauw glazuur. Maar met het voorbijgaan van de jaren werd de stemming wat minder zwaar. Vrolijk zou het wel nooit worden, maar in elk geval huilde er niemand vanavond.

De locatie droeg ook niet echt bij aan een ontspannen sfeer. In tegenstelling tot de begane grond van de Blow the Man Down was het zaaltje in de kelder nooit gerenoveerd. Met de houten lambrisering en de matglazen wandlampen leek de tijd hier stilgestaan te hebben. Het deed Brendan denken aan zijn schip en bijna voelde hij zelfs de vloer deinen onder zijn voeten.

Tegen een muur stonden een paar klapstoelen en een tafel vol meegebracht eten. De foto van Desiree, kaarsen eromheen, stond vlak naast een bak pastasalade. Statafels en krukken vulden de rest van de ruimte. En dan had je ook nog een kleine bar die alleen tijdens feestjes in gebruik was. Dat was de plek waar Brendan en zijn plaatsvervangend schipper nu stonden, in een poging om vervelende gesprekken te vermijden.

Brendan merkte dat Fox hem vanuit zijn ooghoek opnam. Hij sloeg er geen acht op en wenkte de barman voor nog een biertje. Het was geen geheim hoe Fox dacht over de jaarlijkse herdenking. 'Ik weet wat je wilt zeggen,' zuchtte Brendan. 'Ik hoef het niet nóg een keer te horen.'

'Pech dan, ik zeg het toch.'

Fox had de afgelopen drie dagen genoeg bevelen opgevolgd en nu was het zijn beurt. 'Het is niet eerlijk dat ze je dit aandoen. Dat je elk jaar... teruggegooid wordt in je verlies. Je moet verder. Daar heb je recht op.'

'Ik word helemaal niet teruggegooid.'

'Tuurlijk joh.' Fox draaide rondjes met zijn bierfles op de bar. 'Zij zou dit ook niet willen. Ze zou niet willen dat je zo vast zat.'

'Hou op, Fox.' Hij masseerde zijn neusbrug. 'Het is maar één avond.'

'Het is niet maar één avond.' Fox praatte zacht en keek Brendan niet aan, zodat niemand zou merken dat ze een meningsverschil hadden. 'Ik ken jou. Ik weet hoe je denkt. Dit is het jaarlijkse tikje tegen het stuurwiel. Om je weer op je vaste koers te krijgen. En ik snap het hoor, je denkt dat je op die manier respectvol bezig bent. Maar wanneer is het verdomme eens genoeg?'

In zijn hart was hij het met Fox eens. Zolang de herdenkingsdatum op de kalender stond, bleef Brendan denken: nog één jaar. Ik ben haar nog één jaar verschuldigd. Maar ergens in de loop van de tijd was dat veranderd in: ik ben 'het' nog één jaar verschuldigd. Of: ik ben Mick nog één jaar verschuldigd. Zijn schoonvader had veel voor hem gedaan. Hem schipper gemaakt van de Della Ray. Zou Brendan zijn vertrouwen kwijtraken als hij verder ging met zijn leven?

Hoe dan ook, inmiddels rouwde hij allang niet meer om het huwelijk zelf. Maar wanneer dat precies veranderd was? Zijn leven was een aaneenschakeling van dagen aan wal, dagen op zee en dan weer opnieuw. Er was geen tijd om na te denken over zichzelf of over hoe hij 'zich voelde'. In elk geval wilde hij geen egoïstische, labiele zak zijn.

'Kijk,' probeerde Fox het opnieuw na een flinke slok bier. 'Je weet dat ik niks tegen Mick heb, maar hij doet alsof je nog steeds met zijn dochter getrouwd bent. Dat legt een hoop druk op...'

'Hallo allemaal!'

Brendans verstijfde halverwege een slok bier. Dat was de stem van Piper.

Was Piper hier?

Hij pakte zijn glas voorzichtig wat steviger vast en keek over zijn schouder naar de deur. Daar was ze. Natuurlijk had ze iets met glitters aan. Grote roze. Het eerste wat hij voelde, was blijdschap. Dat hij haar weer zag. Daarna opluchting dat ze nog niet terug in LA was. En toen de wens om met haar te praten, dicht bij haar te zijn.

Maar direct daarna verdween het bloed uit zijn gezicht.

Nee. Dit was niet goed. Ze zou hier niet moeten zijn.

Ze had dat debiele lippenstifttasje weer bij zich. En in haar vrije hand had ze een dienblad vol shotjes dat ze natuurlijk bij de bar boven had gehaald.

Ze trippelde op hoge hakken door de menigte stomverbaasde, gefascineerde bezoekers en bood ze allemaal iets aan dat waarschijnlijk tequila was.

'Wat een serieuze gezichten hier.' Ze gooide haar haar achterover en nam lachend zelf een shotje. Jezus. Het gebeurde allemaal in slow motion. 'Zet de muziek eens wat harder. Partaaay!'

'Oh fuck,' mompelde Fox.

Brendan kon precies het moment aanduiden waarop Piper besefte dat ze was binnengevallen op een herdenkingsbijeenkomst voor een overledene: toen ze het geïmproviseerde altaartje naast de pastasalade zag. Haar pas vertraagde en haar grote blauwe ogen werden nog groter bij het zien van de gigantische uitvergroting van Desirees eindexamenfoto en de gekalligrafeerde naam eronder. *Desiree Taggart.* Haar mond viel open, er kwam een raar piepje uit en ze liet het dienblad scheef zakken. Ze kon nog net voorkomen dat alles op de grond viel. 'Oh,' hijgde ze. 'Ik... ik wist het niet.'

Alsof het dienblad in brand stond, zo snel zette ze het op de dichtstbijzijnde tafel. En op dat moment ving ze Brendans blik. De grond sloeg onder zijn voeten weg bij het zien van de ultieme vernedering. 'Piper.'

'Sorry. Ik... wauw.' Ze stommelde achteruit naar de uitgang, stootte haar heup tegen een stoel en sleurde hem een halve meter mee. Ze rilde van ellende. 'Het spijt me zo.'

Zo snel als ze gekomen was, was ze ook weer weg. Alsof iemand alle kleur en geluid uit de ruimte haalde. Vóór en na Piper. Brendan dacht niet na, maar knalde zijn bier op de bar en rende achter haar aan. Toen hij de trap bereikte, was zij al niet meer te zien, dus rende hij omhoog en zigzagde door het uitgaanspubliek op de begane grond. Hij was blij met zijn lengte. Geen roze glitter kon aan zijn aandacht ontsnappen.

Waarom voelde het alsof hij in zijn maag was gestompt?

Dit had ze niet moeten zien, dacht hij de hele tijd. Dit had ze niet moeten zien.

Uit een ooghoek zag hij een roze flits de straat oversteken. Het was inderdaad Piper, die op torenhoge hakken op weg leek naar de haven, niet naar huis. Iemand riep zijn naam, maar hij luisterde niet, drong zich een weg naar buiten en volgde haar. 'Piper.'

'Oh nee. Nee, nee, nee.' Ze had de overkant bereikt en draaide zich om, haar handen afwerend omhoog. 'Je moet terug. Alsjeblieft. Je kunt niet de herdenking van je vrouw in de steek laten om achter de trut aan te gaan die het heeft verpest.'

Maar hij kon niet terug, als hij dat al wilde. Onmogelijk. Want hoe klote hij de beschamende situatie van net ook vond, hij was liever hier op straat bij haar dan in die kelder. Duizend keer liever. En nee, hij kon niet langer ontkennen dat zijn prioriteiten aan het verschuiven waren. Als gewoontedier maakte hem dat nerveus, maar hij verdomde het om haar nu te laten gaan. 'Je hebt het niet verpest.'

Ze lachte schamper en liep verder.

Hij ook. 'Je bent echt niet sneller dan ik op die hakken.'

'Brendan, please. Laat me ergens rustig doodgaan van schaamte.'

'Nee.'

Nog steeds met haar gezicht van hem afgekeerd bleef ze stilstaan en sloeg haar armen om haar middel. 'Dom van me om die shotjes daar te laten. Ik kan er nu wel een gebruiken. Of zes.'

Hij hoorde haar snikken en er verstijfde iets in zijn borstkas. Niet dat huilende vrouwen hem bang maakten. Zo'n watje was hij niet. Maar hij was er maar weinig tegen gekomen in zijn leven, dus nam hij nu even de tijd om te bedenken wat hij het beste kon doen. Ze had haar armen om zichzelf heen geslagen. Ze omhelsde zichzelf. Dus was het misschien een goed idee om… haar ook te omhelzen?

Brendan ging achter Piper staan en legde zijn handen voorzichtig, om haar niet te laten schrikken, op haar schouders. God, wat voelden die zacht. Hopelijk maakte hij geen krassen met zijn eeltige kolenschoppen. Ze keek iets opzij, naar zijn rechterhand, en ze ademden geen van beiden toen hij haar tegen zijn borst aan trok en zijn armen om haar tengere gestalte sloeg. Ze riep nog steeds niet dat hij zijn poten thuis moest houden, dus hij durfde nu ook wel zijn kin op haar hoofd te laten rusten.

Ze zuchtte. 'Vind je me echt geen trut?'

'Doe niet zo raar.'

'Ik wist het echt niet. Het spijt me.'

'Excuses aanvaard. Hou er maar over op.'

'Ze vinden me vast allemaal een trut. Jij misschien niet, maar de rest wel.' Hij probeerde uit te leggen dat dat vast niet zo was, maar ze onderbrak hem. Hij klemde haar nog steviger vast, want ze klonk ontroostbaar. 'Ik ben gewoon een onbenullige gleuf, hè?'

Hij vond het geen leuke vraag. De vraag zelf niet, maar ook niet de woorden die ze gebruikte. Hij vermoedde dat iemand dat ooit letterlijk zo tegen haar gezegd had. Brendan draaide haar om en vergat prompt adem te halen. Ze zag er beeldschoon uit in het maanlicht, met haar vochtige ogen en roze wangen, al waren die waarschijnlijk nog steeds van de schaamte. Hij moest al zijn wilskracht gebruiken om zijn mond niet ter plekke op de hare te drukken, want dit was niet het goede moment. Er stond een geest tussen hen in en er zat een ring aan zijn vinger en dat moest allemaal eerst opgelost worden.

'Kom, we gaan zitten,' zei Brendan kortaf, terwijl hij haar bij een elleboog pakte en meenam naar een van de stenen bankjes die uitkeken op de nachtelijke haven. In één vloeiende beweging ging ze zitten en sloeg haar benen over elkaar, met een wezenloze blik in haar ogen. Brendan ging naast haar zitten en nam meteen het grootste deel van de bank in beslag. Maar ze leek het niet erg te vinden dat hun heupen en bovenbenen elkaar raakten. 'Je bent geen onbenullige gleuf. Wie beweert dat?'

'Wat maakt het uit, het is toch waar?'

'Helemaal niet,' blafte hij.

'Echt wel. Er zijn stapels bewijzen voor. Ik ben onbenullig en dom.' Ze sloeg haar handen voor haar ogen. 'Oh mijn god, heb ik echt iets gezegd over serieuze gezichten op iemands herdenking?'

Tot zijn eigen verbazing voelde Brendan een lach opborrelen. 'Uh, ja. En meteen daarna tikte je een shotje achterover.'

Ze stompte hem op zijn bovenbeen. 'Lach niet.'

'Sorry.' Hij dwong zijn mondhoeken omlaag. 'Ik weet niet of het helpt, maar die bijeenkomst… kon wel een beetje luchtigheid gebruiken. Je hebt iedereen een plezier gedaan.'

Brendan voelde hoe ze hem van opzij opnam. 'Het was vast moeilijk voor je vanavond.'

'Zeven jaar geleden was het moeilijk. Zes jaar. Vijf jaar geleden ook nog. Maar nu...' Hij zocht naar woorden. 'Nu heeft het meer te maken met respect. Met plichtsgevoel.'

Piper bleef zo lang stil dat hij bezorgd opzij keek. Ze zat verbaasd voor zich uit te staren. 'Zeven jaar?' Ze stak evenzoveel vingers op. 'Echt?'

Hij knikte.

Ze liet haar blik over de haven gaan en ademde diep uit, maar niet voordat ze een blik op zijn ring had geworpen. 'Wauw. Ik dacht dat het een jaar geleden was. Minder misschien. Ze was vast heel bijzonder.'

Dat was natuurlijk waar. Brendan had een gemakkelijk, praktisch huwelijk gehad, maar wist niet goed hoe hij dat kon uitleggen zonder respectloos te praten over een vrouw die niet meer voor zichzelf kon spreken. Zeker vandaag moest hij dat niet doen. Maar toch voelde hij de behoefte om zich een beetje bloot te geven. Dat leek hem wel zo eerlijk, nu zij daar zo kwetsbaar naast hem zat. Hij wilde dat ze zich gesteund voelde.

'Ik was op zee toen het gebeurde. Een aneurysma. Toen ze op het strand aan het wandelen was. In haar eentje.' Hij ademde langzaam uit. 'Ze ging altijd alleen wandelen, ook als ik thuis was. Ik was, uh... niet zo goed in getrouwd zijn. Ik kon niet wennen aan nieuwe routines en patronen. En dat wou ik ook helemaal niet. Verrassend, hè?' Ze zei niets. 'Ze zeggen dat ik toch niks had kunnen doen als ik erbij was geweest, maar ik had in elk geval iets kunnen proberen. Ik heb nooit de kans gehad om het te proberen. Dus ik denk dat ik al die jaren... ben blijven proberen. Al had het geen nut meer.'

Piper antwoordde niet direct. 'Ik weet niet veel over getrouwd zijn, maar ik denk dat mensen kunnen groeien en er beter in worden. Jij ook. Je hebt alleen de kans nooit gehad.' Haar zucht dreef weg op de avondbries. 'Ik vind het zo erg voor je.'

Hij knikte bedachtzaam, maar hoopte tegelijk dat ze van onderwerp zou veranderen. Misschien had Fox gelijk en had hij lang genoeg boete gedaan. In elk geval maakte stilstaan bij het verleden hem nu vooral onrustig.

'Mijn langste relatie duurde drie weken.' Ze stak weer evenzoveel vingers op. 'Zoveel. Maar dan in weken.'

Inwendig glimlachte Brendan tevreden. Blijkbaar had tot nu toe geen enkele man in de grote stad haar kunnen strikken. Wat zou daarvoor nodig zijn? 'Was dat die vent die jou een onbenullige gleuf heeft genoemd?'

'Waarom ben je daar toch zoveel mee bezig?' Ze trok haar schouders achteruit. 'Maar inderdaad, dat was hij. En hij had nog gelijk ook, want nog geen minuut later vroeg ik of hij het soms uitmaakte omdat ik zijn sterrenbeeld met mijn therapeut had besproken. Hoe onbenullig wil je het hebben?'

'Haal jezelf niet zo omlaag. Daar word ik boos van.'

Ze deed alsof ze geschokt was. 'Boos, jij? Het zonnetje in huis?'

Brendans mondhoeken krulden omhoog. 'Oké, die had ik verdiend.'

'Welnee.' Ze zuchtte en verloor zich weer voor even in haar gedachten. 'Weet je, sinds we hier zijn, is het me steeds duidelijker geworden dat ik geen idee heb waar ik mee bezig ben. Ik ben goed in partyen en foto's maken en daar is niks mis mee, maar wat als dat het is? Wat als dat alles is?' Ze keek hem aan en leek haar gedachten op een rijtje te zetten. 'En jij hebt al heel wat stomme acties van me gezien, maar hier kan ik me niet verschuilen achter een drankje en een flirterig lachje. Hier kan ik alleen maar mezelf zijn.'

Hij kon niet goed onder woorden brengen wat hij wilde zeggen. 'Alleen máár? Onzin.'

Opnieuw zag hij een glimp van onzekerheid onder het zogenaamd perfecte oppervlak van Piper Bellinger. Het wekte een beschermingsdrang bij hem op. Die eerste paar dagen had hij haar belachelijk gemaakt. Maar nu wilde hij haar behoeden tegen alles wat haar verdrietig kon maken. Verdomme, ingewikkeld gedoe.

Piper reageerde niet en zat stilletjes haar ogen te deppen. Even liet hij haar huilen, maar op een gegeven moment vond hij toch echt dat hij haar moest troosten. Waarom had hij dat nog niet gedaan? Wat deed hij verkeerd? Toen ze daarnet wilde weglopen, had hij haar in zijn armen genomen en dat werkte goed. Dus sloeg hij zijn linkerarm om haar schouder en trok haar tegen zich aan. Misschien moest hij haar ergens mee afleiden. 'Wat heb je eigenlijk gedaan toen ik weg was?'

'Ik ben met alle vissers uit varen geweest, wat dacht jij dan?'

Natuurlijk, ze zat hem te plagen, maar hij voelde meteen de spanning in zijn nek. 'Haha.'

Even gingen haar mondhoeken omhoog, maar meteen werd haar uitdrukking serieus. 'Er is best veel gebeurd eigenlijk. Ik heb mijn oma ontmoet, Opal.'

Brendan was verbaasd. 'Kende je haar helemaal niet dan? Nooit gebeld, of...'

'Nee.' Ze kreeg een beetje een kleur. 'Ik zou zelfs nooit van haar gehoord hebben als ik niet hiernaartoe gekomen was. Ze zit de hele dag in de keuken te treuren om mijn vader. Nu ik dat weet, lijkt mijn hele leven in LA één groot theaterstuk. Ik was gelukkig, maar ik wist niets.' Ze dacht even na. 'Ze stond er heel anders in dan mijn moeder. We zijn er niet echt diep op in gegaan, maar het leek erop dat mijn moeder het allemaal achter zich wou laten, terwijl Opal...'

'Met haar verdriet wou leven.'

'In de echte wereld, bedoelde ik te zeggen. Maar dat is misschien hetzelfde.' Ze sloeg haar ogen neer. 'Hannah en ik zijn naar het beeld van Henry geweest. Ik wist van tevoren niet wat ik moest voelen, maar ik had niet verwacht dat ik helemaal niets zou voelen. En dat bleef zo, totdat we een hele fotowand vonden in het café. Gewoon achter een plaat triplex. Ik zag hem lachen op een van de foto's en dat was het moment dat ik... eindelijk iets van herkenning voelde.'

Brendan bekeek haar heel aandachtig. De eerste dag had hij dit meisje afgedaan als een domme flirt. Maar nu trok hij haar toch wel dichter naar zich toe. Hij wilde haar troost bieden en hoopte dat ze die inderdaad bij hem zocht. 'Hoe voelt dat, herkenning?'

'Doodeng,' zei ze. 'Maar ik voel me schuldig dat ik deze plek, het verleden, zo lang genegeerd heb, ook al is dat niet allemaal mijn eigen schuld. En daarom ben ik nu toch begonnen om het enge op te zoeken. Op mijn eigen manier, dat wel. Ik heb Opals haar gedaan en vanaf morgen gaan we Henry's café een make-over geven. Beauty en partyen zijn toch de dingen waar ik het meeste verstand van heb.'

Hé, hoe lang streelde zijn duim haar schouder al?

Hij beval zichzelf om te stoppen. Al voelde het fucking goed.

'Je hebt een hoop nieuwe dingen over je heen gekregen en dat verwerk je op je eigen manier,' bromde hij. 'Niks mis mee. Je past je aan. Ik wou dat ik dat zo goed kon.'

Piper keek naar hem op met zachtheid en een beetje dankbaarheid in haar ogen. Het maakte dat zijn pols iets sneller ging. Ze staarden drie tellen te lang in elkaars ogen en keken toen abrupt weg.

Brendan kuchte. Hij voelde dat hij iets moest doen aan de spanning, die iets te hoog aan het oplopen was. 'Hé, weet je nog die keer dat jij de enige was die ik volgde op Instagram?'

Toen ze in lachen uitbarstte, kon hij er zich alleen maar over verbazen hoe iemand zo mooi, zo stralend kon zijn. 'Oh mijn god, ja, wat bezielde je?'

'Ik was gewoon wat aan het kloten met die app.'

Ze lachte weer. En drukte zelfs haar voorhoofd tegen zijn schouder. 'Ik heb weer een beetje vertrouwen in de wereld nu ik weet dat niet iederéén spelletjes speelt.' Ze trommelde met haar vingers op haar blote knie. 'Zeg eens, welke foto's heb je bekeken?'

Hij ademde lang uit. 'Een heleboel.'

Ze beet op haar onderlip en sloeg haar ogen neer.

Even bleef het stil. 'Wie ben je? Het meisje van de foto's of het meisje dat nu naast me zit?'

'Allebei, denk ik,' zei ze na even nadenken. 'Ik hou van mooie kleren en ik vind het leuk om bewonderd te worden. Ik hou van shoppen en dansen en complimenten krijgen en verwend worden. Ben ik daarom een slecht mens?'

Hij had nog nooit iemand ontmoet als zij. In zijn wereld speelden luxe en uiterlijk vertoon geen rol. Hij had nooit aan iets anders hoeven denken dan aan vissen en hard werken. Maar hij wilde nu een goed antwoord geven, want blijkbaar was dit belangrijk voor haar. 'Ik heb op veel schepen gevaren, met veel mannen die veel te veel over vrouwen praten. En het lijkt me dat de meeste mensen graag complimenten krijgen en bewonderd worden. Ze zijn er alleen niet zo eerlijk over. Dus nee, je bent geen slecht mens, je bent een eerlijk mens.'

Met knipperende ogen keek ze naar hem op. 'Hm.'

'Nee, laat me uitpraten.' Voorzichtig drukte hij haar hoofd terug tegen zijn schouder. 'Ik had niet gedacht dat je het ook maar één nacht zou uithouden in dat appartement. Wat zeg ik, ik had er zelf niet eens willen slapen en ik ben gewend om wekenlang in een scheepsruim tussen ongewassen kerels te liggen. Maar je hebt het gedaan. En je lachte naar me toen ik lullig tegen je deed. Je bent een prima zus. Dus ja, wat mij betreft weegt dat allemaal op tegen dat lelijke tasje.'

Piper ging rechtop zitten en schoot in de lach. 'Heb je enig idee wat dat lelijke tasje kost?'

'Ik heb er dubbel zoveel voor over als ik het mag verbranden,' schamperde hij.

'Maar hij is zo vet.'

Hij zuchtte en ging met zijn hand door zijn haar. 'Dan verbrand ik het maar niet.'

Ze keek naar hem met omfloerste ogen en als het een andere avond was geweest, als de timing beter was geweest, had hij nu haar volle mond gezoend en alles op alles gezet om haar zijn huis in te krijgen. Zijn bed in. Maar dat kon nog niet. Dus met pijn in het hart stond hij op en stak zijn hand uit. 'Kom, dan zorg ik dat je veilig thuiskomt.'

'Oh mijn god, ja.' Ze liet zich door hem overeind helpen. 'Je moet natuurlijk terug. En Hannah zal zich wel afvragen waar ik ben.'

'Waarom is ze eigenlijk niet meegekomen?'

'Ze is niet zo'n feestbeest. Die genen zijn allemaal bij mij terechtgekomen. En ze is nog steeds niet helemaal hersteld van ons bezoek aan de wijnmakerij.'

'Aha.'

Zij aan zij liepen ze terug, via een andere route dan op de heenweg om de Blow the Man Down te vermijden. Ze wreef over haar armen en hij baalde ervan dat hij zijn jas niet had meegenomen toen hij achter haar aan ging, want op dit moment had hij er alles voor over om die over haar schouders te kunnen leggen. En dan morgen weer ophalen met haar geur erin.

'Het is je gelukt,' mompelde ze na een straat of twee. 'Ik schaam me nog steeds dood voor wat ik heb gedaan op die herdenking. En toch voel ik me... iets beter.' Ze kneep haar ogen toe en keek naar hem op. 'Brendan, volgens mij zijn we vrienden.'

Hij liep met haar mee tot aan de voordeur en wachtte terwijl ze hem van het slot deed. 'Piper, ik ben niet iemand die zomaar zijn armen om een meisje heen slaat.'

In de deuropening keek ze achterom. 'En dat houdt in...?'

Even gaf hij toe aan de verleiding en duwde heel voorzichtig een losgeraakte lok achter haar oor. 'Dat houdt in dat ik er voor je ben.'

Hij wist zeker dat hij zijn mond op de hare zou proberen te drukken als hij nog één tel langer bleef staan. Dus deed hij een paar stappen achteruit en draaide zich om. Haar verblufte (en vooral ook behoedzame) uitdrukking stond de hele weg terug naar de Blow the Man Down op zijn netvlies gebrand.

Later die avond stond Brendan voor zijn kledingkast en draaide aan zijn trouwring. Het had altijd goed gevoeld om hem aan zijn vinger te hebben. Eervol. Als iets eenmaal een deel van hem was, als hij eenmaal een belofte had gedaan, dan veranderde dat niet. Hijzélf veranderde niet. Het leven van een visser was geworteld in traditie en daar had hij altijd troost uit geput. De manier van werken veranderde misschien, maar de zee zelf niet. De liederen bleven hetzelfde, de zonsondergang was voorspelbaar en eeuwig, de zeespiegel zou altijd stijgen en dalen in het ritme van de getijden.

Hij had nooit nagedacht over waar het leven hem naartoe zou brengen of erbij stilgestaan dat het zelfs een compleet andere kant op zou kunnen gaan. Er was alleen routine, op koers blijven, werken. In beweging blijven, de gewoontes bewaren die hem waren aangeleerd. De ironie was dat hij juist daarom geen betrokken echtgenoot was geweest. Een afwezige echtgenoot. Hij had nooit geleerd te veranderen. Nooit geleerd om nieuwe dingen toe te laten, nieuwe mogelijkheden.

Maar nu... Voor het eerst sinds tijden had Brendan de behoefte om van zijn gewoontes af te wijken. Hij had vanavond met Piper aan de haven gezeten, zijn arm om haar heen, terwijl hij dat op dat moment niet hoorde te doen.

Maar hij had nergens anders liever willen zijn. Even geen boete doen omdat hij een waardeloze echtgenoot was geweest. Even geen respect betonen aan zijn schoonouders, die al jaren hun leven leidden alsof hun dochter gisteren was gestorven. Geen koers uitzetten, geen potten aan boord hijsen.

Nee, wat hij op dat moment wilde, was op een bankje zitten met het meisje uit Los Angeles.

En nu hij dat voor zichzelf had toegegeven, voelde het niet goed meer om zijn trouwring om te houden.

Hij zou zich een bedrieger voelen met die ring en dat wilde hij geen dag langer meer.

Het tij was veranderd en hij zou dezelfde fouten niet nog een keer maken. Hij zou niet zo sterk verankerd blijven in zijn routines en gewoontes dat hij iets moois liet glippen.

Hij haalde de gouden ring van zijn vinger en legde hem achter in de sokkenlade. Hij zei een paar woorden van afscheid en verontschuldigde zich nog één laatste keer. Toen deed hij het licht uit.

# Hoofdstuk veertien

Denken en doen zijn twee verschillende dingen en dat gold ook voor het besluit om het café een make-over te geven.

De zussen hadden al snel in de gaten dat de vloer niet meer te redden was. Maar door de vele gaten in het hout zagen ze dat er beton onder zat en meteen was hun 'industrieel meets nautisch chic'-visie geboren.

Toch bleek het niet eenvoudig om de planken eruit te halen. Het was een smerige, zweterige, gemene rotklus. Daar kwam bij dat alle ramen muurvast zaten en er geen hap frisse lucht binnen kon komen. Maar ze zetten door en aan het einde van die zaterdagochtend hadden ze een groot deel van de voormalige vloer van de No Name in een grote industriële vuilniszak gestopt.

Triomfantelijk en zonder te piepen om de rampzalige toestand van haar nagels knoopte Piper de zak dicht en bracht hem naar buiten. Tenminste, dat probeerde ze. Maar het ding was geen millimeter van zijn plaats te krijgen. 'Hanns, kom eens helpen.'

Haar zus legde het breekijzer weg dat ze die ochtend bij de doe-het-zelfzaak had gekocht, zette zich schrap naast Piper en greep de zak vast. 'Een, twee, drie.'

Geen beweging.

Piper deed een stap achteruit en veegde met vertrokken

gezicht haar pols over haar voorhoofd. 'Ik heb er geloof ik niet aan gedacht dat die zak hier ook nog weg moest.'

'Ik ook niet, maar whatever. We kunnen het toch gewoon verdelen over meerdere zakken?'

'Hoe heeft dit kunnen gebeuren?' jammerde Piper. 'Waarom sta ik op zaterdag vuilnis in zakken te stoppen?'

'Onverantwoordelijk gedrag, een nachtje in de politiecel...'

'Hou toch je mond, trut,' snikte Piper.

'Ik ook van jou.' Hannah deed haar handschoenen uit. 'Even pauze?'

'Graag.' Ze lieten zich op twee barkrukken zakken. Hoe uitputtend en uitdagend deze make-over ook was, als je even een stapje terug deed, moest je toegeven dat het best knap was wat ze in een paar uur hadden gedaan. 'Ik vraag me af of we de vloer zouden kunnen verven. Marineblauw of zo. Bestaat er verf voor vloeren?'

'Geen flauw idee, ik ben de dj maar.'

Nu het idee in Pipers hoofd had postgevat, wilde ze het uitzoeken ook. 'Misschien dat ik de volgende keer meega naar de doe-het-zelfzaak. Beetje rondkijken.'

Hannah glimlachte, maar keek niet opzij. 'Oké.'

Even was het stil. 'Had ik al verteld dat ik gisteravond een herdenkingsbijeenkomst voor Brendans vrouw binnen gevallen ben? Met een blad shotjes alsof ik in de club in Miami stond?'

Langzaam draaide Hannah haar hoofd. 'Je lult.'

'Nope.' Ze trok aan een denkbeeldige stoomfluit. 'De Pipertrein is niet te stoppen.'

Hannah was zo beleefd om pas na een seconde of vijftien te gaan lachen. 'Oh mijn god, ik lach echt niet omdat... Ik bedoel, het is heel droevig natuurlijk, zo'n herdenking. Maar… mijn god, Piper…'

'Ja.' Ze sloeg wat stofvlokken van haar yogapants. 'Vind jij mijn lippenstifttasje lelijk?'

'Uhh…'

Hannah werd gered doordat de voordeur van de No Name open zwaaide en Brendan binnenkwam met een traytje koffie in zijn ene hand en een witte papieren zak van de bakkerij in de andere. Iets was er anders aan hem vanochtend, maar Piper kon niet zien wat. Niet meteen. In zijn onafscheidelijke sweatshirt, spijkerbroek en muts zag hij er comfortabel en aards en doortastend uit. Hij bracht de geur van de zee en koffie en suiker met zich mee. Zijn grijsgroene ogen vonden die van Piper en hij bleef haar blik lang genoeg vasthouden om een verontrustend gefladder in haar buik te veroorzaken. Pas toen keek hij om zich heen.

'Hé,' zei hij met zijn schorre bariton.

'Jij ook hé,' mompelde Piper.

*Piper, ik ben niet iemand die zomaar zijn armen om een meisje heen slaat.*

De halve nacht had ze wakker gelegen om die uitspraak te analyseren. Ze had hem uitgebreid ontleed en van verschillende kanten bekeken, maar was steeds op hetzelfde punt geëindigd. Als Brendan zijn arm niet zomaar om meisjes heen sloeg, moest het iets betekenen dat hij ze wel om háár heen had geslagen. Waarschijnlijk kwam het erop neer dat hij seks wilde. En zij had… ook wel interesse. In elk geval waren haar tepels in gevoelige knopjes veranderd op het moment dat hij in de No Name verscheen, met bovenbenen als een gladiator en een dikke, zwarte baard. Ja, ze had zeker interesse. Maar niet op de manier waarop ze normaal gesproken interesse had in een man.

Omdat grote neonletters boven Brendans hoofd 'Pas op!' zeiden.

Hij was geen player. Maar wat was hij dan wel? Wat voor soorten mannen bestónden er verder eigenlijk? Behalve haar stiefvader kende ze nauwelijks mannen die voor een serieuze relatie gingen. Was Brendan zo'n man? Maar wat wilde hij dan van háár?

Misschien schatte ze het allemaal verkeerd in. Het was heel goed mogelijk dat dit vriendschap was, maar omdat ze nog nooit echt vrienden was geweest met een man, herkende ze zijn platonische bedoelingen misschien niet. Dit was een kleine stad. De mensen hier waren vriendelijk. Tikten aan hun pet.

Waarschijnlijk was ze in al die jaren in LA gewoon te cynisch geworden. Die omhelzing gisteravond was gewoon vriendelijkheid geweest. *Relax, Piper.*

'Is die koffie voor ons?' vroeg Hannah hoopvol.

'Zeker.' Hij kwam hun kant op en zette de tray op een ton neer. 'En hier is suiker en zo.' Hij gooide de witte zak er nonchalant naast en wreef zich in zijn nek. 'Ik wist niet wat jullie erin hadden.'

'Onze redder,' zei Piper. Ze maakte de zak open en keek dromerig naar de donuts. Maar eerst: cafeïne. Ze vond stevia en lactosevrije creamer en deed dat in haar koffie. Toen ze even opkeek, merkte ze dat Brendan haar bewegingen nauwlettend volgde. Probeerde hij te onthouden wat ze in haar koffie had? Ach, vast niet.

Ze slikte.

'Dankjewel. Echt superlief van je.'

'Ja, dankjewel,' zei ook Hannah. Ze nam een slok koffie (ze dronk hem zwart) en nam er een donut bij. 'Niet eens van bloemkoolmeel. Je kan wel merken dat we niet meer in LA zijn, Pipes.'

'Blóémkoolmeel? Jezus Christus.' Toen hij zijn eigen koffie uit de tray pakte, zag Piper ineens wat er anders aan hem was.

Hij had zijn trouwring afgedaan.

Na zeven jaar.

Haar ogen zochten die van hem. Hij wist dat ze het had gezien. Er was een soort stille communicatie tussen hen, maar in een taal die ze niet kende. Nog nooit had ze een man ontmoet die zoveel kon overbrengen zonder een woord te zeggen. Ze kon niet ontcijferen of vertalen wat er tussen hen gebeurde, maar misschien was het gewoon te vroeg om die taal te begrijpen. Was ze er nog niet klaar voor.

Een druppel zweet gleed langs haar rug en ze was zich bewust van haar eigen ademhaling. Niemand had haar ooit zo lang in de ogen gekeken. Het was alsof hij recht in haar hoofd kon kijken. Alsof hij alles over haar wist en… alsof het hem beviel wat hij zag. Alsof hij het wilde hebben.

Ze zag zijn wilskrachtige kaak, voelde zijn zelfbewuste energie en wist toen zeker dat Brendan Taggart dit niet beschouwde als vriendschap.

'Heerlijke donut,' zei Hannah met volle mond. 'Caramelglazuur. Piper, je moet echt…' Haar mond klapte dicht en ze keek heen en weer tussen Piper en Brendan. 'Wat gebeurt hier?'

'Ni… niks,' zei Piper met een rare hoge stem. 'Ik weet het niet. Uh, Brendan, weet jij of, uh, beton geverfd kan worden?'

Hij leek haar verwarring vermakelijk te vinden. 'Ja.'

'Oké, tof. Chill.' Ze ergerde zich aan haar eigen onbeholpenheid en sprong van haar kruk. En knalde prompt tegen een andere aan in een poging om wat afstand te houden van Brendan. 'We waren van plan om voor industrieel meets nautisch chic te gaan. Een beetje de vibe van een chic pakhuis, maar dan met wat vissersdingetjes.'

'Vissersdingetjes,' herhaalde hij en nam een slok koffie. 'Zoals?'

'Nou, we gaan sowieso voor donkere kleuren. Zwart, staalgrijs, roodtinten, maar dan voor alles een beetje een verouderde look. De meeste boten in de haven hebben ook van die matte, verweerde kleuren, toch? Verder dacht ik aan visnetten aan het plafond, om oud en nieuw samen te brengen, maar dan spray ik ze wel goud of zwart, zodat het meer samenhang heeft. Maar wat ratel ik toch. Natuurlijk kunnen we ook...' Ze zette haar handen in haar zij. 'Misschien moet ik opnieuw beginnen...'

De uitdrukking op Brendans gezicht was veranderd van geamuseerd in nadenkend. Of was het misschien... afwijzend? Ze wist het niet. Het leek wel weken geleden, maar ze wist nog goed hoe hij die eerste avond heel duidelijk had gemaakt dat de No Name van de locals was. Dus waarschijnlijk vond hij haar ideeën volslagen waardeloos. Het feit dat ze überhaupt iets wilde veranderen, vond hij natuurlijk al niks.

'Juist ja,' zei hij. Hij kauwde nadenkend op de woorden. 'Nou, als je nautisch wil, laat je dan niet oplichten in de toeristenwinkeltjes bij de haven. In Aberdeen is een winkel voor visserijbenodigdheden. Daar krijg je gratis visnetten bij zo'n beetje elke aankoop en er zit in elk geval niet overal zo'n achterlijke zeester op.' Hij nam nog een slok en trok met zijn lippen. 'Met goudverf kan ik je niet helpen.'

'Oh.' Piper ademde diep uit. Ze had niet eens gemerkt dat ze haar adem had ingehouden. 'Thanks. We moeten op ons budget letten, zeker na de wijnmakerij. Dus hier hebben we wel wat aan.'

Hij gromde, stapte over het gedeelte waar de vloerplanken al waren verwijderd, en liep richting de achterwand. Hij leek op weg naar de trap, dus Piper fronste verbaasd haar wenkbrauwen toen hij die links liet liggen en stil bleef staan bij een triplex plaat die tegen de muur zat gespijkerd. Toen hij de plaat met één hand los rukte en op de grond gooide, bleek er deze keer geen fotowand achter te zitten, maar een deur.

Pipers mond viel open. 'Waar komt die op uit?'

Brendan zette zijn koffie ergens neer en probeerde de roestige deurknop. Niets. Pas toen hij zijn schouder er tegen zette, vloog de deur open.

En toen zag Piper de blauwe lucht.

Plus een omgevallen boom en uiteraard veel spinnenwebben, maar dus ook lucht. 'Een buitenruimte?'

Hannah sprong met open mond van haar kruk. 'No way. Een binnenplaats?'

Brendan knikte. 'We hebben het een paar jaar geleden dichtgetimmerd toen het stormde. We deden er toch weinig mee. Het regent hier te vaak.' Hij legde een hand op de deurpost. 'Jullie willen dit vast opruimen.'

De zussen knikten gretig. 'Ja. Hoe kunnen we dat het beste doen?'

Hij antwoordde niet. 'Als die boom eenmaal weg is, kun je zien dat het best ruim is. De bestrating is donkergrijs, dus dat past wel bij... wat was jullie thema ook alweer? Er staat zelfs een stenen vuurplaats in de hoek.' Hij wreef over zijn kin. 'Ik zou iets van een pergola neerzetten. Met waterdichte afdekking. In principe moet je er dan ook bij slecht weer kunnen zitten, met de haard aan.'

Het klonk heel gezellig, maar ook onmogelijk te realiseren.

Piper lachte zacht. 'Oké, dat klinkt prachtig, maar...'

'Het krabseizoen begint pas over een week. Komt goed.' Hij draaide zich om en liep met grote stappen naar de voordeur. Bij de loodzware afvalzak bleef hij even staan. 'Moet deze naar buiten?'

'Als het kan, graag,' antwoordde Piper.

Zonder zichtbare moeite gooide hij de zak over zijn schouder en ging naar buiten. Alleen de geur van zout water en schaamteloze mannelijkheid bleef nog even hangen. Een paar minuten lang bleven Piper en Hannah naar de deur staren, terwijl de frisse lucht vanuit de tuindeur hun klamme nekken koelde. 'Ik denk dat dit het was,' lachte Hannah uiteindelijk. 'Die zien we niet meer terug.'

Maar de volgende dag kwam Brendan wel degelijk terug. Samen met Fox, Sanders en ene Deke. Met zijn vieren sleurden ze de boom door het café naar de straat en met een raadselachtige blik op Piper verdween Brendan weer.

Maandagochtend vroeg was hij er opnieuw. Alsof hij maar twee tellen weg was geweest na het vreemde afscheid van gisteren, kwam hij weer binnengestapt, gereedschapskist in de hand.

Piper en Hannah, die net bezig waren om gipsplaten van de verder prima bakstenen muur los te wrikken, vingen door de geopende voordeur een glimp op van een pick-uptruck vol balken en planken. Brendan moest een paar keer op en neer om al het hout, een cirkelzaag en een werkbank naar de binnentuin te krijgen. Piper en Hannah volgden al zijn bewegingen, van links naar rechts en terug, alsof ze bij een tenniswedstrijd zaten.

'Wacht eens…' fluisterde Hannah. 'Ik denk dat hij die pergola voor je gaat bouwen.'

'Voor ons, bedoel je,' fluisterde Piper terug.

'Nee. Voor jóú.'

'Belachelijk. Waarom vraagt hij me niet gewoon mee uit als hij me leuk vindt?'

Ze wisselden een verbijsterde blik uit.

Hannah ademde diep in. 'Probeert hij je soms, hoe zeg je dat, het hof te maken?'

Piper lachte. 'Wat? Welnee.' Ze moest een hand op haar maag leggen om het vreemde, warme gevoel in bedwang te houden. 'Maar stel dat het wel zo is, wat doe ik dan als het werkt?'

'Nou, werkt het?'

'Ik weet het niet. Dit is voor het eerst dat iemand iets voor me bouwt!' Ze moesten achteruit springen toen Brendan weer door de bar kwam denderen met een paar lange planken op zijn brede schouder. Nadat hij het hout had neergelegd, greep hij zijn sweatshirt bij de halsopening en trok het uit. Zijn T-shirt kwam ook even mee en allemachtig, hoewel Piper niet meer dan een glimp te zien kreeg van een diepe geul boven zijn heup en een stevig pakket buikspieren voordat het shirt weer omlaag viel, was het genoeg om haar overal op scherp te zetten. 'Oh ja,' zei ze hees. 'Het werkt.' Ze zuchtte. 'Shit.'

'Waarom "shit?"' Hannah grijnsde veelbetekenend. 'Vanwege mama's onheilspellende praat over aanpappen met vissers?' Ze maakte een spookachtig 'whoehoe'-geluid. 'Alsof jij het serieus laat worden. Jij houdt het vast casual.'

Natuurlijk. Ze zou het casual houden.

Maar gold dat ook voor Brendan?

De 'ik bouw een pergola voor je'-man leek haar niet bepaald het casual type. En die ringloze vinger was haast nog opvallender dan de ring zelf was geweest. Elke keer als hun ogen elkaar ontmoetten, liepen de rillingen over haar rug. Er leek een belofte in de lucht te hangen. Maar ook... geduld. Volwassenheid.

Had ze ooit iets gehad met een echte man? Of waren het allemaal jongens geweest?

Het was woensdagmiddag. Lunchpauze. Brendan, Deke, Fox en Sanders aten boterhammen uit papieren wikkels, terwijl Hannah en Piper vooral zaten te luisteren naar hun gespeculeer over het aankomende krabseizoen. En ineens drong het tot Piper door.

Om het zeker te weten, pakte ze haar telefoon erbij en blies er wat zaagsel af.

Inderdaad, ze had gelijk. En ze besloot het meteen recht te zetten.

'Brendan,' riep ze toen de bemanning van de Della Ray even stil was. 'Je hebt nog steeds niks op je Insta gezet.'

Hij vergat te kauwen. 'Moet dat dan?'

Achter de rug van zijn schipper knikte Fox fanatiek, wat haar aanmoedigde om een klein leugentje te vertellen. 'Absoluut. Anders verwijderen ze je account.' Ze keek op haar telefoon en deed alsof ze scrolde. 'Je hebt eigenlijk nog mazzel dat ze dat niet allang gedaan hebben.'

'Je kan geen plaatjes kijken zonder account, schipper.' Deke zei het zo nonchalant dat Piper helemaal voor zich zag hoe deze rauwdouwers elkaar voortdurend in de zeik liepen te nemen. 'Ik zeg het maar.'

Brendan wierp een snelle blik op Piper. Het leek wel of zijn oren een beetje rood waren geworden van de suggestie dat hij haar Instagram-account stalkte. 'Ik kan toch alles plaatsen wat ik wil? Ook deze boterham?'

Hoe ver konden ze gaan voordat hij er niet meer intrapte? Zonder het uit te spreken deden ze allemaal mee aan het spelletje. Zou het lukken om de schipper zijn foto op internet te laten zetten? 'Nee, de eerste keer moet je het zelf zijn,' deed ook Hannah een duit in het zakje. Ze veegde een pluk haar onder haar pet. 'Vanwege de gezichtsherkenning en zo, je weet wel.'

'Yep.' Sanders gebaarde met zijn boterham naar Hannah. 'Wat zij zegt.'

'We hebben nu goed licht.' Piper stond op en liep met haar telefoon in de hand op Brendan af. 'Kom, ik help je wel met poseren.'

'Poseren?' Hij trok aan zijn muts. 'Uh…'

'Doe nou gewoon mee, man,' zei Sanders. 'Weet je nog mijn verlovingsfoto's vorig jaar? Twee uur geposeerd. Boven op een fucking paard.'

'We zetten je bij de werkbank.' Piper pakte hem bij zijn kolossale bovenarm, wat enig gefladder in haar buik losmaakte. 'Het wordt vast leuk.'

'Volgens mij versta ik iets anders onder "leuk,"' kreunde hij.

'Zou je denken?' Piper wist dat ze met vuur speelde, maar ze kon niet meer stoppen. Ze boog zich naar voren en fluisterde in zijn oor: 'Ik kan wel iets verzinnen dat we allebei leuk vinden.'

Brendan slikte. Er trilde een adertje in zijn slaap. 'Eén foto dan.'

'Chill.'

Piper trok Brendan overeind en sleurde hem onwillig mee naar de binnentuin. Bouwpuin knarste onder zijn werkschoenen. Binnen hoorde ze het geschuif van tonnen, wat erop wees dat Hannah en de mannen ook naar buiten kwamen. Dit bijzondere moment wilde niemand missen.

'Ooit vertellen we onze kleinkinderen waar we waren toen hij zijn eerste foto op Insta zette,' zei Deke met gespeelde ernst.

'Ook meteen de laatste,' waarschuwde zijn schipper.

'Wie weet, misschien krijg je er lol in,' zei Piper. Ze positioneerde Brendan achter de werkbank. 'Oké, wat doen we met je shirt? Aan of uit?'

Brendan keek haar aan of ze niet goed snik was. 'Aan natuurlijk.'

Nadenkend trok Piper haar neus op. 'Goed, maar als ik nou eens...' Ze trok de mouw van zijn bezwete rode T-shirt iets omhoog en onthulde de dikke triceps. 'Oeh. Zo kan het wel.'

Hij gromde. Waarschijnlijk baalde hij dat hij zich gevleid voelde.

Maar hij spande zijn triceps toch een beetje aan.

Piper verborg een glimlach, liep een paar passen bij hem vandaan en hield haar telefoon omhoog. 'Oké, linkerhand op de werkbank en hou met rechts die boor maar vast.'

'Oeh, zwaar gereedschap!' riep Hannah. 'Symboliek!'

'Dat slaat nergens op.' Hij keek wanhopig rond. 'Je ziet toch meteen dat ik niet aan het boren ben?'

'Leid ze af met je stralende lach,' zei Hannah en nam een grote slok fris. 'Laat die witte tanden maar zien.'

'Hoe bedoel je, "ze?"' wilde Brendan weten. 'Niemand volgt me, behalve Piper.'

Op die vraag ging niemand in.

'Plaats eerst maar eens wat, dan ga ik erover nadenken,' zei Sanders.

'Lachen! Doe maar alsof we honderd krabben per pot bovenhalen,' stelde Fox voor.

'Dat is al eens gebeurd. Heb ik toen gelachen?'

'Goed punt,' vond Deke. 'Waarschijnlijk heb je gewoon altíjd een rotkop.'

Eindelijk kreeg Piper medelijden met Brendan en liep naar de werkbank. 'Ik moet je iets vertellen. Maar het is geheim.' Ze wenkte hem om zich voorover te buigen en gelukkig deed hij dat. Zijn zweterige warmte golfde om haar heen en ze ging op haar tenen staan. Ze wilde, nee, ze móést dichter bij hem komen. 'Ik heb besteld wat je had aangestreept op die afhaalmenu's. En je had gelijk. Dat was inderdaad het lekkerste.'

Met een tik op haar telefoon ving ze zijn glimlach.

'Kijk dan,' fluisterde ze en draaide het scherm naar hem. 'Wat een natuurtalent.'

Zijn mondhoeken gingen omhoog en zijn baard bewoog mee. 'En nu, ga je op het hartje tikken?'

'Hmm-mmm.' Oh yes, ze was openlijk aan het flirten met de zeeman. Betekende dit dat haar dekmantel terug was? Of was ze in onbekend flirtvaarwater terechtgekomen? 'Twee keer, als dat kon.'

Er kwam een geluidje uit zijn keel en hij boog zich nog verder naar haar toe. 'Ik weet best dat je niet per se iets moet plaatsen omdat je anders je account kwijtraakt. Ik doe dit omdat ik jóúw glimlach wou zien. Niet die van mezelf.' Zijn blik viel op haar mond en ging pas na een tijdje terug naar haar ogen. 'En dat is gelukt.' Toen legde hij de boor neer en keek zijn bemanning streng aan. 'Wat staan jullie hier nog? Aan het werk.'

Lang nadat hij vertrokken was, staarde Piper nog naar de plek waar hij had gestaan.

Kippenvel. Ze kreeg kippenvel van hem.

De dagen gingen voorbij, Brendans pergola vorderde gestaag en in Piper groeide een gevoel van… betekenis. Met elke haal van de zaag en elke zwaai van de hamer straalde er een warmte vanuit haar buik naar buiten. Ze had altijd gedacht dat niets haar sexyer kon laten voelen dan een paar Louboutins. Maar dat deze man met zijn eigen handen iets voor haar bouwde, wond haar niet alleen op, het gaf haar ook het gevoel dat er naar haar verlangd werd. Gehunkerd. Niet op een oppervlakkige manier, maar standvastig.

En ja, dat was eng.

Maar het positieve gevoel kwam niet alleen door wat Brendan deed, maar ook door haar eigen prestaties. Elke ochtend liepen Piper en Hannah de trap af en gingen aan de slag. Ze voerden puin af, tikten afgezakte kroonlijsten terug, schuurden raamkozijnen, gaven ze een nieuw laagje verf en organiseerden de planken achter de bar. Bij elke klus die ze klaarden werd het warme, trotse gevoel sterker.

Op donderdag, aan het einde van de middag, verstomden de geluiden op de binnenplaats ineens. De hamer en de zaag vielen stil. Hannah was bij Opal, dus Piper en Brendan waren alleen in de No Name. Ze was een plank aan het schuren toen ze zijn werkschoenen op de drempel hoorde schuifelen. Haar nek gloeide onder zijn blik.

'Klaar,' zei Brendan met zijn lage stem. 'Wil je het zien?'

Pipers zenuwen maakten overuren, maar ze legde haar schuurblok neer en stond op. Hij vulde de deuropening met zijn grote gestalte en keek hoe ze dichterbij kwam. Zijn blik dwaalde af naar de halslijn van haar tanktop. Heel even, maar lang genoeg. Zijn pupillen werden groter en zijn kaak spande zich aan.

Ze liep erbij als een stoffige vogelverschrikker, zoals altijd de laatste zes dagen. Maar het leek totaal niets uit te maken. Of ze nu een bevlekte joggingbroek aan had of een jumpsuit met glitters, ze bleef pergola-waardig. Had hij zich zo uitgesloofd omdat hij háár leuk vond en niet alleen haar uiterlijk? Het idee dat hij was gekomen gewoon om haar te zien en haar te helpen, zonder iets terug te verwachten, maakte dat ze zich lekker voelde in haar eigen lichaam. Ironisch genoeg juist op het moment dat ze er de minste moeite voor had gedaan.

Pas op het laatste moment ging hij opzij om haar door te laten en het kostte haar al haar zelfbeheersing om haar handen niet over die berg van spieren te laten glijden. Of zich tegen hem aan te drukken en de geur van echte, mannelijke inspanning op te snuiven. God, met elke dag die voorbij ging, raakte ze minder gecharmeerd van de verzorgde, goed gekapte gasten die ze kende. Die zou ze weleens een cirkelzaag willen zien hanteren.

Piper stapte naar buiten en keek omhoog. Van pure bewondering kon ze enkel een onzeker lachje uitbrengen. 'Wat? Heb je... Brendan, heb jij dit gemaakt?' Ze draaide zich langzaam om. 'Dit is super. Schitterend. Zondag leek het hier wel een oerwoud. En kijk nou eens.' Ze vouwde haar handen samen tussen haar borsten. 'Dankjewel.'

Brendan veegde zijn handen af aan een oude lap, maar hij bleef haar aankijken van onder zijn muts. 'Fijn dat je het leuk vindt.'

'Leuk? Ik vind het fantastisch.'

Hij gromde. 'Ben er klaar voor?'

'Waarvoor?'

'Voor de vraag of je een keer bij me wil komen eten.'

Haar hart sloeg op hol. Kwam tot rust. Sloeg daarna weer op hol. 'Heb je echt die hele pergola gebouwd om me over te halen?'

'Nee. Ik, uh...' Hij gooide de lap weg en stak zijn handen in zijn zak. 'Ik moest iets hebben om mee bezig te zijn terwijl ik mijn moed bij elkaar raapte.'

Oh.

Oh nee. Het onrustige gekriebel in haar buik zwol aan, vloog alle kanten op en knalde tegen allerlei inwendige organen. Ze moest hier iets aan doen, voordat... Ja, voordat wat? Ze wist niet hoe het ging met serieuze mannen. Met mannen die haar het hof maakten en niet zomaar een arm om een meisje heen sloegen. 'Wauw. Ik weet niet wat ik zeggen moet. Behalve... dat ik graag bij jou wil eten, Brendan. Heel graag.'

Hij wendde zijn blik af, knikte ferm, trok een mondhoek omhoog. 'Goed.'

'Maar...' Ze slikte even toen die intens groene ogen zich weer op haar richtten. 'Oké, luister. Ik mag je heel graag, Brendan. Maar ik zal eerlijk zijn. Je weet dat ik... terug ga naar LA. We knappen het café op om een goede indruk te maken op onze stiefvader. Of tenminste, dat is één van de redenen. Dat we eerder naar huis mogen als hij ziet hoe verantwoordelijk we zijn geworden.' Ze glimlachte. 'Dus als ik bij je kom eten, is dat zonder bijbedoelingen. Als vrienden. Dat weet jij, dat weet ik.' Ze lachte nerveus en stopte een pluk haar terug in haar paardenstaart. 'Klinkt logisch, toch?'

Zijn wang trilde. 'Tuurlijk.'

Piper drukte haar lippen op elkaar. 'Dus… dan is dat duidelijk?'

Hij dacht een seconde of wat na. 'Kijk, we weten allebei dat ik de dingen graag in overzichtelijke hokjes stop. Maar ik… met jou is dat nog niet gelukt. Laten we gewoon kijken wat er gebeurt.'

Paniek kriebelde in haar keel. 'Maar…'

Hij begon zijn gereedschap op te ruimen. 'Morgenavond zeven uur. Ik haal je op.'

Hij wachtte niet op antwoord, maar draaide zich om en liep naar de voordeur.

Even sputterde ze in zichzelf en draafde toen achter hem aan. 'Maar Brendan…'

Het ene moment had hij de gereedschapskist nog vast, het volgende lag die op de grond en had hij zich omgedraaid. Piper kon niet op tijd afremmen en kwam hard in aanraking met Brendans lichaam. De zeeman sloeg die stalen arm van hem om haar onderrug en tilde haar een paar centimeter op, zodat alleen haar tenen nog contact hadden met het beton. En toen boog hij haar bovenlichaam naar achteren en zette zijn mond op de hare in een epische kus. Het leek wel een filmposter, met zo'n hunky hoofdrolspeler die zijn imposante lijf over de zwijmelende dame heen buigt en zich aan haar tegoed doet.

Wat?

Wat gebeurde hier? Haar hersenen werkten niet meer zoals zou moeten. Niet zo vreemd. Want de mond op die van haar was teder en hongerig tegelijk. Respectvol, maar met een onderliggende gretigheid die ze nog nooit had meegemaakt. Haar vingers gleden in de hals van zijn T-shirt, terwijl de arm in haar rug haar naar voren trok en hun lichamen stijf tegen elkaar aan drukte. En oh god, hij verslond haar gewoon. Zijn lippen duwden de hare van elkaar, zijn grove handen gingen door haar haren, zijn tong drong diep naar binnen en ontstak vlammen in haar erogene zones.

En toen kreunde hij.

Deze reusachtige, viriele kerel kreunde alsof hij nog nooit zoiets heerlijks had geproefd en er geen genoeg van kon krijgen. Even liet hij los, zodat ze allebei naar adem konden happen, en daarna ging hij weer volop aan het werk. Zijn tong gleed onophoudelijk rond die van haar en zij beklom hem zowat, haar mond net zo gretig, net zo hebberig als die van hem.

*Oh god, oh god, oh god.*

Ze gingen seks hebben, hier en nu. Dat kon niet anders na zo'n zoenpartij. En dan zou hij om een heel andere reden kreunen. Dan zou hij haar dijen met zijn forse heupen uit elkaar duwen en diep in haar stoten. Hoe was het mogelijk dat ze al ruim een week om elkaar heen draaiden zonder dat dit was gebeurd? Met elke beweging van zijn tong verloor ze weer een stukje verstand.

En op dat moment ging de deur van de No Name open en dreven de geluiden van de haven naar binnen.

'Oh! Sorry...' zei Hannah schaapachtig. 'Ik, uh...'

Brendan brak de kus af. Hij ademde zwaar en zijn ogen glansden. Een paar lange seconden bleef hij naar haar mond staren, terwijl Piper zich probeerde te herinneren waar ze was en wat er was gebeurd. Toen hij haar haar eindelijk losliet, jammerde ze vanbinnen. Nee. Kom terug. 'Morgenavond,' bromde hij. 'Zeven uur.'

Tot het laatste moment hield hij zijn ogen op Piper gericht en verdween toen. Ze wankelde naar de bar en pakte een biertje. Godzijdank hadden ze eraan gedacht om ijs in de koelbox te doen. Piper nam grote slokken en probeerde haar libido weer in bedwang te krijgen, maar dat lukte niet echt. Daarvoor was haar slipje te vochtig en haar tepels te stijf en te pijnlijk. Haar vingers jeukten om nog eens in Brendans shirt te verdwijnen.

'Je moet me helpen, Hanns,' zei ze uiteindelijk. 'Heel erg.'

Haar zus keek haar verbijsterd aan. Zo had ze Piper nog nooit meegemaakt, zó van haar sokken geblazen door een man. 'Waarmee?'

'Je moet me helpen onthouden dat wat er ook gebeurt met Brendan... dat het tijdelijk is.'

'Doe ik, zusje.' Hannah kwam ook achter de bar om een biertje te pakken en bleef naast Piper voor zich uit staan staren. 'Jezus, zo opgewonden heb ik je nog nooit gezien. Nooit geweten dat je geilde op pergola's.'

Pipers gegrinnik ging over in voluit lachen. 'Over iets meer dan vierentwintig uur heb ik een date met hem. En je weet wat dat betekent.'

'Dat je je moet gaan klaarmaken.'

'Yep.'

Hannah lachte. 'Schiet op dan. Ik ruim hier wel op.'

Piper kuste haar zus op haar voorhoofd en holde naar boven, naar de kledingkast. Met het flesje bier aan haar lippen ging ze haar opties na. Welke jurk zei het duidelijkst: ik ben niet het type dat zich wil settelen?

Want dat wilde ze niet.

Zeker niet in Westport. Het was belangrijk dat hij dat niet vergat.

Met een stellige knik koos ze de smaragdgroene fluwelen fit

and flare mini-jurk van Alexander Wang. Ze was hier om lol te maken en dat ging ze doen ook. En ze zou proberen te vergeten hoe innig haar hart bij die kus betrokken was geweest.

# Hoofdstuk vijftien

Brendan legde de vorken en messen nog een keer recht en probeerde zich te herinneren wanneer hij voor het laatst meer dan één setje bestek nodig had gehad. Soms kwamen Fox en de andere jongens langs, maar dan aten ze met hun handen of met een plastic vork. Piper was vast beter gewend, maar daar was nu niets aan te doen. Na zeven vrouwloze jaren zou je denken dat het verstandiger was om heel voorzichtig weer te beginnen met daten. Maar in plaats daarvan sprong hij in het diepe met een vrouw die waarschijnlijk nergens meer van onder de indruk was.

Natuurlijk, hij was geïntimideerd door de luxe waaraan Piper gewend was, maar het was niets voor hem om het niet tenminste te proberen.

Hij moest wel, want... Piper Bellinger had hem in haar macht.

De hele week had hij elke seconde dat hij haar in de No Name zag werken in zich opgezogen. En inmiddels was hij het 'verwende partygirl'-aspect van haar persoonlijkheid best, tja, aandoenlijk gaan vinden. Ze *ownde* het in elk geval. Ze zei geen sorry omdat ze niet van hard werken hield en juist wel van te dure schoenen en selfies. En elke keer als ze klaagde over vuil onder haar vingernagels, wilde hij haar het liefst op een zijden bedje leggen en haar werk afmaken. Verwend? Prima, maar dan wel door hém. Graag.

Ze had overduidelijk een hekel aan doe-het-zelven en toch kwam ze elke dag weer met een dappere glimlach opdraven en deed ze wat ze moest doen. Ook maakte ze 's middags tijd om met Hannah naar Opal te gaan en hij zag hoe ze met de dag vertrouwder raakte met het feit dat ze een oma had. Hij merkte hoe ze steeds vaker over Opal praatte zonder dat het ongemakkelijk klonk. Ze probeerde nieuwe dingen uit en vaak met succes.

Als zij het kon, dan kon hij het ook.

Brendan checkte nog eens de champagne in de koelkast. Hij was niet goedkoop geweest en kon er dus hopelijk mee door. Nu hij haar sublieme mond had geproefd, wilde hij enkel nog het beste voor haar tong. Zo trots was hij wel. Hij zou de grenzen van zijn kunnen moeten overstijgen voor deze vrouw. Je deed haar vast geen plezier met bier en hamburgers en sport kijken in de Blow the Man Down. Niet altijd tenminste. Hij zou flink aan de bak moeten om haar tevreden te stellen. Maar het was een uitdaging waar hij naar verlangde.

Zijn eerste en enige andere date met een vrouw was heel anders geweest. Toen was er niet zo'n verwachtingsvolle drang, geen woeste honger die zich niet liet stillen. Toen was er begrip, acceptatie, rust.

Rust was nu wel het laatste dat hij voelde toen hij in zijn pick-up klom.

De No Name was op loopafstand, maar Piper had vast weer van die belachelijke schoenen aan, dus zou hij haar met de auto ophalen en terugbrengen. Het hoorde niet bij zijn vaste routine om op deze tijd van huis te zijn, dus iedereen die zijn pick-up zag, trok de wenkbrauwen op en zwaaide aarzelend. Ze wisten allemaal dat het krabseizoen morgen begon en vroegen zich ongetwijfeld af waarom hij niet op tijd naar bed ging om zich voor te bereiden op twee uitputtende weken op zee.

Nou, hij ging eerst eten met een vrouw. Dáárom.

De voordeur van de No Name bleek niet op slot, dus ging hij de trap op en klopte op de deur van de studio. Het was niet voor het eerst dat hij haar in een killeroutfit zag, maar toen ze opendeed met een flirterig lachje, ruikend naar iets exotisch en rokerigs en met een jurkje aan dat zo kort was dat hij alles had kunnen zien als hij twee traptreden lager had gestaan, was hij toch sprakeloos.

Sterker, hij verslikte zich zowat in zijn fucking tong.

'Dag kapiteintje.'

'Dag Piper.' Brendan ademde diep uit, in een wanhopige poging om te voorkomen dat zijn stijve te onhandelbaar zou worden. Jezus, de date was nog niet eens begonnen en het liep al anders dan hij had verwacht. 'Je weet dat we gewoon naar mijn huis gaan, toch?'

'Hmm-mmm,' zei ze met een pruilmondje. 'Wat vind je van mijn jurk?'

En op dat moment begreep Brendan precies wat ze aan het doen was. Ervoor zorgen dat het vanavond om seks zou draaien. De boel casual proberen te houden. Een *friend with benefits* van hem maken. En met een minder vastberaden man zou haar dat nog lukken ook. Moeiteloos. Ze was een oogverblindende vrouw en er waren ongetwijfeld genoeg slapjanussen bereid om genoegen te nemen met alles wat zij ze wenste te geven.

Maar hij was hun kus niet vergeten. Waarschijnlijk de rest van zijn leven niet meer. Ze had niets achtergehouden, dat moment dat ze hun monden op elkaar drukten. Ze was bang geweest, verrast, opgewonden en toen weer bang. Hij net zo goed. En hoewel hij niet wist of hij genoeg in huis had om deze vrouw gelukkig te maken, legde hij zich er niet bij neer dat ze hem zag als casual tijdverdrijf. Want wat hij voelde was totaal niet casual.

'Prachtig natuurlijk. Ik vind je helemáál prachtig.'

Ze bloosde een beetje. 'En jij hebt je muts niet op.' Ze ging met haar vingers door zijn haar. De nagels krasten licht over zijn hoofdhuid. 'Waarom heb je dat al die tijd weggestopt?'

Shit, hij verslikte zich weer bijna in zijn tong.

Het punt was niet eens dat hij zeven jaar niet aangeraakt was door een vrouw. Het punt was dat déze vrouw hem aanraakte. 'Het is fris buiten. Heb je een jas of wil je die van mij lenen?'

Achter Piper verscheen Hannah in de deuropening, een koptelefoon om haar nek. Ze hing een zwarte trui over Pipers schouders en snoof. 'Graag op een normale tijd terug, als het even kan.'

Brendan bood Piper zijn hand aan en knikte naar haar jongere zus. 'Dat kan niet anders. Morgenochtend vroeg varen we richting Alaska.'

Hannah zong zachtjes iets over *the bottom of the deep blue sea,* maar hij kende het nummer niet. Zo te zien alweer met haar gedachten bij muziek gaf Hannah haar zus een klopje op de schouder en deed de deur dicht.

Piper liet haar hand in die van Brendan glijden en maakte een geamuseerd geluidje. 'Waarschijnlijk is ze al een vaar-playlist voor je aan het maken. Zo is ze nou eenmaal.'

'We zijn al blij als we tussen het uitzetten en binnenhalen van de potten een paar uur slaap kunnen pakken. Muziek? Geen tijd voor.' Hij schraapte zijn keel. 'Maar dat hoeft ze niet te weten.'

Hij opende de voordeur en met een glimlach liep Piper naar

buiten. Aan de overkant, bij de Red Buoy, stonden een paar klanten te wachten. Toen ze zagen dat hij Piper in zijn pick-up hielp (ze had inderdaad weer van die huizenhoge stilettohakken aan) stootten ze elkaar aan. Iemand rende zelfs naar binnen om de roddel door te vertellen. Op dergelijke reacties had hij gerekend. Hij vond het zelfs prima, vooral omdat hij straks twee weken weg was. Het was wel een prettige gedachte als het hele stadje wist dat ze bezet was.

Al wist Piper dat zelf misschien nog niet.

Het was drie minuten rijden naar zijn huis. Hij reed de oprit op en snelde om de auto heen om haar te helpen uitstappen. Natuurlijk was het onmogelijk om niet naar haar benen te kijken toen ze zich als een filmster een kwartslag draaide op de passagiersstoel en steun zoekend op zijn schouder uitstapte.

'Dank je,' fluisterde ze en ging met een vinger over zijn borst. 'Een echte heer.'

'Precies.' Hij naam haar kin in zijn handpalm. 'Een heer, dat ga ik zijn vanavond, Piper.'

Haar bravoure verdween een beetje. 'We zullen zien.'

'Wacht maar.'

Ze maakte haar kin los uit zijn hand en heupwiegde naar het huis. Shit, wat maakte ze het hem moeilijk! De nauwe groene stof van het jurkje rekte en trok over haar billen en hij had al spijt van zijn belofte om zich als een heer te gedragen.

Natuurlijk wilde hij haar in bed krijgen. Hij kon zich niet herinneren dat hij ooit iets zo graag had gewild. Elke spier in zijn lijf stond strak bij het zien van die prachtige benen. Maar zijn gevoel zei hem dat hij niet te hard moest gaan. Dat zou dom zijn. Misschien was het zelfs haar bedoeling dat hij snel toegaf, zodat ze hem in het vakje 'onenightstands' kon bijschrijven.

Het ergste was... dat hij in haar ogen misschien inderdaad alleen maar onenightstand-materiaal was. Vanavond leek ze meer gekleed op een cocktailparty in een villa in Hollywood dan op een zelfgemaakte visschotel in zijn vrijgezellenhol. Het was waarschijnlijk volslagen gestoord om iets bij haar te proberen. Als ze terug wilde naar LA, kon hij haar onmogelijk tegenhouden. Maar iets in hem, noem het intuïtie, zei hem dat hij voor Piper niets minder moest doen dan zijn uiterste best.

Brendan deed de deur van het slot, knipte het licht aan en lette op haar reactie. In feite was het grootste deel van zijn huis in één oogopslag te overzien. Op de benedenverdieping was alles open, met rechts de woonkamer en links de keuken en de eethoek. Hij had nauwelijks prullaria en er hing niets aan de wanden. Alles was eenvoudig en modern. Maar de paar meubels die hij had, had hij zelf gemaakt van drijfhout. Hij vond het een mooi idee dat zijn huis liet zien wat de mensen hier in dit stadje allemaal konden met materialen uit de zee.

'Oh.' Ze zuchtte en in haar wang verscheen een kuiltje. 'Brendan... je hebt de tafel al gedekt.'

'Yep.' Net op tijd dacht hij eraan dat hij gastvrij moest zijn en hij ging snel naar de keuken om de champagne te pakken. Ze kwam bij de eettafel staan en keek een beetje verbaasd toe hoe hij de fles ontkurkte en een glas inschonk. 'Zeg jij maar of dit wat is. Ze hadden maar twee soorten in de slijterij, en de andere zat in blik.'

Ze lachte, zette haar tas neer en nam de trui met zulke langzame, sensuele bewegingen van haar schouders dat hij moeite had om kalm te blijven. 'Neem je zelf niet?'

'Ik drink geen champagne. Ik drink bier.'

Piper leunde met een heup tegen de tafel en hij schonk bijna over de rand van het glas. 'De avond is nog jong. Wedden dat ik het je kan laten proberen?'

Verdomme, ze kon hem alles laten proberen als ze wilde. Maar dat kon hij maar beter voor zichzelf houden. Hij overhandigde haar de flûte die hij die middag nog gekocht had en de herinneringen aan de kus kwamen in volle hevigheid terug toen hij haar een slokje zag nemen.

'Heerlijk,' zei ze met een zucht.

Opluchting voegde zich bij zijn begeerte, al negeerde hij die laatste emotie voorlopig. 'Ik stop even de vis in de oven en dan wil ik je iets laten zien.'

'Oké.'

Brendan haalde de met aluminiumfolie bedekte ovenschaal uit de koelkast. Hij had de zeetong al klaargemaakt en besprenkeld met citroensap, zout en peper. In Westport leerde je van jongs af aan hoe je vis klaarmaakte, of je nu van koken hield of niet. Het was simpelweg noodzaak hier en daar was hij nu erg blij mee. Terwijl hij de oven aanzette en de schaal erin schoof, besefte hij dat zijn keuken voortaan altijd saai zou zijn zonder Piper. Ze leek uit een andere wereld te komen, zoals ze nu verleidelijk stond te poseren, killerbody in exact de juiste hoek gedraaid, elleboog rustend op de heup en haar glas loom walsend vanuit de pols.

'Kom.' Vechtend tegen de verleiding om haar op tafel te leggen en het eten maar gewoon te vergeten greep hij haar vrije hand en bracht haar door de woonkamer naar de achterkant van het huis. Hij deed de tuinlamp aan, maakte de deur open en gebaarde dat ze voor moest gaan. 'Ik dacht, misschien wil je zien wat er zoal mogelijk is met de buitenruimte van je café als je van groen houdt.' Toen bedacht hij dat tuinieren misschien geen sexy bezigheid was voor een man. 'Het is meer dat ik iets om handen heb als ik vrij ben...'

Ze hapte naar adem. 'Wauw. Oh mijn god, Brendan, wat schitterend.'

Zonder één keer over haar hakken te struikelen, liep ze het natuurstenen pad af. De varens, die hij echt nodig eens moest snoeien, schampten langs haar heupen.

Het geklater van de stenen waterpartij leek haar te roepen en ze bleef staan om met een vinger door het water te gaan. In een hoek stond zijn smeedijzeren stoel, waar hij soms na een lange reis met een biertje op ging zitten om zijn balans terug te vinden. 'Ik had nooit gedacht dat je zo'n tuinman was, maar blijkbaar wel. Je houdt van je wortels.' Ze keek even over haar schouder. 'Je hebt het helemaal precies gemaakt zoals je het wil hebben.'

*Is dat zo?*

Tot voor kort dacht hij juist van niet. Hij deed zijn dingen, maar op de automatische piloot en zonder afwisseling. Het gaf hem steeds minder... voldoening. Zo was het gewoon.

'Ik hou van deze plek,' zei hij langzaam. 'Van Westport.'

'En je wilt hier nooit weg.' Het was een vaststelling, geen vraag.

'Nee,' antwoordde hij evengoed. Hij weerstond de aandrang om dat 'nee' iets minder definitief te maken.

Ze boog zich voorover om aan een paarse aster te ruiken. 'En op vakantie? Doe je dat weleens?'

Hij wreef zich achter in de nek. 'Als kind gingen we weleens kamperen op Whidbey Island. Mijn ouders wonen trouwens alweer een hele tijd in Eugene, Orgeon. Ze wilden dichter bij de familie van mijn moeder zijn.'

'Maar je bent sinds je kindertijd helemaal nooit meer voor je plezier weggeweest?'

Brendan schudde zijn hoofd en grinnikte om Pipers geschokte blik. 'Mensen reizen het halve land door om de zee te zien. Maar ik hoef nergens heen. Ik heb de zee in mijn achtertuin.'

Met een geamuseerde blik kwam Piper dichterbij. 'Mijn moeder had me al gewaarschuwd voor de mannen van Westport en hun liefde voor de zee. Ik dacht dat ze zich aanstelde, maar jij kunt de roep van het water ook niet weerstaan, hè?' Ze zocht zijn gezicht af. 'Jij zit in een vaste relatie. Met de zee.'

Er bewoog iets in zijn maag. 'Gewaarschuwd? Hoe bedoel je?'

Ze haalde haar schouders op. 'Ze houdt van haar huidige echtgenoot, Daniel. Maar... ik denk dat er wat onverwerkt verdriet speelde. Om wat er met Henry gebeurd is.' Ze staarde in de verte, alsof ze zich het gesprek probeerde te herinneren. 'Ze zei dat vissers altijd voor de zee kiezen. Dat ze telkens weer teruggaan, al vinden hun dierbaren dat nog zo vreselijk. Ik denk dat ze destijds wilde dat Henry stopte en dat... de rest weet je.'

Hij had er niet op gerekend dat het gesprek deze kant op zou gaan. Zijn werk was gevaarlijk, maar ermee stoppen? Nooit. Vechten tegen de getijden, de stroming, de golven... Dat was zijn leven. Er stroomde zout water door zijn aderen. Als hij Piper nu duidelijk maakte dat hij altijd voor de zee zou kiezen, stond hij meteen al op achterstand. En dan waren ze nog niet eens aan het eten begonnen.

Maar toen ze naar hem opkeek en hij in het maanlicht oprechte nieuwsgierigheid in haar ogen las, vond hij dat hij moest proberen om het haar te laten begrijpen.

'Elk jaar neem ik een paar groentjes mee aan boord. Hun eerste keer als krabbenvisser. Meestal zijn het jongens die snel geld willen verdienen en houden ze het niet langer vol dan één seizoen. Maar af en toe zit er eentje tussen... Ik kan het vanaf de brug zien. De band die zo'n jongen krijgt met de zee. En ik weet dat ze hem nooit meer los zal laten.'

Ze glimlachte. 'Net als jij.'

Je staat het voor jezelf te verkloten, zei een stemmetje in zijn hoofd. Maar hij was een eerlijk man. Vaak té eerlijk. 'Ja. Net als ik.' Hij zocht haar haarlijn af. 'Die blauwe plek is eindelijk weg.'

Ze wreef over de plek. 'Klopt. Had ik je trouwens al bedankt dat je Abe met zijn schuimrubber had gestuurd?'

'Dat hoeft niet.'

Piper nam de laatste paar stappen in zijn richting en stopte pas toen haar borsten bijna zijn borst raakten. Ze was zacht, elegant, vrouwelijk. En veel kleiner dan hij. Nu ze zo dicht bij hem was, voelde hij zich een getemde reus die ademloos afwachtte wat de schone prinses nu weer zou gaan doen. 'Je had er ook een kusje op kunnen geven.'

Er was inmiddels zoveel bloed naar zijn lul gestroomd dat hij nauwelijks nog kon ademen. 'Je zei laatst dat het zinloos was om nog met me flirten. Maar volgens mij denk je daar vanavond anders over.'

Haar lippen krulden omhoog. 'Misschien omdat ik vanavond een harnas aan heb.'

Brendan hield zijn hoofd vragend scheef en liet zijn blik over haar blote schouders gaan, over haar benen en weer terug naar de lage, strakke halslijn. 'Dit harnas kan je nergens tegen beschermen.'

Er flikkerde iets in haar ogen. 'Zou je denken?'

En prompt ging ze terug het huis in en liet niets achter dan haar verleidelijke geur.

Brendan had altijd gedacht dat de strijd met de zee hetgeen was dat hem het meest uitdaagde. Maar toen kende hij Piper nog niet. Hij wist dan wel niet precies wat er speelde tussen hen, maar zijn voorgevoel bedroog hem nooit. Zolang hij naar zijn instinct luisterde, had hij nog nooit een gevecht met het water verloren. En hij hoopte vurig dat datzelfde instinct hem nu niet in de steek zou laten.

# Hoofdstuk zestien

Met gefronste wenkbrauwen keek Piper hoe Brendan het eten op tafel zette en tegenover haar ging zitten.

De zeeman leek niet erg eenvoudig te verleiden. Ze had dit jurkje gekozen met het idee dat hij niet eens de voordeur zou halen, maar hier zaten ze dan, in zijn eethoek, die zo heerlijk masculien was ingericht, aan een maaltijd die hij speciaal voor haar had gemaakt.

En hij had champagne voor haar gehaald.

Mannen hadden sieraden voor haar gekocht, haar meegenomen naar de beste restaurants… Toen ze tweeëntwintig werd, was er zelfs een uitslover geweest die met een Rolls aan kwam zetten. Ze hield van mooie spullen en dat mocht iedereen gerust weten. Maar geen enkel cadeau had haar zo speciaal doen voelen als het feit dat hij voor haar gekookt had.

Maar ze wilde zich niet speciaal voelen bij Brendan. Of wel?

Behalve met Hannah had ze nog nooit van haar leven zulke eerlijke gesprekken gehad als hier in Westport met Brendan. Ze wilde meer van hem weten en op haar beurt meer van zichzelf prijsgeven. Maar dat was vreselijk beangstigend.

Want waar zou het toe leiden?

Ze bleef hier maar drie maanden en de eerste twee weken

zaten er al bijna op. Morgen vertrok hij zelf voor twee weken en ook daarna zou hij af en toe voor een paar dagen naar zee gaan. Dit had alle kenmerken van een tijdelijke relatie. Maar omdat hij het verdomde om dat etiket erop te plakken, bleef de deur wijd open staan.

Trouwens, ze kende niets anders dan tijdelijke relaties.

Ze kon het witte streepje om zijn ringvinger niet negeren. En ze kon ook niet om het feit heen dat zij zijn eerste date was sinds hij zijn trouwring had afgedaan. Het was allemaal veel te groot. Haar langste relatie had maar drie weken geduurd en ze was eruit gekomen met een gebutst zelfvertrouwen. Wat hij ook van haar verwachtte, ze kon het niet waarmaken.

Dat was misschien wel het echte probleem.

De stoere zeeman wachtte in stilte op haar eerste hap, ellebogen op tafel, totaal niet gewend om te daten. Een spiertje trilde in zijn wang.

Brendan was duidelijk nerveus voor haar reactie op zijn kookkunsten. Maar waarschijnlijk was aan haar gezicht af te lezen wat ze dacht, want hij trok een wenkbrauw op. Ze rolde de spanning uit haar schouders en zette haar vork in de vis, prikte er ook een stukje aardappel bij en stopte alles in haar mond. Kauwde. 'Oh. Wauw, dit is heerlijk.'

'Vind je?'

'Absoluut.' Ze nam nog een hap en zelf begon hij eindelijk ook. 'Kook je vaak zelf?'

'Ja.' Hij at op dezelfde manier zoals hij alles deed. Geen gezeik. Vork erin, hap in de mond, kauwen en opnieuw. Zonder te stoppen. 'Behalve op maandag.'

'Oh, je eet natuurlijk elke maandag in de Red Buoy. Ik had het kunnen weten.' Ze lachte. 'Ik lach soms wel om je vaste gewoontes, maar waarschijnlijk ben je daarom juist zo'n goede kapi... schipper.'

Hij humde. 'Ik ben deze week best wel van mijn vaste schema afgeweken, vind je niet?'

'Ja.' Ze dacht na. Eigenlijk moest ze hier niet te diep op ingaan. Maar haar nieuwsgierigheid kreeg de overhand. 'Waarom dan? Ik bedoel, waarom heb je besloten om' (*je trouwring af te doen*) 'van je gewoontes af te wijken?'

Brendan koos zijn woorden zorgvuldig. 'Echt impulsief zal ik wel nooit worden. Op zee is het veiliger als je consequent bent. Ook voel ik me gewoon prettig als er regels zijn waar ik me aan kan houden. Het geeft me de zekerheid dat mijn bemanning op me kan rekenen. Of nou ja, zo heb ik in elk geval heel lang gedacht. Maar de laatste tijd, hier aan wal... was er ineens iemand die mijn vaste routine steeds overhoop gooide. En weet je? Er gebeurden geen rampen.' Hij peilde haar reactie en besloot verder te gaan. 'Het was alsof ik zat te wachten tot er iets gebeurde en toen het gebeurde, verging de wereld niet, maar uh...' Hij pauzeerde even. 'Zag ik mogelijkheden voor een nieuwe koers.'

Piper slikte. 'En die iemand, ken ik die?'

'Dat kun je wel zeggen.'

'Dan heb ik toch iets goeds gedaan met mijn chaotische persoontje. Handig om te weten als ik ga solliciteren.' Het klonk niet zo luchtig als ze had gehoopt, vooral omdat zijn bekentenis haar de adem had benomen. Zij, Piper Bellinger, had een positief effect op iemand. Hij had het hardop toegegeven. 'Maar ik ben vast niet de enige die jou veranderd heeft,' zei ze. Met een lachje probeerde ze het bonzen in haar borstkas te bedaren. 'Er zal meer meegespeeld hebben.'

Brendan leek iets te willen zeggen, maar deed zijn mond weer dicht.

Ze kende deze man inmiddels goed genoeg om te weten dat hij nooit iets zei zonder reden. Als hij nu iets voor zich hield, moest het wel belangrijk zijn. Ze legde dus haar vork neer, want ze wilde hem haar volledige aandacht geven. 'Waar denk je aan?'

Hij schraapte zijn keel. 'Ik heb een nieuw schip aangeschaft voor volgend seizoen. Ze zijn het momenteel aan het bouwen. Wanneer we in Dutch Harbor zijn, dat is de haven in Alaska waar we een week wachten als we de potten uitgezet hebben, ga ik kijken hoe het ervoor staat.'

'Spannend.' Ze trok een wenkbrauw op. 'Maar je kunt toch niet op twee schepen tegelijk zijn?'

'Klopt. Ik zet Fox op de brug van de Della Ray.'

Piper glimlachte en nam een slok champagne. 'Weet hij dat zelf al?'

'Nee. Ik vertel het pas op het laatste moment, anders probeert hij eronderuit te komen.'

'Vast niet. Hij lijkt me vrij... zelfverzekerd.'

'Een brutale etterbak, bedoel je. Maar hij is slimmer dan hij zelf denkt.' Er kwam een peinzende frons op zijn voorhoofd en hij keek naar zijn bord. 'Misschien helpt het me om afstand te nemen van het verleden als ik de Della Ray overdraag.'

Piper durfde zich nauwelijks te verroeren. 'Waarom zou je afstand willen nemen?'

'Omdat het tijd wordt. En omdat ik... me op een bepaalde manier verplicht voel om in het verleden te blijven hangen zolang ik schipper ben op Micks schip.' Hij wreef over zijn gezicht en lachte zonder vrolijkheid. 'Niet te geloven dat ik dat zomaar zeg.

Meestal stop ik dingen weg. Misschien moest ik dit ook maar wegstoppen.'

'Nee, niet doen.'

Het feit dat deze man zich zo voor haar openstelde, gaf haar een droge mond. Zoals hij tegenover haar zat en haar met een zeldzame mannelijke kwetsbaarheid aankeek, leek hij serieus waarde te hechten aan haar mening. 'Je hoeft je niet schuldig te voelen dat je na zeven jaar wat ruimte wil, Brendan,' zei ze zachtjes. 'Dat is al veel langer dan de meeste mensen het zouden geven. Dat je je hier schuldig over voelt, is voor mij het bewijs dat je een fatsoenlijk mens bent. Ook al doe je je muts bijna nooit af.'

Het groen van zijn ogen werd zachter. 'Je oordeelt niet. Bedankt daarvoor.'

Piper voelde dat hij van onderwerp wilde veranderen en keek in het rond. 'Wie ben ik om te oordelen? Vooral over iemand die in zo'n chill huis woont dat ook nog eens niet van zijn ouders is. Plus twee schepen en een plan voor zijn leven. Het is eigenlijk best intimiderend.'

Hij fronste zijn wenkbrauwen. 'Intimideer ik je?'

'Jijzelf niet. Meer je arbeidsethos. Zo heet dat toch? Ik geloof niet dat ik dat woord ooit hardop heb gezegd.' Ze vond dat ze zijn eerlijkheid moest belonen door zelf ook iets op te biechten. De boel gelijktrekken. 'Mijn vriendin Kirby en ik zijn ooit, een jaar of drie geleden misschien, onze eigen lipsticklijn begonnen, Pucker Up. Na de launchparty realiseerden we ons hoe hard we eigenlijk moesten werken. Toen hebben we de voorraden maar verdeeld onder onze vriendinnen en zijn naar Saint-Tropez gevlogen. Meteen al moe.'

'Misschien was het gewoon niet het juiste pad voor je.'

'Tja, nou ja.' Haar lippen trokken. 'Misschien is professioneel uitslaper meer iets voor me. Veel meer kan ik niet en dat is ook een van de redenen dat ik hier ben. De andere is dat Kirby me verraden heeft bij de politie.'

'Ga weg,' zei hij met een boos gezicht.

'Nee, serieus. Ze heeft me aangewezen als de aanstichter van die inbraak in het zwembad.' Piper maakte een luchtig gebaar. 'Maar het is goed. We zijn nog steeds vriendinnen. Ik weet gewoon dat ik niet op haar kan rekenen en dat ik haar niks belangrijks moet vertellen. Dat is alles.'

Hij dacht er diep over na. 'Zijn al je vriendinnen zo?'

'Ja.' Ze tekende rondjes op haar champagneglas. 'Het gaat bij ons allemaal om wat voor image je hebt, denk ik. Invloed. Gezien worden. Maar weet je wat nou zo vreemd is? Ik ben pas twee weken weg uit Los Angeles en het is alsof ik nooit bestaan heb. Niemand belt me, niemand stuurt een berichtje. Ze zijn vast alweer bezig met belangrijkere dingen.' Ze schudde haar hoofd. 'En intussen leggen mensen na vierentwintig jaar nog steeds bloemen bij het standbeeld van Henry. Dus... wat heb je nou werkelijk aan je image als het in twee weken weg kan zijn?'

'Maar jíj bent niet weg. Je zit tegenover me.'

'Dat klopt. Hier zit ik. Aan de eettafel. In Westport.' Ze slikte. 'Uit te zoeken wat ik moet doen als niemand naar me kijkt. En me af te vragen of dat misschien de dingen zijn waar het echt om draait.' Haar lach kwam er een beetje onvast uit. 'Dat klinkt vast heel amateuristisch voor iemand die een fucking boot laat bouwen zonder dat iemand het weet.'

'Nee, toch niet.' Hij wachtte tot hij haar blik gevangen had. 'Het klinkt alsof je met wortel en al bent weggerukt en op een vreemde plek bent gedropt. Je dacht toch niet dat ík het relaxed zou vinden als ik ergens heen werd gestuurd waar ik niemand kende? Niets om handen had?'

Ze hapte naar adem. 'Oh nee! Waar moet je dan je fish en chips eten op maandag?'

Eén mondhoek ging omhoog. 'Je doet het prima, lekkertje.'

Het was dat norse 'lekkertje' dat het hem deed. Haar benen knepen samen onder tafel, haar tenen krulden in haar schoenen. Ze wilde Brendans handen voelen. Overal. Maar ze was bang om naar hem toe te gaan, want de sexy dekmantel waaronder ze zich altijd verschool was weer afgeworpen. Alleen zijzelf was er nog. Brendan keek naar haar met een combinatie van opwinding en tederheid. Nu was het zaak om vooral die eerste emotie verder aan te wakkeren.

Het ging allemaal veel te snel. En ze begon hem veel te leuk te vinden.

Ze mocht dan wel in een existentiële crisis zitten, toch wilde ze zo snel mogelijk terug naar de glitterwereld van Los Angeles. Sowieso.

Natuurlijk, de lokroep van LA was wat minder sterk geworden na twee weken zonder teken van leven van haar vriendinnen. Maar in feite was het best even relaxed om niet elke tien tellen haar notificaties te hoeven checken. En ach, roem kwam en ging als een golf. Dat wist ze best. Dat ze de laatste tijd niet meer hunkerde naar de kick van erkenning en bewondering, zei helemaal niets. Dat kwam echt wel weer terug. Ze ging straks gewoon terug naar huis en dan zou ze voortaan meer waarderen hoe bevoorrecht ze was. Dat was de les die ze in Westport moest leren, toch?

Precies.

Waar het op neerkwam was dat ze achtentwintig jaar zorgvuldig aan haar image had gebouwd en dat ze echt niet opnieuw kon beginnen.

Kon ze vanavond met Brendan zijn en toch die realiteit niet uit het oog verliezen?

Makkelijk.

Piper trok zich niets aan van de droogte in haar keel en stond op, haar champagne nog in de hand. Ze liep langzaam rond de tafel en zag tot haar voldoening dat hij zwaar moest slikken. Alleen zijn ogen en kin stonden nog koppig.

Ook goed. Dan zou zij gewoon beter haar best doen.

Piper glipte tussen Brendan en de tafel in en schoof die iets naar achteren, zodat ze comfortabel tussen zijn bovenbenen in stond. Zijn ogen waren bijna zwart van begeerte en flitsten heen en weer tussen haar decolleté, haar dijen, haar heupen, haar mond. Toen ze met de vingers van haar vrije hand door zijn haar ging, zwol zijn borstkas op en zijn oogleden zakten. 'Piper,' zei hij hees. 'Hiervoor heb ik je niet uitgenodigd.'

Ze zette haar glas neer en pakte de schouderbandjes van haar jurk beet. 'Misschien niet alléén hiervoor,' fluisterde ze, terwijl ze het fluwelen lijfje omlaag trok en haar borsten ontblootte op maar een paar centimeter van zijn gezicht. 'Maar wel een beetje, toch?'

Brendan sperde zijn ogen open en er ging een rilling door hem heen. Zijn handen vlogen omhoog en grepen haar heupen. 'Godver, wat zijn ze mooi.' Hij leunde voorover, drukte zijn mond op de gladde huid tussen haar borsten, ademde zwaar en trok haar aan haar heupen dichterbij. Hij leek buiten zichzelf. 'Dus híér doe jij je parfum. Precies tussen die lekkere tieten van je.'

Zijn wanhopige handen en het wrijven van fluweel over haar huid toverden haar tepels om in harde knopjes. 'Alleen vanavond,' fluisterde ze in zijn haar. 'Speciaal voor jou.'

Hij kreunde, draaide zijn hoofd iets en liet zijn adem over een tepel gaan. 'Ik weet waar jij mee bezig bent. Je wilt hier een puur neukdingetje van maken.'

Ze voelde haar hart kloppen in haar oren. 'Denk toch niet zoveel en kom hier met je handen.'

Toch aarzelde hij nog, aan de spanning in zijn kaken te zien.

Piper pakte het champagneglas van achter haar rug en dronk traag. Ze slikte het meeste door, maar liet iets van de tintelende drank achter op haar tong en bracht die naar Brendans lippen. Likte de champagne zijn mond in. 'Ik zei toch dat ik het je ging laten proberen,' mompelde ze, terwijl ze het puntje van zijn tong plagend met haar eigen tong beroerde. 'Wil je meer?'

Zijn grote lichaam was zo dichtbij. De spanning trok lijnen om zijn mond. 'Ja, alsjeblieft...'

'Je hoeft niet te smeken,' zei Piper, terwijl ze de flûte naar haar borsten bracht en terwijl Brendan hijgend toekeek, wat champagne op de ene tepel liet druppelen, toen op de andere. 'Niet om iets wat we allebei willen. Raak me aan, Brendan. Proef me. Alsjeblieft?'

'Natuurlijk, verdomme.' Hij liet zijn mond naar de linkertepel glijden, drukte zijn tanden ertegen, ging met zijn tong over de stijve knop en trok tegelijkertijd haar heupen naar voren. Door de beweging verloor ze bijna evenwicht en ze greep zich met beide handen vast in zijn haar. Met open mond keek ze hoe hij van haar lichaam genoot, zich erop stortte. Geen spelletjes. Alleen lust.

Zijn mond zakte af naar haar navel en likte de champagne op die daar terecht was gekomen, waarna hij weer omhoog ging, nu naar haar andere borst, en er nog harder op zoog. Hem bijna verslond. Ze was van plan geweest om de controle te bewaren, maar zijn mond gaf op te veel niveaus te veel genot om dat vol te houden. Ze botste wat onhandig tegen de tafel en een snik ontsnapte aan haar keel. 'Brendan,' hijgde ze. 'Brendan.'

'Ik weet het, lekkertje. Zal ik in je jurk gaan?' gromde hij. En hij kneedde haar dijen al, ging met zijn baard heen en weer over de gezwollen tepel en stuurde een stortvloed van natheid naar de plek waar haar dijen bij elkaar kwamen. 'Piper?'

'Wat?' zei ze hees. Haar hoofd tolde. 'Ja, doe maar. Ja. Ja.'

Zijn handen bewogen sneller dan de bliksem. Haar kont werd zo stevig vastgepakt dat de lucht uit haar longen verdween. Brendan trok haar naar voren en ademde op haar buik, terwijl de handen haar billen maar bleven masseren en kneden. De eeltige vingers raakten verstrikt in haar string in de haast om vlees aan te raken en te boetseren.

'Je houdt van billen, merk ik?' stamelde ze.

Hij schudde zijn hoofd. 'Nee, Piper, van jóúw billen.'

'Oh,' zei ze zacht.

Dat klonk op een vreemde manier romantisch. En bezitterig. En het beviel haar. Het beviel haar véél te goed. Ze moest op de een of andere manier de controle terugkrijgen en vlug ook. Zo ver en zo snel als hij haar mee voerde… wat dat betreft had ze een ernstige inschattingsfout gemaakt. Deze aantrekkingskracht was nog gevaarlijker dan ze aanvankelijk had gedacht. 'Brendan,' wist ze uit te brengen, terwijl ze zijn brede schouders greep en hem uit alle macht terug in zijn stoel duwde. 'W… wacht, ik…'

'Sorry,' zei hij tussen twee ademteugen in. 'Het is ook zo lang geleden voor me. Maar dat is het niet alleen. Je bent toevallig de meest sexy vrouw op aarde.'

Had ze dat goed verstaan? Ze schudde haar hoofd om de mistflarden van de lust eruit te krijgen, maar dat lukte maar half. 'Wacht, ik weet dat je je trouwring altijd bent blijven dragen, maar… al die tijd geen seks? Helemaal niet? Oké, jou kennende had ik dat kunnen verwachten, maar toch…' Haar blik dwaalde over zijn onderlichaam en bleef hangen bij de omtrek van zijn pijnlijk uitziende erectie, die groot en zwaar de gulp van zijn spijkerbroek deed opbollen. Met harde lijnen in zijn gezicht van seksuele frustratie bracht hij zijn hand ernaartoe.

Ineens zag ze een manier om dat aantrekken en afstoten tussen hen op te lossen en hem tegelijkertijd een goed gevoel te geven. Het was sterker dan zijzelf. 'Oh, Brendan.' Ze ging op haar knieën zitten en kuste de dikke bobbel. 'Zullen we hier even iets aan doen?'

Hij liet zijn hoofd achterover vallen. Zijn borst ging zwaar op en neer. 'Piper, dat hoeft niet.'

Ze legde haar handen op zijn lid en masseerde het door de jeansstof heen. Hij kreunde met opeengeklemde tanden. 'Maar ik wil het,' fluisterde ze. 'Ik wil jou iets lekkers laten voelen.'

Ze deed de knoop van zijn gulp open, trok de rits voorzichtig omlaag en hapte naar adem toen ze zag hoeveel groter de schacht nog kon worden nu hij niet meer in gekneld zat. Met witte knokkels omklemde Brendan de stoelleuning. En hij stopte helemaal met ademen toen ze zijn boxer omlaag trok en haar gezicht naar zijn erectie bracht. Mannelijk, een ander woord was er niet voor de zware, staalharde pik, het stugge zwarte haar aan de basis, de zware zak. Hij was lang, dik, glad. Dikke aderen kronkelden eromheen als lijnen op een wegenkaart en… wauw. Ja, ze meende wat ze zei. Ze wilde hem iets lekkers laten voelen. Ze wilde het zo graag dat haar eigen dijen er plakkerig van werden. Ze wilde, hier op haar knieën, de man bevredigen die al zo lang celibatair was. De man die haar met zorgzaamheid en respect behandelde en haar reactie op zijn kookkunsten nerveus afwachtte.

Bovendien was het dan meteen duidelijk dat het alleen om de seks ging.

Alleen seks.

'Je bent zo lekker,' zei Brendan hees. 'Ik zeg geen nee.'

Ze maakte een meelevend kusmondje en gaf een stevige ruk aan de harde pik. En nog eens. Toen zijn ogen glazig begonnen te staan, ging ze met haar tong vanaf de vlezige basis omhoog en zette haar mond op de fluweelzachte eikel. Ze maakte haar tong plat en stijf, beroerde plagerig het zoute spleetje en de gevoelige rand en nam hem toen diep, diep in zich, tot het punt waar ze de tranen in haar ooghoeken voelde prikkelen. God, hij pulseerde op haar tong, in hoge, snelle golven die door echoden in haar vrouwelijkheid en haar deden kreunen rond zijn harde vlees.

'Godver, wat een mond,' gromde hij. Hij graaide in haar haren en ze ging sneller, ondanks dat hij blafte: 'Stop, stop. Ik kom.'

Nog een laatste draai met haar tong en Piper liet hem uit haar mond glijden. Nu bewerkte ze hem met haar rechterhand, liet hem met elke beweging van haar vuist verder opzwellen. Nee, hij zou het niet lang meer volhouden. Het wond haar ontzettend op om te weten dat hij zoveel behoefte had aan ontlading. 'Waar wil je het kwijt?' fluisterde ze, terwijl ze zijn zak in haar hand nam en er zachtjes mee wiebelde, terwijl ze voorover boog en haar tong rond de purperen top krulde. 'Zeg het maar, kapiteintje.'

'Fuck,' grauwde hij. Zijn bovenbenen begonnen te trillen en in plaats van haar vraag te beantwoorden, kneep hij zijn ogen dicht en ademde diep in. 'Nee.'

Toen gebeurde het onverwachte.

Op één milliseconde van zijn welverdiende orgasme pakte Brendan haar bij haar middel en tilde haar op de eettafel. Even was ze duizelig van de opwaartse beweging, maar ze kwam weer terug in de werkelijkheid toen Brendan zich op zijn knieën liet vallen en zijn shirt uittrok. 'Ohhh,' zei ze in slow motion. 'Wat gaat hier gebeuren?'

God, wat was hij gespierd.

Ze wist natuurlijk wel dat Brendan goed gebouwd was. Onder zijn sweatshirt had ze allang de gespierde armen en borst vermoed, maar pas nu zag ze werkelijk hoe scherp de geprononceerde vlakken van de borstspieren overgingen in een bergketen van buikspieren. Maar niet op een aanstellerige manier. Er zat vlees op. En haar. Wat trouwens voor zijn hele lichaam gold. Hij had een bouw die perfect paste bij een echte man die zwaar werk in de buitenlucht deed. Geen enkele tattoo trouwens. Typisch Brendan. Natuurlijk was het niets voor hem om daar zijn tijd aan te verspillen.

*Aarde voor Piper.*

'Wacht, ik wou...' Ze wees naar zijn kaarsrechte pik. 'En jij ging...'

'Maak je niet druk om mij,' gromde hij en trok haar naar de rand van de tafel. 'Benen uit elkaar, Piper.'

Haar vaginawand spande aan van zoveel heerlijke botheid. 'Maar...'

'Dacht je dat ik me zou laten afzuigen en er meteen twee weken vandoor zou gaan? No way. Als jij niet komt, komt er hier helemaal niemand.'

Als vanzelf gingen haar benen uit elkaar. Foute boel. Welk deel van haar lichaam was hier nu eigenlijk de baas? Haar hoofd, haar hart of haar schede? Misschien allemaal. Drie bemoeizuchtige bitches die tegelijk op de knoppen van haar dashboard zaten te rammen. Het enige wat ze zeker wist, was dat Brendan nu echt geen nieuwe positieve kanten meer van zichzelf moest laten zien.

Beschermend, respectvol en nu óók nog eens bezorgd om haar genot?

Huiverend merkte ze dat hij met zijn schippershanden de rand van haar jurk optilde. Ze kon zich levendig voorstellen wat hij nu zag. De stof van haar string was al vrij dun en daarnaast was ze natter dan ze ooit in haar leven was geweest. Bovendien zat de slip schots en scheef van zijn gretige handen op haar kont.

Hij staarde naar het punt waar haar benen bij elkaar kwamen, hield haar knieën in een stevige greep en vloekte onvast. 'Ik lijk wel gestoord dat ik jou twee weken hier alleen laat.'

Ze hijgde. 'Denk je dat ik zo veeleisend ben?'

'Niet dan?' Hij schoof de jurk omhoog die rond haar middel gestroopt was en onthulde haar ingang. Ze was blij dat ze in LA nog even goed gewaxt had voor ze vertrok. 'Fuck, je mag zoveel eisen hebben als je wilt, zolang je er maar mee naar mij komt. Alleen naar mij.' Hij ging met zijn duim langs haar spleet. 'Begrepen?'

Als in trance knikte Piper.

En waarom zou ze ook nee zeggen? Dit was een mondelinge overeenkomst die over seks ging, niet over emoties of zo. Ze kon het makkelijk beloven, want het leek haar sterk dat ze in deze uithoek iemand anders zou tegenkomen die qua aantrekkelijkheid ook maar in de búúrt kwam van Brendan. Die kans was praktisch nul.

Zijn lippen zweefden over de binnenkant van haar dijen, zijn stompe vingers grepen naar haar slipje. 'Kont omhoog,' bromde hij, terwijl hij zacht in haar gevoelige huid hapte. 'Uit dat ding.'

Blijkbaar kon zijn stem dus nog lager. Holy shit. Het gebrom resoneerde in haar klit en ze liet zich achterover op haar ellebogen vallen. Ze tilde haar heupen net genoeg op om Brendan haar string omlaag te laten stropen. Hij werd met de seconde opgewondener en eigenlijk ging ze ervan uit dat hij de slip op de grond zou laten vallen. Maar hij draaide de dunne zwarte stof om zijn schacht en ging kreunend met strakke vuist op en neer, terwijl hij mond en neus tegen haar natheid duwde.

'Oh mijn g…' hijgde Piper. Ze ging bijna out.

'Zie je dit, lekkertje?' Hij wreef zijn mond heen en weer tussen de vochtige plooien van haar vrouwelijkheid, terwijl zijn hand ruw bleef schokken tussen zijn bovenbenen. 'Je laat me komen.'

Wanneer was ze plat op tafel gaan liggen? Ze wist het niet meer.

Daarnet keek ze nog omlaag, op Brendans kruin, nu staarde ze met wijd open ogen naar het plafond. Brendans tong bewoog langzaam door haar diepten, haar vingers graaiden in zijn haar. Het ging allemaal zonder nadenken, maar als hij nu stopte (zoveel wist ze wel) zou ze sterven.

'Oké, Piper. Trek me naar je toe. Laat maar eens merken hoe graag je mijn tong wil.'

Nee nee nee. Zijn stem was als schuurpapier. Was alleen al die bariton genoeg om haar te laten komen?

'Brendan.' Ze tilde haar benen op, legde ze over zijn schouders en als reactie gromde hij en trok haar nog verder naar de rand van de tafel. 'Alsjeblieft, alsjeblieft.'

Ze had nog nooit in haar leven gesmeekt om iets seksueels. Vooral niet oraal. Zo irritant dat mannen altijd moesten benadrukken dat ze de vrouw een plezier deden. Of misschien dácht ze dat maar, omdat ze gewoon emotieloos was en een reden zocht om dat niet te hoeven veranderen. Maar hoe kon ze emotieloos blijven bij deze… Oh, voor Brendan was het zeker geen opoffering en dat liet hij haar weten ook. Hij legde zijn onderarm op haar heupen en drukte haar steviger op tafel. Grommend bleef hij likken, ging plagend met zijn tong over haar clitoris. Ondertussen vertelden de bewegingen van zijn schouder dat zijn hand net buiten haar zicht nog koortsachtig bewoog. De hand met zijn pik én haar string erin.

Hij was de meest onverstoorbare man die ze ooit had ontmoet en daar was ze nu dankbaar voor want zo, met zijn bovenlip vastgezogen aan haar spleet, de tong die niet ophield of van tempo veranderde, was het perfect. Perfect. Hij overstelpte haar gezwollen clitoris met wrijving en druk en ze wist dat het echt ging gebeuren. Oh mijn god, ze zou een orgasme krijgen. Een echt, authentiek orgasme. Ze ging niet doen alsof om zijn ego te strelen. Het gebeurde echt.

'Niet stoppen, Brendan. Het is perfect zo. Het is... oh god, oh jezus.'

Haar dijen begonnen oncontroleerbaar te trillen en ze zag niets anders dan vonken voor haar ogen dansen. Met haar vingers in zijn haar trok ze hem dichter naar zich toe, zette haar benen om zijn hoofd, tilde haar heupen op, zocht, kronkelde met haar onderlichaam. En nog steeds wilde ze hem niet van die magische plek weg hebben. Misschien was hij Jezus, misschien niet. Wist zij veel. Ze wist alleen dat er een intens genot over haar neerdaalde. En toen haalde hij zijn onderarm van haar heupen en drukte de muis van zijn hand tegen haar smekende ingang en draaide hem (hard) rond en ze schreeuwde. Ze schreeuwde, verdomme. En bleef schreeuwen terwijl hij een dikke vinger naar binnen liet glijden, haar G-spot vond en er stevig druk op uitoefende.

Daar was het. Het hoogtepunt. Wat eigenlijk maar een sneu woord was voor een reis naar zo'n heel ander bestaansniveau, waar de feeën dansten en het kauwgomballen regende. Pas toen haar rug protesteerde, besefte ze dat ze die onwillekeurig hol had gemaakt. Ze spande al haar spieren aan en liet weer los, terwijl ze verdwaasd naar haar opgeheven heupen staarde en eindeloze opluchting door haar heen gierde. Wauw. Oh wauw.

Brendan boog zich over haar uitgebluste lichaam. Zijn gezicht was bijna onherkenbaar door de lust die zijn mond deed vertrekken, de koorts die in zijn ogen vlamde. Zijn enorme geslacht was nog steeds hard, zijn hand pompte op en neer, de ene helft van haar slipje om de schacht gewikkeld en de andere om zijn vuist. 'Zal ik hem ertegenaan wrijven, lekkertje?' Zijn stem klonk raspend en er lag een fijn laagje zweet op de getrainde spieren van zijn blote borstkas. 'Op de plek waar ik je heb laten komen?'

'Ja.'

Hij stortte zich bijna op haar. Zijn gezicht landde in de holte tussen kin en hals en met zijn vuist bracht hij zijn stijfheid naar de plek tussen haar dijen, precies tegen dat supergevoelige vlees. 'Heel binnenkort, Piper, ga ik je zo fucking hard neuken.' Afwisselend bewoog hij de dikke eikel door haar verzadigde lippen en rukte hij aan zijn schacht. 'Dan neuk ik het woord "vriend" uit je mooie mondje. Dan zeg je alleen nog maar mijn naam en niks anders. Wacht maar af.'

Het was niet te geloven, maar haar klit zoemde alweer. Het was het gezoem van verbinding, van de belofte van meer genot. En dat was ongetwijfeld de reden dat ze haar hoofd iets draaide en in zijn oor fluisterde: 'Beloof je dat?'

Met verstikte stem gromde hij haar naam en bereikte zijn hoogtepunt, spoot zijn vocht op haar buik. Zijn hand bewoog in een waas en hij zette zijn tanden op de zijkant van haar keel. 'Piper. Piper.'

Het was zo ongelofelijk krachtig en opwindend om Brendan haar naam te horen zeggen terwijl hij kwam, dat ze niet stil kon blijven liggen. Ze ging met haar tong op en neer over zijn gespannen nek, klemde zijn deinende ribbenkast tussen haar dijen, schraapte met haar nagels over zijn schouders en rug. En ze bleef daarmee doorgaan toen zijn zware lichaam in elkaar zakte boven op haar. Een instinct waarvan ze niet wist dat ze het had, spoorde haar aan om hem te kalmeren, om complimenteuze woordjes te fluisteren die ze werkelijk, letterlijk meende. Ze had daar tot morgen kunnen blijven liggen onder dat geruststellende gewicht. En juist dat besef bracht haar weer bij zinnen.

Oké, dat was goede seks.

Of bíjna seks dan.

Beter dan ze ooit gehad had in elk geval. Oneindig veel beter.

*Omdat je hem leuk vindt. Heel leuk. Je vindt hem leuk om wie hij is, niet om wat hij voor je kan doen.*

Dat besef was als een klap in haar gezicht. God, ze had nooit eerder in die termen over zichzelf nagedacht, maar het klopte wel. Oppervlakkig. Zó oppervlakkig. Ze verdiende de tederheid van deze man niet. Hij had zijn trouwring niet voor háár af moeten doen, maar voor een lief meisje uit de streek dat hem de rest van haar leven zou uitzwaaien als hij naar zee ging.

Een pijnscheut trof Piper in de borst en ze probeerde overeind te komen, maar Brendan lag nog op haar. Hij tilde zijn hoofd op en zijn ogen vernauwden zich, alsof hij aanvoelde hoe de spanning in haar groeide. 'Piper.'

'Ja?' fluisterde ze, uitgeput van haar eigen gedachten.

'Kom eens terug uit je hoofd.'

Ze rolde met haar ogen en glimlachte spottend. 'Aye aye, kapitein.' Ze probeerde te doen wat hij vroeg en de zorgen voor later te bewaren. Morgenochtend ging hij voor twee weken weg, dus nog tijd zat om haar domme kop uit de wolken te halen. 'Dat was... wauw.' *Hou het luchtig. Speel het sexy meisje.* 'Echt heel erg goed.'

Brendan gromde. Hij liet zijn hoofd weer zakken en glimlachte in het dal tussen haar borsten, wat haar hart sneller deed kloppen. 'Goed?' snoof hij, kuste haar borsten en kwam met zichtbare tegenzin van haar af. Nadat hij zijn nog half-harde erectie weer in zijn broek had gestopt, pakte hij wat servetjes van tafel en veegde zijn vocht van haar lichaam, iets wat hij net zo efficiënt deed als hij alles deed. Hij schudde langzaam zijn hoofd. 'Ik ga dood van de honger als ik niet van jou kan proeven.'

Ondanks dat haar spieren traag reageerden, lukte het haar om rechtop te gaan zitten en haar jurk te fatsoeneren. Het slipje lag als een nat hoopje op de vloer en wekte de herinneringen aan het afgelopen halfuur op. Wauw. Ze was zo... in het hier en nu geweest. Elke seconde met hem. Met een ander was ze altijd bezig met haar uiterlijk en met wat hij zou denken. Of ze aan zijn verwachtingen voldeed. Nu, met Brendan, waren al dat soort gedachten niet eens in haar opgekomen. Totaal niet. Omdat... hij voor háár ging. Niet voor haar image, maar voor haar persoonlijkheid en manier van kijken naar de wereld. Met Brendans handen op haar lichaam had ze geen barrières, geen grenzen. Vanavond had ze de grenzen willen vaststellen, maar in plaats daarvan werden ze steeds verder verlegd.

Ze hupte van tafel en landde op haar hoge hakken, want die had ze nog steeds aan. Ze stootte hem flirterig aan met haar heup. 'Misschien kunnen we nog eens zoiets doen als je terug bent.'

'Misschien?' Hij pakte haar bij de arm, draaide haar om en duwde haar tegen de koelkast. Pipers verraderlijke lichaam smolt onmiddellijk. Ze legde haar hoofd in haar nek en verlangde naar zijn robuuste lijf. Ze had haar lippen al van elkaar voordat Brendans harde mond de hare had gevonden. Zijn tong ging diep en met grondige halen naar binnen. Ze proefde licht haar eigen hoogtepunt. Een lage grom van voldoening klonk in zijn keel. Toen hield hij op met zoenen, legde een hand onder haar kaak en speurde met zijn grijsgroene ogen haar gezicht af. 'Smaakt dat naar "misschien?"'

Er kwam dus meer. Dat was duidelijk.

'Wat zijn we bijdehand ineens,' plaagde ze.

'Niet bijdehand.' Hij zoende haar opnieuw, deze keer wat zachter. 'Ik weet wat ik wil.'

Ze pruttelde wat. Wat wilde hij precies?

Oh man, ze moest hier echt weg.

'Ik moet morgen vroeg op,' flapte ze eruit. 'Jij toch ook? Nou dan.'

'Natuurlijk.' Hij leek te vechten tegen een glimlach en dat stoorde haar mateloos. Nog steeds met ontbloot bovenlijf pakte hij Pipers trui, hielp haar erin en zocht haar tas. Pas toen trok hij zelf zijn overhemd aan en pakte zijn autosleutels. 'Ik breng je naar huis, Piper. Voor deze keer krijg je je zin.' Hij haakte zijn vingers in de hare en trok haar mee naar de deur. 'Klote dat het krabseizoen zo vroeg begint dit jaar. Anders had ik nog een week de tijd om in je hoofd te kruipen...'

'Daar is wel wat langer voor nodig.'

'Verdomme.' Hij rukte de voordeur open. 'Dan moet het maar wachten tot ik terug ben.'

No way. Er ging hier niemand in iemands hoofd zitten. Twee weken of een miljard jaar, het maakte niets uit, want tegen die tijd kenden ze waarschijnlijk elkaars naam niet eens meer. Misschien kwamen ze elkaar nog eens tegen op straat en dan zouden ze zich vaag een visschotel herinneren en wat orale seks.

*Je belazert jezelf.*

Ja, ze belazerde zichzelf en dat bleef ze de hele terugrit doen. En ook nog toen Brendan met haar meeliep naar boven. Maar het was niet meer vol te houden toen hij haar zoende alsof het de laatste keer was. Zijn mond tastte de hare zo teder af dat haar knieën begonnen te knikken en ze hem bij zijn kraag moest grijpen om op de been te blijven.

'Hier.' Hij ademde beverig en tastte in zijn zak. 'Mijn reservesleutel, oké? Voor het geval jij en je zus in mijn huis moeten zijn wanneer ik er niet ben.'

Met groeiend afgrijzen keek Piper naar de sleutel. 'Hoezo?'

'Het wordt de komende weken een stuk frisser en ik geloof nooit dat het hier goed warm te krijgen is.' Hij vouwde haar hand rond de sleutel en kuste haar voorhoofd. 'Niet bang zijn.'

Ze brabbelde iets.

Dacht hij echt dat ze dit ding zou gebruiken?

Want dat was niet zo.

Hij grinnikte om haar gezichtsuitdrukking en draaide zich om. En dat was het moment dat ze de angst voelde. Niet de panische angst bij het zien van de sleutel. Maar ze dacht aan het bronzen beeld bij de haven. Aan de envelop met foto's die Opal in haar tv-kastje bewaarde.

'Brendan!'

Hij draaide zich langzaam om en trok een wenkbrauw op.

'Wees alsjeblieft voorzichtig,' fluisterde ze.

Met een nu warme blik in zijn ogen nam hij haar van onder tot boven in zich op en ging toen de trap af. Ze hoorde de klik van de deur beneden en daarna niets anders dan stilte.

Veel later besefte ze wat Brendan had gedaan toen hij haar bestudeerde. Haar gezicht, haar handen, haar heupen.

Hij had haar aanblik in zijn geheugen geprent.

Voor de zekerheid?

# Hoofdstuk zeventien

Dertien dagen later stak de storm op.

Tegen die tijd had Piper een dagelijkse routine ontwikkeld. Net na zonsopkomst hardlopen langs de haven. Met Abe naar het zeevaartmuseum wandelen. Op de terugweg bij Opal langs, vaak met Hannah. De hele middag werken in het café, avondeten, instorten. Ze waren echt goed opgeschoten in de No Name en konden waarschijnlijk volgende week beginnen met decoreren, als ze de nieuwe witte kroonlijst hadden geplaatst en het beton nog een laag industriële verf hadden gegeven.

Vorige week hadden ze Brendans raad opgevolgd en een Uber genomen naar de visserijbenodigdhedenzaak, waar inderdaad zo'n beetje alles te vinden was dat ze voor hun nautische thema nodig hadden. De laatste paar accessoires hadden ze goedkoop online besteld. En tot hun grote verbazing waren de zonen van Abe vorige week komen opdagen om een paar handgemaakte barkrukken en stoelen af te geven, als bedankje dat Piper hun oude vader elke ochtend naar het museum bracht. Natuurlijk zei Piper dat dat niet nodig was, maar ze wilden geen nee horen. Gelukkig maar, want nu hadden ze echte meubels!

Piper en Hannah waren met rustige streken de antieke bar aan het vernissen, toen ze opschrokken van een donderslag.

'Whoah,' zei Hannah, terwijl ze haar voorhoofd afwiste met haar pols. 'Wie schiet daar een kanon af?'

'Zeg dat.' Piper deed een paar losgeraakte haren terug in haar paardenstaart en liep naar het raam. Met een huivering zag ze hoe de Red Buoy zijn deuren sloot – veel vroeger dan normaal. Hetzelfde gold voor de hengelwinkel een paar deuren verder. Kwam er dan zo'n zware storm aan?

*Brendan.*

Ach kom, de Beringzee was zo ver weg. Hij kon toch geen last hebben van een storm hier in Westport? Of wel? Ze wist het niet. Ze kwam uit fucking Zuid-Californië, waar de zon altijd scheen. Op een beetje mist na was 'het weer' iets waar mensen in andere staten zich druk over maakten. Zij niet.

Hij was vast oké.

Toch moest Piper een hand op haar borst leggen om haar hart tot bedaren te brengen. 'Hé, wil jij je platenzaak eens bellen en vragen of ze ook eerder dichtgaan?'

De laatste twee weken was Hannah een vaste verschijning in de winkel geworden. Toen eenmaal duidelijk was hoeveel ze van muziek wist, hadden ze haar gevraagd te helpen om de zaak een update te geven. Oké, Hannah had daardoor minder tijd om aan de No Name te werken, maar Piper snapte best dat de muzieksnob in haar ook weleens wilde shinen. Hannah was nu een onofficiële werknemer van Disc N Dat en had zelfs al wat vrienden gemaakt, waarmee ze na sluitingstijd koffie ging drinken.

'Oké,' zei Hannah en haalde haar telefoon uit haar kontzak. 'Ik stuur Shauna wel een berichtje.'

'Oké.'

Piper haalde diep adem, maar de druk op haar borst nam

niet af. Brendan zou overmorgen terugkomen en ze had zichzelf uitgebreid mentaal gecoacht om geen verplichtingen aan te gaan. Maar nu de naderende storm de lucht per minuut verder verduisterde, kon ze niet helder meer denken, laat staan zich herinneren waarom haar relatie met Brendan casual moest blijven. Maar het kon niet anders, of wel soms? De No Name was bijna klaar en ze konden nu echt bijna een datum prikken voor de feestelijke opening. Ze zouden Daniel uitnodigen, hij zou natuurlijk zwaar onder de indruk zijn en dan waren ze hier weg. Terug naar LA. Ze kon het zich niet veroorloven om verknocht te raken aan de zeeman, al miste ze hem best wel. Ze keek zelfs overal in het stadje stiekem of ze hem niet toevallig zag lopen, want wie weet was hij eerder terug gekomen.

'Ik ren even naar de Red Buoy. Misschien dat ze daar weten wat er aan de hand is.'

Hannah mompelde een groet en Piper ging de deur uit. Zodra ze de straat op stapte, blies de wind haar bijna omver. Haar paardenstaart kwam los en ze moest de rond waaiende haren bij elkaar grijpen om iets te kunnen zien. Ze keek naar de lucht, waar grote grijze wolken dreigend boven haar hingen. Ze kreeg een hol gevoel in haar maag en angst golfde door haar heen.

Dit zag er serieus uit.

Met een kurkdroge mond holde ze naar de overkant. Daar kwam net het meisje van de kassa naar buiten, het hoofd diep verscholen in de kap van haar oliejas.

'Hé. Ik... uh... gaan we storm krijgen of zo?' Piper dacht niet dat ze ooit zo Californisch had geklonken.

Het meisje begon te lachen, maar besefte toen dat Piper geen grapje maakte. 'Er komt een orkaan aan.'

Een orkaan? Wat was dat ook alweer precies? Ze moest zich inhouden om niet meteen haar telefoon erbij te pakken. 'Oh. Maar het is, zeg maar, vooral hier bij de kust, toch? Of is het groter?'

'Nee, hij komt juist vanuit Alaska hiernaartoe. Dus we weten dat het, neem me niet kwalijk, teringheftig gaat worden.'

'Alaska,' kraste Piper. Ze voelde haar vingers niet meer. 'Oké, bedankt.'

Het meisje rende weg en klom in een wachtende pick-up. Precies op dat moment begonnen de eerste regendruppels te vallen. Piper herinnerde zich nauwelijks dat ze terugliep naar de overkant en beschutting zocht in de portiek van de No Name. Ze pakte haar telefoon en zocht met trillende vingers op 'orkaan'.

Na wat zoeken las ze: 'Een orkaan is de zwaarste vorm van storm die kan voorkomen op aarde. Tijdens een orkaan kunnen de windsnelheden oplopen tot ver boven windkracht 12 (de hoogste windkracht).'

'Oh mijn god.'

Ze ademde heel geconcentreerd in en uit om niet over te geven.

Brendan was goed in zijn werk. Hij was verstandig en de kundigste, meest zelfverzekerde man die ze kende. Er kon hem niets overkomen. Fox, Deke en Sanders ook niet. Het waren grote, sterke, godvrezende vissers. Onmogelijk.

Het beeld van Henry's lachende gezicht verscheen in haar gedachten en direct daarna hoorde ze Micks stem. *Het is in de Beringzee zo verdomde koud... je hebt maar een minuut voordat de adem uit je longen wordt geperst.*

Maar Brendan niet. Dat zou Brendan niet gebeuren.

Haar benen begaven het bijna, maar het lukte haar om de No Name binnen te komen, waar ze zwakjes steun zocht tegen de muur. Ze besefte niet direct dat Hannah een sweatshirt aangetrokken had. 'Shauna vroeg of ik even snel kon komen om te helpen afsluiten. Ik ben over tien minuten terug.' Ze stopte even toen ze Pipers gezicht zag. 'Gaat het?'

'Het is een orkaan. Uit Alaska.'

Hannah lachte en sloeg haar messengertas om haar borst. 'Je lijkt wel een weervrouw. Wat is dat eigenlijk, een orkaan?'

'Een orkaan,' zei Piper monotoon, 'is de zwaarste vorm van storm die kan voorkomen op aarde. De windsnelheden kunnen oplopen tot ver boven windkracht 12.'

'Oh shit.' De boodschap leek geland te zijn. 'Oh shiiiit.'

'Het komt wel goed met hem. En met de anderen.'

'Natuurlijk.' Hannah aarzelde even en deed toen haar tas weer af. 'Maar ik blijf toch bij je.'

'Nee, ga maar.' Haar lach klonk opvallend hoog. 'Tien minuten red ik wel.'

Haar zus vertrouwde het nog niet helemaal. 'Zeker weten?'

'Echt.'

Ze wisten toen nog niet hoe hevig een storm in tien minuten kan worden.

De regen beukte zo ongenadig op de ruiten dat het Piper veiliger leek om naar het midden van de ruimte te gaan. De wind brulde alsof hij zelfs binnen vrij spel had. Met groeiende angst zag ze mensen buiten heen en weer rennen om een schuilplaats te zoeken en al snel was de straat helemaal leeg. Donder deed de grond trillen, op de voet gevolgd door grillige bliksemflitsen aan de bewolkte hemel.

Piper prutste wat met haar telefoon, zocht Hannah in haar

favorieten en tikte op het groene telefoontje. 'Hé,' zei ze zodra haar zus opnam. 'Ik denk dat je daar maar moet blijven, oké?'

'Dat zei Shauna ook al. Hoe kan het zo snel zo heftig worden?'

'Ik weet het niet.' Ze deed haar ogen dicht. Deze zelfde storm was net over Brendan heen gekomen. Deze afschuwelijke, woeste storm. 'Ik red me hier wel. Zorg dat je ergens veilig zit en kom pas naar buiten als het opklaart. Oké, Hanns?'

'Oké.' Piper hing op. Ze ijsbeerde wat door het café, maar verstijfde van schrik toen de elektriciteit uitviel.

Daar in het donker nam ze een van de meest riskante besluiten van haar leven – en god, dat wilde wat zeggen. Maar ze kon niet zo blijven staan piekeren en gek worden van bezorgdheid. Ze wilde hier weg… en als ze niet bij Brendan kon zijn, dan moest ze maar datgene doen dat het meeste in de buurt kwam. En dus deed ze de deur van de No Name achter zich dicht en begon in de richting van zijn huis te rennen. Met de auto was het maar drie minuten, dus als ze alles gaf, redde ze het vast wel in vijf. Dan zou ze veilig zijn. En misschien zou hij ook veilig zijn wanneer zij in zijn huis was. Dat sloeg natuurlijk nergens op, maar ze klampte zich aan dat idee vast terwijl ze verder rende.

De donder bulderde achter haar en joeg haar voort. Haar sneakers waren al na twee straten doorweekt, want de regen kwam intussen met bakken tegelijk omlaag. Ze maakte een paar keer een bocht en belandde uiteindelijk in een smalle straat die haar vaag bekend voorkwam. Toch? De avond van hun date had ze te veel aan haar hoofd gehad om op straatnamen te letten. Maar eindelijk zag ze hem dan toch staan: Brendan's pick-up, net zo stevig en betrouwbaar als zijn eigenaar.

Overstelpt door opluchting zette ze de eindsprint in. De sleutel prikte in haar handpalm. Ze rende het tuinpad op en maakte klappertandend en met bleke vingers de deur open. Ze liet zich over de drempel vallen, schopte de deur achter zich dicht en vanaf dat moment was de storm niet meer dan wat gedempt gerommel, dat bijna wegviel tegen haar eigen gehijg.

Piper ging rechtop zitten en riep hard 'Hallo?' Misschien was hij thuis en had hij haar gewoon nog niet opgezocht. 'Brendan?'

Geen antwoord.

Ze droogde haar gezicht aan de onderkant van haar shirt en stond toen op. Ze dwaalde door het stille, warme huis, terwijl de wind de ruiten deed trillen. Was ze nu een stalker of zo? Nadenkend kauwde ze op haar lip. Maar hij had haar zelf de sleutel gegeven, toch? Er was trouwens iets uitnodigends aan het huis. Alsof het haar verwachtte. Zijn geur hing in de woonkamer, zoutig en masculien.

Piper schopte haar schoenen uit en ging op blote voeten naar de keuken, waar ze het koffiezetapparaat aanzette om iets tegen de kou in haar lijf te doen. Toen ze een beker klaargezet had en de koelkast opendeed om melk te pakken, rolde er een ongeopende fles champagne naar voren in de groentelade. Haar half opgedronken fles stond nog in de deur, dus... had hij er een extra gekocht? Voor als ze langskwam wanneer hij weg was?

Met een raar gevoel in haar keel ging ze met een volle beker koffie de trap op. Ze wist niet wat ze ervan moest vinden, maar het voelde heel natuurlijk om in zijn badkamer haar koffie op de wastafel te zetten en haar drijfnatte kleren uit te trekken en op het handdoekenrek te hangen. Ze nam de koffie mee onder de douche en dronk ervan terwijl de warme straal de kilte uit haar botten verdreef. Ze gebruikte zijn bodywash en haar tepels verstijfden toen zijn geur haar neusgaten bereikte, meegevoerd op een wolk stoom. Met haar ogen dicht drukte ze haar voorhoofd tegen de tegels en verzocht God nederig om die koppige man alstublieft veilig thuis te brengen.

Een paar minuten later liep ze met een handdoek om zich heen Brendans slaapkamer binnen, deed de lamp op het nachtkastje aan en zuchtte. God, wat praktisch. Overal marineblauw en beige, eenvoudige witte muren, krakende vloerplanken die deden denken aan het dek van een schip. Het raam recht tegenover zijn bed keek uit op de haven. En daarachter de zee, de liefde van zijn leven. Alsof hij die elke ochtend als eerste moest zien.

Ze stuurde Hannah een berichtje of ze oké was en ging toen midden op bed op haar zij liggen. Met Brendans kussen tegen haar borst gedrukt, bad ze dat alles in orde mocht zijn als ze wakker werd. Dat hij dan gewoon door deze deur kwam lopen.

Maar God had het waarschijnlijk te druk met de gebeden van anderen.

Brendan negeerde het eindeloze geouwehoer van de kustwacht over de marifoon en concentreerde zich op zijn taak. De potten binnenhalen. Dit was niet hun eerste orkaan en het zou ook wel niet de laatste zijn. Weer als dit was niet abnormaal voor deze tijd van het jaar op de Beringzee en het noordelijke deel van de Stille Oceaan. Dit werk stond niet voor niets bekend als ontzettend gevaarlijk. Ze hadden gewoon geen andere keus dan de storm uitzitten, de vangst afmaken en teruggaan naar Dutch Harbor. En dus bleef hij het water voor zich afspeuren op ongewone golven en hield tegelijk de drukte op het dek in de gaten.

Zijn bemanning bewoog als een goed geoliede machine, al begonnen ze na een week zeulen met potten wel wat tekenen van vermoeidheid te vertonen. De volgende boei verscheen naast het schip en in één geoefende beweging gooide Sanders de haak uit, haalde de lijn binnen en maakte die vast aan de lier. Deke schakelde het hydraulische systeem in en de pot werd uit het water getrokken. Het gejuich van de mannen op het dek werd voor een groot deel overstemd door de storm die om de boot raasde en het geronk van de motor beneden.

De pot zat halfvol. Als ze nu hun quotum niet haalden, dan in elk geval bijna. Als het tenminste mannelijke krabben waren. Ze waren verplicht de vrouwtjes terug te gooien, want die waren nodig om de populatie op peil te houden.

Vanaf de brug wachtte hij tot Fox het aantal zou seinen.

Zeventig.

Brendan tekende het aan in zijn logboek en begon binnensmonds tellend de berekening te maken. Natuurbescherming had hun quotum voor dit seizoen vastgesteld op tachtigduizend pond krab. Ze zaten nu op negenennegentig procent daarvan en er stonden nog vijf potten uit. Maar met deze storm en de vermoeidheid die was toegeslagen, was het niet de moeite waard om door te gaan. Vooral niet als hij eerder op de veiling kon zijn dan de Russen en een hogere prijs kon krijgen.

Hij seinde naar Fox om af te ronden, de apparatuur te zekeren en met z'n allen naar binnen te gaan. Ze zouden wat vroeger dan verwacht terugkeren naar Dutch Harbor. Sterker dan normaal greep de opluchting hem bij de keel. Hij kneep een paar keer stevig in het stuurwiel terwijl hij wachtte op een geschikt moment om te draaien.

Had de storm de kust al bereikt?

Waar was ze?

Wachtte ze op hem?

Brendan moest zich schrap zetten tegen de zijwand van de brug toen de Della Ray door een drie verdiepingen hoge golf werd opgetild en daarna neergesmeten werd in een inktzwarte put kolkend zeewater. Klotestorm. Ze hadden heus weleens erger meegemaakt, maar deze keer… voelde het schip minder solide onder zijn voeten. En dat stuurwiel… trilde dat altijd zo?

Wat kon een mensenleven toch eigenlijk snel voorbij zijn.

Voor het eerst sinds hij een groentje was, had hij dit soort gedachten weer. En dat kwam omdat hij zo verdomd graag naar huis wilde.

Gisteren had een schip niet al te ver bij ze vandaan een bemanningslid verloren. Zijn voet was verstrikt geraakt in een kabel en hij werd in één keer naar de zeebodem gesleurd. Een ander schip was helemaal verdwenen, met zeven man aan boord. Een slecht seizoen. Meer verliezen dan gewoonlijk. Het had zomaar een van zijn eigen jongens kunnen zijn. Of hijzelf.

Vanuit zijn ooghoek zag hij een enorme witte schuimkop aan komen razen. Hij greep de microfoon en riep naar het dek dat ze zich schrap moesten zetten. Monstergolf. En voor het eerst baalde Brendan van de adrenalinerush die hij kreeg van gevaar. De opwinding van het gevecht tegen de natuur. Want op dat moment was dat juist hetgeen dat hem bij Piper vandaan hield.

De golf trof het schip en liet het kreunend overhellen. Oneindig lang bleef het water over de brug stromen. Van het dek was niets te zien. En terwijl de wereld om hem heen scheef hing, hoorde hij alleen nog Pipers stem die hem vroeg of hij voorzichtig wilde zijn.

De kustwacht schreeuwde iets over de marifoon, gevolgd door ruis. En hij bad.

Hij bad zo vurig als hij nooit eerder had gedaan.

*Laat me thuiskomen. Laat me haar nog een keer zien.*

Maar dat was het moment dat de Beringzee had uitgekozen om te laten zien wie er de baas was.

# Hoofdstuk achttien

Piper werd wakker van de telefoon. Slaperig keek ze om zich heen. Witte muren, een marineblauw sprei, een beige stoel in de hoek met een lamp ernaast. En geen geluiden van de storm. Was de orkaan voorbij?

Het was bijna griezelig stil, op haar telefoon na dus, maar ze negeerde het vreemde gevoel in haar maag. Een gloed aan de horizon vertelde haar dat het nog heel vroeg was. Alles was in orde nu, toch? Ze snoof nog één keer diep aan Brendans kussen en nam toen op. 'Hé Hanns. Alles oké?'

'Ja, goed. Ik ben net terug in de No Name. Waar zit je?'

Een warme gloed steeg naar Pipers wangen. 'In het huis van Brendan,' zei ze schaapachtig.

'Oh.' Een lange pauze. 'Hé Piper…'

Gealarmeerd ging ze rechtop zitten en veegde het haar uit haar gezicht. 'Wat?'

'Ik weet alleen de grote lijnen, oké? Maar ik kwam net de vrouw van een van zijn bemanningsleden tegen, Sanders geloof ik, en die zei… dat er een ongeluk is gebeurd.'

Haar longen bevroren. 'Wát?' Ze duwde hard tussen haar borsten om haar op hol geslagen hart tot bedaren te brengen. 'Wat voor ongeluk?'

'Dat zei ze niet. Maar ze was behoorlijk overstuur. Ze was op weg naar het ziekenhuis.'

'Welk ziekenh…' Piper kroop van het bed af. Naakt, want de handdoek was gedurende de nacht losgeraakt. 'Zei ze iets over Brendan?'

'Alleen dat hij in het ziekenhuis is.'

'Wat?'

'Hij is vast oké, Piper. Ik bedoel, die man is één brok graniet.'

'Ja, maar daar heb je weinig aan als je op zee zit in een fucking orkaan!' Ze gilde nu bijna en liep rondjes door de slaapkamer. Ze had geen idee wat ze nu moest doen. Waar ze moest beginnen. 'Ik ben niet zijn vriendin of zo. Zou ik zomaar naar het ziekenhuis kunnen gaan?'

'Pipes, ik wil nog weleens zien wie jou tegenhoudt.'

Ze knikte. Haar zusje had gelijk, zoals altijd. Ze kon moeilijk hier blijven en op nieuws wachten. Dan werd ze gillend gek. 'Weet je ook welk ziekenhuis?'

'Grays Harbor Community. Ik heb het al opgezocht, het is een halfuur rijden. Ze zijn eerst naar een ziekenhuis in Alaska gebracht en daarna hierheen gevlogen.'

Piper rukte een la van Brendans kledingkast open, greep het eerste shirt dat ze zag en rende naar de badkamer. 'Met een helikopter? Oh mijn god, dit is foute boel.' In de spiegel boven de wastafel zag ze hoe wild haar ogen stonden. 'Ik ga nu. Ik bel je later wel weer.'

'Wacht! Hoe kom je daar?'

'Ik leen de pick-up van Brendan. Er ligt hier vast wel een reservesleutel of zo. Zo'n type is het wel.' Haar handen trilden bijna te hard om de telefoon vast te houden. 'Ik bel je nog. Kus.'

In een paar tellen had ze Brendans shirt en haar inmiddels

droge yogabroek aangetrokken. Ze vond een nieuwe tandenborstel in het badkamerkastje, poetste in recordtijd haar tanden en rende de trap af terwijl ze met haar vingers haar haar kamde. Nadat ze haar voeten in haar nog natte sneakers had gestoken, begon ze de zoektocht naar de reservesleutel van de pick-up. Hij lag niet in een keukenla en hing ook niet ergens aan een haakje. Waar zou Brendan hem gelaten hebben?

In haar hoofd zag ze hem zwaargewond en buiten bewustzijn in het ziekenhuis liggen en wanhopig probeerde ze aan iets anders te denken. Ze liep naar de keuken, klom op het aanrecht en voelde boven op de kastjes. Jackpot.

Een paar tellen laten zat ze op de bestuurdersstoel van de reusachtige pick-uptruck. En verdomme, zelfs hier rook ze hem. Ze rook hem zo sterk dat ze moeite had om de naam van het ziekenhuis in haar navigatie-app in te voeren. Ze werd gek van de autocorrect, die maar letters blééf omwisselen. 'Kom op,' vloekte ze. 'Niet vandaag, Satan.'

Eindelijk kon ze. Plankgas scheurde ze door de stille, met afgerukte takken bezaaide straten van Westport, een snelweg op die ze niet kende. De weg was uitgestorven en daar baalde ze van. De storm van gisteren leek daardoor nog veel erger. En dus nog veel gevaarlijker.

*Niet Brendan. Please.*

Natuurlijk was ze niets serieus met hem van plan, maar hij moest echt, écht blijven leven. Want als iemand die zo sterk en standvastig en koppig was zomaar dood kon gaan, dan hadden gewone mensen al helemaal geen schijn van kans.

Met haar schouder probeerde ze de tranen van haar wangen te vegen.

Niets serieus met hem van plan.

Tuurlijk joh.

In vijfentwintig minuten was ze bij het ziekenhuis, waar het net zo stil was als op de weg. Er stonden hooguit een paar auto's op de parkeerplaats en de medewerker achter de balie sliep nog half. 'Sanders? Taggart?' blafte ze.

Zonder van haar scherm op te kijken riep de vrouw iets over de vierde verdieping en gebaarde met haar hoofd waar de lift was. Toen Piper in de lift stond en op het knopje wilde drukken, kreeg ze een schok.

Want de vierde verdieping was de intensive care.

*Nee. Nee. Nee.*

Ze drukte toch maar en liet zich met gesloten ogen en geconcentreerd in- en uitademend naar boven brengen. Ze wurmde zich door de liftdeur zodra die openging. Ook hier was het uitgestorven. Waar waren de artsen en verpleegkundigen die koortsachtig Brendans leven probeerden te redden? Haar natte sneakers maakten zuiggeluiden op de linoleum vloer terwijl ze in de schemerige gang de informatiebalie zocht. Er zat niemand. Moest ze wachten of kon ze gewoon de kamers afzoeken?

En verpleegkundige met een klembord in haar hand kwam een kamer uit en ging een andere binnen.

Ging ze naar Brendan? Was er iets niet oké?

Met het hart in de keel sloop ze naar de kamer waar de verpleegkundige in was verdwenen.

'Piper?'

Ze draaide zich om haar as zodra ze Brendans diepe stem hoorde. En daar stond hij, met zijn vertrouwde muts op, de mouwen van zijn sweatshirt opgestroopt. Boven zijn hoofd flikkerde een tl-balk en even vroeg ze zich af of dat betekende dat ze een geest zag. Maar nee, ze rook zijn geur, zag de diepe frons op zijn voorhoofd, hoorde zijn bariton. Hij was echt. En hij leefde. Goddank, hij leefde. Was het haar ooit opgevallen hoe mooi groen zijn ogen waren? Oké, er zaten nu donkere kringen omheen, maar wat waren ze mooi. 'Ah, fijn,' zei ze schor. Ze kon niet meer scherp zien. 'J... je bent oké.' Ze probeerde subtiel de tranen uit haar ogen te vegen. 'Ze zeiden dat er een ongeluk was gebeurd, dus ik... ik dacht, ik kom even kijken. We zijn tenslotte bijna buren.'

'Buren.'

Zijn rasperige stem gaf haar de rillingen. 'Ja toch? Ik heb zelfs je auto voor je meegenomen.'

Brendan kwam een stap dichterbij en keek meteen een stuk opgewekter. 'Ben je bij me thuis geweest?'

Ze knikte, deed een stap achteruit en viel bijna over een medicijnwagentje.

Zijn borst ging diep op en neer en hij kwam weer dichterbij. 'Zeg lekkertje, is dat mijn shirt?'

*Lekkertje.* Moest hij haar nou echt zo noemen? 'Nee hoor, ik heb er toevallig ook zo een.'

'Piper.'

'Hmm?'

'Kom alsjeblieft naar me toe.'

Brendans hart ging tekeer. De pezen in zijn handen trilden van de inspanning om haar niet vast te grijpen. Ze was naar het ziekenhuis gekomen. Met zijn kleren aan. Had ze zelf wel in de gaten dat de tranen over haar wangen biggelden en dat ze stond te rillen over haar hele lijf? Waarschijnlijk niet. Waarschijnlijk dacht ze dat ze cool overkwam, zoals ze flirterig haar schouders ophaalde en probeerde te knipogen. En het gaf hem een warm gevoel in zijn borst.

Dit meisje. Hij wilde haar voor altijd bij zich hebben. Honderd procent zeker.

Gisteravond had het één ogenblik serieus geleken dat hij er was geweest. En op dat moment had hij alleen maar aan háár gedacht, een reeks van beelden, en hij vervloekte hoe oneerlijk het was dat hij haar had leren kennen, maar niet genoeg tijd had gekregen om bij haar te zijn.

Zijn onderbuikgevoel zei hem dat ze aan het begin stonden van iets echts en voor zover hij wist zat zijn onderbuikgevoel er zelden naast. Eerlijk gezegd wist hij al dat Piper belangrijk was op het moment dat hij haar met die slappe hoed bij de No Name uit de taxi zag stappen.

'Piper.'

'Hmm?'

'Kom alsjeblieft naar me toe.'

Ze schudde haar hoofd, gaf de poging op om dapper te glimlachen. 'Waarom? Zodat ik weer aan de oplader kan? Je hebt de gevaarlijkste baan van het land, Brendan.' Haar onderlip trilde. 'Rot op met je knuffels.'

Hij trok een wenkbrauw op. 'Oplader?'

'Zo noem ik het als...' Ze deed weer een stap achteruit, gooide haar haar achterover en snikte. 'Laat maar.'

'Als ik je een knuffel geef?' *Fuck.* Zijn hart bromde als een scheepsmotor. 'Als we elkaar knuffelen, laad jij jezelf op?'

'Leg me geen woorden in de mond.'

Er vormde zich iets in zijn keel, een brok zo groot dat hij hem nooit zou kunnen doorslikken. Niet zolang zij daar stond, een en al schoonheid en power en kwetsbaarheid en verwarring en ingewikkeldheid. 'Ik had moeten bellen, ik weet het. Maar ik had mijn telefoon aan boord laten liggen in alle hectiek met die helikopter. Ik kon eerst geen andere telefoon vinden en daarna was ik bang dat ik je wakker zou bellen.' Hij haalde adem. 'Je gaat toch niet boos blijven als ik je kus, liefste? Ik heb twee weken aan niks anders gedacht.'

'Hmm, oké,' fluisterde ze en liep naar hem toe. Op het laatst sprong ze bijna in zijn armen. Met een grom pakte hij haar vast, zo stevig als hij kon. Toen ze harder begon te beven, tilde hij haar op.

'Je hoeft niet zo te bibberen, lekkertje.' Hij drukte duizend kussen op haar haar, dat verdacht veel naar zijn eigen shampoo rook. 'Ik ben oké. Ik ben hier.'

Ze verborg haar gezicht in zijn hals. 'Wat is er gebeurd?'

'Sanders heeft een hersenschudding. Een flinke. Een golf maaide de poten onder zijn lijf vandaan en hij werd tegen een stalen krabbenval gesmeten. We hebben hem natuurlijk zo snel mogelijk naar het ziekenhuis in Dutch Harbor gebracht.' Hij wreef in kringetjes over haar rug. 'Ik heb Fox de vangst naar de veiling laten brengen en ben zelf vanochtend met Sanders teruggevlogen.'

'Komt het goed met hem?'

'Ja. Absoluut.'

Ze knikte en sloeg haar armen steviger om zijn nek. 'En het hydraulische systeem heeft de hele tijd goed gewerkt? Geen problemen met de oliedruk?'

Hij sloeg zijn hoofd achterover van het lachen en keek haar toen meteen weer recht in de ogen. 'Ik hoor het al, er heeft iemand zitten googelen.'

'Misschien,' zei ze en snuffelde weer in zijn hals. 'Weet je zeker dat je me wil zoenen, met mijn dikke rode ogen?'

Voorzichtig trok hij haar aan haar haren dichterbij. Met zijn neus tegen de hare zei hij: 'Júíst met je dikke rode ogen.'

Meteen toen hun monden elkaar raakten, wist Brendan dat hij een fout had gemaakt. Hij had moeten wachten met zoenen tot ze bij hem thuis waren, in bed. Want de onzekerheid van de afgelopen dagen kwam nu met volle kracht terug. En hij voelde dat Piper er ook zo over dacht.

Ze slaakte een kreuntje en opende haar prachtige mond. Bijna onmiddellijk begon ze in korte stoten te ademen, net als hij. Nauwelijks had hij zijn tong tussen haar lippen laten glijden of ze greep zijn schouders vast, trok zich hoog op tegen zijn borstkas en legde haar benen om zijn middel. En jezus, hij wás al half-stijf, maar nu drukte zijn gezwollen lul harder dan ooit tegen zijn gulp onder de wrijving van haar warme vrouwelijkheid.

Hij vloekte en baalde dat ze hier in de gang van een ziekenhuis stonden, een halfuur van huis.

Wat niet wegnam dat hij haar net zo ruw en hongerig zoende als hij elke avond had gedroomd. Met zijn hand in haar haren leidde hij haar naar links, naar rechts. Zijn wijd open mond ging met schuine halen over haar lippen en hij vrat haar zachte kreuntjes alsof het zijn laatste maaltijd was. God, wat smaakte ze goed. Het voelde beter dan de haven na een storm.

Thuis. Hij had het gehaald.

'Piper,' gromde hij. Hij deed een paar stappen en drukte haar tegen de dichtstbijzijnde muur. Zijn mond gleed langs haar sappige hals omlaag, zijn linkerhand ging omhoog naar haar tieten. 'Ik kan je hier niet neuken. En toch moet dat als we zo door blijven gaan.'

Omfloerste blauwe ogen keken hem aan, de mond glom van het vocht. 'Ik wil je,' zei ze hees en trok aan de boord van zijn sweatshirt. 'Alsjeblieft, Brendan. Nu. Niet straks.'

Op dat moment leerde hij iets nieuws over zichzelf. Als deze vrouw 'alsjeblieft' zei, zou hij alles voor haar doen.

*Bouw alsjeblieft een paleis voor me.*

*Oké, hoeveel verdiepingen?*

Nog voordat ze de vraag had uitgesproken, droeg Brendan haar al naar het donkere uiteinde van de gang. Goddank was deze verdieping verlaten, want hij liet zich nu door niets of niemand meer tegenhouden. Zeker niet toen ze haar tanden in zijn nek zette en zich met haar dijen aan zijn heupen vastzoog. Hij stopte bij de deur die het verst verwijderd leek van Sanders' kamer, keek door het raampje of er niemand was en bleef haar zoenen terwijl hij naar binnen ging. Ze bewoog haar onderlichaam op en neer langs zijn erectie, jankte in zijn mond en rukte aan zijn kleren en hij was zo opgewonden dat het hem geen reet meer interesseerde waar ze waren. Toch wilde hij niet dat iemand binnen zou lopen en Piper in een privémoment betrapte (hij alleen mocht dat zien) dus probeerde hij zich lang genoeg te concentreren om iets te verzinnen.

Hij zette Piper op de grond en rukte zich met al zijn wilskracht los van haar mond. 'Blijf zo staan,' zei hij, terwijl hij haar tegen de muur liet steunen. Steunen ja, want haar benen leken het niet meer te doen. Hij was er al een tijdje uit, maar zo te merken kon hij Piper nog laten sidderen van geilheid. Heel goed.

Vol verlangen om zo snel mogelijk zijn handen weer op haar te leggen, liep hij naar de deur en schoof een stoel onder de klink. Hij deed het gordijntje dicht, voor het geval iemand langs zou lopen en ging meteen terug naar Piper. Toen hij voor haar stond, zijn handen om haar gezicht, trof hem het koortsachtige verlangen in haar ogen. Verlangen naar hém. Nog geen twaalf uur geleden was hij er zeker van geweest dat hij er geweest was en moest je nu eens kijken.

Haar handen verdwenen onder zijn sweatshirt, de nagels gingen door zijn borsthaar. 'Doe je je shirt uit, alsjeblieft?' fluisterde ze terwijl ze zijn buikspieren streelde. 'Voor mij? Je hebt zo'n mooi lichaam.'

'Dat is míjn tekst,' zei hij onvast. Het verzoek bracht hem van zijn stuk. Natuurlijk, hij zorgde voor zichzelf en door het harde werken was hij sterk en gespierd, maar hij was absoluut niet perfect. Zeker niet zo perfect als zij. Maar hij wist inmiddels dat hij niet kon weigeren als ze 'alsjeblieft' zei, dus trok hij zijn sweatshirt in één snelle beweging uit en begon haar meteen weer te zoenen.

Lippen zochten en vonden en al snel waren ze weer op het punt waar er geen weg terug meer was. Samen prutsten ze even met haar yogabroek, maar eindelijk lukte het om hem omlaag te schuiven. Ze schopte hem weg en klom meteen weer in hem. Haar lenige dijen klemden om zijn middel en hij stootte met zijn heupen om zijn lul tegen haar zachtheid te drukken en haar in dezelfde beweging tegen de muur te duwen.

'Apart, ik heb geen slipje uit hoeven doen,' zei hij tussen twee kussen door. Haar fantastische kont had hij toen al gevonden en hij was alweer gretig aan het kneden. Dat lichaamsdeel maakte hem gek. 'Ben je met je blote kut hierheen komen rijden, Piper? In mijn pick-up?'

Ze beet in zijn onderlip en trok eraan. 'Zo heb ik ook geslapen. In jouw bed.'

'Jezus Christus.' In zijn borst begon iets te rommelen en het hield pas op toen hij haar (zijn) shirt uitgetrokken had en op de grond had gegooid. Volledig naakt kronkelde ze zich om hem heen, met rommelig ochtendhaar en dikke ogen van het huilen. Om hem. Als zijn pik niet zo pijnlijk bonsde, was hij nu misschien wel op de knieën gegaan om haar te aanbidden. Al die ogenblikken op zee dat hij wanhopig smeekte of hij haar nog één keer mocht zien, had hij volkomen gelijk gehad. Hooguit had hij misschien nog iets harder moeten smeken, want ze was een verlokkende zeemeermin, een genadige engel en een hitsige vrouw tegelijk. Een droom van een vrouw.

En die vrouw probeerde nu zijn gulp open te krijgen.

Brendan hielp haar, maakte het bovenste knoopje los en deed de rits omlaag. Hij kromp ineen van de druk in zijn lul toen die zich bevrijd ophief. Als vanzelf kwam hij op het plekje tussen haar benen terecht en jammerend drukte ze haar hielen tegen zijn kont om hun lichamen nog dichter bij elkaar te krijgen. Zijn pik gleed door haar glibberige schaamstreek. Eén stoot maar en hij zou binnen zijn.

En toen schoten de haren in zijn nek overeind van schrik.

'Shit, Piper.' Zijn leven flitste voor zijn ogen voorbij. 'Ik heb geen condooms.'

Ze was hijgend zijn nek aan het kussen, maar stopte nu. 'Je maakt een grapje. Echt, je maakt een grapje.'

'Nee, serieus. Ik heb ze niet bij me.' Gefrustreerd legde ze haar hoofd in haar nek en hij kon het toch niet laten om haar hals te likken en zijn tanden zacht in een oorlelletje te zetten. 'Ik wist niet dat ik je zou tegenkomen…'

Hun hoofden draaiden zich tegelijkertijd naar elkaar toe en ze waren alweer verwikkeld in een diepe, diepe kus. Automatisch stootte hij met zijn heupen alsof hij al aan het neuken was.

Zijn schacht gleed over de gladde lippen van haar vrouwelijkheid zonder echt naar binnen te gaan.

'Brendan,' hijgde ze.

'Ja, lekkertje.'

'Vlak voor ik hierheen ging heb ik me nog laten testen.' Ze hijgden in elkaars mond. 'Ik ben helemaal gezond en ik gebruik de prikpil. En ik wil je zo graag, zo graag.'

Grommend verborg hij zijn gezicht in haar hals. Zijn hand ging omlaag en pakte zijn erectie beet. 'Ik ben ook helemaal gezond. Jezus, Piper, wil je het zonder?'

'Ja. Ja.'

Ze huilde bijna bij de tweede 'ja' en zijn ballen trokken zo pijnlijk samen dat hij zijn tanden op elkaar klemde en alles op alles moest zetten om niet ter plekke te komen. Maar toen hij de eerste paar centimeter in haar vochtige warmte had gestoten, werd duidelijk dat dat nog een behoorlijke uitdaging zou worden. 'Mijn god, lekkertje. Mijn god.' Hij ging dieper en ze snakte naar adem. 'Je bent zo strak.'

Ze trilde als een blad toen hij helemaal in haar was en hij probeerde uit alle macht om zich niet te bewegen. Want hij wilde zijn geilheid in het gareel brengen, een klein beetje controle terugpakken, anders zou de rest in een vlaag van waanzin voorbij gaan. Hij had echt even een minuut nodig om zich te concentreren. Eén minuut maar.

'Ruig,' snikte ze. Haar rug kromde zich tegen de muur. 'Doe het ruig.'

En daar ging zijn minuut.

De eerste stoot sloeg haar tegen de muur. Ze hapte naar adem, haar prachtige blauwe ogen stonden glazig. Hij legde een hand op haar mond en pompte opnieuw, harder, terwijl hun ogen zich in elkaar boorden boven de kromming van zijn hand. Er bewoog iets precies in het midden van zijn borstkas en het was waarschijnlijk aan zijn gezicht af te zien, want er laaide iets op in haar ogen. Een kleine rimpeling van paniek in het stuwmeer van haar lust.

Ze duwde zijn hand langzaam weg en haar uitdrukking veranderde. Haar ogen gingen half dicht en door haar wimpers keek ze naar hem op, beet op haar lip. 'Hoe is dit?' Ritmisch kneep haar schede in zijn geslacht, er kwamen geluidjes uit haar keel, hij stierf bijna. 'Doe ik mijn benen wijd genoeg uit elkaar voor je, kapitein?'

Zijn benen begaven het bijna, maar hij hield vol. Ze had in zijn bed geslapen en was huilend van bezorgdheid om hem naar het ziekenhuis gekomen, maar nu leek ze het toch weer louter om de seks te willen laten draaien. En hij snakte nu zo naar ontlading dat hij daar bijna in meeging. Maar hij zou dit gevecht net zo vaak aangaan als nodig was. Net zo lang tot ze besefte dat er meer was. Veel meer.

Brendan zoog zijn mond vast op haar oor en begon hard te neuken. En hoe heviger de stoot, hoe steviger haar benen zich om zijn heupen klemden. 'Serieus, Piper, buren? Voelt het alsof we buren zijn met mijn pik in je?'

Ze jammerde zijn naam en god, wat wond hem dat op.

'Ik zat midden in een fucking orkaan en ik dacht aan jou. Ik dacht aan jou in mijn tuin. Op mijn steiger, in mijn haven, bij zonsondergang, te wachten op mij. Op het uiterste puntje van de steiger, zodat ik je al kan aanraken voordat ik aan land ga.' Hij zette zijn lippen op haar halsslagader, ging erlangs met zijn tanden, terwijl hij vanuit zijn lendenen hard bleef stoten. 'Ik dacht aan je mond en je ogen en je benen en je kutje. De hele tijd.

Stop toch eens met dat neppe gedoe en zeg me dat je me gemist hebt.'

Ze ademde diep in en kromde haar vingers om zijn schouders. 'Ik heb je gemist.'

Een warme gloed verspreidde zich door zijn borst, zelfs al werd zijn begeerte, zijn aandrift, sterker en heter. 'Je kan me zo geil maken als je wilt, maar ik ga geen spelletjes spelen met wat dit is. Begrijp je me, Piper?'

Hun ogen vonden elkaar, meteen daarna hun monden. Ze wisten allebei dat de strijd nog niet gestreden was, maar de begeerte overschaduwde op dit moment alles. Hij greep haar billen en tilde haar hoger tegen de muur, trok haar knieën op en ondersteunde ze met zijn heupen. Hij richtte, zocht de juiste hoek om de plek diep in haar te raken en ging toen hard naar binnen. Haar jammerende keelgeluidjes spoorden hem aan om door te gaan. Door te gaan op die plek, op die manier. Heet zaad in hem popelde om los te komen, maar hij zette er mentaal een slot op en had alleen aandacht voor hoe haar gezicht veranderde bij elke toename van het tempo. Van genietend naar verbaasd naar wanhopig.

'Oh mijn god, Brendan, ga d... door.' Haar ogen draaiden weg, haar nagels zetten zich in de huid van zijn schouders. 'Harder. Harder. Je gaat... Je laat me...'

'Altijd, Piper.' Op zee had hij Piper al duizend keer een orgasme zien krijgen terwijl hij haar klit likte op de keukentafel, maar nu het rond zijn pik dreigde te gebeuren, ging er een oerknop in hem om en verloor hij zichzelf, drukte zijn voorhoofd tegen dat van haar en boorde zich in haar heerlijk nauwe kanaal, dat al begon te stuiptrekken. 'Kom, lekkertje. Laat je gaan. Laat me zien wat ik doe met dat veeleisende poesje.'

Met haar mond vormde ze een O en ze verstrakte, mepte op zijn schouders… en zeeg toen ineen. Haar vlees golfde om hem heen en ze kronkelde tussen hem en de muur. Vocht tegen het genot en eiste het tegelijkertijd op, ogen wijd open zonder iets te zien. 'Brendan. Jezus Christus. Godver, Brendan.'

Het horen van zijn naam uit haar mond duwde nu ook hem over het kantelpunt. Het mentale slot ging er eindelijk af. Zijn ruggengraat kronkelde toen vloeibare lust lager, harder, dringender over hem kwam dan elk gevoel dat hij ooit had gehad. Pipers benen werden slap toen hij kwam, maar ze hield zich stevig aan hem vast, terwijl hij haar snikkend en schokkend nog steeds bleef optillen, voeten van de vloer, totdat het laatste beetje van die ongelofelijke druk hem verlaten had. Toen zakte hij tegen haar aan in elkaar.

'Holy…' hijgde ze in zijn nek. 'Holy shit.'

Zijn hart bonsde in zijn halsslagader. 'Zeg dat wel.'

Ze lachte verdwaasd.

Hij kuste haar op haar slaap, zocht toen haar ogen. 'Je hoeft bij mij niet gespannen te zijn, Piper.'

'Volgens mij ga ik nooit meer gespannen zijn,' fluisterde ze met haar ogen al halfdicht.

Met een van trots gezwollen borst kuste Brendan haar voorhoofd, wangen en mond, ging op zijn hurken zitten, kuste haar buik, pakte het shirt van de grond en stond op. Hij hielp haar het shirt aan te trekken en hees zichzelf weer in zijn broek. Terwijl Piper nog steeds in een roes tegen de muur leunde, wat hij helemaal niet erg vond, vond hij een doos tissues, pakte er een paar uit en veegde de binnenkant van haar dijen schoon.

Daardoor kwam ze eindelijk een beetje bij zinnen. 'Laat mij maar,' zei ze en reikte naar de doos tissues.

Hij greep haar pols beet. 'Ik vind het niet erg.'

'Brendan...' Ze slikte hoorbaar. 'Ik heb je wel gemist, maar...'

Daar zou je het hebben. 'Ja?'

'Nou...' Ze bukte, pakte haar broek en trok hem met trillende handen over haar benen. 'Ik... ik ben bang dat ik je aan het lijntje hou...'

'Jezus.' Hij lachte vreugdeloos, trok zijn sweatshirt over zijn hoofd en probeerde de steek in zijn borst te negeren. 'Ik weet niet wat voor sukkels je allemaal gehad hebt, Piper, maar ik ben niet zo. Ik ben een volwassen man en ik weet hoe we ervoor staan. Ik weet dat ik mijn best voor je moet doen en daar ben ik niet bang voor.'

Even kwam er een dromerige blik in haar ogen, maar toen was ze weer bij de les. 'Je best doen? Voor mij? Maar er is niks om je best voor te doen!'

'Wat de fuck bedoel je daarmee?' beet hij haar toe.

'Daar bedoel ik mee...' Ze wrong haar handen in elkaar. 'Dat ik... niet je vriendin kan zijn.'

Brendan zuchtte. Was hij geïrriteerd? Ja. Zou hij weg willen dan? Voor geen goud. En dat was fucking verwarrend. Maar kennelijk was dit nu zijn leven. In verwarring gebracht worden, betoverd zijn en verscheurd worden door deze vrouw. 'Hoe wil je dit dan noemen, Piper? Zeg eens wat.'

'Friends with benefits?'

'Nee.'

'Waarom niet?'

Hij legde ruw een hand op het lycra van haar yogabroek en streelde haar kutje met zijn middelvinger. 'Omdat dit is veel meer is dan een *benefit*.'

Piper bewoog ongemakkelijk.

Hij haalde snel zijn hand weg en drukte haar tegen zijn borst. 'Wat dacht je van "meer dan vrienden?"'

'Dat is te breed. Dat kan van alles betekenen.' Afwezig tekende ze rondjes op zijn borst, terwijl hij haar wimpers telde. 'Een getrouwd stel is ook meer dan vrienden.'

Het woord 'getrouwd' klonk prachtig uit haar mond, maar het was iets te vroeg om uit te zoeken waarom hij dat vond. 'En toch hou ik het op "meer dan vrienden,"' mompelde hij en kuste haar voordat ze kon protesteren.

Ze beantwoordde zijn kus niet meteen, maar toch waren ze na een paar tellen alweer ademloos aan het zoenen. Hij drukte haar weer tegen de muur en Piper legde een hand op zijn gulp, waarachter zijn pik alweer aan het groeien was, in de aanslag, hunkerend naar meer…

'Wil de heer Brendan Taggart zich melden bij de informatiebalie op de vierde verdieping,' klonk een vermoeide stem door een luidspreker. Stokstijf en met hun lippen nog op elkaar, luisterden ze hoe de boodschap herhaald werd.

'Fuck,' vloekte hij uit de grond van zijn hart en hoopte dat zijn stijve snel zou verdwijnen. Maar toen dat niet gebeurde, verschoof hij zijn broek zó dat hij in elk geval minder opviel, nam Piper bij de hand en trok haar mee naar de deur. 'Ik wil dat je meegaat.'

'Oh.' Vertederend onhandig probeerde ze haar haar in orde te brengen. 'Oké dan.'

Brendan schoof de stoel onder de deurklink vandaan en samen stapten ze de matig verlichte gang in. Hij keek naar haar en vermoedde dat ze liep te piekeren over wat ze moest maken van dat 'meer dan vrienden'. Het gesprek, de strijd, was zeker nog niet voorbij, maar hij had het gevoel dat hij in elk geval één slag gewonnen had. Anders zouden ze nu niet zo natuurlijk hand in hand lopen. *Je komt niet van me af, Piper.*

'Brendan?'

Er ging een lichte schok door hem heen toen hij de stem van zijn schoonvader hoorde. Hij maakte zijn aandacht los van Piper en zag Mick bij de informatiebalie staan. 'Dag Mick.'

Zijn schoonvader zei niets, maar keek duidelijk onthutst van Brendan naar Piper en terug. Naar hun verstrengelde handen. Naar Pipers warrige haar. En heel even voelde Brendan zich schuldig. Een beetje. Want misschien had hij naar Mick moeten gaan, hem vertellen over zijn gevoelens voor Piper. Het was echt niet zijn bedoeling geweest om iets achter te houden. Mick had hem nooit met iemand anders gezien dan met zijn dochter, dus dit was vast pijnlijk voor hem.

Brendan was zo in gedachten verzonken dat hij niet meteen merkte dat Piper haar hand wegtrok.

Hij probeerde hem terug te pakken, maar was te laat.

'Hé Mick,' zei ze zachtjes, terwijl ze haar lippen nat maakte.

Mick reageerde niet. Sterker nog, hij deed of Piper lucht was en Brendan voelde een vlaag van boosheid. Toch was dit zijn eigen schuld. Hij had een belangrijke stap overgeslagen en hier stonden ze dan, in een ongemakkelijke situatie die makkelijk voorkomen had kunnen worden. En voor Piper was dit verdomme natuurlijk weer een extra reden om afstandelijk te blijven.

'Ah, mooi,' glimlachte de verpleegkundige terwijl ze weer achter de balie ging zitten. 'U hebt elkaar al gevonden.'

'Ik kwam even naar Sanders kijken,' mompelde Mick terwijl hij met zijn duim in een willekeurige richting wees.

'Oh, uh... Ik moet...' begon Piper. 'Ik, uh... jij kan wel met Mick mee terugrijden, toch?' Ze keek hem niet aan en was zelfs al op weg naar de lift. 'Ik moet er echt vandoor. Hannah vraagt zich vast af waar ik blijf.'

Brendan volgde haar en pakte haar onderarm nog voordat ze op het knopje kon drukken. 'Blijf. We rijden samen terug.'

'Hou op.' Ze sloeg hem speels op de borst. Was alweer aan het flirten. 'Jij moet hier blijven tot je zeker weet dat Sanders oké is. Ik spreek je later wel.'

'Piper.'

'Brendan.' Ze imiteerde zijn serieuze gezicht en drukte vertwijfeld op het liftknopje. 'Het is oké, ja?' Toen hij haar arm nog steeds niet losliet, liet ze haar stoere houding los en kwam er iets smekends in haar ogen. 'Alsjeblieft?'

Hij knikte stijfjes en zag de liftdeur achter haar dichtgaan. Hij miste haar hand in de zijne nu al. Het liefst wilde hij achter haar aan gaan, al was het maar voor een afscheidskus. Maar hij voelde dat ze ruimte nodig had. Hij hoopte alleen maar dat alle vorderingen van vandaag richting 'meer dan vrienden' nu niet in één klap waren verdwenen.

Plichtsgevoel en respect trokken aan hem, dus hij deed een stille belofte om het later goed te maken met Piper, draaide zich om en liep naar zijn schoonvader.

Mick stak een hand naar hem op. 'Je hoeft niks uit te leggen, Brendan. Je bent een jonge knul en je wilt ook weleens wat.' Hij wreef over zijn hoofd. 'En om zo'n meid kun je moeilijk heen.'

'Nee. Onmogelijk.' In één dag, nee, minder zelfs, was ze compleet onontkoombaar geworden. Onwillekeurig keek Brendan over zijn schouder, naar de lift. Toen hij zich weer omdraaide, zag hij dat Mick zijn ringvinger had opgemerkt. Of liever gezegd het ontbreken van de ring. Zijn gezicht vertoonde harde trekken en zijn ogen fonkelden.

Brendan voelde zich een verrader. Natuurlijk was het geen verraad dat hij Piper wilde. Totaal niet. Maar deze man had hem onder zijn hoede genomen, had hem de leiding over zijn schip toevertrouwd, was een verdomd goede vriend en vaderfiguur geweest... Dus dan was dit vast heel teleurstellend voor hem. Klotezooi. Hij zou het liefst uitleggen dat hij het bloedserieus meende met Piper, dat het niets te maken had met 'ook weleens wat willen'. Maar hij had Mick voor vandaag al genoeg laten schrikken. Waarschijnlijk voelde het voor hem toch al alsof er wéér een stukje van zijn dochter weg was nu Brendan zijn trouwring niet meer om had.

En dus sloeg hij Mick joviaal op de schouder. 'Laten we maar eens naar Sanders gaan kijken.'

Mick leek opgelucht dat Brendan van onderwerp veranderde. Hij knikte en samen liepen ze naar de vleugel waar Sanders lag te herstellen van zijn verwondingen.

## Hoofdstuk negentien

Piper sleepte zich de trap op en deed de deur van het slot. Onderweg naar huis was haar maag een beetje gaan knorren en ze was gestopt voor koffie en ontbijt, dus inmiddels liep het al tegen de middag. Ze had Hannah alleen even laten weten dat Brendan en de bemanning in orde waren en had daarna al haar berichtjes genegeerd over hoe het was gegaan in het ziekenhuis. Want ja… hoe was het eigenlijk gegaan in het ziekenhuis? Ze wist het nog steeds niet precies.

Met de kaneel dolce latte die ze voor Hannah had mee genomen, ging ze hun appartement binnen. Ze ging er min of meer van uit dat haar zus wel in de platenzaak zou zijn, maar nee, Hannah lag op het bovenste bed haar zonden te overdenken, uiteraard met haar koptelefoon op.

Piper klopte op een metalen poot van het stapelbed en met een gil kwam Hannah overeind en rukte de koptelefoon af. Haar geschrokken uitdrukking verdween op slag toen ze de koffie in het oog kreeg. 'Oeh, voor mij?'

Piper gaf haar de beker. 'Eh-huh.'

Hannah nam meteen een klein slokje en trok een wenkbrauw op. 'Je ziet er… anders uit dan anders.'

'Ik ben gister met natte haren in slaap gevallen,' mompelde

Piper gedachteloos, nadat ze uitgebreid op het onderste bed was gaan zitten. Ze staarde naar de verste muur (die in feite best dichtbij was) en overdacht de gebeurtenissen van de laatste paar uur.

Haar zus liet zich van het bed zakken. 'Piper.' Ze ging naast haar zitten en porde haar met een elleboog in de ribben. 'Wat ben je stil. Zeg eens wat.'

Piper drukte haar lippen stevig op elkaar.

'Kom op nou.'

Stilte.

'Begin dan met iets kleins. Iets onschuldigs. Hoe ging het rijden?'

'Weet ik niet meer.' Ze zou er vast spijt van krijgen, maar Piper kon het nieuwtje niet langer voor zich houden en greep Hannah bij haar knie. 'Hannah, hij… hij heeft me een vaginaal orgasme gegeven.'

Haar zus liet bijna haar koffie vallen. 'Wat? Als in… je kwam klaar van alleen maar penetratie?'

'Ja,' fluisterde Piper en wuifde zichzelf koelte toe. 'Ik had eerst zoiets van… zou het? En toen… welnee. En toen: ja! Ja! Tegen een muur. Een fucking muur, Hanns.' Ze sloot haar ogen en voegde eraan toe: 'Het was de beste seks van mijn hele leven. En hij hoefde niet eens veel moeite te doen.'

'Oh, Piper.' Hannah schudde haar hoofd. 'Jij bent zwaar de sjaak.'

'Nee.' Piper trok haar schouders naar achteren. 'Nee, ik ben zonder al te veel kleerscheuren ontsnapt. Ik heb toegegeven dat we meer dan vrienden zijn, dat kon even niet anders, maar we hebben het geknuffel minimaal gehouden en er is verder niks afgesproken. Ik ga hem gewoon een tijdje uit de weg, dan komt het goed.'

Hannah sprong op en keek Piper dringend aan. 'Waar ben je bang voor?'

Piper snoof. 'Nergens voor.'

En dat was ook zo. Toch? Dat zware gevoel in haar buik was volkomen normaal. Brendan zou op een gegeven moment wel gaan inzien dat er duizenden meisjes waren als Piper Bellinger. En dat zij zeker níét het soort meisje was voor wie een man zeven jaar lang zijn ring om hield. Sowieso.

Ze was gewoon een exotische verschijning in dit kleine stadje waar nooit iets gebeurde en uiteindelijk zou hij dat wel beseffen.

Of… niet.

En dat was toch wel eng.

Wat als hij oprecht iets voor haar voelde? In elk geval kon ze haar eigen gevoel niet veel langer negeren. Het werd met de dag erger. Ze was als een bezetene naar dat ziekenhuis gescheurd, al half in de rouw. Misselijk van bezorgdheid. Hoe blij was ze niet geweest toen hij daar stond, gezond en wel? God, ze werd alweer moe als ze dacht aan de sprongen die haar hart toen had gemaakt.

En als die gevoelens zich nog verder zouden verdiepen, bij hen allebei, wat dan?

Zou ze dan in Westport blijven?

'Ha!'

Hannah nam het deksel van haar beker en nam een grote slok koffie. Slikte. 'Je beseft dat je een gesprek in je eigen hoofd aan het voeren bent en dat ik er geen zak van hoor?'

'Ik blijf hier niet,' hijgde Piper met bonkend hart. 'Hij kan me niet dwingen.' Ze rukte haar telefoon uit haar zak, opende Instagram en scrolde driftig door haar kleurrijke feeds. Maar al die foto's en de zorgeloze levensstijl waar ze voor stonden, kwamen haar nu vreemd voor. Onbelangrijk. En dat was doodeng. Was ze echt een nieuwe weg ingeslagen? Een weg die ze niet meer op social media documenteerde in een zucht naar bewondering, hoe nep die misschien ook was? Het dagelijks leven in Westport gaf haar voldoening op een manier die ze nooit had verwacht, maar ze bleef een buitenstaander. In LA paste ze er naadloos tussen, op het oog tenminste. Haar rol was Piper Bellinger, socialite. Het was nog maar afwachten of ze zich een plaats in Westport kon veroveren.

Ze draaide het scherm naar Hannah. 'Kijk eens, dit ben ik toch? Die Piper... het lijkt wel of ik steeds sneller en steeds verder van haar af kom te staan.'

'Oké,' zei Hannah langzaam. 'Geeft Brendan je het gevoel dat je moet veranderen?'

Piper dacht na. 'Nee. Hij heeft zelfs gezegd dat ik een veeleisende pussy heb. Op een goede manier, hoor. Ik denk dat hij me leuk vindt zoals ik ben. Afschuwelijk.'

'Vreselijk. Maar wat is dan het échte probleem, Piper?'

Piper ontplofte. 'Hannah, ik scheet in mijn broek gisteravond!'

Haar zus knikte rustig. 'Ik snap het.'

'En ik heb niet eens echt iets met hem.'

'Nog niet.'

'Trut.' Ze zwaaide met haar telefoon. 'Het meisje op deze foto's is... niet sterk genoeg. Niet sterk genoeg om de hele tijd bezorgd te zijn. Om van iemand te houden en hem dan kwijt te raken, zoals mama haar man is kwijtgeraakt en Opal haar zoon. Zo zit ik niet in elkaar, Hannah. Ik ben iemand die naar party's gaat, een influencer in een bikini. In Westport ben ik niemand.'

Hannah sloeg haar arm om Piper. 'Wauw. Een vaginaal orgasme en een identiteitscrisis op één dag. Vermoeiend hoor.'

'Klopt. Ik ben doodop.' Ze knuffelde Hannah en duwde haar voorhoofd in haar nek. Ineens kromp ze in elkaar bij de herinnering aan hoe Mick had gekeken toen hij zag dat Brendan haar hand vasthield. Ze durfde Hannah er niet eens over te vertellen. Hoe waardeloos ze zich had gevoeld. Als een vrouw die een huwelijk kapot maakt, of nee, dat niet, meer als een indringer. Een buitenstaander. *Wie denkt die griet uit LA wel niet dat ze is? Een beetje hier komen en denken dat ze de plek in kan nemen van een vissersvrouw van eigen bodem?*

Pipers telefoon pingde.

Wie kon dat zijn?

Brendan zeker niet. Die had zijn telefoon aan boord laten liggen. En haar vriendinnen uit LA waren haar vergeten zodra ze het postcodegebied van Bel-Air uit was.

Ze keek op het scherm en een smile van oor tot oor verscheen op haar gezicht. 'Oh, chill.'

Hannah liet Piper los. 'Wie is het?'

'Het is uitgaansavond en ons omaatje is er eindelijk klaar voor.'

Partyen was een serieuze zaak, dus Piper had geen tijd te verliezen.

Ze ging onder de douche, maakte haar haar min of meer in orde, deed zorgvuldig haar make-up en ging toen richting de haven met een kledingzak vol jurken, waaronder een voor haarzelf.

Opal had een tenger figuur, maar met wat verstelwerk zou Piper absoluut een echte *boss bitch* van haar kunnen maken.

Zodra Opal opendeed (in een superleuke korte lavendel badjas) zag Piper al aan haar dat ze was gaan twijfelen. 'Stop.' Piper bracht haar met een kus op de mond tot zwijgen. 'We hebben allemaal weleens de partykriebels, Opal. Hoor je? Allemaal. Maar we laten ons niet tegenhouden. Nope, we zetten door. En we gaan ons helemaal wezenloos drinken.'

Zichtbaar gesterkt knikte Opal, maar schudde toen direct haar hoofd. 'Ik ben niet zo groot. En ik drink sinds de jaren negentig niks anders dan koffie.'

'Pfff, wat sneu. Maar luister, daarvoor is de Bellingermethode uitgevonden. Tussen twee alcoholische consumpties altijd een glas water. En voor je naar bed gaat een snee toast en twee ibuprofen. Dat zuigt alles op. Morgenochtend kun je een marathon lopen.'

'Ik kan nú niet eens een marathon lopen.'

'Precies. Zo goed werkt het.'

Opal gniffelde. 'Ik heb in jaren niet zo gelachen als nu met jullie. Kon Hannah niet?'

'Nee, ze moet werken. Maar je krijgt een kus van haar.'

Haar oma knikte en richtte haar aandacht op de kledingzak. En zo zag ze niet dat Pipers ogen ineens een beetje nat waren geworden. 'Goed lieverd, laat maar eens zien wat je bij je hebt.'

Er was maar drie uur voor nodig om Opal van een rouwende kluizenaarster te veranderen in een waar feestbeest. Nadat Piper Opals haar en make-up had gedaan, werd het tijd om een jurk te kiezen.

Opal had er duidelijk kijk op, want ze dook meteen op de Versace met de pofmouwtjes.

'Nou oma, jou hoef ik niks meer te leren.'

Opal schrok een beetje van dat 'oma' en Piper voelde zelf ook de adem in haar keel stokken. Ze had het er zomaar uit geflapt. Maar het voelde best natuurlijk aan. De verwarring duurde maar heel even. Toen kwam Opal naar Piper toe en omhelsde haar. Ze hield haar een paar tellen stevig vast, deed toen een stap achteruit en bekeek haar innig. 'Dank je.'

Piper had een brok in haar keel en kon alleen maar knikken. Terwijl Opal zich in de slaapkamer ging omkleden, deed Piper met raar trillende vingers haar eigen legging en makkelijke trui uit en ritste zichzelf in een mini-jurk met groen-zwarte zebraprint van Balmain. Ze pakte haar telefoon voor een selfie en zag tot haar schrik dat er een bericht van Brendan was.

**Ik wil je zien vanavond**

In golven gingen de rillingen door haar buik. God, wat hield ze van zijn directheid. Geen spelletjes. Nergens omheen draaien. Dit is wat ik wil. Nu is het jouw beurt.

Wilde zij hem ook zien? O ja. Zeker. En het liefste wilde ze dat hij haar in deze jurk zou zien, met deze make-up. Ze wilde de harde trekken van mannelijke waardering op zijn gezicht zien. Ze wilde absoluut zeker weten dat hij aan niets anders dacht dan aan seks met haar. Het zou veel makkelijker zijn om het cool te spelen als ze haar harnas droeg en in haar element was, in een club vol mensen. Het nachtleven van Westport was misschien niet helemaal wat Piper gewend was, maar ze paste er ongetwijfeld beter dan in een café in aanbouw of in een ziekenhuis met knipperende tl-balken.

Ze wilde zich weer eens zichzelf voelen. Iets doen dat haar deed denken aan haar oude leven.

Want vroeg of laat zou ze daar toch weer naartoe gaan.

Ze was de laatste tijd té vaak van haar stuk gebracht. De ene keer door haar eigen gevoelens, dan weer gewoon door de plek waar ze terecht was gekomen, bijna tweeduizend kilometer van huis. Zonder vrienden, als een vis op het droge.

Al sinds hun eerste ontmoeting was het bij Brendan onmogelijk om de schijn op te houden. In zijn aanwezigheid kon ze niets anders dan eerlijk zijn. Angstaanjagend eerlijk. Maar hij was hier nu niet, met die intense blik van hem. LA Piper rammelde met haar ketenen en wilde voor één avond losgelaten worden. En dus besloot Piper om niet terug te schrijven dat ze hem ook graag wilde zien. Nee. Ze zou hooguit een broodkruimel uitstrooien en er dan vandoor dansen, op weg naar het schijnsel van de stroboscopen.

**Ik ga stappen. Zie je misschien in de Blow the Man Down xo**

Drie puntjes wezen erop dat Brendan aan het typen was.

Toen verdwenen ze weer.

Ze kreeg een steek van opwinding en moest een hand op haar maag leggen.

Opal kwam de badkamer uit. Ze zag eruit om op te vreten. 'En?'

'En?' Piper floot. 'Kijk maar uit, Westport. Deze dame is op oorlogspad.'

Pipers vorige en enige bezoek aan de Blow the Man Down was niet helemaal perfect verlopen, dus een beetje zenuwachtig was ze wel toen ze naar binnen ging. Maar vanavond draaide het niet alleen om LA Piper, ze wilde vooral deze vrouw, die ze zo graag mocht, uit haar schulp helpen kruipen.

Arm in arm gingen Piper en Opal de rumoerige kroeg binnen.

Op een lange rij krukken bij de ingang zaten vissers te proosten op alweer een week op het water. Dat iedereen de storm van gisteren had overleefd, leek de sfeer er nog beter op te maken. Barmannen zetten glazen bier neer voor de neus van vooral oudere mannen, hun vrienden en vrouwen. Er werd hier niet gerookt, maar de geur van sigaretten dreef van buiten naar binnen en bleef in de kleren hangen. De stem van Neil Young vermengde zich met het gepraat en gelach.

Op de drempel deinsde Opal wat terug, maar Piper klopte haar op de arm en leidde haar door het drukkere deel van de kroeg naar het zitgedeelte achterin. De vorige keer had ze alleen maar even aan de bar gestaan om dat noodlottige blad tequila te bestellen, maar dat was lang genoeg om rond te kijken. En tot haar opluchting waren de tafels achterin ook vanavond weer bezet door vrouwen. Sommige waren van Opals leeftijd, andere dichter bij die van Piper en allemaal waren ze druk in gesprek.

Een paar oudere vrouwen knikten naar elkaar toen ze Opal zagen en een voor een kregen de andere dames haar nu ook in de gaten. Heel even stonden ze met open mond te kijken, daarna stortten ze zich allemaal op haar.

'Opal!' Een vriendelijk uitziende vrouw met een rode bob stond op. 'Je bent buiten!'

'En wat zie je er goed uit!' zei een ander.

Vrolijkheid golfde over de tafels en Piper kon voelen hoe goed dat Opal deed. 'Nou, dat komt, ik heb de beste styliste die er bestaat,' zei Opal met een kneepje in Pipers arm. 'Mijn kleindochter.'

Westport was een klein stadje en natuurlijk wisten sommige vrouwen al dat de zusjes Bellinger hier hun intrek hadden genomen en ook dat ze familie waren van Opal. Andere waren nog niet op de hoogte en zaten nu diep nadenkend de puzzelstukjes in elkaar te leggen. Hoe dan ook, de groep als geheel was blij verbaasd dat Opal en Piper samen uit waren en zo'n goede band bleken te hebben.

'Hebben jullie nog... plek voor twee extra?' vroeg Opal.

Iedereen maakte plaats en er werden stoelen van andere tafels gehaald. Met glinsterende ogen keek Opal op naar Piper en verzuchtte: 'Alsof ik nooit weggeweest ben.'

Piper kuste haar op de wang. 'Ga maar vast zitten, dan haal ik wat te drinken. Tequila zeker?'

'Hou op zeg.' Opal gaf haar een speelse tik op haar arm. 'Nee, doe maar een wodka 7UP, met twee schijfjes limoen.'

'Zo,' mompelde Piper met een glimlach toen Opal bij de dames ging zitten en meteen overladen werd met welverdiende aandacht. 'Ik heb het idee dat het wel goed komt met jou.'

Piper haalde drinken voor Opal en zichzelf en ging naast haar zitten. Het gesprek ging helemaal vanzelf en het leek gewoon een rustige meidenavond te gaan worden. Totdat na ongeveer een halfuur een van de jonge vrouwen Piper een drankje gaf in ruil voor wat make-upadvies. Dat drankje was niet eens nodig geweest, want ze gaf het meisje maar al te graag advies op basis van haar huidtype en gezichtsvorm... maar toen knalde een ander meisje een borrel voor Piper neer en wilde alles over haar beautyregime weten. Een ander ruilde een cocktail voor tips om je in de Westportse winter, wanneer het altijd 'fucking koud' is, toch sexy te kleden.

En toen ging het verkeerd.

'Je moet gewoon swag hebben, dat is het hele punt,' schreeuwde Piper boven de muziek uit. Het was inmiddels een uur later en ze moest één oog dichtknijpen om de groep vrouwen niet dubbel te zien.

Of waren er écht meer vrouwen dan net? Maar wanneer waren die binnengekomen dan?

Ze probeerde zich te herinneren wat ze ook alweer had gezegd. Had iemand haar überhaupt verstaan? Waarschijnlijk wel, want de vrouwen hadden een soort catwalk gemaakt door de tafels aan de kant te schuiven en stonden nu aandachtig naar haar te luisteren. *Stel je publiek niet teleur, Piper.* 'Jij, ik, wij allemaal, lady's. Wij hebben de macht.' Ze stak een vinger uit naar het mannengedeelte. 'En dat weten ze. En ze weten dat wij het weten. Het geheim is dat we moeten laten zien dat we weten dat zij weten dat wij het weten. Duidelijk?'

Ja, ja, klonk het van alle kanten en er werd geproost.

'Kijk, en zo loop je dus,' zei Piper, terwijl ze haar haar achterover gooide, over de geïmproviseerde catwalk liep en aan het einde omdraaide. Ze had het wel eens beter gedaan, maar het was nog best oké als je naging dat ze vier, misschien acht consumpties op had. 'Kijk wat mijn gezicht zegt. Ik heb geen tijd voor jouw shit. Ik heb meer te doen. Ik leef!'

'En zo krijg je dus iemand het bed in?' vroeg een meisje.

Piper nam het gezicht van het meisje tussen haar handen en keek haar ernstig in de ogen. 'Ja.'

'Oké, ik geloof je.'

'Hé Piper.' Een ander meisje kwam aan gewankeld. Of was het een tweeling? 'Het is bijna Labor Day. Waarom geven we niet een vet feest? Proberen we meteen jouw make-uptips uit.'

'Oh mijn god,' riep Piper toen dit idee ondanks haar roes tot haar doordrong. 'Dat kan wel bij mij. Ik heb niet voor niks een eigen café.'

'Hé allemaal, Piper geeft een feest voor Labor Day!'

Een oorverdovend gejuich steeg op.

'Doe dat loopje nog eens!'

Piper pakte een shotje van iemand aan. 'Fuck it, we gaan dansen!'

# Hoofdstuk twintig

Geleund tegen de muur, armen over elkaar en een kalme glimlach op zijn gezicht, stond Brendan te kijken hoe Piper iedereen die bij haar in de buurt kwam raakte met haar magische persoonlijkheid.

Ze was straalbezopen… en ongelofelijk cute.

Elke vrouw die met Piper kwam praten, kreeg onmiddellijk haar volledige aandacht en daarna liep ze weg alsof haar zojuist de geheimen van het universum waren onthuld. Ze maakte snel contact en iedereen was dol op haar. Zou ze zelf weten wat voor effect ze had op mensen?

Iemand riep dat de barkeeper Beyoncé moest opzetten, er werden nog meer tafels aan de kant geschoven en Pipers persoonlijke catwalk veranderde in een dansvloer. En hij kon alleen maar naar haar staan kijken, terwijl zijn polsslag omhoogging – net als een ander deel van zijn lichaam. Kijken naar de bewegingen van heupen, de armen losjes en nonchalant boven haar hoofd, de dromerige blik in de ogen. Ze trok veel aandacht van mannen en eerlijk gezegd vond hij dat niet zo prettig, maar Piper was het meisje waar hij voor gevallen was. Jaloers zijn hoorde erbij.

Ineens stond Piper stil, midden op de dansvloer, met gefronste wenkbrauwen. En alsof ze voelde dat hij er was, draaide ze zich om en keek hem recht aan. Pure vreugde verscheen op haar gezicht en ze zwaaide enthousiast. En op dat moment wist Brendan dat hij van haar hield.

Inderdaad, dat was snel. Maar met haar kon hij het gewoon niet rustig aan doen.

Omdat ze zijn levensbestemming was.

Hij kreeg een droge mond, maar het lukte hem om terug te zwaaien.

Een gevoel zo intens als dit had hij nog niet eerder gehad. Het was intenser dan de eenvoudige kameraadschap die zijn huwelijk was geweest. Intenser dan de haat-liefdeverhouding die hij met de zee had. Wat hij voor Piper voelde, leek op de eerste verliefdheid van een jongen en reikte tegelijkertijd tot in de diepste wortels van zijn volwassenheid. Met andere woorden: hij zou alles doen wat nodig was om deze vrouw te houden. Met bonkend hart, dat wel.

Al stelde hij alles in het werk om Piper vast te houden, dan nog kon ze elk moment vertrekken. De zonsondergang tegemoet dansen, haar extravagante leven weer oppakken, hem lamgeslagen achterlaten. En dat beangstigde hem het meest.

Maar Brendan zette die duistere gedachten vastberaden uit zijn hoofd. Want nu kwam ze op hem af, met blosjes op haar wangen van de drank en het dansen en hij opende gewoon zijn armen en vertrouwde erop dat ze er recht in zou lopen. Dat deed ze inderdaad en als vanzelf deed hij zijn ogen dicht, ging met zijn mond langs haar haarlijn en drukte er tientallen kussen op. Jezus, hun lichamen pasten precies in elkaar, ze riep beschermende gevoelens in hem op, hij wilde niets liever dan haar schild tegen de buitenwereld zijn en tegelijkertijd maakte ze hem hard en hongerig.

'Je bent gekomen,' zei ze blij en ging op haar tenen staan om in zijn nek te snuffelen.

'Natuurlijk, liefste.'

'Hoe is het met Sanders? En is je schip al terug?'

'Sanders is uit het ziekenhuis,' bromde hij in haar oor. Het deed hem goed dat ze zo bezorgd was om zijn bemanning. 'En de rest is ook weer thuis. Ze zijn vanmiddag aangekomen.'

'Gelukkig.' Ze keek beschuldigend over haar schouder. 'Die loeders hier hebben me dronken gevoerd.'

'Ik merk het.' Hij trok met zijn lippen en wreef rondjes over haar rug. 'Wil je nog dansen of zal ik je thuisbrengen?'

'Waar is thuis?'

'Bij mij.'

'Hmm...' Ze keek naar hem op met één oog dicht. 'Ik ben een beetje wazig nu, Brendan. Je mag niks van wat ik zeg tegen me gebruiken. Vanavond telt niet.'

'Oké, beloofd.'

'Mooi. Want ik heb je gemist. Wéér.' Ze kuste zijn kin, ging langzaam omhoog naar zijn oor en kreunde erin en zijn pik reageerde onmiddellijk. 'Vanochtend met jou was de beste, beste, beste seks van mijn leven.'

Precies op dat moment viel de muziek stil.

Iedereen had het gehoord.

Een paar mannen hieven hun glas naar Brendan, maar Piper zelf had gelukkig niets in de gaten. En ach, dat heel Westport nu wist dat ze met elkaar naar bed gingen en dat hij nog uitstekend presteerde ook, hielp prima tegen zijn jaloerse gevoelens.

De muziek begon weer, maar ze ging niet meer dansen. Ze was er tevreden mee om tegen hem aan te staan, zijn armen om haar heen en hem beviel dat ook uitstekend. 'Ik laad mezelf weer op bij je,' kirde Piper en ze giechelde in zichzelf. 'Het is zo fijn hier. Zo warm. Jij bent een soort grote, stevige teddybeer uit de zee. Een soort tonijn, maar dan van beer. Of zo.'

Brendan moest hard lachen en verschillende mensen keken op. 'Ik mag dronken Piper wel.'

'En terecht. Ik heb nul remmingen op het moment.' Ze kroop weer met haar gezicht in zijn nek. 'Misschien zelfs minder dan nul, als dat bestaat.'

Hij haalde zijn hand door haar haar. 'Vanavond ga ik je alleen maar in bed stoppen.'

'Oeh, ga ik aan de oplader slapen?'

Zijn hart zat in zijn keel. 'Ja, lekkertje, jij mag elke nacht aan de oplader slapen als je wilt.'

Ze zuchtte tevreden.

'Op weg hiernaartoe kwam ik Hannah tegen en ik heb gevraagd of ze een logeertasje voor je wou inpakken.'

'Wat lief.' Maar ineens keek ze ongerust. 'Maar Brendan, ben ik een kippenpastei?'

'Huh?'

'Je hebt een hapje van me geproefd en nu vind je dat je me helemaal moet opeten, ook al lust je me eigenlijk niet. Jij doet nooit iets half, dat heb je zelf gezegd. Het is alles of niets. Je moet het zeggen hoor, als ik een pastei ben. Je kan niet zomaar blijven eten en... Fuck, ik heb meer gedronken dan ik dacht.'

Ja, ze was dronken, maar haar bezorgdheid was oprecht, dat bleek wel uit de trieste ondertoon in haar stem. En het deed hem pijn. Niet omdat er ook maar een greintje waarheid in zat – ze was een vrouw, verdomme, geen pastei. Nee, haar ongerustheid was pijnlijk voor hem omdat ze zich blijkbaar niet veilig voelde. Nog niet. Daar moest hij sowieso iets aan doen.

'Laten we naar huis gaan,' zei hij.

'Oké, ik moet alleen even checken of Opal met iemand meerijdt.'

Piper draafde weg om met haar nieuwe vriendinnen te overleggen, deelde talloze knuffels uit en kwam uiteindelijk weer zijn kant op. Brendan sloeg zijn arm om haar heen en leidde haar het café uit. Zijn pick-up stond vlakbij. Hij hees Piper in de passagiersstoel en deed haar gordel om. Toen hij zelf ook ingestapt was, rolde ze haar hoofd zijn kant op en nam hem aandachtig op. 'Morgenochtend praten we verder over wat je zei. Als je weer wat helderder bent en ook echt hoort wat ik zeg.'

'Goed idee. Op dit moment ben ik een beetje te openhartig, denk ik.'

'Ergens zou ik je graag laten praten, zodat ik een idee heb waartegen ik moet vechten. Maar ik wil niet dat je nu van alles zegt en morgen spijt hebt.'

Ze dacht even na terwijl hij startte en de eerste weg rechts nam. 'Waarom praat je de hele tijd over jou en mij alsof het een gevecht is?'

'Omdat het zo voelt. Maar ik ben blij dat ik het mag aangaan.'

Hij voelde dat ze hem van opzij bekeek. 'Ik zou ook voor jou vechten hoor. Als iemand jou naar LA zou sturen, zou ik alles op alles zetten om je daar te houden.' Ze zocht even naar woorden. 'Niet dat het zou helpen. Ik denk dat jij LA te nep vindt. Je zou het daar vast zwaar klote vinden.'

'Dat zal wel mee vallen. Jij bent er dan toch?'

'Pfff.' Ze maakte een wegwerpgebaar. 'Er zijn er daar duizenden zoals ik.'

Brendan moest grinniken, maar realiseerde zich toen dat ze geen grapje maakte.

'Piper, niemand is zoals jij.'

Ze glimlachte toegeeflijk.

'Piper.'

Hij klonk zo serieus dat ze een beetje schrok. 'Wat?'

Hij stuurde naar de kant van de weg, remde hard en zette de versnelling in de parkeerstand. 'Heb je me gehoord?' Hij stak zijn hand uit en tilde haar kin op. 'Er is niemand zoals jij.'

'Waarom maak je je nou zo druk?'

'Omdat ik...' Hij ging met een hand door zijn haar. 'Ik dacht altijd dat ik op mijn intuïtie kon vertrouwen. En op mijn verstand. Maar ik zit er toch steeds naast als het om iets echt belangrijks gaat. Om jou dus. Jij bent belangrijk. Eerst dacht ik dat je gewoon bindingsangst had. Of dat je dacht dat je je nooit thuis zou kunnen voelen in Westport. Maar het zit dieper, volgens mij. Denk je dat ik geen serieuze interesse in je heb? Dat ik zomaar genoeg van je kan krijgen?'

'Dat geldt toch voor iedereen?' Haar ogen vlamden van pijn, van irritatie. 'Niet alleen jongens. Ook mijn vriendinnen, mijn stiefvader. Vandaag vindt iedereen me tof. De modekleur van dit seizoen. En morgen lig ik in de sale bij Marshalls. Ik ben... maar tijdelijk.'

'Voor mij niet.' Verdomme, hij wilde haar door elkaar schudden, zoenen, weer door elkaar schudden. 'Voor mij niet.'

Ze draaide haar hoofd uit zijn greep, liet zich tegen de rugleuning vallen. 'Zullen we hier morgen over praten, zoals je zei?'

Brendan startte de auto weer. 'Reken maar dat we gaan praten.'

'Mooi! Dan maak ik een lijstje met onderwerpen.'

'Ik ook, mop. Ik ook.'

Toen ze langs de No Name reden, hoorde hij een geluidje. Ze zat te snikken.

'Wat is er?' vroeg hij zacht.

'Ik dacht aan die keer dat je Abe had gestuurd met dat schuimrubber voor onder het stapelbed. Eigenlijk ben jij superattent en superlief. Ik wil geen ruzie met je maken.'

Op dat moment flapte hij er bijna uit dat hij van haar hield, maar hij kon zich net inhouden. Het was toch al een ingewikkelde situatie en zo'n bekentenis zou het er niet makkelijker op maken. Maar hij kon het ook niet veel langer voor zich houden. 'Ik wil ook geen ruzie, Piper. Ik wil je alleen maar naar huis brengen, jou in bed stoppen en erachter komen of je een snurker bent.'

Ze zuchtte en er kwam weer iets van vrolijkheid in haar ogen. 'Nee hoor.'

'We zullen zien.'

'Heb je brood en ibuprofen in huis?'

'Ja.'

Een paar tellen later waren ze er. Brendan stapte uit en liep naar haar kant van de auto. Hij glimlachte toen ze zich in zijn armen liet glijden. Hij hield haar stevig vast en zo stonden ze even samen in het donker. Hij beschouwde het moment als een onuitgesproken, wederzijds 'sorry' voor het schreeuwen van daarnet. Dit zou hij de rest van zijn leven wel willen doen. Haar ophalen van een avond uit met de meiden, haar zacht en soepel tegen zich aandrukken, de man in haar leven zijn.

'Je gaat me niet bespringen hè?' zei Piper met haar mond op zijn schouder. 'Omdat je geen misbruik van me wil maken?'

Brendan zuchtte. 'Precies.'

Ze trok een pruilmondje. 'Wat romantisch. Gadver.'

'Morgen halen we alles in, oké?'

'Een nachtzoen dan?'

'Dat moet wel lukken.'

Ze leek gerustgesteld en liet zich door hem naar binnen brengen. Terwijl hij wat brood roosterde, zat zij met een glas water aan het keukeneiland. Ze was zo prachtig dat hij steeds over zijn schouder keek of ze wel echt was. Of hij haar niet verzonnen had.

'Waar denk je aan?' zei ze na de eerste hap toast.

'Dat ik het zo leuk vind dat je hier bent.' Hij zette zijn handen op het werkblad, boog voorover en kuste een voor een haar knieën. 'Dat ik vandaag in mijn slaapkamer kwam en dat er een Pipervormig kuiltje in het dekbed zat.' Ineens schoot hem iets te binnen. 'Wanneer ben je eigenlijk hier geweest?'

Ze nam een slok water en antwoordde niet.

'Toch niet met die storm?' Zijn rechteroog trok een beetje. 'Of wel?'

Piper legde de rest van haar toast neer en voelde aan haar voorhoofd. 'Ik voel me een beetje slap, Brendan,' kreunde ze dramatisch. 'Ik denk dat ik flauw ga vallen.'

Hij gromde en tilde haar op. Ze sloeg haar benen om zijn middel en hij droeg haar naar boven. 'Nog een onderwerp waar we morgen over moeten praten.'

Ze kreunde en haar vingers speelden met zijn haar. 'We hadden toch nog wat in te halen?'

'Dat doen we daarna.'

'Ervoor.'

'Erna.'

'Ervoor én erna.'

Brendan zette Piper op de rand van zijn bed. Het trof hem hoe juist het voelde dat ze hier was. Hij werd ineens overspoeld door emoties, maar draaide zich om voor ze er iets van kon merken. 'Doe je jurk maar alvast uit.' Hij trok een la open en pakte een van zijn lievelingsshirts: duizend keer gedragen, wit, met in grote letters GRAYS HARBOR erop. 'Trouwens, heb jij überhaupt wel een gewone spijkerbroek?' Hij draaide zich om en zag dat Piper languit op bed lag met niets anders aan dan een neonpaarse string. 'Dat lijkt me niet echt prettig slapen,' zei hij hees. Hij had al spijt van zijn belofte om het bij een nachtzoen te houden.

Ze trok haar knieën op. 'Dan moet je hem maar helpen uittrekken.'

'Jezus.' Zijn geslacht vulde zich met bloed en deed zijn gulp opbollen. Hij zuchtte onvast. 'Als de zee mijn dood niet wordt, dan jij wel.'

Onmiddellijk liet ze haar knieën weer plat op het bed zakken en legde haar armen over haar borsten. De tranen stonden in haar ogen en zijn keel werd dicht geknepen van spijt.

'Oké,' zei hij. 'Dat was lullig van me.'

'Het is wel goed.'

'Nee, niet.' Hij tilde haar bovenlijf omhoog en trok, terwijl hij haar stevig vasthield, het T-shirt over haar hoofd. 'Het is niet goed. Sorry.'

'We zetten het wel op het lijstje voor morgen.' Ze keek hem zo lang in de ogen dat zijn hart drie keer sneller ging slaan, liet zich op bed vallen en trok hem mee. 'En nu wil ik mijn nachtzoen,' mompelde ze met haar lippen tegen de zijne. Hun tongen verstrengelden zich langzaam met elkaar, haar gladde blote benen kronkelden door de zijne, haar vingers trokken aan zijn broeksband tot hun onderlichamen samensmolten, zacht op hard, man op vrouw. 'Misschien zijn we wel iets meer dan vrienden,' fluisterde ze, terwijl ze haar hoofd onder zijn kin stopte. 'Welterusten, Brendan.'

Toen vielen haar ogen dicht. Hij trok haar nog iets dichter tegen zich aan.

Ik hou van je, zei hij zonder geluid te maken.
Zelf lag hij nog uren wakker.

# Hoofdstuk eenentwintig

Huiselijke geluiden drongen door tot in de slaapkamer. Lades gingen zacht open en dicht, blote voeten schuifelden over de vloer, het koffiezetapparaat pruttelde. Piper deed één oog open, maar behalve dat bewoog ze zich niet. Ze lag veel te lekker, tussen warm, zacht beddengoed dat naar Brendan rook. Ze had nog nooit zo goed geslapen. Ergens in de nacht was ze wakker geworden omdat ze moest plassen en merkte toen dat ze aan haar oplader lag, met Brendans zachte adem in haar nek. En ze besloot om het op te houden.

Wat had ze vannacht allemaal niet gezegd?

Iets over kippenpastei.

Verder kon ze zich herinneren dat ze hem had proberen te verleiden en dat dat niet was gelukt. Tsja.

Schreeuwen tegen elkaar in de auto.

Geen seks.

Ze moest maar eens proberen te peilen of ze iets onherstelbaar awkwards had gezegd of gedaan. Waarschijnlijk wel, want anders zou hij nog wel hier in bed liggen, toch? Zo van: dag hitsige vrouw, kom maar hier.

Haar blaas knapte zowat, maar ze was blij dat de Bellingermethode in elk geval had gewerkt. Ze stond op en liep naar de badkamer, waar ze vertederd opmerkte dat hij haar tandenborstel van gisterochtend naast die van hemzelf had gelegd. Aan de andere kant: waar had hij hem anders moeten laten?

Onder het tandenpoetsen pakte ze gedachteloos een ongebruikt flesje eau de toilette op en snoof eraan. Het rook absoluut niet naar hem en ze kon zich ook niet voorstellen dat hij dit gebruikte. Verder zag ze enkel een scheermesje, scheerschuim en deodorant. Hij zou waarschijnlijk een hartverknettering krijgen van haar badkamerkastje thuis, zo vol zat het.

Ze spoelde haar mond, smeet wat water in haar gezicht, kamde haar haar met haar vingers en ging toen naar beneden om… met de neus in de boter te vallen.

Brendan stond in de keuken met niets anders aan dan een zwarte boxer.

Piper deed zo stil als ze maar kon, zodat ze hem onopgemerkt kon bewonderen. Hij stond over het keukeneiland gebogen de krant te lezen en oh mijn god, iets anders dan die mannelijke, gespierde rug hoefde ze niet voor ontbijt. Of nou ja, die bovenbenen misschien. Daar bleef je wel mee op het dek staan als het stormde. Stevig, mooi gedefinieerd en…

'Wil je koffie?' vroeg hij zonder om te kijken.

'Uhhhrr?' Meer dan dat wist Piper niet uit te brengen. Ze liep de laatste paar treden af en was zich er zeer van bewust dat hij alleen een onderbroek aanhad en zij niet veel meer. Hij duwde zich af van het keukeneiland en krabde aan zijn kruis. En ja, ook van dat kruis was ze zich zeer bewust. 'Koffie? Ja graag.'

'Oké,' zei hij met een half lachje.

Ze trok vragend haar neus op. 'Ben je bijdehanter dan normaal of lijkt dat maar zo?'

Brendan schonk een beker koffie in en deed er stevia en lactosevrije creamer in, precies wat ze graag wilde. 'Gisteravond zei je dat je met mij de beste, beste, beste seks van je leven had gehad.'

Warm bloed steeg op naar haar wangen. 'Heb ik echt drie keer "beste" gezegd?'

Hij gaf haar haar beker en leunde met gekruiste enkels tegen het aanrecht. 'Zeker.'

Ze nam snel een slok koffie. 'Ik denk dat ik gisteravond ook een soort van professionele beautyconsultant ben geweest. Uitbetaald in drank.' Een voor een kwamen de herinneringen terug. 'Oh god, volgens mij heb ik iedereen uitgenodigd om Labor Day te komen vieren in ons café.'

'Oei.'

'Benieuwd wat Hannah daarvan vindt.' Ze legde haar handen genietend om haar beker. Niet alleen de koffie, maar ook deze keuken straalde warmte uit. De genegenheid waarmee hij naar haar keek. De afwezigheid van haast en rusteloosheid. Sinds wanneer vond ze dit soort dingen fijn? Ze vond het jammer om de gemakkelijke stilte te moeten verbreken, maar ze zat met iets in haar maag. 'Die eau de toilette, heb je die van iemand gekregen?'

Hij trok een wenkbrauw op. 'In mijn badkamerkastje, bedoel je? Van Sanders gekregen. Verjaardagscadeautje. Zijn vrouw had het uitgezocht. Zelf wist hij niet eens wat erin zat voordat ik het uitpakte. De jongens hebben hem er nog maanden mee gepest. Ik vind het te grappig om weg te gooien.'

'Je bent zo close met ze. Met je bemanning.'

'We moeten wel. Ons leven...' Hij zweeg abrupt en nam een slok koffie.

'Ligt in elkaars handen?' Ze had het nog niet gezegd of de

herinnering aan gisteravond, toen ze lag te huilen in zijn bed, overspoelde haar als een golf. Blijkbaar was dit het. Geen dekmantel of harnas bij deze man, geen spelletjes, geen veilig flirten. Ze wist niet alles precies meer, maar ze voelde dat er een paar muurtjes waren afgebroken. Door zijn handen. Zijn woorden. Zijn aanwezigheid.

'Nou ja, het is geen geur die ik voor jou zou kiezen.'

Hij leek geïnteresseerd. 'Wat zou jij kiezen dan?'

'Niets. Je ruikt al naar de zee. En het is niks voor jou om iets te veranderen als het al goed is.' Er vlamde iets op in zijn ogen. Deed het hem iets dat ze al zoveel kleine dingen van hem wist? 'Maar als ik een geur zou moeten noemen... iets met regen, denk ik. Mos. Iets wat me doet denken aan je tuin. Aards. Echt.' Haar ogen dwaalden naar het donkere streepje haar dat in zijn boxer verdween. 'En mannelijk.'

Zijn borstkas ging zwaar op en neer. 'Nou Piper, daar gaan mijn plannen voor vanochtend.'

'Wat was je van plan dan?'

'Jou meenemen op de Della Ray.'

Haar lach verlichtte haar hele gezicht. 'Wat? Serieus?'

'Yep. Op het water praat het beter.'

'Oh, op die manier.' Haar enthousiasme verdween als sneeuw voor de zon. 'Onze gespreksonderwerpen.'

'Precies.' Zijn smeulende blik deed haar tepels tintelen. 'Maar nu wil ik je alleen maar mee terug nemen naar bed.'

Haar ademhaling ging sneller. 'Het kan toch ook allebei?'

Vol spijt schudde hij zijn hoofd. 'De eerstvolgende keer dat ik je neuk, wil ik zeker weten dat je daarna niet weer afstand van me neemt.'

'En op een schip kan ik niet ontsnappen?'

'Dat heeft wel door mijn hoofd gespeeld, ja.'

Zonder het te willen schoot ze in de lach. Hij meende het bloedserieus met haar. En toen ze gisteravond met hem mee naar huis was gegaan, wist ze dat al. Het was volkomen natuurlijk geweest, alsof het al duizend keer gebeurd was. Zo voelde het om opgehaald te worden door Brendan en in zijn armen in slaap te vallen. Vertrouwd. Onvermijdelijk.

Klootzak.

Heel misschien meende ze het ook serieus met hem.

Hoe had het zo ver kunnen komen?

'Even voor de duidelijkheid,' zei ze terwijl ze haar koffie neerzette. 'Je wilt dus geen seks?'

'Dat wel.' Zijn kaak spande zich. 'Ik leg je desnoods hier op het aanrecht, Piper. Als je alleen seks wil, dan kan dat. Maar ik wil meer.' Iets in zijn stem zei dat hij geen bullshit stond te verkondigen. 'En jij ook, anders was je niet dwars door een orkaan hierheen komen rennen om in mijn bed te slapen. Doe dat trouwens nooit meer. Ik wil zeker weten dat je veilig bent als ik weg ben.'

'Ik kan goed rennen hoor!'

Hij bromde iets onverstaanbaars.

'Goed,' zei ze met onvaste stem. 'Laten we dan maar gaan praten!'

'Mooi. Ik ben er klaar voor.'

Ze voelde zich zo verloren in een zee van kwetsbaarheid dat er niets anders opzat dan haar vertrouwde fysieke wapen in te zetten. Ze trok haar (zijn) T-shirt over haar hoofd en gooide het in zijn handen. Toen marcheerde ze de keuken uit en de trap op, met niets anders aan dan een string. Ze wist uitstekend dat hij haar met zijn ogen volgde tot aan boven. Hij mocht dan eisen dat ze zich volledig zou openstellen, dat ze al haar verdediging zou opgeven, maar ze zou ervoor zorgen dat het een lange dag zou worden.

De Della Ray had nog maar nauwelijks haar ligplaats verlaten en was op weg naar de monding van de haven, of het was Piper al duidelijk dat het schip een verlengstuk van Brendan zelf was. En dat zijn tijd aan wal alleen maar opvulling was. Met een moeiteloze autoriteit en zelfverzekerde bewegingen zat hij op zijn stuurstoel. Slagvaardige handen lagen op het stuurwiel, waakzame ogen keken in de verte. In het nevelige ochtendlicht kon hij iemand van vroeger of van nu zijn. Een man en de zee. Tijdloos.

Piper zat op de stoel naast hem, drukte haar wang tegen de houten lambrisering en keek naar hem. Ze had zich nog nooit zo veilig gevoeld, fysiek tenminste. De motor bromde veelzeggend onder hun voeten en deed het orgaan in haar borstkas trillen.

'Hoe ver wou je van de kust gaan?'

'Ik dacht aan vijf of zes zeemijl,' antwoordde hij. 'Dat is een kilometer of tien, elf. Dan gaan we voor anker en geef ik je een rondleiding, goed?'

Ze knikte en betrapte zich erop dat ze ernaar uitkeek. Deze man in zijn natuurlijke omgeving bezig te zien was een soort vaardigheidsporno. Daarbij: hoe meer vragen ze stelde, hoe langer ze hét gesprek kon uitstellen.

Of nee, ze moest zichzelf niet voor de gek houden. Ze kwam er echt niet onderuit. Zijn wilskrachtige kaak sprak boekdelen en bovendien had hij geen kater en zij wel. En dan was hij ook nog op en top de sexy zeeman. Nee, het zag er niet best uit.

'Hé,' zei Brendan en tilde zijn bebaarde kin op. 'Stuur jij maar eens.'

'Ik?' Langzaam kwam ze van haar stoel. 'Zeker weten? Mij kennende krijg ik het voor elkaar om midden op zee een parkeermeter te rammen.'

Er verschenen lachrimpeltjes naast zijn ogen en toen klopte hij op een groot, stevig bovenbeen. Ho, wacht even, die kans liet ze zich niet ontgaan. 'Kom zitten.'

Heel even nog deed ze alsof ze aarzelde en klom toen op zijn linkerbovenbeen. In gedachten bedankte ze Hannah dat die een rokje had ingepakt, want de spijkerstof van Brendans broek voelde heerlijk aan haar billen. De bewegingen van zijn spieren.

Brendan pakte een oude kapiteinspet van een haakje en plantte hem op haar hoofd. Toen sloeg hij zijn linkerarm om haar middel en trok haar dicht tegen zijn borst. 'Zie je dit pijltje? Zorg gewoon dat dat zo blijft staan. Noordwest.' Hij legde haar handen op het stuurwiel en liet de zijne pas los toen hij zeker wist dat haar grip stevig genoeg was. 'Hoe is dat?'

'Cool.' Ze lachte een beetje zenuwachtig. Ze voelde trillingen in haar handpalmen die doortrokken naar haar ellebogen. 'Echt heel cool.'

'Precies.'

Ze voelde zich wat licht in haar hoofd, overmoedig bijna, en wees naar de horizon. 'Zeemeermin aan bakboord!' Hij snoof in haar oor. 'Sorry, dat moest echt even. Te veel naar de *Kleine Zeemeermin* gekeken als kind.'

'Hoe kun je in godsnaam aan tekenfilms denken op mijn schip!'

'Aww, niet jaloers zijn op prins Erik. Ik...' Ze keek opzij, naar hem, op één ademtocht van haar af, zijn groene ogen gefixeerd op haar mond. Niet op het water dus, wat ze eigenlijk verwacht had. De arm rond haar middel spande zich aan, zijn hand vormde zich naar haar ribbenkast. De binnenkant van haar dijen werd warm en haar huid begon te prikken. 'Kijk niet zo naar me,' hakkelde ze. 'Je moest toch zo nodig eerst praten?'

Hij blies zijn adem uit. 'Ja en toen rende je de trap op met alleen een paarse string aan. Dat doet iets met een man.'

'Eigen schuld,' zei ze liefjes.

'Blijf je me nou de hele dag straf geven?' gromde hij.

'Sowieso. Je hebt nu vast spijt dat je zo'n veeleisende vriendi...' Ze deed nog net op tijd haar mond dicht. 'Ik heb jouw leven in mijn handen, Brendan. Leid me niet af.'

Ze voeren nog een kwartier door. Toen zette Brendan de gashendel rechtop en drukte een paar knoppen in. Het gelijkmatige geratel dat nu door het schip klonk, was het neerlaten van de ankers, zo legde hij uit. En toen was het stil, op het klotsen van het water na en het kreunen van de romp wanneer het schip door de golven opgetild werd. Samen zaten ze op de stuurstoel. Zij had haar hoofd tegen zijn schouder aan gelegd, hij streek met zijn vingers over haar blote arm.

'Kom,' zei hij nors. 'Dan gaan we het dek op.'

Ze knikte en volgde Brendan het trapje af, naar de weidse vlakte van het dek. Het schip deinde op het water, maar hij liep alsof hij thuis was. Zijn benen compenseerden instinctief elke beweging. Ze probeerde hem na te doen en constateerde trots dat ze maar een heel klein beetje dronken leek.

'Vorige week stonden hier zeventig stalen kooien opgestapeld. Hier, aan deze kant.' Hij gebaarde naar het uiteinde van het dek dat het dichtst bij de brug lag en bukte zich toen om haar een overdekt gedeelte te laten zien. 'Als we op krab vissen, slaan we hier de mannetjes boven een bepaald gewicht op. Daarna sturen we ze naar beneden voor verwerking en dan naar het vriesruim.'

'En als jullie op vis vissen?'

'Ook naar het ruim. Maar dan zit er ijs in. Geen water.'

Ze keek naar de grote kranen die hoog boven haar uittorenden, de werklampen, de antennes en onverwachts liep er een rilling over haar rug. 'Zijn die lampen voor als het donker is? Kun je dan ook de golven zien aankomen?'

Brendan kwam naast haar staan en drukte een kus op haar schouder. 'Yep, ik zie ze allemaal aankomen, mop.'

'Wist je... wist je dat Henry op die manier is omgekomen?' Waarom fluisterde ze? 'Een monstergolf sloeg hem overboord. Dat zei Mick.'

'Ja, dat wist ik.' Een paar ogenblikken zweeg hij. 'Ik zal niet zeggen dat die dingen nooit meer gebeuren, Piper, maar wel een stuk minder dan vroeger. De veiligheidsvoorschriften zijn tegenwoordig veel uitgebreider, met de apparatuur kan minder fout gaan. Bij moderne scheepsontwerpen wordt beter gelet op veiligheid en zeker met alle updates is mijn schip een van de veiligste.'

Piper keek omhoog naar hem. 'Heb je me daarom hier mee naartoe genomen?' vroeg ze zacht. 'Om te laten zien dat ik niet ongerust hoef te zijn als je weg bent?'

'Onder andere, zeker. Ik wil niet dat je verdriet hebt.'

Ze slikte iets scherps weg in haar keel. 'Toen ik hoorde dat jullie iets was overkomen, zag ik de hele tijd voor me dat het schip was omgeslagen. Kan dat?'

'Zelden. Heel zelden. Met zo'n groot schip als dit eigenlijk niet.' Brendan keek haar even aan, ging toen achter haar staan en legde zijn armen om haar schouders. 'Ogen dicht.'

Ze dwong zichzelf om te ontspannen. 'Oké.'

'Voel je hoe het schip beweegt? Alsof het onderdeel is van het water. Dat heeft te maken met het ontwerp, dat compenseert die beweging van de deinende golven. Net zoals een vliegtuig tijdens turbulentie gewoon doorvliegt. Je gaat op en neer, dat wel, maar je kunt altijd verder varen.' Zijn hand ging voor haar lichaam langs en leidde haar kin in de juiste richting. 'Zie je hoe laag de reling is? En die openingen onderaan? Daardoor slaat een golf er gewoon overheen en doorheen. Er blijft geen water op het dek zodat het schip ongelijk beladen kan worden.'

'Maar die reling is zo laag. Kan je er niet makkelijk overheen vallen?'

'Met mijn mannen is dat nog nooit gebeurd.' Hij liet haar kin los en trok haar dichter tegen zich aan. 'Ik zal je vertellen, toen ik zelf nog als bemanningslid werkte, voordat ik schipper was, werden mijn benen één met het schip. Je leert je evenwicht te bewaren. Je leert het water lezen, wanneer je je schrap moet zetten, wanneer je los kunt laten. Op de brug is de kans dat ik overboord sla natuurlijk helemaal klein, maar ik ben nu verantwoordelijk voor vijf man, niet alleen voor mezelf.'

'En wat is zwaarder?'

'De verantwoordelijkheid.'

Ze tilde afwezig een hand boven haar hoofd en aaide hem over zijn baard. 'Ze hebben gelijk dat ze op je vertrouwen.'

Ze voelde een slikbeweging tegen haar achterhoofd. 'Voel je je al een beetje... geruster?'

'Een beetje. Nu ik zelf op het schip sta, kan ik me er meer bij voorstellen.'

*Maar het is nu een mooie dag. Geen wolkje te bekennen. In een storm is het een ander verhaal.*

Hij deed zo zijn best om haar angsten weg te nemen dat ze

haar mond maar hield. 'Waar ben je nog meer ongerust over?' fluisterde Brendan in haar oor.

Piper haalde haar schouders op, maar antwoordde niet. Eén verkeerd woord en ze zaten in gevaarlijk gebied. Misschien kon ze maar beter nog een zeemeermingrapje maken.

'Piper.'

'Ja?'

'Waar ben je nog meer ongerust over?'

In haar zucht was de waarheid te horen, maar ze probeerde te doen of haar ongerustheid weinig voorstelde. Terwijl ze eigenlijk begon te denken dat dat juist de kern van het probleem was. 'Ik... ik ben niet het zorgelijk typje, Brendan. Stilletjes wachten bij het haardvuur. Met een wollen vest over mijn schouders op de steiger staan, een medaillon met een vergeelde foto om mijn nek. Klinkt dat als mij? Nope. Je weet dat ik daar te veeleisend voor ben. Ik ben...'

Hij zweeg, hield haar gewoon vast.

Maar daardoor begon ze alleen maar meer te ratelen.

'Weet je, gewoon hypothetisch gesproken... Eén keer per jaar ga je krab vangen, prima. Maar altijd? Naar bed gaan met de gedachte dat je misschien niet meer terugkomt, avond na avond? No way. Ik ben...' Ze kneep haar ogen stijf dicht. 'Daar ben ik niet sterk genoeg voor.'

'Jawel. Het is veel gevraagd, ik weet het, maar je bent er sterk genoeg voor.'

'Nee. Echt niet. Niet elke vrouw kan dit. Je...' Gadver. Ging ze nu een andere vrouw ter sprake brengen? Wat een sneu mens was ze toch. Maar zodra de woorden uit haar mond rolden, werd de druk in haar borstkas lichter, alsof er de hele tijd een baksteen op had gelegen. 'Je vrouw... zij was een echte vissersvrouw.

Ze was hier geboren en voor haar was dit normaal. Je kunt niet verwachten dat ik daar ooit aan zal tippen. Ik…' *Ik zal jou teleurstellen. Mezelf teleurstellen. Henry teleurstellen.* 'Iets minder dan een maand geleden had ik geen verantwoordelijkheden. Geen zorgen. En nu, nu… deze enorme zorg. Echt enorm. De man waar ik veel om geef, en ik bedoel echt veel, heeft de gevaarlijkste baan in het universum. En zelf heb ik niet eens baan. Ik woon hier zelfs niet. Niet permanent. We zijn geen match, Brendan. Het gaat niet werken, dus hou op met…'

'Waarmee, Piper? Met elke seconde van de dag aan jou denken? Met jou zo erg missen dat ik tegen de muren op vlieg? Met naar jou verlangen? Ik kan dat niet zomaar uitschakelen en dat wil ik ook niet.' Hij draaide Piper om en zag dat ze onder de indruk was van haar eigen ontboezeming. Nou, hij net zo goed. 'Oké, laten we bij het begin beginnen. We gaan het over mijn huwelijk hebben. Niet over haar dood, maar over hoe het was.'

Ze haalde diep adem. 'Ik weet niet of ik dat wil.'

'Liefste, vertrouw me. Ik probeer alles helder te krijgen. Bij jou te komen.' Hij wachtte op haar knikje, nam toen een wijdbeense pose aan en deed zijn armen over elkaar. Alsof hij wilde benadrukken hoe onverzettelijk hij was. 'Ik kende Desiree al mijn hele leven, maar niet echt goed. Ze zat een jaar boven mij op school. Stil meisje. Ik leerde haar pas echt kennen toen ik voor Mick kwam werken. Hij nam me onder zijn hoede toen mijn ouders gingen verhuizen. Hij werd een soort… mentor voor me. Hij leerde me alles over datgene waar ik van hou. Vissen. Hoe je er echt goed in wordt. En na verloop van tijd werd zij ook familie, denk ik. Ik heb nooit…' Zijn stem werd lager. 'Er was geen aantrekkingskracht zoals ik met jou heb. En dan heb ik het niet eens alleen over seks. We waren vrienden, op een bepaalde manier. Zij probeerde altijd aan de verwachtingen van haar vader te voldoen en ik ook, zeker toen hij me de Della Ray had gegeven. Hij dacht duidelijk dat we goed bij elkaar pasten, dus vroeg ik haar een keer op date en zo... Ik denk dat we allebei Mick gelukkig wilden maken. Dat is wat we gemeen hadden. Dus we deden gewoon wat we moesten doen, al voelde het niet honderd procent goed. Na haar overlijden heb ik mijn ring niet afgedaan, heb me aan mijn trouwgelofte gehouden, alles om het hem niet nog moeilijker te maken. En toen dook jij op, Piper. Ja, toen kwam jij. En ineens voelde het verkeerd dat ik die gelofte ooit aan iemand anders had afgelegd.'

'Was ze sterk? Was ze eraan gewend om mij en Mick uit te zwaaien als we weer naar zee gingen? Ja, volgens mij wel. Maar zij had zich daar haar hele leven op kunnen voorbereiden. Jij bent hier pas een maand, Piper. Minder zelfs, als je nagaat dat we eerst nog deden of we elkaar niet konden uitstaan. Dus het is oneerlijk om jou met haar te vergelijken. Je bent te hard voor jezelf.'

Het was duidelijk dat Brendan zelf geloofde wat hij zei. En het was ook lastig om hem níét te geloven, zoals hij daar stond, twee koppen groter dan zij, een zeeman in zijn eigen omgeving, met een stem vol overtuigingskracht. Hij was op dit moment zo aanwezig, zo intens dat ze bijna geen adem kreeg. Vond ze het een prettig idee dat zijn huwelijk zo passieloos was geweest? Nee. Hij had beter verdiend. En Desiree ook. Maar ze was blij dat er nu eindelijk licht viel op dat hoekje van zijn leven dat altijd in de schaduw had gelegen. 'Bedankt dat je dit met me deelt.'

'Ik ben nog niet klaar.'

'Wauw, als jij eenmaal op gang komt...'

Brendan deed een stap naar haar toe en pakte haar bij de ellebogen. 'Gisteravond heb je een en ander gezegd dat me dwarszit en daar gaan we nu aan werken. Hij boog voorover en kuste haar voorhoofd, haar neus, haar mond. 'Zeg nooit meer dat er duizenden zijn zoals jij, want dat is volslagen kul. Ik kan degene die jou dat wijsgemaakt heeft maar beter nooit tegenkomen. Je kan niet iets opbouwen om je vader te herdenken als je geen karakter hebt en wegloopt voor verantwoordelijkheid.' Hij kuste haar slaap. 'Gisteravond in de kroeg zag ik hoe makkelijk jij contact maakt met mensen. Echt contact. Je gaf ze het gevoel dat ze er mogen zijn. En kun je je voorstellen wat het voor me betekende toen je ineens daar in het ziekenhuis stond?' Even was hij stil. 'Jij hebt doorzettingsvermogen, karakter en een groot hart. Je bent nog zoekende, natuurlijk, maar dat geldt voor mij net zo goed. Die stomme gewoontes van me. Ik dacht dat ik het allemaal snapte, totdat jij me pushte om mijn regelmatige leventje overhoop te gooien. En ik wil het overhoop blíjven gooien, als het maar met jou is.'

Intussen was Piper in zijn armen veranderd in een slappe sliert spaghetti. Haar neus was rood geworden en ze moest met haar ogen knipperen om de tranen tegen te houden. Warmte en een gevoel van verbondenheid kropen door haar lijf tot aan haar tenen toe, die krulden in haar ballerina's. 'Dat is veel om over na te denken,' fluisterde ze.

'Dat begrijp ik...'

'Ik bedoel, het lijkt erop dat we nu echt iets hebben. Dat wou je toch?'

Ze voelde zijn adem over haar kruin gaan. Zijn armen drukten haar plat tegen zijn brede borst. 'En of ik dat wou.' Even bleef hij stil. 'Nog even over teruggaan naar LA...'

'Zullen we het daar een andere keer over hebben?' Ze drukte haar neus tegen zijn kraag en snoof zijn rustgevende geur op.

Hij zuchtte, maar ze voelde hem knikken. 'Oké, andere keer.'

Ze bleven een tijdje zo staan, Piper in zijn veilige omhelzing, terwijl het schip rustig steeg en daalde op het water en de zon haar rug verwarmde.

Er was veel om over na te denken. Misschien moest ze zichzelf eens onderzoeken. Of, belangrijker, onderzoeken hoe ze naar zichzelf keek. Waar ze in elk geval níét over na hoefde te denken, was hoe belangrijk deze momenten met Brendan waren.

Ze kuste zijn kin en verstrengelde haar vingers in de zijne. Ze genoot ervan hoe hij zijn blik over haar lichaam liet dwalen. 'Gaan we de rondleiding nog afmaken?'

'O ja.' Hij schraapte zijn keel en trok haar mee in de richting van de brug. 'Kom.'

Piper keek nadenkend naar zijn golvende rug en vroeg zich af of hij zich wel realiseerde hoe hard ze met hem naar bed wilde.

Hij was vanochtend opgestaan met het voornemen om haar demonen te verdrijven… en dat had hij gedaan. Niets of niemand kon hem tegenhouden als hij iets wilde. Hij had zelfs een neukpartij overgeslagen omdat hij eerst tot de kern van hun problemen wilde komen. En god, dat was niet alleen fatsoenlijk, het was ronduit opwindend.

Schipper Brendan Taggart was een man. Een echte.

Haar eerste.

Ze moest Los Angeles en het leven dat ze kende opgeven als ze bij hem wilde blijven. Dat durfde ze inmiddels wel onder ogen te zien. Maar er was één probleem dat ondanks alles nog niet was opgelost: wie zou Piper Bellinger zijn als ze in Westport bleef?

Maar dat kwam later wel.

Op dit moment stond haar hoofd uitsluitend naar seks.

Eerst liet Brendan haar de machinekamer zien. Ze stond braaf te knikken en giechelde zelfs niet toen hij uitlegde waar de boegschroef voor diende. Daarna gingen ze terug naar boven, om de kajuit te bekijken, de gemeenschappelijke ruimte, met daarnaast de kombuis, de scheepskeuken en tot slot het slaapkwartier. 'Wauw,' mompelde ze toen ze de smalle ledikanten langs de wanden zag. 'Knusse boel.' Er waren in totaal negen kooien, zoals dat heette, de meeste gestapeld. Een beetje zoals het stapelbed dat ze deelde met Hannah, alleen waren de bedden hier vastgemaakt aan de wand. Naast bijna elke kooi waren foto's getapet. Kinderen, vrouwen, lachende mannen met grote vissen in hun handen. Ze snoof toen ze een ietwat ongepaste kalender opmerkte.

'Oh, sorry,' bromde Brendan en wreef zich over zijn achterhoofd. 'Die is niet van mij.'

Ze rolde met haar ogen. 'Duh.' Ze tikte met een vinger op haar lippen, liep een rondje en hield stil bij een kooi die tegen de verste wand lag, zo ver van de rest als maar mogelijk was in zo'n kleine ruimte. Het was het enige bed zonder bed erboven. 'Deze is van jou. De enige zonder foto's. Heb ik gelijk of niet?'

Hij gromde bevestigend.

'Wil je anders een foto van m…'

'Ja.'

'Oh.' Werd ze een beetje rood? 'Oké, dat kan geregeld.'

'Oké.'

Piper liep traag op haar nieuwe vriend af, zodat hij de intentie in haar ogen goed kon zien. Het groen van zijn eigen ogen werd donkerder van verlangen, een spier bewoog in zijn sterke keel. Ze kwam zo dichtbij dat haar tepels zijn borst nét raakten. 'Krijg je aan boord ook weleens tijd voor jezelf?'

'Als ik tijd voor mezelf wil, dan regel ik dat,' zei hij raspend. 'En dat was vaak nodig, de afgelopen reis.'

Waarmee hij in feite opbiechtte dat hij aan boord gemasturbeerd had terwijl hij aan haar dacht. Dat stemde haar zo tevreden dat het tussen haar dijen wat vochtiger werd. 'Oké dan, wat dacht je van een paar privéfoto's? Voor jou alleen?' Ze wreef haar borsten over zijn bovenlichaam. Hij begon hortend te ademen. 'Lijkt je dat wat?'

Zijn ogen gingen halfdicht. 'Godsamme, ja.'

Ze beet op haar lip en deed een stap achteruit. 'Pak je telefoon maar.'

Zonder zijn ogen ook maar één seconde van Piper af te halen, pakte Brendan zijn telefoon uit zijn achterzak en opende de camera. Hij gaf een kort knikje dat hij er klaar voor was.

Ze stond altijd graag in het middelpunt van de belangstelling, maar de aandacht van deze man was opwindend op een manier die ze nog niet kende. Want deze keer was ook haar hart erbij betrokken.

En niet zo'n beetje ook.

Het bonkte ongeduldig tegen haar ribben, dat hart van haar. Haar bloed bonsde in haar oren toen ze haar jasje uittrok en netjes ergens aan een haak hing. Met het zuchten en kreunen van de scheepsromp onder hun voeten liet ze haar handen over haar bovenlichaam glijden, over haar borsten, kneep erin, dan terug naar beneden, naar de rand van haar shirt, dat ze langzaam uittrok, zodat ze alleen nog een rode spijkerrok en haar ballerina's aanhad. Ze legde haar handen achter haar hoofd, zette een heup naar voren, trok haar onderlip tussen haar tanden en liet hem weer losschieten.

Hij lachte gepijnigd en schudde zijn hoofd. 'Fuuuck.'

'Ja, dat komt zo.'

Met trillende neusgaten richtte Brendan zijn telefoon en drukte af.

*Klik.*

Daarna maakte ze de knoopjes van haar rok los en draaide zich om terwijl ze de rits omlaag trok. Met een verleidelijke blik over haar schouder liet ze het kledingstuk op de grond glijden. Klotestreek van Hannah om geen ondergoed en een beha in te pakken want comfortabel was anders, maar Brendans reactie op haar blote achterwerk was onbetaalbaar. Zelfs aan de schuurplekken dacht ze niet meer toen hij zwaarder begon te ademen en een stap naar voren deed. *Klik. Klik. Klik.*

Met een hand steun zoekend tegen de muur kromde ze haar rug, stak haar kont achteruit en (*KLIK*) oké, tot zover de fotosessie.

Want Brendan liet zijn telefoon vallen en rende naar haar toe.

Hij pakte haar op, gooide haar met een zwaai op zijn matras, liet zich met kleren en al op haar naakte lichaam vallen en kwakte zijn mond op de hare. En oh god, juist dat contrast ontstak het vuur in haar bloed. Ze was kwetsbaar, ze werd begeerd, er werd naar haar gehunkerd en meer vroeg ze niet. Op dit moment was dit alles wat er was.

'We hebben een steviger bed nodig voor wat ik met je van plan ben,' gromde Brendan in haar mond. In zijn kus zinderde de mannelijke seksuele frustratie en ze wist dat zij daar de oorzaak van was en dat hij wraak ging nemen.

*Kom maar. Kom maar.*

Zonder zijn lippen van de hare los te maken, propte Brendans zijn hand tussen hun lichamen en trok zijn rits omlaag. De schokkerige wanhoop van zijn bewegingen wond haar buitengewoon op, maakte de plooi tussen haar benen natter. 'Schiet op,' smeekte ze en hapte naar zijn lippen. 'Schiet op.'

'Verdomme, Piper, wat maak je me hard.' Samen trokken ze zijn boxer omlaag, hun handen raakten elkaar, ze bewogen hun tongen woest in elkaars mond, Piper plagerig, Brendan alsmaar feller. Eindelijk was zijn schacht vrij. Brendan rilde en ademde diep in, sloeg zijn vuist om zijn dikke geslacht. 'Zeg hoe nat je bent. Zeg dat je hem in je wilt.'

'Ik ben zo nat,' kreunde ze, terwijl ze haar heupen optilde en zijn zwoegende ribbenkast tussen haar knieën klemde. 'Ik ben nat en ik wil je. Zo ruig mogelijk.'

Toen de dikke, gladde eikel zich bij haar ingang meldde, zette ze zich schrap door met één hand zijn schouder vast te grijpen en met de andere de houten reling van de kooi. En toch was ze niet voorbereid op het geweld van die eerste stoot. Brendan brulde schor toen hij in haar drong en Piper werd door de kracht richting het hoofdeinde van het smalle matras geschoven. Zijn dikte vulde haar compleet op en voordat ze wist wat er gebeurde, was hij al koortsachtig aan het pompen, terwijl het frame van hun kooi staccato piepend heen en weer bewoog.

Piper drukte zich tegen zijn schouder, met wijd open mond en tranende ogen van genot. Ze genoot van zijn harde geslacht dat in haar natheid dreunde, van zijn ruwe handen die haar knieën van elkaar duwden, haar benen verder openden, zodat hij zijn wil kon doen. Ze genoot van het feit dat ze deze viriele man gek had gemaakt van lust. God, wat hield ze daarvan. Ze wist dat hij erop kickte om uitgedaagd te worden. Het was in één woord perfect.

'Ik wil je horen, lekkertje,' hijgde hij met open mond in haar oor. 'Schreeuw om mijn lul. Niemand kan ons horen.'

Ergens in haar binnenste ging een deurtje open en het kleine beetje dat er nog over was van haar remmingen maakte zich uit de voeten. De kracht die hij op haar uitoefende was zo intens dat het haar eerst niet eens lukte om zijn naam te schreeuwen. Dat enorme lichaam dat onophoudelijk tussen haar benen beukte, nog steeds met kleren aan, terwijl zij daar spiernaakt lag. Waarom werd ze daar zo schandalig geil van?

'Brendan,' zuchtte ze. En toen harder: 'Brendan. Je bent zo lekker. Dit is zo lekker.'

'Ik zal hier nooit meer kunnen liggen zonder me af te beren.' Hij keek haar recht in de ogen en zette zijn hand om haar kaak, precies stevig genoeg om een nieuwe golf van natheid door haar vrouwelijkheid te doen kolken. Haar zintuigen begaven het bijna. 'Daar ga je lekker op, hè? Dat je mij zo geil maakt?'

Ze beet op haar lip en knikte. 'Weet je zeker dat je mijn vriend wil zijn?'

'Ja.' En grommend stootte hij nog eens diep in haar, bleef toen stil liggen en liet zijn vertrokken gezicht in haar hals vallen. 'En ik ga zeker komen als je me zo noemt.'

*Oh. Jezus.* Bij die bekentenis kneep er iets samen in Pipers binnenste. Ze liet een gesmoorde snik horen en haar handen schoten Brendans broek in, naar zijn kont. Ze zette haar nagels in zijn huid, trok hem naar zich toe, maakte krassen in zijn vlees. 'Oh mijn god. N... nu. Nu.'

'Fuuuck,' brulde hij en voerde het tempo weer op. Het smakken van vlees op vlees echode door het kleine slaapkwartier. 'Fuck it, ik kan niet meer stoppen.' Ze kneep hem af met haar intieme spieren en hij kreunde, pompte harder, liet de kooi rammelen. 'Vind je dat lekker? Vind je het lekker dat ik klaarkom als je mij je vriend noemt? Vind je het lekker om je vriend te laten klaarkomen? Zeg het nog eens.'

Ze ging met haar nagels over zijn harde kont, kraste erin, fluisterde: 'Mijn vriend kan zo lekker neuken. Hij mag in me komen wanneer hij maar wil.' Met een verdwaasde maar ondeugende glimlach liet ze haar middelvinger tussen zijn billen glijden en duwde hem in de strakke ingang. 'Hij weet precies hoe hij dat kan verdienen.'

Piper zat al op het randje van haar eigen orgasme toen ze dat laatste zei, maar Brendans reactie gaf haar een extra zet. Door een half-doorzichtige waas van groeiende gelukzaligheid zag ze hem geschrokken vloeken, zijn heupen wanhopig naar voren en naar achteren stoten en de pezen in zijn nek tot brekens toe aanspannen. 'Godver, ik ben er. Het gaat gebeuren. En jij kunt maar beter ook komen, Piper,' brulde hij, terwijl hij zijn hand omlaag bracht en met zijn duim over haar clitoris ging. 'Zo laat ik mijn vriendin komen. Het lukt altijd.'

En oh god, met een enorme dreun ging haar kanon af. Haar knieën schoten omhoog en omklemden zijn lichaam, haar rug kromde zich en ze lag te gillen, te schudden, op zijn schouders te slaan, terwijl tranen langs haar slapen omlaag rolden. Het ging maar door, in hete en malende pulsaties. Vooral toen Brendan diep, diep in haar doordrong, een ogenblik stil bleef en toen heftig begon te schokken. Zijn lendenen bewogen in onsamenhangende patronen en het volume van zijn gekreun wedijverde met haar schreeuw die nog steeds in de lucht hing. Ze kronkelde onder hem, probeerde het diepste punt van de bron van het genot te vinden. Maar pas toen zijn mond op de hare belandde, besefte ze... besefte ze dat dat diepste punt niet fysiek was. Ze had hun emotionele band nodig om tot rust te komen. Ze had hem nodig, zijn hart, zijn Brendan-heid. Zodra hun lippen elkaar raakten, slaakte haar hart een gelukzalige zucht en kwam tot bedaren. Loomheid trok door haar ledematen en maakte haar slap.

'Ssst, liefste.' Hij ademde hoorbaar en streelde haar wang met trillende vingers. 'Ik ben bij je. Ik ben altijd bij je.'

Ze wendde haar hoofd niet af. 'Ik weet het.'

Uit zijn grijsgroene ogen sprak tevredenheid. 'Mooi.'

Brendan stond op en verdween in de badkamer om zijn broek dicht te doen en een paar papieren handdoekjes te pakken. Hij maakte haar dijen schoon en kuste ondertussen allerlei gevoelige plekjes. Toen kwam hij bij haar op de kooi liggen, lepeltje-lepeltje, zij met haar rug tegen zijn borst, hij een bezitterige arm om haar middel geslagen.

Piper was al aan het indommelen toen Brendan nog iets zei. 'Zullen we het maar niet over die vinger hebben?'

Het schip deinde rustig in de zon en zij tweeën lagen te lachen. En toen ze uitgelachen waren, begonnen ze opnieuw. Op vijf zeemijl uit de kust konden ze makkelijk doen alsof er geen moeilijke beslissingen op ze lagen te wachten.

Maar vroeg of laat moesten ze eraan geloven. Eerder vroeg dan laat.

# Hoofdstuk tweeëntwintig

Aan het begin van de avond voeren ze de baai van Grays Harbor weer binnen. Eigenlijk was Brendan van plan geweest om eerder terug te gaan, maar Piper was op zijn borst in slaap gevallen en dan hield natuurlijk alles op.

De zoveelste keer dat ze zijn plannen in de war schopte. Een streep door zijn vaste routine haalde.

Hij parkeerde zijn pick-up voor de No Name, keek opzij, naar Piper en dacht terug aan het gesprek op het water. Ze waren erin geslaagd om veel onuitgesproken zaken op te helderen. Zijn huwelijk, haar onrust om zijn werk en het belangrijkste: de manier waarop ze naar zichzelf keek. Al dat praten, al dat ophelderen, moest er wel toe leiden dat ze in Westport zou blijven, al wilde ze daar nu nog niet mee bezig zijn. Wat moest er gebeuren voordat ze het überhaupt zou gaan overwegen?

Hij vroeg bizar veel van haar. Ze zou haar huis moeten achterlaten, haar vrienden, haar hele vertrouwde leven.

Zelfs Hannah, want die ging uiteindelijk terug naar LA.

Het doorbreken van zijn vaste gewoontes stelde geen reet voor vergeleken met wat (of liever: wie) hij ervoor terugkreeg. De opofferingen die hij van Piper vroeg, waren veel en veel groter.

En daar zat hij behoorlijk mee in zijn maag.

Was hij dan zo'n egoïstische klootzak?

'Hé.' Piper boog zich naar hem toe en kuste zijn schouder. 'Wat zit je moeilijk te kijken?'

Hij schudde zijn hoofd en vroeg zich af of hij eerlijk moest zijn. Op zee waren ze heel eerlijk tegen elkaar geweest. Er waren veel obstakels uit de weg geruimd. De angst voor wat komen ging, was beheersbaar geworden. Maar hij wilde haar er liever niet aan herinneren dat de vergelijking toch wel erg in haar nadeel uitviel. Ze moest er niet nu al te veel mee bezig zijn. Eerst moest hij een oplossing zoeken.

Maar was er wel een oplossing?

'Ik bedacht gewoon hoe klote het is dat je vannacht niet bij mij in bed ligt,' zei Brendan. Gelukkig hoefde hij niet te liegen, niet helemaal tenminste. 'Daar zou ik zo'n zin in hebben.'

'Ik ook.' Bloosde ze nu en sloeg ze haar ogen neer, na wat er net op zijn schip gebeurd was? Damn. Wat een vrouw. Hij zou de rest van zijn leven nodig hebben om al die kleine dingetjes te leren begrijpen die haar maakten tot wat ze was. 'Maar dat is niet leuk voor Hannah. Ze is voor mij naar Westport gekomen, dus ik wil haar niet élke nacht alleen laten.'

'Snap ik,' bromde hij.

'Maar we hebben onze telefoons nog,' vleide ze. 'En vergeet die mooie nieuwe sexy foto's niet.'

'Die vergeet ik nooit van mijn leven.'

Ze schudde tevreden met haar schouders. 'Oké. Nou. Dan denk ik dat dit het moment is voor de dramatische afscheidskus van de geliefden. Alsof we elkaar een jaar moeten missen.'

Brendan zuchtte. 'Ik vond het altijd belachelijk, zoals de jongens op de steiger niet los te weken zijn van hun vrouw of vriendin. Ik werd altijd pissig dat het zo lang duurde voordat we weg konden.' Hij keek zijn beeldschone vriendin strak aan. 'Maar nu zou het me niks verbazen als ik je de volgende keer over mijn schouder gooi en mee aan boord neem.'

'Echt?' Ze ging wat meer rechtop zitten. 'Zou je dat willen?'

'Natuurlijk niet. Wat als het ging stormen of je brak een been of zo?' Waarom zweette hij ineens? En waarom was zijn pols op hol geslagen? 'Ik zou compleet gek worden, Piper.'

'Hannah zou zeggen dat jij er dubbele standaarden op nahoudt.'

'Hannah zegt maar wat ze wil,' snoof hij. 'Jij zet geen voet op een schip, behalve als het een korte tocht is en ik erbij ben. Alsjeblieft.'

Piper keek ondeugend. 'Nou, omdat je het zo vriendelijk vraagt. Dan zal ik die tochtjes met al die andere schippers maar cancelen.'

Ondanks dat ze hem duidelijk zat te stangen, gromde Brendan tevreden. 'Je zei iets over een dramatische afscheidskus?' bracht hij haar in herinnering. Toen hij haar hielp haar gordel los te maken, schuurde hij met een knokkel langs haar tepels. Ze krompen ineen en Piper schoof wat heen en weer op haar stoel. Hij kreunde van ergernis, maar ze snoerde hem de mond door hem aan zijn baard naar zich toe te trekken en te zoenen. Eerst licht, maar al snel verloren ze zich in een lang, vochtig samenspel van lippen en tongen en huiverende ademstoten.

Met een spijtige zucht maakten ze zich ten slotte van elkaar los. 'Hmmm...' Ze knipoogde naar hem, deed het portier open en gleed van haar stoel. 'Dag kapiteintje.'

Toen binnen was, wreef Brendan nadenkend over zijn gezicht.

Misschien zou Piper Bellinger zijn dood worden, maar dan stierf hij tenminste als een gelukkig man.

In plaats van naar zijn eigen huis, merkte hij dat hij richting dat van Fox reed. Zijn beste vriend woonde in een appartement in de buurt van de haven, op een steenworp afstand van het water. En waar Brendans huis stabiliteit uitstraalde, was dat van Fox zo tijdelijk als het maar zijn kon. Vluchtig laagje verf, alleen de noodzakelijkste meubels en een enorme televisie. Een echte vrijgezellenflat. Brendan kwam niet vaak bij Fox thuis, aangezien ze toch wel dagen (vaak weken) achter elkaar samen op zee zaten. Brendan had zijn vaste gewoontes en daar hoorden kroeglopen en achter de vrouwen aan gaan niet bij, of wat Fox verder ook in zijn vrije tijd deed.

Het bleef maar aan hem knagen. Het probleem dat Piper op het punt stond om alles op te offeren, terwijl hij zelf nauwelijks iets hoefde in te leverden. Hij kon er lang of kort over nadenken, maar hij zag geen oplossing. Misschien moest hij het maar eens hardop uitspreken. Misschien was er een retesimpele oplossing die hij gewoon over het hoofd zag. Het was het proberen waard. Alles beter dan er thuis in zijn eentje over piekeren.

Fox deed open in een joggingbroek en op blote voeten, een flesje bier in zijn hand. Vanuit de kamer klonken de geluiden van een honkbalwedstrijd op tv. 'Schipper.' Hij fronste vragend zijn wenkbrauwen. 'Toch niks aan de hand hoop ik?'

'Nee. Opzij.' Hij stapte ongevraagd langs Fox naar binnen en knikte naar zijn bier. 'Heb je er nog zo een?'

'Zát. In de koelkast.'

Brendan gromde. Hij pakte een biertje, trok de kroonkurk er in één beweging af en ging aan het andere eind van de bank zitten, voor de tv. Hij probeerde zich te concentreren op wat er zich op het scherm afspeelde, maar zijn hersenen wilden niet meewerken. Na een minuut of vijf verbrak Fox de stilte.

'Ga je nog vertellen waarom je zo zit te zenuwpezen?' Fox stak een hand op. 'Ik bedoel, ik ken je niet anders, maar meestal niet bij mij op de bank.'

'Verwacht je bezoek of zo?'

'Jezus, nee.' Zijn vriend snoof. 'Ik zoek ze nooit hier in de stad uit, dat weet je.'

'Ja,' zei Brendan. 'Maar meestal weet je niet hoe snel je naar Seattle moet als we een goede vangst hebben gedaan. Hoezo ben je nog thuis?'

Zonder zijn ogen van de televisie af te halen haalde Fox zijn schouders op. 'Geen idee. Geen zin deze keer.'

Brendan wachtte of zijn vriend meer uitleg zou geven. Toen dat niet gebeurde, vond Brendan het zinloos om de reden van zijn bezoek nog langer voor zich te houden. 'Die vrouwen waar je in Seattle mee omgaat… dat is nooit serieus, toch?'

'Natuurlijk niet. Juist daarom zoek ik het daar, niet hier in Westport.' Hij hief zijn bier op. 'Sorry schat, ik ben hier maar één nacht. Graag of niet.' Hij zette de fles aan zijn mond. 'Meestal is het graag, als je dat nog niet begrepen had.'

'Gefeliciteerd.'

'Bedankt.' Fox lachte. 'Maar waarom wil je dat…' Begrip brak door op zijn gezicht. 'Kom je advies vragen over vrouwen?'

Brendan lachte spottend. 'Wat een onzin.'

'Keek eens aan, dus dáárom kom je langs. Ouwe snoeperd.' Fox grinnikte. 'Heb je nog steeds last van die Piper?'

'Wie zegt dat ik last van haar heb?' viel Brendan uit.

'Relax, schipper. Ik bedoel…' Fox keek naar het plafond en zocht naar de juiste woorden. 'Heb je haar definitief uit je hoofd gezet?'

Alsof dat mogelijk was. 'Nee.'

'Je bent nog niet met haar naar bed geweest?'

Fuck. Over dit soort dingen praatte hij niet graag. Wat er tussen hem en Piper was gebeurd, moest privé blijven. 'Geen commentaar,' bromde hij.

Fox leek onder de indruk. 'Ja dus. Wat is dan het probleem?'

Brendan keek hem boos aan. 'Het probleem is dat ik naar jou ben gekomen voor advies.'

Zijn vriend negeerde die opmerking. 'Vraag maar wat je wilt weten. Ik voel me eigenlijk best gevleid dat je bij mij komt. Er zijn maar twee dingen waar ik iets van weet: vissen en vrouwen. En die kun je eigenlijk heel goed vergelijken. Als je gaat vissen, moet je aas hebben, ja?' Hij wees op zijn glimlach. 'Dit is mijn aas.'

'Jezus Christus.'

'Daarna heb je een haak nodig. Je openingszin.'

Brendan kreeg een hol gevoel in zijn maag. 'Mijn openingszin tegen Piper was min of meer dat ze moest oprotten.'

'Mja, ik ben ook verbaasd dat dat werkte.' Hij krabde zich tussen zijn wenkbrauwen. 'Waar was ik gebleven met mijn vergelijking?'

'Je was klaar.'

'Nee, wacht. Als je haar aan de haak hebt, hoef je haar alleen nog binnen te halen.' Hij leunde naar voren met zijn onderarmen op zijn knieën.

'Maar het lijkt erop dat je dat allemaal al gedaan hebt. Tenzij... wacht, de bedoeling was om haar in bed te krijgen, toch?'

'Ik had geen bedoeling. In het begin niet tenminste. Anders had ik niet tegen haar geschreeuwd, of gemopperd over haar stomme tasje, of gezegd dat ze maar beter naar huis kon gaan.' Hij voelde zich ineens ziek, zette zijn bier met een klap neer en stond op. 'God, ik ben al blij dat ze me überhaupt nog aankijkt.

En nu heb ik het gore lef om te willen dat ze voor mij hier blijft? Ik lijk wel gek.'

Fox floot. 'Oké dan. Blijkbaar is er het een en ander gebeurd sinds de laatste keer dat ik je sprak.' Hij leek het ook niet meer te weten en dat was verontrustend. 'En nu wil je dus dat díé vrouw in déze stad blijft?'

Brendan masseerde zijn borst om de druk te verlichten. 'Ja joh, wrijf het lekker in.'

Even waren ze stil. 'Ik weet het niet, schipper. Ik kan je niet zeggen hoe je de vis in de boot houdt. Ik laat ze meestal weer zwemmen.'

'Godsamme, hou toch eens op met die stomme vergelijking.'

'Het is een prima vergelijking en dat weet je best.'

Brendan ging weer zitten en klemde zijn handen tussen zijn knieën. 'Als ze terug wil naar LA, moet ik haar laten gaan. Mijn leven is hier. Er zijn mensen afhankelijk van me.'

'Je zou daar ook helemaal gestoord worden. Maar dat is het punt niet eens. Jij... bént Westport.'

'En dus komt alles op Piper neer. Zij moet haar leven opgeven.' Hij zei het moedeloos. 'Hoe kan ik dat in godsnaam van haar vragen?'

Fox schudde zijn hoofd. 'Geen idee. Maar ze krijgt jou ervoor terug.' Hij haalde zijn schouders op. 'Toch niet helemáál een schijtdeal.'

'Bedankt,' zei Brendan droog. En toen weer serieus: 'Als ze hier gelukkig is, hoeft ze niet zo nodig weg. Dat klinkt logisch, toch? Maar wat vinden vrouwen leuk? Waar worden ze gelukkig van?'

Fox wees naar zijn kruis.

Langzaam schudde Brendan zijn hoofd. 'Ransaap.'

'Wat vinden vrouwen leuk?' herhaalde Fox grinnikend, maar nu leek hij toch serieus over de vraag na te denken. 'Ik denk niet dat er één bepaald iets is. Het hangt van de vrouw in kwestie af.' Hij haalde een schouder op en keek weer naar de tv. 'Neem bijvoorbeeld die zus van Piper, Hannah. Die houdt van platen, ja? Stel, ik zou haar gelukkig willen maken, dan zou ik haar morgen meenemen naar Seattle. Er is een grote vinylbeurs in het congrescentrum.'

'Hoe weet jij dat nou weer?'

'Weet ik veel, ik zag het toevallig op internet,' zei Fox iets te snel. 'Punt is, je moet kijken naar wat zij leuk vindt. Ze houden niet allemáál van bloemen en chocolaatjes.'

'Juist ja.'

Fox wilde nog iets zeggen, maar dat moment klonken er rare geluiden door de kamer en het duurde even voor Brendan begreep dat het zijn telefoon was. Hij trok het ding uit zijn kontzak. 'Piper,' las hij. Hij nam onmiddellijk op, en hoopte maar dat Fox niet al te erg zou merken dat zijn polsslag in overdrive ging bij alleen al het vooruitzicht om haar stem te horen. 'Alles goed?'

'Ja hoor. Geen brand deze keer.' Ze klonk luchtig, relaxed. Ze had er geen idee van dat hij aan de andere kant van de stad probeerde uit te zoeken hoe ze een toekomst konden hebben. 'Uhh, zouden we morgen misschien jouw pick-up kunnen lenen? We zijn op Marketplace een leuke artistieke chick tegengekomen met een supervette shabby chique kroonluchter die we echt héél goed kunnen gebruiken hebben voor het café. Ze vraagt maar veertig dollar. Maar dan moeten we hem wel zelf ophalen. Ze woont ergens halverwege hier en Seattle.'

'Een uur rijden ongeveer,' hoorde hij Hannah op de achtergrond roepen.

'Een uur rijden ongeveer,' herhaalde Piper. 'We zaten al naar een Uber te kijken, maar toen bedacht ik ineens dat ik een superlekkere vriend heb met een mooie pick-up.' Ze was even stil. 'Of gooi ik dan je routine in de war?'

Zijn routine.

Het was alsof hij een emmer water in zijn gezicht kreeg.

Als hij wilde dat Piper in Westport bleef, als hij wilde dat ze die enorme stap zou nemen, dan moest ze weten dat ze hem kon vertrouwen. Hij zou Piper laten zien dat hij aan zichzelf werkte en niet meer zo sterk hing aan zijn vaste gewoontes. Als hij haar iets kon geven van wat ze miste aan LA, iets meer spontaniteit, dan kon dat net het zetje zijn dat ze nodig had.

Hij kon best wel spontaan zijn.

Hij kon haar best verrassen. Haar gelukkig maken. Haar geven waar ze van hield.

Toch?

Ja. Dat kon hij best. Hij verheugde zich er zelfs op.

'Als we nou eens die kroonluchter ophalen en dan doorrijden naar Seattle? Dan pakken we daar een hotel en rijden we maandag terug naar Westport.'

Brendan keek met opgetrokken wenkbrauw naar Fox. Die knikte, diep onder de indruk.

'Serieus?' Piper lachte hees. 'Wat is er te doen dan in Seattle?'

Nu niet twijfelen. 'Een vinylbeurs in het congrescentrum bijvoorbeeld. Misschien wel leuk voor Hannah.'

'Een vinylbeurs?' Gegil van Hannah op de achtergrond, gevolgd door gebonk van voeten die snel dichterbij kwamen. 'Oh, uh... ja, ik denk dat ze wel interesse heeft.' Een seconde bleef het stil. 'Hoe weet je dat eigenlijk, van die beurs?'

Zelfs zonder speaker moest ze te verstaan zijn, want Fox

schudde al waarschuwend van nee. 'Daar kwam Fox mee.' Brendan stak zijn middelvinger naar hem op. 'Hij gaat sowieso.'

Brendan had bijna spijt dat hij zijn vriend verraden had. Bijna. De kans om tijd door te brengen met zijn vriendin was belangrijker dan wat dan ook. En hij wilde Hannah zeker niet alleen met Fox naar een vreemde stad laten gaan. Piper wilde dat vast ook niet.

'Dus dan gaan we met z'n vieren?' vroeg Piper. Ze klonk alsof ze er zin in had.

'Yep.'

Ze lachte. 'Oké dan. Klinkt goed! Tot morgen dan.' En ineens aarzelend en op veel lagere toon: 'Brendan... ik mis je.'

Zijn hart bonsde in zijn keel. 'Ik jou ook.'

Ze hingen op.

Fox stak waarschuwend zijn wijsvinger uit. 'Ik heb wat van je tegoed, man. En niet zo'n beetje ook.'

'Klopt.' Brendan liep naar de deur. Waarschijnlijk zou hij de rest van de avond plannen zitten maken. 'Als ik je nou eens de Della Ray geef?'

Toen deed Brendan de deur achter zich dicht en liet zijn vriend stomverbaasd achter.

# Hoofdstuk drieëntwintig

Piper had vlinders in haar buik.

Fijne vlinders.

Ze ging een nachtje weg met haar vriend. Het hoe en waarom was een beetje verdacht, maar dat maakte niets uit. Net zoals het niets uitmaakte dat het op deze manier steeds meer op een relatie begon te lijken. En misschien zou die relatie geen stand zou houden, afhankelijk van wanneer ze terug naar Los Angeles ging, maar vandaag was dat allemaal niet belangrijk. Morgen ook nog niet. Ze zette alle zorgen aan de kant en ging er gewoon van genieten. Van het uitstapje én van Brendan.

Grinnikend om haar eigen ondeugende gedachten stopte ze haar tandenborstel in haar weekendtas en hield pas op toen Hannah haar vragend aankeek. *Doe eens rustig, geile donder.*

Maar echt. Het was haast ongemakkelijk hoe hitsig ze was, de laatste dagen. Een paar keer een vaginaal orgasme en ze wilde al niets anders meer. Als ze maar aan Brendan dacht, begon haar pussy al traag te druipen.

Nu we het er toch over hadden. 'Ik denk dat ik me laat waxen als we weer in de bewoonde wereld zijn,' zei Piper, terwijl ze nadacht of ze alles ingepakt had. 'Ga je mee?'

'Tuurlijk.' Hannah gooide een uitpuilende rugzak over haar

schouder. 'Voor als ons hotel een zwembad heeft of zo.'

'Ik maak een afspraak zodra ik weet waar we zitten.' Piper klapte in haar handen. 'Waxdate voor de zusjes!'

'Spannend,' zei Hannah droog terwijl ze tegen het stapelbed leunde. 'Zeg, Fox gaat toch niet alleen maar mee om, uh… op mij te passen, of wel?'

Piper trok nadenkend haar neus op. 'Volgens Brendan ging hij sowieso.'

'Vast. Die keer in de platenzaak wist hij niet eens het verschil tussen 45 en 78 toeren.' Ze kneep haar ogen tot spleetjes. 'Dit zaakje stinkt als je het mij vraagt.'

'Welkom in Westport. Hier stinkt alles.' Piper legde haar handen op Hannahs schouders. 'Hij komt echt niet mee om te babysitten. Je bent zesentwintig. Trouwens, je bent heus niet eenzaam daar. Brendan en ik zijn er ook nog.'

Hannahs mond viel open. 'Piper, hoe naïef kun je zijn?'

'Hoe bedoel je?'

'Als ik vraag of Fox op me moet passen, dan bedoel ik natuurlijk of hij me moet afleiden zodat jij en Brendan in alle rust van jouw vers gewaxte doos kunnen genieten.' Nu viel Pipers mond ook open. 'Niet dat ik dat erg vind. Helemaal niet. Laat mij maar over die beurs struinen tussen de andere fanaten. Perfect. Als Fox zich maar niet verplicht voelt om mij bezig te houden, want daar heeft niemand wat aan.'

'Ik snap het.' Piper kneep in Hannahs schouder. 'Vertrouw je me?'

'Sowieso.'

'Mooi. Als we ook maar een béétje het gevoel krijgen dat ze ons van elkaar los proberen te weken, gaan we ervandoor, ja? We moeten het allebei leuk vinden, anders is er niks aan.'

Hannah knikte en glimlachte flauw. 'Deal.'

'Deal.' Piper likte haar lippen. 'Hé, ik wou je nog wat vragen.' Ze ademde langzaam uit. 'Wat dacht je ervan als we op Labor Day ons grote openingsfeest gaven?'

Hannah telde de dagen af in haar hoofd. 'Dat is al over acht dagen! Een week!'

Piper lachte liefjes. 'Dat is te doen, toch?'

'Je hebt het iedereen al verteld, hè?'

Piper kreunde en liet Hannahs schouders los. 'Hoe weet je dat?'

'Ik ken je toch? Eens een partyplanner, altijd een partyplanner.'

'Ik kan er niks aan doen.' En zachter: 'Ik vind het zo leuk.'

Even gingen Hannahs mondhoeken omhoog, maar ze zette direct weer een streng gezicht op. 'Pipes, we hebben Daniel nog niet eens ingelicht.' Ze bekeek haar zus argwanend. 'Ben je eigenlijk wel plan om hem uit te nodigen? Of wil je de volle drie maanden hier blijven?'

'Natuurlijk ga ik hem uitnodigen!' zei Piper automatisch. Ze had het nog niet gezegd of ze voelde een steek in haar buik. Maar ze kon het niet meer terugnemen.

Het kon nooit kwaad om meerdere opties open te houden, toch? Misschien zou Daniel zeggen dat ze eerder naar huis mochten, maar ze kon dat aanbod toch ook gewoon afslaan? En als ze wel terugging, dan toch niet per se dezelfde dag al?

Hoe meer tijd ze met Brendan doorbracht, hoe minder ze de behoefte voelde om te ontsnappen uit Westport. Aan de andere kant was ze er nog niet aan toe om voor altijd te blijven. En dat kon toch ook helemaal niet? Oké, ze had vriendinnen gemaakt in de Blow the Man Down. Ze had een soort van band gekregen met mensen als Abe, Opal, de meisjes in de Red Buoy. Met de mannen van de doe-het-zelfzaak, met sommige van de locals die elke dag aan de haven te vinden waren. Ja, ze maakte regelmatig een praatje hier en daar, maar wat zei dat nou helemaal? Ze voelde zich al minder een buitenstaander dan toen ze hier net was, maar dat betekende toch niet dat haar toekomst hier lag?

Ze dacht aan Brendans handen die door haar haar gingen toen ze op kooi lagen op de Della Ray. Aan het vriendelijke deinen van het schip, aan het regelmatige geluid van zijn ademhaling. Het kostte veel moeite om te zeggen wat ze nu ging zeggen.

'Dan bel ik Daniel nu meteen.'

*Gewoon voor de zekerheid.*

Hannah trok een wenkbrauw op. 'Serieus?'

'Tuurlijk.' Piper pakte haar telefoon, probeerde niet te letten op de rare voorgevoelens in haar buik en zocht Daniels nummer. Bij de tweede keer overgaan nam hun stiefvader op. 'Hé Daniel!'

'Dag Piper.' Hij leek nerveus. 'Is alles in orde daar?'

Ze giechelde, eigenlijk ook als remedie tegen het koude gevoel in haar borst. 'Waarom vraagt iedereen dat aan me? Ben ik zo'n wandelende ramp?'

'Welnee.' Leugenaar. 'Nee hoor, ik heb gewoon lang niks van je gehoord. Ik had je al veel eerder verwacht, smekend of je terug mocht naar LA.'

Tja, wie had ooit kunnen denken dat ze een beer van een zeeman tegen het lijf zou lopen die haar vaginaal kon laten klaarkomen en ook verder haar leven op zijn kop zette?

'Uhh...' Ze streek wat haren achter haar oor en knikte geruststellend naar Hannah. 'We hebben het druk gehad. En daar bel ik ook voor. Hannah en ik hebben besloten om het café een beetje op te knappen.'

Stilte. 'Oh.'

Ze kon uit zijn stem niet opmaken of hij sceptisch of onder de indruk was. 'Ja, echt. En op Labor Day gaan we feestelijk open. Denk je dat… Zou je willen komen? Alsjeblieft?'

Daniel bleef even stil en zuchtte toen. 'Piper, ik heb het vreselijk druk op het moment met een nieuw project.'

Was het opluchting wat ze voelde? En zo ja, moest ze zich dan zorgen maken. 'Oh, oké…'

'Labor Day, zei je?' Ze hoorde hem even rommelen met zijn computer. Waarschijnlijk opende hij zijn agenda. 'Ik moet zeggen dat ik wel nieuwsgierig ben naar wat jullie onder opknappen verstaan.' Het klonk wat sarcastisch, maar ze besloot het hem niet kwalijk te nemen. Ze had nog nooit ook maar iets van klusvaardigheid laten blijken, op die *bong* na die ze in de eindexamenklas had gemaakt van een aubergine. 'Misschien lukt het wel. Hoe ver is het van Seattle?'

Haar maag voelde zwaar. Hij kwam.

Maar ze probeerde te glimlachen. Dit was goed nieuws. Dit was wat zij en Hannah al die tijd hadden gewild.

Opties openhouden. Voor de zekerheid.

'Een uur of twee. Ik wil wel op zoek gaan naar een hotel voor je in de buurt van Westport…'

Daniel snoof. 'Nee hoor, bedankt. Mijn assistente vindt wel iets in Seattle.' Hij zuchtte weer. 'Goed, het is genoteerd. Dan zie ik jullie binnenkort.'

'Vet!' Pipers glimlach zakte. 'En mama?'

'Die… uh… zit er niet zo op te wachten om terug te gaan. Maar ik kom namens ons beiden. Goed?' Nog meer gerammel op de computer. 'Maar ik moet ophangen. Leuk om je te spreken. Knuffel voor jou en Hannah.'

'Oké, doeg Daniel.' Piper hing op en probeerde zo optimistisch mogelijk te kijken en het zeurende gevoel in haar ingewanden te negeren. God, waarom voelde ze zich zo schuldig? Het was toch altijd hun plan geweest om hun stiefvader naar Westport te laten komen in de hoop hun straf te verkorten? 'Geregeld!'

Hannah knikte langzaam. 'Oké.'

'Oké! En je krijgt een knuffel van hem.' Piper drukte haar zus bijna hysterisch aan haar borst. 'Dus bij dezen.' Ze pakte haar weekendtas op. 'Gaan dan maar?'

Toen de zussen naar buiten kwamen, stond de pick-up al met draaiende motor op hen te wachten. Brendan en Fox leunden met chagrijnige blikken tegen de auto, alsof ze ruzie hadden gehad. Bij het zien van Piper klaarde Brendans gezicht op. Begeerte vlamde op in zijn ogen. 'Goedemorgen Piper,' zei hij kortaf.

'Goedemorgen Brendan.'

Het leek wel of Fox bijna… zenuwachtig werd toen hij Hannah zag, vond Piper. Hij maakte zijn slungelige lijf los van de pick-up om haar te helpen met haar rugzak.

'Morgen,' zei hij. 'Zal ik die nemen?'

'Nee hoor, bedankt,' zei Hannah en ze glipte langs hem heen en gooide haar rugzak door het open raam van de achterbank. 'Ik hou hem liever bij me.'

Piper lachte. 'Ze kan niet zonder haar koptelefoon.' Ze liet Brendan haar tas van haar overnemen, pakte de kraag van zijn houthakkershemd en trok hem omlaag voor een kus, die hij maar al te graag beantwoordde. Zijn lippen smaakten licht naar koffie. In een vertederend ouderwets gebaar trok hij zijn muts van zijn hoofd en schermde er hun zoenende gezichten mee af. 'Ik heb je gemist,' fluisterde ze toen ze de kus afbrak en wierp hem een veelbetekenende blik toe.

In Brendans borst rommelde het als antwoord. Hij rukte de

deur aan de passagierskant haast uit de scharnieren toen hij haar hielp instappen. Fox en Hannah gingen achterin zitten, zo ver mogelijk uit elkaar, met Hannahs rugzak in het midden. Piper vroeg zich af of er misschien spanningen waren waar haar zus niet over had verteld. Was ze zo met haar eigen liefdesleven bezig geweest dat ze bepaalde belangrijke ontwikkelingen bij Hannah over het hoofd had gezien? Ze nam zich voor om dat zo snel mogelijk recht te zetten.

Ze waren een paar minuten onderweg toen Piper toevallig op het scherm van het navigatiesysteem keek en de naam van een heel, heel erg fancy hotel herkende. 'Wacht even. We zitten dáár toch niet?'

Brendan gromde en voegde in.

Piper kreeg visioenen van marmeren badkuipen, Egyptisch katoen, zachte witte badjassen en flatterend sfeerlicht. 'Serieus, zitten we daar?'

'Oh-oh, iemand gaat het groot aanpakken,' giechelde Hannah vanaf de achterbank. 'Netjes, Brendan.' En toen, ineens op andere toon: 'Maar uh... hoeveel kamers heb je geboekt?'

'Ik slaap bij Hannah,' zei Piper snel, terwijl ze met een 'we laten elkaar niet in de steek hè, bitch'-blik over haar schouder keek.

'Natuurlijk,' zei Brendan meteen. 'We hebben drie kamers. Fox en ik gaan apart. Hij hoort me op zee al vaak genoeg snurken.'

Drie kamers? Een maand geleden zou ze geen seconde stilgestaan hebben bij de prijs van een overnachting in een luxehotel. Maar nu rekende ze in gedachten bij van alles uit wat het kostte, tot een kop koffie aan toe. Voor drie kamers in een hotel als dit moest je aardig wat geld meebrengen. Je kwam al snel aan tweeduizend dollar. Hoeveel verdienden vissers eigenlijk? Geen idee.

Maar dat waren zorgen voor later. Op dit moment was ze te druk met dromen over verfijnde hapjes van de roomservice en gratis slippers.

De schipper wist wel waar ze goed op ging, of niet soms?

'Ik heb een playlist gemaakt voor onderweg,' zei Hannah, en ze gaf Piper haar telefoon. '"Roadtrip Seattle". Druk maar op shuffle, Pipes.'

'Ja mevrouw.' Ze sloot de telefoon aan op de autoradio. 'De dj heeft altijd gelijk.'

Als eerste speelde 'The Passenger' van Iggy Pop. 'Als je goed luistert, hoor je in het refrein Bowie meezingen,' riep Hannah boven de muziek uit. 'Dit nummer gaat over hun vriendschap. Samen rondrijden, op reis...' Ze zuchtte weemoedig. 'Stel je eens voor dat ze ineens naast je staan bij het stoplicht.'

'Ga je daarnaar op zoek op de beurs?' vroeg Fox. 'Naar Bowie?'

'Misschien. Het mooie van platen snuffelen is dat je nooit weet waar je mee thuiskomt.' Opgewekt nu het over haar favoriete onderwerp ging, draaide Hannah zich naar hem toe. 'De platen moeten tegen je praten. En nog belangrijker, jij moet luisteren.'

Vol interesse en onopgemerkt achter haar zonnebril volgde Piper het gesprek via de achteruitkijkspiegel.

'Met platen is het net als met wijn. Sommige studio's hebben betere jaren dan andere. Want het gaat niet alleen om de muziek zelf, maar ook om de persing. Je kan vinden wat je wilt van een album, maar er is ook het kwaliteitsaspect.' Ze grijnsde. 'En als je dan de perfecte persing vindt van een album waar je weg van bent, dan gaat er niets boven die eerste tonen als de naald de groef raakt.'

'Heb je dat weleens?' vroeg Fox voorzichtig na even nadenken.

Hannah knikte plechtig. 'A Case of You' van Joni Mitchell, het eerste nummer dat ik ooit hoorde van *Blue*. Dat heeft me voor altijd veranderd.'

De playlist ging inmiddels over op 'Fast Car' van Tracy Chapman.

Pipers zus neuriede een paar maten mee. 'Je stemming speelt ook mee. Als ik blij ben, koop ik Weezer of zo. Heb ik heimwee, dan ga ik op zoek naar Tom Petty…'

Fox tuitte zijn lippen. 'Luister je ook weleens iets van je eigen generatie?'

'Soms. Meestal niet.'

'Onze Hannah is een oude ziel,' riep Piper naar achteren.

Brendans vriend knikte en keek weer naar Hannah. 'Dus je hebt een liedje voor elke stemming?'

'Hónderden,' zei Hannah zacht, terwijl ze haar rugzak openritste en haar koptelefoon en een stampvolle iPod pakte, die ze tegen haar borst drukte. 'Hoe voel jij je op dit moment?'

'Weet ik veel. Uh…' Fox keek nadenkend naar het dak, met die smile van hem nog steeds op zijn gezicht. 'Tevreden.'

'Tevreden,' herhaalde Hannah. 'Hoezo?'

Fox antwoordde niet meteen. 'Omdat ik niet met Brendan op de kamer hoef natuurlijk.' Hij knikte naar de koptelefoon. 'Nou, welk liedje heb je?'

Met een superieure blik gaf Hannah hem de koptelefoon.

Fox zette hem op.

Een paar tellen later barstte hij in lachen uit.

Piper draaide zich om. 'Welk nummer heb je opgezet?'

'"No Scrubs."'

Zelfs Brendan moest lachen. Het klonk als een roestige scheepsmotor en Piper wilde het liefst op zijn schoot kruipen en met zijn baard spelen. Maar dat moest maar wachten.

De rit duurde twee uur en Fox en Hannah schoven centimeter voor centimeter naar elkaar toe op de achterbank, tot ze uiteindelijk de koptelefoon deelden, om de beurt nummers voor elkaar uitkozen en kibbelden over wie de beste smaak had. Piper had de spanning tussen Fox en haar zus niet zo tof gevonden, maar ze wist niet of dit beter was. Ze had genoeg dates gehad met players om er eentje op een kilometer afstand te ruiken. En Fox was de koning van de players, of ze moest er wel héél erg naast zitten.

Na een korte stop om de kroonluchter op te pikken, die ze onder een zeil in de laadbak legden, kwamen ze tegen de lunch aan bij het hotel. In de lobby had Piper een paar minuten om van de waterval en de rustgevende pianomuziek te genieten, voordat ze naar de liften gingen.

'Ik heb gevraagd om kamers vlak bij elkaar. We zitten allemaal op de zestiende,' zei Brendan. Hij deelde de keycards uit en nam zo onnadrukkelijk de leiding dat Piper op haar lip moest bijten. 'De beurs begint om twaalf uur. Zullen we in de lobby afspreken en er dan samen naartoe lopen?'

'Klinkt goed,' zeiden de zussen tegelijk.

Al dacht Piper: ik wil je ter plekke bespringen.

De lift kwam aan op de zestiende verdieping en ze gingen elk een andere kant op. Piper was blij om een halfuur alleen te zijn met haar zus. 'Je had het wel gezellig met Fox, hè?' fluisterde ze terwijl ze haar keycard tegen de sensor hield.

Hannah snoof. 'Huh? Nee joh. We zaten gewoon muziek te luisteren.'

'Ja, alleen zijn muziek en seks voor jou…' Piper maakte haar zin niet af en holde de kamer in. Het was er fenomenaal. Getemperd zonlicht viel door dunne gordijnen. Uitzicht op zee. Een wit, donzig dekbed op een kingsize bed met spiegelend hoofdbord en ingebouwde sfeerspotjes. Alles uitgevoerd in elegant crème en goud en marmer. Een zitje compleet met pluchen voetenbankje en kussens met kwastjes. Aan de muren hingen zelfs vintage *Vogue*-covers. 'Oh Hannah.' Piper draaide om haar as, de armen wijd uitgespreid. 'Ik ben thuis.'

'Dat heeft de schipper goed gedaan.'

'Dat heeft hij héél goed gedaan.' Piper streelde een kussen zo groot als een Volkswagen Kever. 'Maar we hadden het over Fox. Wat gebeurt er allemaal?'

Hannah liet zich met rugzak en al in de loveseat vallen. 'Ach, het slaat eigenlijk nergens op.'

'Hoe bedoel je?'

Haar zus gromde geërgerd. 'Die dag dat hij met me naar de platenzaak liep, dacht ik dat hij misschien best cute was. We konden goed praten. Hij had meer inhoud dan ik had verwacht. En toen... begon zijn telefoon non-stop te pingen en zag ik allemaal namen van meisjes op het scherm. Tina. Josie. Mika. Ik voelde me zo onnozel dat ik op die manier naar hem gekeken had. Alsof er misschien... meer in zat.' Ze zette haar rugzak met een rilling op de grond. 'Volgens mij was dat schoonmaakmiddel dat we in de fik hadden gestoken naar mijn hoofd gestegen of zo. Maar het was maar een tijdelijke inzinking, hoor. Ik ga weer voor Sergei. Helemaal. Ook al behandelt hij me als zijn kleine zusje.'

'Dus geen klef gedoe met Fox?'

'Nou, nee.' Hannah leek erg tevreden met zichzelf. 'Maar ik zie hem wel als een vriend. Hij is grappig. Niet dom. En hij ziet er goed uit, ik bedoel, dat zie ik ook wel. Maar het is puur platonisch.'

'Zeker weten, Hanns?' Piper keek haar zus onderzoekend aan.

'Ik bedoel, hij weet duidelijk wel raad met de dames. Ik wil niet dat je gekwetst wordt, of dat je…'

'Pipes. Ik heb geen interesse.' Het leek erop dat ze het meende. 'Ik zweer het.'

'Oké.'

'Trouwens, ik vind het geen probleem om een beetje te chillen met hem vandaag. Ik voel geen babysit-vibe.' Ze bewoog haar hand alsof ze Piper weg wilde jagen. 'Dan kunnen jij en Brendan de dingen doen die stelletjes doen.'

'Wat? Nee joh, ik wil ook platen snuffelen.'

'Nee hoor. Maar lief dat je probeert te doen alsof.'

Piper trok een pruilmondje, maar klaarde meteen op. 'Maar onze waxdate gaat door hoor!' Toen hapte ze geschrokken naar adem. 'Wacht, ik had iets vlak bij het congrescentrum geboekt, omdat ik dacht dat we daar in de buurt zaten. Maar weet je, dat cancel ik wel. Wedden dat ze hier waxservice op de kamer hebben? Kom, we doen eens gek.'

'Mij maakt het niet uit waar we het laten doen. Het gaat sowieso fucking veel pijn doen.'

Piper greep al naar de telefoon. 'Zo mag ik het horen!'

# Hoofdstuk vierentwintig

Brendan had natuurlijk gehoopt om in Seattle de nodige tijd alleen met Piper te kunnen doorbrengen, hij had alleen niet verwacht dat het er al zo snel van zou komen. Maar hem hoorde je niet klagen.

In de lobby, waar ze met zijn vieren waren samengekomen om afscheid te nemen voor de rest van de middag, probeerde hij zich niet underdressed te voelen in zijn spijkerbroek, ruitenoverhemd en werkschoenen. Zijn muts had hij meteen op de kamer al afgedaan, een beetje geïntimideerd door alle luxe. De kamerprijs was al een kleine hint geweest dat het hier aan de chique kant zou zijn, maar hij had er niet op gerekend dat hij zich serieus druk zou moeten maken om de afdrukken van zijn werkschoenen op het tapijt.

*Dit is wat ze gewend is.*

*En dus moet je haar dit geven.*

Piper lachte om Hannahs ontevreden gezicht. 'Vond je het zó erg?'

'Ze waarschuwde niet eens, ze trok hem er in één keer af.'

'Wie waarschuwde niet?' Fox keek nieuwsgierig van Hannah naar Piper en terug. 'Jezus, wat hebben jullie gedaan?'

'Ons laten waxen,' vertelde Piper luchtig. 'Op de kamer.'

Hannah gaf haar zus een elleboogstoot. 'Piper!'

Piper was net haar haar aan het opschudden en hield verbaasd op. 'Wat? Dat doet toch iedereen weleens?'

'Niet iedereen.' Hannah had een rood hoofd gekregen. 'Oh mijn god, ik ga maar, voordat mijn zus me nog meer voor lul zet.' Ze keek naar Fox en trok een wenkbrauw op. 'Klaar?'

Het gebeurde niet vaak, maar Brendans boezemvriend had even geen gevat antwoord paraat. 'Uh, ja hoor.' Hij kuchte in zijn vuist. 'Op naar de platenbakken.'

'Zes uur hier voor het eten,' zei Brendan.

Fox salueerde loom en volgde Hannah naar de uitgang.

Ze waren bijna bij de draaideur toen Piper Brendan aan zijn overhemd trok. Hij keek omlaag. 'Ik maak me een klein beetje zorgen. Ze beweert dat ze gewoon vrienden zijn, maar ik gun het haar niet dat iemand haar hart breekt.'

Brendan had het nog niet hardop gezegd, maar hij dacht eigenlijk hetzelfde. Vrouwen waren voor Fox nooit vriendinnen. Alleen onenightstands. 'Ik praat wel met hem.'

Piper knikte en wierp nog een laatste bezorgde blik op de ruggen van Hannah en Fox. 'Dus...' Ze draaide zich naar Brendan en gaf hem haar volledige aandacht. 'En toen waren we met z'n tweetjes. De hele middag. Wil je gaan sightseeën?'

'Nee.'

'Nee?' Haar ogen stonden ondeugend. 'Had je iets anders in gedachten?'

Ze verwachtte duidelijk dat hij haar over zijn schouder zou gooien en mee naar de kamer zou nemen. En god, reken maar dat hij er zin in had om Piper uit te kleden en de hele middag te neuken op dat belachelijk grote bed. Maar hij had zich voorgenomen om minder voorspelbaar te zijn. Hij moest deze middag verstandig gebruiken. 'Ik neem je mee shoppen.'

Haar glimlach verdween en een koortsachtige gloed kwam in haar ogen.

Ze legde een trillende hand op haar keel. 'E… echt?' fluisterde ze.

Hij streek een paar haren achter haar oor. 'Ja.'

'Maar… echt waar? Nu?'

'Ja.'

Ze wuifde zichzelf koelte toe. 'Wat gaan we kopen dan?'

'Wat je maar wilt.'

Ze knipperde met haar hemelsblauwe ogen. Een paar keer. Fronste nadenkend haar wenkbrauwen. 'Ik heb… ik weet op dit moment niet wat ik zou willen hebben.'

'Misschien moeten we dan eerst even rondkijken.'

'Nee.' Ze likte haar lippen en leek zelf verbaasd over wat ze zei. 'Brendan, ik hou van shoppen en fancy hotels, dat weet je. Heel erg. Maar ik heb het niet nódig. Je hoeft niet…' Ze maakte een omvattend gebaar door de lobby. 'Je hoeft dit allemaal niet te doen om mij gelukkig te maken.' Ze legde haar wang op zijn borst. 'Mag ik gewoon in je oplader?'

Zonder aarzelen sloeg hij zijn armen om haar heen en drukte zijn mond op haar kruin. Dit waren de woorden die hij had willen horen en eigenlijk besefte hij dat nu pas. Hij kon zich een uitspatting als deze makkelijk veroorloven, dat had er helemaal niets mee te maken, maar hij vond het een veel prettiger idee dat hij zelf genoeg was voor haar. En nu ze dat had toegegeven, wilde hij haar juist extra graag trakteren op een dag vol met al haar lievelingsdingen. 'Serieus, ik neem je mee shoppen, liefste.'

'Nee.'

'Jawel.'

'Nee Brendan. Dat hoeft echt niet. Ik ben net zo gelukkig als ik met jou naar het vissen gooien ga kijken op de Pike Place Market. En oh mijn god, dat meen ik echt.' Ze drukte zich dichter tegen hem aan, stopte haar hand tussen zijn houthakkershemd. 'Echt, echt waar.'

'Piper.' Hij boog zijn hoofd om in haar oor te fluisteren. 'Maar van jou verwennen wordt mijn pik groot en stijf.'

'En dat zeg je nu pas?' Ze pakte zijn hand en trok hem mee naar de draaideur. 'We gaan shoppen!'

'Een spijkerbroek?'

Piper tilde haar kin op. 'Wat ik maar wil, zei je toch?'

Genietend volgde Brendan haar door de dure modezaak, een van de vele onder het dak van het grote Pacific Place-warenhuis, en hield zijn ogen op de verleidelijk bewegende billen in het roze rokje. Ze was volledig in haar element tussen de paspoppen en kledingrekken en hij was blij was dat hij toch aangedrongen had. De verkoopster, die op zijn vriendin af was gekomen zodra ze de drempel over waren en met wie ze meteen dikke maatjes werd, liep weg om een stapel jeans te halen in Pipers maat.

'Natuurlijk mag je kopen wat je wilt,' zei hij, en deed zijn uiterste best om geen kleren van de rekken te maaien met zijn brede schouders. 'Ik had alleen gedacht dat je meteen naar de jurken zou rennen.'

'Normaal wel,' zei ze met een hooghartige blik over haar schouder. 'Maar toevallig dacht ik eraan dat jij laatst nog vroeg of ik wel een spijkerbroek had.'

'Die avond dat je was wezen dansen in de Blow the Man Down?' herinnerde hij zich. 'Dat je daar überhaupt nog iets van weet.'

'Oh, alleen de belangrijke dingen,' zei ze. 'Zoals laatdunkende opmerkingen over mijn garderobe.'

'Niks mis met je… garderobe.' Oké dan, hij gebruikte tegenwoordig het woord 'garderobe'. Zonder te lachen. 'Ik vond je kleren eerst een beetje…'

'Belachelijk?'

'Onpraktisch,' verbeterde hij haar met klem. 'Maar ik denk er nu anders over.'

'Volgens mij vind je mijn kleren alleen leuk als je ze uit mag trekken.'

'Och, dat speelt wel mee, ja. Maar het belangrijkste is dat het jóúw kleren zijn.' De verkoopster kwam aanlopen met haar armen vol broeken en hij moest zich inhouden om haar niet weg te jagen. 'Ik hou van de dingen die jou jou maken, Piper. Je hoeft jezelf niet te veranderen.'

'Ik ga niks veranderen, Brendan,' lachte ze, terwijl ze hem meetrok naar de paskamers. 'Maar binnenkort heb ik niet zoveel meer aan mijn jurken. De herfst komt eraan hier in het noordwesten.'

Piper verdween met een stapel spijkerbroeken in allerlei kleuren en modellen in een pashokje en de verkoopster wees op een kleine, sierlijke fauteuil. Brendan begreep dat hij daarop moest gaan zitten en voelde zich als een reus op een kabouterstoeltje.

'Gaat het ook altijd zo als je gaat shoppen in LA?' riep hij naar Pipers hokje.

'Hmm, nee, niet precies.' Ze stak haar hoofd om het gordijn

en knipoogde. 'Dan heb ik meestal geen zeeman van bijna twee meter bij me.'

Hij bromde geamuseerd. 'En is dat leuker of minder leuk?'

'Leuker. Veel leuker.' Ze schoof het gordijn opzij en kwam naar buiten met een lichtblauwe painted-on spijkerbroek en een zwarte doorzichtige beha. 'Hm, matig.' Ze draaide zich om en bekeek haar kont in de spiegel. 'Wat vind jij?'

Brendan klapte zijn mond weer dicht. 'Wát? Wat is hier in godsnaam matig aan?'

Ze haalde haar schouders op. 'Het stiksel is raar.'

'Het sti... wat?' Hij leunde naar voren om het beter te kunnen zien en werd onmiddellijk afgeleid door haar kont. 'Wat maakt dat nou weer uit?'

De verkoopster kwam terug en hield haar hoofd scheef. 'Ik zie het al. Leg maar terug.'

Piper knikte. 'Dat dacht ik ook.'

'Nemen jullie me in de zeik of zo? Het is een prima broek.'

De vrouwen lachten. De verkoopster verdween weer, Piper ging terug het hokje in en Brendan vroeg zich af of hij als enige niet gek geworden was.

'Ja, dit is toch wel anders dan shoppen met de meiden in LA. Ik weet zeker dat ik minstens de helft van de tijd te horen krijg dat iets me super staat als dat niet zo is. Er is altijd een soort competitie. We proberen allemaal een voorsprong op de anderen te krijgen.'

Brendan hoorde een rits omhooggaan en zag haar voeten naar rechts draaien onder het gordijn, naar links en weer naar rechts. Hij moest glimlachen om de glitternagellak op haar tenen. Het was zo... Piper. 'Weet je, ik denk dat ik shoppen al heel lang niet leuk meer vond en dat ik het niet eens in de gaten had. Begrijp me niet verkeerd, ik ben gek op kleren. Maar al die keren dat ik met Kirby op jurkenjacht ben geweest… ik kan me niet eens meer herinneren dat ik er iets bij voelde. Misschien heb ik veel te lang geprobeerd om die eerste euforie terug te krijgen. Maar ik kreeg laatst een veel grotere kick van die korting op dat visnet dan van al mijn Chanel-tassen bij elkaar.'

Plotseling hapte ze naar adem.

Geschrokken schoot Brendan op. 'Wat is er?'

'Misschien heeft Daniels les gewerkt.' Ze schoof het gordijn open en hij zag de ontzetting op haar gezicht. 'Ik denk dat ik de waarde van geld ben gaan inzien, Brendan.'

Hij wist niet of het de bedoeling was dat hij haar nu fucking schattig vond, maar het was wel zo.

'Dat is mooi, Piper,' gromde hij en probeerde er serieus bij te kijken.

'Ja.' Ze wees op een donkere jeans die zich schandalig lekker naar haar heerlijke heupen vormde. 'Ook een nee, hè?'

'Wat mij betreft een ja.'

Ze schudde haar hoofd en deed het gordijn weer dicht. 'En hij kost honderd dollar, zag ik.' Toen mompelde ze: 'Best een hoop geld toch?'

Hij moest lachen. 'Voor één krab krijg ik al meer, hoor.'

'Serieus? En hoeveel vang je er?'

'Per seizoen? Als ik mijn quotum haal? Bijna veertigduizend kilo.'

Even bleef het stil, toen kwam ze achter het gordijn vandaan met de rekenmachine op haar telefoon. Haar mond stond open en ze draaide het scherm met de talloze nullen langzaam in zijn richting. 'Brendan, we praten over miljoenen dollars.'

Hij zei niets, keek haar alleen maar aan.

'Oh nee,' zei ze en schudde haar hoofd. 'Dat was niet de bedoeling.'

Brendan fronste zijn wenkbrauwen. 'Hoe bedoel je?'

'Ken ik eindelijk de waarde van geld, kom ik erachter dat mijn vriend stinkend rijk is.' Zuchtend schoof ze het gordijn weer dicht. 'We moeten het uitmaken, Brendan. Dat is leerzamer voor me.'

'Wát?' Zijn hart begon direct paniekerig te bonken. Nee. Nee, dit kon niet waar zijn. Hij had haar vast niet goed gehoord. Maar zo ja, dan gingen ze deze fucking winkel pas uit als ze van gedachten veranderd was. Hij sprong van het kabouterstoeltje en rukte het gordijn van Pipers hokje open. Met een vuist voor haar mond stond ze te schudden van het lachen. Opluchting werd over hem uitgestort alsof het sprinklersysteem ineens aanging. 'Niet grappig,' mopperde hij.

'Jawel.' Ze giechelde. 'Héél grappig.'

'Zie je me lachen dan?'

Ze drukte haar lippen op elkaar, maar haar glimmende ogen bleven lachen. Hij kon onmogelijk boos op haar blijven, zeker niet toen ze haar armen om zijn nek gooide, haar zachte lichaam tegen het zijne aandrukte en hem verleidde tot een kus. 'Sorry.' Teder likte ze zijn tong. 'Ik had niet verwacht dat je er zó makkelijk in zou trappen.'

Hij gromde. Hij baalde ervan dat hij genoot van Pipers pogingen om het weer goed te maken. Zoals ze aan zijn haren friemelde, met schuldbewuste ogen, liet hij zich weer compleet inpakken. Godver, wat verliefd zijn allemaal niet met hem deed. Hij was flink de sjaak.

'Als ik jou mijn broek laat uitkiezen, vergeef je me dan?' mompelde ze met haar lippen op de zijne.

Brendan wreef over haar flanken. 'Ik ben niet boos. Dat kan toch helemaal niet? Niet op jou.'

Ze maakte haar handen los en duwde de volgende spijkerbroek van de stapel in zijn handen.

Recht voor zijn ogen ritste ze de broek die ze had gepast langzaam open en trok hem uit. Ze stond voorover gebogen, haar kont bijna tegen de spiegel en god allemachtig, zo van bovenaf had hij een perfect zicht op het mintgroene strookje stof tussen haar soepele billen, het streepje witte huid dat net te zien was.

Met verhit hoofd ging ze weer recht staan en Brendans lul drukte inmiddels met kracht tegen zijn rits. 'Help je hem aantrekken?'

Het interesseerde hem geen zak dat de verkoopster elk moment terug kon komen. Die grote, blauwe slaapkamerogen waren het enige dat telde. Op dit moment sowieso en misschien wel voor altijd. Met sidderende ademhaling ging hij op zijn knieën zitten en wilde haar helpen in de broek te stappen, maar de driehoek van haar slipje recht voor zijn ogen slokte al zijn aandacht op. Zeker toen hij bedacht dat ze zich die ochtend had laten waxen.

Om eerlijk te zijn had hij nooit nagedacht over hoe een vrouw... getrimd was. Maar sinds die keer dat hij Piper gebeft had, kon hij alleen nog maar aan haar pussy denken. Hoe hij eruitzag, voelde, smaakte. Hoe sappig hij was.

'Vind je het goed als ik...?'

Ze knikte, bijna verlegen.

Met één vinger trok Brendan de string omlaag en onthulde het plagerige spleetje, het kleine vlezige bobbeltje dat haar lippen iets uit elkaar duwde. Grauwend kwam hij naar voren, drukte zijn gezicht tegen het malse vlees en inhaleerde diep. 'Dit is van mij.'

Haar maag werd hol toen ze diep in- en uitademde. 'Ja.'

'Eerst ga ik je verwennen met mijn creditcard.' Hij kuste de bovenkant van haar spleet. 'En straks kom je op mijn gezicht zitten en verwen ik je helemaal aan flarden met mijn tong.'

'Brendan.'

Hij legde zijn armen in haar knieholtes en duwde haar met zijn bovenlichaam voorzichtig tegen de wand van het pashokje. Toen hij er zeker van was dat ze stevig stond, maande hij haar zonder woorden om in de broekspijpen te stappen, een voor een. Zijn handen schoven de spijkerstof omhoog, over haar kuiten, haar knieën, haar dijen, terwijl hij elk stukje huid kuste net voordat het verdween. Het deed pijn om de rits dicht te trekken en zo haar kutje weg te moeten stoppen, maar hij deed het toch, terwijl hij zijn tong rond haar navel liet draaien.

Hij stond op en draaide Piper met haar gezicht naar de spiegel. Hij trok haar kont naar achteren, tegen zijn kruis aan, tegen zijn erectie. Haar mond opende zich half en ze legde haar hoofd in haar nek.

Versuft keek ze naar zichzelf in de spiegel, met haar aandacht vooral bij Brendans hand, die over haar buik omlaag ging, haar broek in.

Zijn lange vingers grepen ruw haar kut en ze gaf een geschokt kreetje. 'Deze nemen we.'

'J... ja, dit wordt hem,' zei ze gejaagd. Brendan verstevigde zijn greep weer, tilde haar omhoog, zodat ze op haar tenen moest gaan staan. Ze hijgde met geopende lippen. 'Ja, ja, ja.'

Brendan drukte een kus in haar nek, beet er even in en trok zijn hand langzaam terug. Ze stond nog met rode konen voor de spiegel na te wiebelen toen hij terug naar de wachtruimte ging en haar in het hokje achterliet. 'Mooi zo.'

'Weet je,' hijgde ze vanachter het gordijn, 'met shoppen gaat het vaak meer om de reis dan om de bestemming.'

Hij gebaarde naar de verkoopster, die net aan kwam lopen. 'Ze neemt ze allemaal.'

# Hoofdstuk vijfentwintig

Piper snuffelde aan Brendans hals en tuitte nadenkend haar lippen. 'Nee, dit is hem ook niet. Te veel citrus.'

Brendan leunde met één elleboog op de vitrine en keek half geamuseerd, half ongeduldig. 'Piper, straks heb ik geen plek meer over om te sprayen.'

De middag begon ten einde te lopen en na in de stad geluncht te hebben (Brendan had voor het eerst tiramisu gehad en hij vond het nog lekker ook) waren ze terug in het hotel. Haar vriend leek zo snel mogelijk met haar naar boven te willen gaan, maar ze had hem meegesleept naar het winkeltje naast de lobby om te zien of ze het ultieme luchtje voor hem konden vinden.

Probeerde ze tijd te rekken? Een beetje misschien.

Om de een of andere reden had ze het niet meer van de zenuwen. Wat vreemd was. Wat dan nog als ze naar boven gingen om te rampetampen? Dat hadden ze toch al twee keer eerder gedaan? Het was nergens voor nodig dat haar hart nu twee keer zo snel klopte. En toch gebeurde dat elke keer als Brendan haar knokkels kuste of zijn arm om haar schouders legde. Ondanks de airco was ze warm tot in haar nek en ze merkte dat ze langzaam en diep probeerde te ademen om haar polsslag weer op een redelijk normaal niveau te krijgen.

Zolang ze bezig bleven om de perfecte geur voor hem uit te zoeken, kreeg ze misschien genoeg tijd om rustig te worden. Of in elk geval om uit te zoeken waaróm ze niet rustig werd.

Toen ze zich over de vitrine boog om een vierkante, saliekleurige flacon te pakken, legde Brendan een hand op haar rug. Gewoon, zomaar.

Maar haar pols ging tekeer alsof ze aan de leugendetector hing en ondervraagd werd over haar uitgavepatroon. Ze schudde alle rare gedachten van zich af, plakte het flesje en rook. 'Oh,' fluisterde ze, terwijl ze voor de zekerheid nog eens snoof. 'Dit is hem. Dit is jouw luchtje.'

Het klonk misschien gek, maar nu ze eindelijk de ongrijpbare essentie van Brendan had gevonden, de essentie die ze in een flesje in haar hand hield en die haar zintuigen overspoelde… viel de laatste sluier weg waaronder haar gevoelens verborgen hadden gezeten. Ze was hopeloos, onherroepelijk verliefd op deze man.

Hier, in een andere omgeving, was het makkelijker om al die kleine redenen te zien waarom ze zich tot hem aangetrokken voelde. Zijn eergevoel, zijn geduld, zijn betrouwbaarheid, zijn vastberadenheid. Hoe hij leiding gaf en respect opwekte zonder machtsgeil te zijn. Zijn liefde voor de natuur, tradities, zijn thuis. Zelfs de tact waarmee hij met de gevoelens van zijn schoonvader omging, raakte haar.

Nu ze eindelijk had geaccepteerd hoe diep haar gevoelens gingen, bestond het gevaar dat die vier woordjes haar zouden ontvallen. Daarom had ze zo de kriebels. Want wat zou er dan gebeuren? Dan had ze een relatie. Eentje voor altijd. Niet alleen met hem, maar ook met Westport.

'Piper,' vroeg Brendan bezorgd. 'Gaat het?'

'Natuurlijk,' zei ze veel te opgewekt. 'Ik heb hem gevonden, je luchtje. Echt perfect.'

Met één wenkbrauw sceptisch opgetrokken liet hij de flacon in zijn handen rondgaan. 'Splendid Wood?'

'Precies. Imposant hout. Net als die knuppel in je...' Als een verliefd kalf staarde ze veel te lang in zijn ogen en keek toen snel weer naar het flesje. 'Maar uhh... misschien moeten we hem eerst even ruiken.'

Brendan keek haar met een diepe frons aan, dus het was duidelijk dat ze raar deed. 'Je hebt allebei mijn polsen en mijn hele nek al onder gesprayd,' zei hij. 'Ik heb geen plekje meer over.'

'Je borst?' Ze keek het winkeltje rond. De verkoper was verderop bezig met een andere klant. 'Gewoon even snel ruiken. Dat we geen geld weggooien.' Ze glom van voorpret. 'Werk toch eens mee, Brendan! Laat mij ook eens zuinig zijn.'

Er flitste iets van tederheid over zijn gezicht. 'Gauw dan,' gromde hij, terwijl hij de bovenste drie knoopjes van zijn overhemd losmaakte. 'Ik moet nu toch al drie keer douchen om die zooi eraf te krijgen.'

Piper maakte een klein vreugdedansje. De doorbraak liet nu echt niet meer lang op zich wachten. Dit zou perfect worden, ze wist het zeker. Het lukte haar nét om geen gilletje te slaken. Brendan hield zijn overhemd open en ze sprayde een pufje mist naar binnen. Toen boog ze zich naar voren, begroef haar neus in zijn borsthaar, inhaleerde de combinatie van aarde en Brendans eigen zoute geur en... Oh ja hoor, ze was verliefd. Haar brein slaakte een tevreden zucht. Een zucht van vreugde omdat ze zijn essentie gevangen had, een manier had gevonden om hem in te ademen wanneer ze maar wilde. Niemand weet hoe lang ze daar in die droomtoestand had gestaan, met kleine beetjes ademend, totdat Brendan grinnikte en ze eindelijk haar ogen opendeed.

'Waar dacht je allemaal aan?'

*Dat als ik niet oppas, er binnenkort allemaal kleine schippertjes m/v rondkruipen.*

Maar hoe erg zou dat zijn?

Helemaal niet erg. In feite best vet.

'Ik dacht eraan hoe trots ik op je ben,' antwoordde ze na even nadenken, terwijl ze zijn overhemd weer dichtknoopte. 'Je hebt vandaag tiramisu geprobeerd. Je... regelt tripjes naar Seattle, zomaar spontaan. Je lijkt wel een andere man. Herboren. En ik dacht ook...'

Aan hoeveel ze zelf was veranderd sinds ze naar Westport gekomen was. Sinds ze Brendan kende. Ze had altijd gedacht dat ze vol in het leven stond, maar het was vooral een leven waarin ze door anderen gezien werd, bewonderd werd. Ze moest nu niet tegen zichzelf liegen en doen alsof ze in één maand was genezen van haar diepgewortelde zucht naar aandacht, naar lof, naar alles wat ze ooit als liefde zag. Maar er was wel iets veranderd.

Ze deed nu mee aan haar eigen leven. Niet alleen maar poseren en doen alsof. De wereld was zoveel groter dan zij en nu zag ze dat echt. Ze kéék nu echt.

Net in de paskamer had ze er niet eens aan gedácht om een selfie te maken. Het was genoeg om daar te zijn, op dat moment, met deze man. Want hij kon haar drie miljoen keer beter laten voelen als drie miljoen vreemden bij elkaar.

Holy moly. Zou ze Brendan vertellen dat ze van hem hield?

Yep.

Ze ging het vertellen.

Inbreken in het dakzwembad van een hotel in LA en opgepakt

worden door de politie, dat was krankzinnig. Maar dit? Dit was nog duizend keer gestoorder. Dit was als abseilen van datzelfde hotel met in elk oor een brandende staaf dynamiet. Want dit was allemaal nieuw voor haar en ze had nog een lange weg te gaan voordat ze uitgezocht had hoe ze precies zou passen op haar nieuwe bestemming.

En wat als ze uiteindelijk niet zou blijken te passen?

De kleine scheut van afwijzing toen Adrian het uitmaakte, stelde helemaal niets voor vergeleken met hoe klote ze zich zou voelen als ze Brendan teleurstelde. Hij wist precies wie hij was (baas van zijn eigen schip), wat hij wilde (een hele vissersvloot) en hoe hij het kon krijgen (blijkbaar miljoenen dollars verdienen en dan maar schepen laten bouwen). En zij? Zij had er een week over gedaan om een kroonluchter met de juiste vibe te vinden.

Dit werd een ramp.

Maar toen keek ze in zijn ogen en hoorde weer wat hij had gezegd toen ze op het dek van de Della Ray stonden. Jij hebt doorzettingsvermogen, karakter en een groot hart.

En ze besloot om hem te geloven.

Om in zichzelf te geloven.

'Brendan, ik…'

Haar telefoon ging tekeer. Ze kon de geluiden vanuit haar tas niet direct thuisbrengen, zo lang geleden was het geleden dat ze die gehoord had.

'Oh.' Ze deinsde wat achteruit. 'Dat is de ringtone van Kirby.'

'Kirby.' Een chagrijnige frons verscheen op zijn gezicht. 'Die meid die jou bij de politie had aangegeven?'

'De enige echte. Ik heb haar niet meer gesproken sinds ik weg ben.' Ondanks dat iets in haar zei dat ze het niet moest doen, maakte ze haar tas open en pakte haar telefoon. Ze woog hem in haar hand. 'Ik denk dat ik toch maar opneem. Misschien is er iets mis.'

Brendan zei niets. Keek haar alleen onderzoekend aan.

Maar ze had te lang geaarzeld en de telefoon viel stil.

Opgelucht blies ze haar adem uit, blij dat de beslissing voor haar was genomen... totdat haar telefoon leek te ontploffen. Niet alleen belde Kirby opnieuw, ook kwamen er allemaal berichtjes binnen van mensen die ze zich vaag herinnerde, pingeltjes van e-mails... En op de andere lijn belde nog iemand, aan het nummer te zien ook uit LA. Wat was hier aan de hand?

'Ik moet hier even iets mee,' mompelde ze met een frons. 'Zien we elkaar zo bij de liften?'

'Ja hoor,' zei Brendan na even nadenken. Het leek of hij eigenlijk nog meer wilde zeggen.

'Alleen maar even bellen.'

Het kwam eruit alsof ze vooral ook zichzelf gerust probeerde te stellen, maar ze kon nu niet meer terug dus liep ze de winkel uit. Was het echt alleen maar even bellen? Haar vinger zweefde boven de knop met het groene telefoontje. Dit was de eerste keer dat het leven in LA haar had weten te vinden sinds ze in Washington zat. Ze had nog niet eens opgenomen, maar het voelde nu al alsof iemand wild aan haar stond te schudden en haar droom probeerde te verstoren.

'Stel je niet aan,' zei ze tegen zichzelf en nam op. 'Hé schat. Lief dat je eindelijk sorry wil zeggen.'

Piper keek verbaasd naar haar gezicht in het spiegelende staal naast de liften. Was het verbeelding of klonk ze echt anders als ze met haar vriendinnen uit LA praatte?

'Piper! Ik had al sorry gezegd, toch? Nee? Oh mijn god, dan val ik meteen op mijn knieën. Serieus. Ik ben echt een vreselijke vriendin geweest. Maar ik moest wel. Ik kan niet zonder mijn vaders toelage.'

Waarom had ze in godsnaam opgenomen? 'Nee, ik ook niet.' Misschien omdat het geriedel en geping maar niet ophield. 'Het is oké, Kirby. Ik ben niet boos meer. Hoe is het daar?'

'Hoe het ís? Bitch, serieus?' Er klonk getoeter van auto's op de achtergrond. Een stadsbus reed brullend voorbij. 'Heb je de *LA Weekly* niet gezien dan?'

'Nee,' zei ze langzaam.

'Je staat op de cover en je ziet er zóó hot uit. En dan die kop erboven, oh mijn god. "Partyprinses doet grote verdwijntruc". Ze worden helemaal gek hier.'

Haar slapen begonnen te kloppen. 'Ik begrijp het niet?'

'Kijk dan op hun Insta. Echt iedereen heeft het erover.' Ze gilde haast. 'Oké, lang verhaal kort: ze schrijven dat je het feest van de eeuw hebt gegeven en toen spoorloos bent verdwenen. Ze vinden jou één groot mysterie, Piper. Een soort fucking Banksy of zo. Het ene moment loop je nog op Wilshire Boulevard en het volgende zit je in een of ander haventje. Je hebt niet eens je locatie getagd! Echt iedereen wil er alles van weten.'

'Oh ja?' Ze plofte op het dichtstbijzijnde bankje en probeerde chocola te maken van wat ze allemaal hoorde. 'Gisteren kon het niemand een hol schelen.'

Daar ging Kirby niet op in. 'Belangrijker nog: ze vragen zich af wanneer je terug komt en je troon weer opeist. En daarom bel ik dus.' Ze ademde scherp uit. 'Ik wil een terugkomstfeest voor je organiseren. De locatie is al geregeld. Alleen voor genodigden. Return of the Party Princess. En oké, ik heb al een klein beetje lopen polsen bij wat modeontwerpers. En een paar drankproducenten. Ze willen jou betalen, Piper. Je krijgt een hele bak geld als je in hun kleding op de foto gaat. Of een glas van hun zooi vasthoudt. Vijf nullen hebben we het over. We gaan dit doen, trut. We gaan een fucking legende van je maken.'

Piper voelde iets kriebelen in haar arm. Toen ze opkeek, bleek Brendan een paar meter verderop te staan, in zijn ene hand de tas van de kledingwinkel en in de andere een kleiner zakje, waarschijnlijk van zijn eau de toilette. Hij was te ver weg om iets te kunnen horen, maar aan zijn gezicht kon ze merken dat hij begreep hoe belangrijk dit telefoontje was.

Maar was het eigenlijk wel zo belangrijk? Haar plotselinge populariteit zou net zo snel weer voorbij zijn, dat wist ze. Ze moest zo lang mogelijk op deze golf mee zien te drijven, om daarna meteen op zoek te gaan naar andere manieren om relevant te blijven. Als je het vergeleek met de orkaan die het schip van haar geliefde zeeman in moeilijkheden had gebracht... met monstergolven die nietsvermoedende vissers van het dek konden vegen... dan was haar eigen terugkeer in de spotlights helemaal niet zo spannend.

Een maand geleden zou deze onverwachte meevaller het vetste zijn geweest wat haar ooit was overkomen.

Nu kreeg ze er vooral een leeg gevoel van.

Maar eerlijk is eerlijk: ergens diep in haar zat iets wat graag terug wilde naar haar oude leventje. Daarvan wist ze tenminste zeker dat ze er goed in was. Het was voor haar de gewoonste zaak van de wereld om een donkere club binnen te schrijden, de perfecte song op de achtergrond en van alle kanten applaus te krijgen, gewoon omdat ze mooi, rijk en fotogeniek was.

'Piper. Ben je daar nog?'

'Ja,' zei ze schor, haar ogen nog diep in die van Brendan. 'Ik kan niks beloven.'

'Natuurlijk wel,' zei Kirby geïrriteerd. 'Hoor eens, ik weet dat je momenteel geen geld van Daniel krijgt. Maar als je dit doet, heb je genoeg om op jezelf te gaan wonen. En dan kan je alles doen wat je maar wil. Misschien zelfs Pucker Up nieuw leven inblazen met al die extra publiciteit. Luister, ik betaal je vliegticket, oké? Je kan in ons gastenverblijf slapen. Geen probleem. Ik heb de club geregeld voor 7 september. Op Labor Day was alles al vol, helaas.'

'7 september?' Piper wreef zich over haar voorhoofd. 'Dat is een dinsdag toch?'

'Ja, dus? Je bent toch geen bejaarde?'

Mijn god, was dit haar beste vriendin? 'Kirby, ik moet ophangen. Ik denk er nog over na.'

'Ben je gek? Er is niks om over na te denken. Paris staat op mijn shortlist om te dj'en… en niet eens bovenaan. Dit feest vergeten we van ons leven niet meer.'

Brendan kwam dichterbij, zijn blik gefixeerd op haar gezicht.

*Dit kan ik hem niet vertellen.*

Ze wilde liever niet vertellen wat ze gehoord had. De *LA Weekly*. Het feest ter ere van haar. De partyprinses.

Als ze een lijstje met voor en tegens van Westport zou maken, dan stond 'Piper houdt van Brendan' bovenaan in de 'voor'-kolom, en er was geen enkele 'tegen' te bedenken die daartegenop kon. Als ooit eindelijk dat gesprek zou komen over teruggaan naar LA, dan kón ze niet anders dan uitspreken wat ze voor hem voelde. Maar daarna… als die vier woordjes er eenmaal uit waren, was het duidelijk dat ze nee zei tegen Kirby. Maar daar was ze nog niet honderd procent klaar voor. Nee zeggen tegen triomfantelijk terugkeren naar haar oude leven betekende ja zeggen tegen Westport. Ja tegen samen zijn met de man met het gevaarlijkste beroep ter wereld. Ja tegen een onbekend nieuw leven.

In haar oor was Kirby aan het ratelen over Burberry-achtige kleurenschema's en over dat ze een speciale cocktail had laten ontwikkelen, de Horny Heiress.

'Oké Kirby, ik mis jou ook. Nu ga ik. Doei.'

'Je wou toch niet nu al oph...'

Piper hing snel op, zette haar telefoon uit en sprong overeind. 'Hé.' Ze zette haar verleidelijkste glimlach op. Hopelijk zou dat hem afleiden. 'Heb je die Splendid Wood al gekocht? Die wou ik je cadeau doen.'

'Als je door dat spul in het openbaar aan me wil snuffelen, zie ik het als een investering.' Hij knikte naar haar telefoon. 'Alles in orde?'

'Huh? Ja hoor.' *Hou je handen stil, muts.* 'Een of andere roddel die volgens Kirby niet kon wachten. Spoiler: het was dikke onzin. Laten we liever naar boven gaan.'

Snel drukte Piper op het knopje van de liften, dankte de hemel toen er direct een deur openging en greep Brendan bij zijn stevige pols. Gelukkig liet hij zich gewillig meeslepen. In de lift duwde ze hem tegen de muur en zette haar twee betrouwbaarste trucs in, ontwijken en afleiden, in de hoop dat hij verder geen vragen meer zou stellen.

Vragen die ze zichzelf liever ook niet stelde.

# Hoofdstuk zesentwintig

Brendan kon het gevoel niet van zich afzetten dat Piper hem was ontglipt. En het maakte hem doodsbang.

In het hotelwinkeltje had ze naar hem gekeken op een manier zoals ze nooit eerder had gedaan. Alsof ze bereid was om haar wapens neer te leggen en zich over te geven. Nog nooit had iemand zo naar hem gekeken. Bang en hoopvol tegelijk. Zich op een magistrale manier blootgevend. En hij wilde niets liever dan dat vertrouwen belonen. Haar blij maken dat ze de sprong gewaagd had, want hij zou haar opvangen. Hij wilde haar vertellen dat het leven vóór haar komst geen kleur had, geen licht, geen optimisme.

Nu, in de lift, gingen haar handen over zijn borst. En lager, richting zijn buik.

Ze drukte zich tegen hem aan en verborg haar neus tegen zijn borst. Snoof de geur op. Kreunde zacht…

En wreef met haar knokkels langs de omtrek van zijn lul.

Wat ze deed was duidelijk bedoeld als afleiding en hij voelde zich gevangen tussen lust en irritatie. Hij wilde Piper niet als ze met haar gedachten ergens anders was. Hij wilde geen muren tussen hen. Hij wilde haar helemaal, tot de laatste molecuul. Maar hij was er niet gerust op. Want wat moest hij doen als hij niet kon winnen van de onzichtbare vijand?

En misschien was dat de reden dat hij iets te ruw haar pols pakte en van zijn gulp wegtrok. 'En nu wil ik weten waar dat telefoontje echt over ging.'

Ze schrok van zijn felle toon en sprong naar achteren. 'Dat heb ik al gezegd. Dikke onzin.'

'Serieus, lieg je nou tegen me?'

Ze voelde zich in het nauw gedreven, letterlijk en figuurlijk. Haar gedrag sprak boekdelen. Ze zocht zelfs even naar een uitweg in het plafond. 'Ik hoef je niet alles te vertellen,' stamelde ze uiteindelijk en drukte als een malle op het knopje van de deur, al waren ze nog lang niet op de zestiende verdieping. 'Was je van plan om altijd zo dominant te zijn?' Haar hoge, paniekerige lach brandde een gat in zijn borst. 'Want dat lijkt me wat overdreven.'

Hij liet zich niet uit de tent lokken. No fucking way. 'Piper. Kom eens hier en kijk me aan.'

'Nee.'

'Waarom niet?'

Ze rolde met haar ogen. 'Ga maar bij de politie, kan je lekker de hele dag mensen verhoren.'

'Goed dan,' siste hij. 'Als je de waarheid niet uit jezelf wil vertellen, laat dan maar.'

Ze slikte hoorbaar. Net op dat moment ging de lift open en ze rende de gang op. Zijn kamer lag precies in tegenovergestelde richting, maar vroeg of laat zou ze daar toch wel terechtkomen. Daar had hij alles voor over. Net toen ze haar keycard tegen de sensor van haar kamerdeur hield, haalde Brendan haar in, legde zijn arm om haar middel en trok haar tegen zich aan.

'Zo is het wel genoeg.'

'Doe niet alsof ik een klein kind ben.'

'Gedraag je dan ook niet zo.'

Ze hapte verontwaardigd naar adem. 'Je wou toch zelf...'

'Een veeleisende vriendin? Is dat wat je wilt zeggen? Want dan maak je me echt pissed, Piper.' Hij pakte haar kin en trok haar hoofd achterover, tegen zijn schouder aan. 'Ik wil jóú. Wat je ook doet, wie je ook bent, ik wil jou. En ik zal blijven vechten tot je me toelaat in je hoofd. Ik zal net zo hard en net zo vaak vechten als nodig is. Twijfel niet aan me.'

Hij voelde haar een paar keer diep in- en uitademen.

'Kirby belde om te zeggen dat ik op de cover van de *LA Weekly* sta, oké? "Partyprincess doet grote verdwijntruc". Ze hebben een heel artikel over me geschreven en raad eens, ik ben weer interessant. Een maand volslagen stilte en nu wil iedereen ineens weten waar ik ben gebleven.' Ze maakte zich los uit zijn greep en nam een defensieve houding aan. 'En nu wil Kirby een gigantisch terugkomstfeest geven, helemaal over de top. Ik wou het je niet vertellen omdat ik dan allemaal vragen krijg over wat ik wil. Maar dat wéét ik niet!'

Brendans hart tolde rond in zijn borst. Zijn ongerustheid escaleerde naar diepe angst. De *LA Weekly*. Een gigantisch feest. Hoe kon hij het dáár verdomme tegen opnemen? 'Wat weet je wél, Piper?' wist hij uit te brengen.

Ze deed haar ogen dicht. 'Dat ik van je hou, Brendan. Ik weet alleen maar dat ik van je hou.'

Even viel al het geluid in de wereld weg op het gekraak van de pezen in zijn borst na, die zich tot brekens toe spanden nu zij zo'n groot wonder in zijn hart had gestopt. Ze hield van hem. Deze vrouw hield van hem. '"Alleen maar?" Hoe kun je zoiets zeggen?!' Hij zette een grote stap in haar richting, opende zijn armen en goddank, ze sprong erin, sloeg haar benen om zijn middel, begroef haar gezicht in zijn nek. 'Hoe kun je dat zeggen, terwijl dit het beste is wat me ooit is overkomen?' Hij kuste haar haren, haar wang, drukte zijn mond tegen haar oor. 'Ik hou van je, liefste. Ik hou ook van jou. Fucking veel. Zolang wij van elkaar houden, komt alles goed. Voor altijd. De details werken we later wel uit, oké?'

'Oké.' Ze tilde haar hoofd op en knikte. Lachte verdwaasd. 'Ja. Oké.'

'We houden van elkaar. Piper.' Hij draaide zich om en droeg haar met grote stappen naar zijn kamer. Gelukkig had hij zijn keycard al in zijn hand, want hij wilde nu geen tijd verknoeien met zoeken. 'En daar laat ik niets of niemand tussen komen.'

Jezus. Ze leek wel… bevrijd. Haar ogen waren zacht en rustig en goddelijk mooi en, het belangrijkste, vol vertrouwen. In hem. In hen beiden. Het had hem een klotegevoel gegeven om haar bang te moeten maken, maar hij was toch blij dat hij een beetje gepusht had. Nu was alles in orde. Goddank.

Hij sloeg de card tegen de sensor en schopte de deur open. Zijn enige doel in het leven was nu om deze vrouw een orgasme te bezorgen. Om die zachte blauwe ogen te zien wegdraaien en te weten dat hij daar verantwoordelijk voor was. Voor nu en voor altijd was hij verantwoordelijk voor de bevrediging van al haar behoeften, zo simpel was het.

'Ik wil je zo graag,' snikte ze. Ze trok aan zijn kraag en draaide wanhopig met haar heupen. 'Oh mijn god, ik hou het niet meer.'

'Ik zorg voor je. Dat weet je.' Hij beet opzij in haar hals, stootte ruw zijn lendenen op en hoorde haar adem stokken. 'Dat weet je toch?'

'Ja. Já.'

Brendan zette Piper op de grond, draaide haar om en stroopte haar rokje omhoog tot aan haar middel. 'Misschien dat we ooit nog eens lang genoeg kunnen wachten tot we allebei uitgekleed zijn,' zei hij, terwijl hij haar slipje naar haar enkels sleurde en toen zijn trillende handen naar zijn rits bracht. 'Maar vandaag niet. Ga op handen en knieën op bed zitten.'

God, hij hield van Piper als ze schaamteloos stond te flirten. Hij hield van haar als ze pissig was. Als ze hem plaagde en hem voor haar liet werken. Maar hij hield het meeste van haar zoals ze nu was. Eerlijk. Zonder iets te verbergen. Geil en gretig en echt. Ze klom op bed en deed wat hij gevraagd had. 'Alsjeblieft, Brendan,' smeekte ze. 'Wil je, alsjeblieft, wil je...'

Heel even nam hij, het kon niet anders, de tijd om het kunstwerk te bewonderen dat Piper was. De lenige lijnen van de gespreide dijen, de kont die zijn leven tot een hemel en een hel tegelijk maakte. Hij pakte de billen vast en kneedde ze, trok ze uit elkaar, zodat hij kon zien wat daartussen op hem wachtte. 'Liefste, ik zou juist altijd degene moeten zijn die alsjeblieft zegt,' zei hij hees, terwijl hij zich naar voren boog en met zijn tong over de strakke, samengeknepen huid van haar achteringang ging. Ze hijgde zijn naam, kréúnde zijn naam, aarzelend, hoopvol, en ja, hij moest wel toegeven aan het verlangen om die sexy kont nog dichter tegen zich aan te trekken, zijn mond dieper te begraven en haar daar ruw te likken.

'Oh wauw,' hijgde ze en drong zich verder tegen zijn gezicht aan. 'Wat ben je aan het... oh mijn god.'

Hij bracht een hand naar de voorkant, voelde met twee vingers tussen de zachte plooien en genoot van hoe drijfnat hij haar daar maakte door haar juist ergens anders te likken. Het trof hem hoe beschroomd ze eerst was, maar uiteindelijk niets anders meer kon doen dan haar knieën nog wijder te spreiden en met haar heupen te schokken in de maat van de hongerige bewegingen van zijn tong. Tegen de tijd dat hij zijn tong naar beneden en rond haar vrouwelijkheid liet gaan, was haar clitoris tot barstens toe gezwollen. Hij stootte een paar keer met zijn tong tegen het gevoelige knopje, wreef erover met zijn duim, totdat ze schuddend in elkaar zakte op het zachte dekbed, haar dijen en zijn mond nat van haar zoete vocht.

Ze hijgde toen hij opstond, voorover op haar rug ging liggen en zijn pik in haar pulserende opening duwde. 'Van mij,' gromde hij, tot aan zijn ballen in haar strakheid, zijn bloed razend van bezitsdrang. 'Ik neem wat van mij is.'

Vóór zich zag Brendan iets bewegen in het spiegelende hoofdbord. Op hetzelfde moment kwam hij bijna, zo opwindend was de aanblik van haar openhangende mond en haar tieten, die meebewogen met elke stoot uit het diepste van zijn lendenen. Achter haar rees zijn lichaam op, bijna twee keer zo groot als het hare, de tanden ontbloot alsof hij op het punt stond haar met huid en haar te verslinden. En wie zou dat niet willen? Wie zou deze vrouw niet van onder tot boven zo dicht mogelijk bij zich willen hebben? Haar vuur willen verteren? Wie zou niet met plezier sterven om haar toewijding te verdienen?

'God, je bent zo mooi,' gromde hij, terwijl hij zich boven op haar liet vallen, haar aan het bed spietste en maar bleef stoten, haar opvulde zoals zij zijn hart vulde, zijn hoofd, zijn... hem helemaal. Ze maakte hem compleet door alleen maar te ademen. Hij graaide in haar haren en trok haar hoofd naar achteren, zodat ze elkaar via de spiegel aankeken. Ze hijgde, schokte rond zijn pik, de wanden van haar schede vertelden hem dat ze net zo opgewonden was als hij van de film waarin ze de hoofdrol speelden. 'Word jij zo graag bewonderd, Piper? Hou jij zo van complimentjes? Geen beter compliment dan hoe hard jij mijn lul maakt, toch? Geen beter compliment dan hoe ruw ik jou neuk. En ik heb verdomme mijn broek nog niet eens uit.' Haar adem stokte en ze begon onder hem te kronkelen en in het dekbed te klauwen, terwijl ze met gesloten mond zijn naam schreeuwde. 'Ga door. Kom nog maar een keer, liefste. Voel hoe ik het licht uit je ogen neuk.'

Inderdaad leken haar blauwe ogen niets meer te zien. Ze kreunde schor, lag onder hem met haar heupen te schokken, krampen raasden door haar orgaan en duwden nu ook hem over de rand. Hij beukte nog één keer diep in haar hete holte, toen gromde hij haar naam terwijl hij haar ogen ving in de spiegel. De ondraaglijke druk tussen zijn benen vond een uitweg, en zo lag hij op haar uit te hijgen.

'Ik hou van je,' hijgde ze. Ze leek er zelf door overvallen te worden, ervan te schrikken en Brendans hart leek te exploderen. Telkens als hij dacht dat zijn gevoelens voor haar hun hoogste punt hadden bereikt, bewees zij het tegendeel en werd zijn borstkas weer een stukje groter. Hoe kon hij de komende vijftig, zestig jaar in dit tempo doorgaan? Deze vrouw werd nog eens zijn dood en hij wilde niets liever.

'Piper, ik ook van jou. Ik hou van jou.' Nog steeds boven op haar liggend drukte hij langzame kusjes op haar slaap, haar schouder, haar nek. Eindelijk rolde hij van haar af en trok haar naar zich toe, naar de plek die zij de oplader noemde. En hij had daar dan wel om gelachen, maar zodra ze zich in zijn armen had genesteld, ontspanden haar gelaatstrekken zich en zuchtte ze, alsof zijn omhelzing inderdaad alles goed maakte. Het stemde hem nederig om deze uitwerking op haar te mogen hebben.

'Ik heb dat nog nooit tegen iemand gezegd,' mompelde ze

met haar hoofd op zijn biceps. 'Gek, maar het voelde niet zoals ik altijd had gedacht dat het zou voelen.'

Hij streelde haar haren. 'Hoe dacht je dan dat het zou voelen?'

Ze dacht na. 'Alsof je het maar beter achter de rug kon hebben. Alsof je een pleister lostrekt.'

'En hoe voelde het dan wél?'

'Precies omgekeerd. Alsof je een pleister opdoet. Stevig aanduwt.' Ze keek even nadenkend naar zijn kin, toen weer naar zijn ogen. 'Ik denk dat dat komt omdat ik je vertrouw. Ik vertrouw jou helemaal. Dat is heel belangrijk bij houden van, denk je ook niet?'

'Ja, ik geloof het wel.' Hij slikte iets weg. 'Maar ik ben geen expert, liefste. Ik heb nog nooit op deze manier van iemand gehouden.'

Het duurde even voor ze weer iets zei. 'Ik zal nooit meer iets voor je verzwijgen.' Ze ademde schokkend uit. 'Wauw, de grote beloftes na de seks. Maar ik meen het. Ik hou geen dingen meer achter. Zelfs niet voor eventjes in de lift. Je hoeft niet meer te vechten om in mijn hoofd te mogen. Zo wil ik het niet meer. Ik wil niet dat je steeds zo hard voor me moet werken, Brendan. Zeker niet als het zo makkelijk is om van je te houden.'

Hij verpletterde haar haast tegen zijn borst. Nog even en hij zou uit elkaar spatten, puur van de grootsheid van de gevoelens die ze in hem opwekte. 'Hard werken? Nee, Piper, dan heb je me niet goed begrepen.' Hij tilde haar kin op en kuste haar op de mond. 'Als de beloning zo perfect is als jij bent, zo perfect als dit is, dan is het een eer om zo hard te mogen werken.'

Hun kussen werden snel heviger en Brendan rolde Piper op haar rug. In luttele seconden was zijn pik alweer stijf en pijnlijk opgezwollen geworden en ze smeekte hem om zijn shirt uit te trekken. Dat deed hij en hij dacht er zelfs aan om zijn spijkerbroek en boxer uit te schoppen voordat hij ook haar uitkleedde. Tevreden geluiden klonken uit hun monden toen hun naakte lichamen in elkaar kronkelden, huid op huid, geen muren meer.

Pipers mondhoeken gingen ondeugend omhoog. 'Zullen we het maar niet meer over die tong hebben?'

Ze lachten allebei, wat even later overging in zuchten en nog later in kreunen en het bed kreunde mee. Ze waren zo perfect samen. Niets kon dan veranderen. Niet nu ze elkaar deze zwaarwegende bekentenissen gedaan hadden. Niet nu ze zelfs niet zonder elkaar konden ademen.

Maar als Brendan één ding had geleerd als zeeman, dan was het dit wel: wanneer de storm lijkt te gaan liggen en de zon weer doorbreekt, moet de zwaarste golf nog komen.

Hij kon alles, álles kwijtraken als hij die les vergat.

# Hoofdstuk zevenentwintig

De rest van hun verblijf in Seattle ging voorbij als in een droom.

Op de afgesproken tijd verschenen Hannah en Fox in de lobby, met tassen vol tweedehands platen. En hoewel Piper het nog steeds hard nodig vond dat Brendan Fox zou uitleggen dat hij van Hannah af moest blijven, luchtte het haar wel iets op dat er oprechte vriendschap leek te zijn opgebloeid tussen de twee. Eén middag samen en ze maakten elkaars zinnen al af, compleet met inside jokes en alles. Niet dat Piper daarvan opkeek. Haar zus was een engel, met een zuivere, romantische geest en het werd tijd dat anderen dat ook eens in de gaten kregen.

Zolang de kleren maar aan bleven.

Onder het eten vertelden Brendan en Fox honderduit over het leven op zee. Pipers favoriete verhaal ging over de krab die Deke bij zijn tepel had gegrepen, waardoor Brendan hem had moeten hechten. Ze wilde het wel twee keer horen en ze lachte tot ze er duizelig van werd, al had de wijn daar ook wel iets mee te maken. Op een gegeven moment begon Fox over de storm van afgelopen week en Piper zag hoe Brendan verstijfde en nauwlettend in de gaten hield of ze het aankon. Inderdaad begonnen haar zenuwen onheilspellend te stuiteren, maar tot haar eigen verbazing wist ze zichzelf met een paar diepe ademteugen te kalmeren. Brendan was zo tevreden dat hij haar op zijn schoot trok, waar ze voorlopig gelukzalig bleef zitten.

Die avond sliepen ze allemaal in hun eigen kamer, al gingen er wel wat spannende berichtjes heen en weer tussen Brendan en haar. De volgende ochtend hesen ze zich weer in de pick-up en begon de terugrit.

Haar hand lag stevig in die van Brendan op de middenconsole, Hannahs roadtripmix klonk door de speakers, en Piper merkte dat ze… ernaar uitkeek om thuis te zijn. Ze had Abe vanochtend gebeld om te laten weten dat ze wat later zou komen, en daarna had ze met Opal een koffieafspraak gemaakt.

Er waren meer dan honderd berichten en mailtjes binnengekomen van haar kennissen in LA, van diverse clubeigenaren en van Kirby, maar daar deed ze nu even niets mee. Ze wilde liever nog wat nagenieten van de heerlijke minivakantie in Seattle.

Eigenlijk was Piper veel blijer met de berichtjes van twee meisjes die ze had ontmoet in de Blow the Man Down, die aanboden om het grote feest op Labor Day te helpen plannen. En wat dacht ze van een make-upworkshop met de hele meute?

Leuk, echt leuk. Dat dacht ze ervan. Nieuwe vriendinnen, een grootse opening aan de horizon: Piper had het ineens druk.

Zou ze zich dan toch thuis kunnen voelen in Westport?

Natuurlijk, als Brendan erbij was, voelde ze zich al thuis. Maar zijn leven was in Westport, zijn werk. Hij kende de gemeenschap al sinds zijn geboorte. Ze wilde voor geen goud van hem afhankelijk zijn. Als ze in Westport bleef, dan moest ze er zelf een leven opbouwen. Iemand zijn, binnen én buiten hun relatie. En voor het eerst leek dat geen totale onmogelijkheid meer.

In Westport aangekomen zette Brendan eerst Fox thuis af, waarna het nog vijf minuten rijden was naar Piper en Hannah.

Je kon het chagrijn van zijn gezicht scheppen toen hij de auto in de parkeerstand zette. Hij baalde duidelijk enorm van het naderende afscheid. Zij net zo goed. Maar er was geen sprake van dat ze Hannah vaker dan nodig alleen liet.

Haar zus kwam over de voorbank hangen en legde haar kin in haar handen.

'Oké, Brendan,' zei ze droogjes. 'Toevallig heb ik Piper vanochtend keihard "Natural Woman" horen zingen onder de douche…'

'Hannah!' waarschuwde Piper.

'En toevallig wil ik dat ze gelukkig is en daarom heb ik een voorstel.'

Brendan draaide zich half om. Zijn interesse was gewekt. 'En dat is?'

'Nou, ik neem aan dat je een logeerkamer hebt?' wilde Hannah weten.

Pipers vriend gromde een bevestiging.

'Oké,' zei Hannah langzaam. 'Dan trek ik daarin. Dan kan Piper net zo vaak bij jou zijn als ze wil zonder zich schuldig te voelen.'

'Ga je spullen maar halen,' antwoordde Brendan direct. 'Ik wacht hier.'

'Wacht even, wát?' Piper keek ongelovig naar die twee gekke mensen, van wie ze meer hield dan van wat ook op aarde. 'Ik ga niet… we kunnen niet… ik kan toch niet zomaar bij je intrekken, Brendan? Daar moeten we dan toch eerst over praten.'

'Succes ermee,' zei Hannah vrolijk en sprong uit de pick-up.

'Brendan…' begon Piper.

'Piper.' Hij stak zijn hand uit, streek met zijn duim over haar jukbeen. 'Jij hoort in mijn bed. Geen discussie over mogelijk.'

Ze lachte zenuwachtig. 'Weet je wel wat je zegt? Ik heb nog

nooit samengewoond, maar ik weet haast zeker dat mensen die samenwonen een groot deel van de dag geen make-up ophebben. En al die vuile kleren! Heb je daar al aan gedacht? Waar laat ik die? Tot nu is het me gelukt om een beetje mysterieus te blijven.'

'Mysterieus,' herhaalde hij nadenkend.

'Ja, precies.' Ze dook weg voor zijn aanraking. 'Wat gebeurt er als... het mysterie verdwijnt?'

'Ik heb geen behoefte aan mysteries als het om jou gaat. Trouwens, zaterdag moet ik weer naar zee.' *Over een paar dagen al.* 'Ik wil geen moment met jou missen.'

'Zaterdag...' Dit was nieuw voor haar, al had ze wel geweten dat hij vroeg of laat weer moest gaan werken. Hij was zelfs nog relatief lang aan wal gebleven, omdat ze na het krabseizoen altijd een week vrij namen. 'Denk je dat je op tijd terug bent voor Labor Day?'

'Reken maar. Dat wil ik niet missen.' Hij trok nonchalant een wenkbrauw op, alsof hij haar niet zojuist hartkloppingen had bezorgd van vreugde. 'Als we elk een eigen wasmand nemen, zou dat helpen?'

'Misschien.' Ze kauwde op haar lip. 'En we moeten afspreken: niet zoenen voor ik mijn tanden heb gepoetst.'

'Nee, da's niks.' Zijn ogen dwaalden af naar waar haar rokje ophield. 'Ik wil mijn Piper verwennen wanneer ik maar wil, ook als ze net wakker is.'

'Oké dan.' Het floepte er zomaar uit. 'Dan ga ik inpakken.'

Triomf en tederheid mengden zich op zijn gezicht. 'Mooi.'

Met een hooghartige blik naar haar vriend, al deed haar hart een rondedansje, stapte ze uit. Maar net toen ze de deur dicht wilde slaan, herinnerde ze zich haar belofte om met Abe naar het museum te wandelen. 'Zullen we rond etenstijd komen?'

zei ze tegen Brendan. 'We halen onderweg wel boodschappen. Misschien kun je me leren koken.'

'Ik zal de brandblusser klaarzetten.'

'Haha.' Ze glimlachte zo breed dat haar kaken pijn deden. 'Tot vanavond dan, kapiteintje.'

In zijn grijsgroene ogen smeulde de belofte. 'Tot vanavond.'

Op een holletje liep Piper naar de doe-het-zelfzaak om Abe op te halen. Bij het scheepvaartmuseum kletste ze nog even met hem en ging toen naar Opal om een kop koffie met haar te drinken. Onderweg terug naar de No Name beantwoordde ze de berichtjes van haar nieuwe vriendinnen Patty en Val en prikten ze een tijd om Labor Day voor te bereiden. Zij en Hannah zouden zeker een tandje bij moeten steken om op tijd klaar te zijn (ze hadden nog niet eens een uithangbord), maar met een beetje doorzetten moest het lukken.

Aan het eind van de middag pakten de zussen schone kleren in voor een paar nachten en liepen met hun rugzakken naar de supermarkt, waar ze hetzelfde kochten als wat Brendan die eerste ochtend in Westport in haar winkelwagentje had gegooid.

Vlinders wervelden door haar buik toen ze aanklopte, maar het gefladder kreeg een kalm en geruststellend tempo op het moment dat zijn grote gestalte in de deuropening verscheen... in een grijze joggingbroek en een T-shirt.

Okééé dan. Het was direct duidelijk wat de voordelen van samenwonen waren.

'Als je maar niet naar de bobbel in de broek van mijn vriend kijkt,' fluisterde Piper tegen Hannah toen ze hem het huis in volgden, waarop haar zus meteen dubbel lag.

Brendan keek over zijn schouder en trok verbaasd een wenkbrauw op, maar liep toch door naar de logeerkamer, de tas met boodschappen in zijn ene hand. De kamer was klein en lag naast de keuken, maar het uitzicht op de tuin was mooi en het bed zag er oneindig veel comfortabeler uit dan het stapelbed in de No Name.

'Dank je, dit is perfect,' zei Hannah, terwijl ze haar rugzak op de grond zette. Ze keek nog wat om zich heen en slaakte ineens een gilletje. Sloeg een hand voor haar mond. 'Wat is... wat is dát?'

Piper pelde haar ogen met tegenzin los van Brendans broek en keek naar wat Hannahs reactie had uitgelokt. Op het bureau stond een platenspeler. Een stoffige, zwaar uitziende platenspeler. 'Ik dacht er ineens aan dat ik die van mijn ouders had gekregen voordat ze verhuisden,' zei Brendan, terwijl hij zijn armen over elkaar deed en naar het ding knikte. 'Ik heb hem vanmiddag uit de kelder gehaald.'

'Dit is een vintage Pioneer,' zei Hannah onder de indruk en ging met haar vinger over de glazen kap. Met grote ogen keek ze naar Brendan. 'Mag ik die gebruiken?'

Hij knikte kort. 'Daarom heb ik hem naar boven gehaald.' Alsof hij niet eens merkte hoe gelukkig hij Hannah zojuist had gemaakt, knikte hij onverstoorbaar richting de kast. 'Ik heb ook nog wat platen gevonden. Misschien is het niks, maar...'

'Alles klinkt goed op dit ding.' Hannah maakte een paar vreugdesprongetjes. 'En ik weet best dat je hem alleen maar hier hebt gezet zodat ik jullie niet hoor seksen, maar *I don't care*. Dank je.'

Brendans oren kleurden een beetje en Piper wist niet dat het kon, maar ze werd nog verliefder op hem. Door zoiets liefs voor haar zus te doen, had hij haar eeuwige bewondering verdiend. En toen hij op zijn norse, gereserveerde manier zei: 'Nee, jij bedankt dat, uh… Piper van jou hier mag blijven,' viel ze bijna flauw. 'Wacht, laat mij maar.'

Hij hielp Piper haar rugzak af te doen, kuste haar op haar voorhoofd en verliet de kamer zonder iets te zeggen. Ze keken hem na zoals zeemeeuwen naar een snee brood kijken die door de lucht vliegt. Door al die keren dat ze in de haven was wezen hardlopen, wist Piper precies hoe dat eruitzag. Vol ontzag.

'Trouw met hem,' zei Hannah zonder geluid te maken.

'Ik weet het,' mimede Piper terug. 'Wat de fuck, hè?'

En Hannah weer, nog steeds geluidloos: 'Vraag jij hém. Nu.'

'Misschien wel. God, misschien doe ik dat wel.'

Hannah keek kwijlend naar de platenspeler. 'Je kunt nu doubledaten met mij en mijn platenspeler. Kijk dan toch, Piper.' Ze liet zich op de bureaustoel vallen. 'Op de beurs had ik een oogje op een supervet album van Fleetwood Mac. Perfecte persing, maar hij was veel te duur. God, als ik had geweten dat deze Pioneer op me stond te wachten, had ik hem wel gekocht.'

'Oh jee, praatte hij tegen je?'

'Luid en duidelijk.' Hannah zuchtte spijtig. 'Maar het is oké. Als het zo moet zijn, kom ik hem wel weer een keer tegen.' Ze stond op. 'Tijd om te gaan koken. Ik rammel.'

Een paar gelukkige dagen braken aan voor de drie.

Meestal werd Piper wakker doordat Brendan zijn vingers

omhoog en omlaag over haar buik liet wandelden, waarop zij reageerde door haar kont tegen zijn kruis te drukken. Soms rolde hij haar op haar buik, zette haar op haar knieën en nam haar snel en woest, terwijl haar handen het hoofdeinde omklemden. Andere keren legde hij haar benen over zijn sterke schouders en boorde zich kalm in haar, gromde lieve woordjes in de holte van haar nek. Het stoten en terughalen van zijn forse geslacht tussen haar benen was zo regelmatig als het getij en na afloop lag ze steeds weer uitgeput en bevend op de matras. Haar kreten klonken nog lang na in de koele, schemerige slaapkamer.

Eenmaal bekomen van de intense vrijpartij kleedde ze zich aan om te gaan hardlopen, ging bij Abe langs, hielp hem het trapje van het museum op en rende dan weer verder. Terug thuis douchte ze, ontbeet met Brendan en Hannah en vervolgens reden ze in de pick-up naar de No Name om daar aan het werk te gaan. Een uithangbord was er nog steeds niet, maar verder was hun café zo goed als af en moesten er alleen nog wat puntjes op de i worden gezet. Brendan hing de kroonluchter op en lachte om de enthousiaste kreetjes van Piper. Ze plaatsten hoge tafels en krukken, hingen lichtjes in de pergola en ontdeden alles van zaagsel en stof.

'Ik heb eens zitten nadenken over een naam,' zei Piper op een middag. Ze wachtte tot haar zus opkeek van wat ze aan het doen was en haar aankeek. 'Ik… uh… wat dacht je van Cross and Daughters?'

Hannah slaakte een kreetje en haar ogen begonnen te glimmen. 'Ik vind het een supernaam, Pipes.'

Brendan kwam achter haar staan en kuste haar innig op haar schouder. 'Perfect.'

'Hadden we nou maar iets meer tijd,' zei Hannah. 'Zo'n naam verdient een prachtig bord.'

'Dat wel. Maar weet je… wat deze plek zo leuk maakt is dat het hier niet volmaakt is. Persoonlijk, niet perfect. Mooi toch?' Piper lachte. 'We schilderen zelf een bord. Dan heeft het meer betekenis.'

Hannahs telefoon ging en ze ging de gelagkamer uit om op te nemen. Piper en Brendan waren weer alleen. Ze draaide zich om en zag dat hij haar onderzoekend bekeek, zoals hij de laatste tijd vaak deed. Vol liefde. Vol aandacht. Maar achter die ogen gebeurde meer. Hij had gezegd dat hij haar niet onder druk wilde zetten, maar hoe langer ze hem aan het lijntje hield, hoe ongeruster hij werd.

Die donderdag haalden ze een grote emmer hemelsblauwe verf en schilderden het bord. Brendan had 's ochtends een groot stuk multiplex glad geschuurd en de hoeken met de cirkelzaag afgerond. Met potlood schetste Piper de letters, waarna de zussen zich uitleefden en de blauwe verf in speelse rondingen en schuine lijnen op het triplex aanbrachten. Misschien oogde het wat amateuristisch, maar Piper zag alleen maar karakter. Een aanwinst voor Westport die paste als een stronk broccoli in de wang van een hamster. Toen de verf droog was, klommen ze op de ladders die ze bij de doe-het-zelfzaak hadden geleend, terwijl Brendan bezorgd op de grond bleef, klaar om de eerste zus op te vangen die omlaag kwam zeilen. Met zijn spijkerpistool bevestigden ze het bord over het verbleekte originele bord heen, volgens de geduldige instructies van Brendan. Toen het aan alle kanten goed vastzat, klommen ze weer omlaag en omhelsden elkaar midden op straat.

Ze wist niet hoe Hannah zich voelde nu hun kroeg af was,

maar wat Piper betrof klikte er op dat moment iets op zijn plek. Iets wat niet eens had bestaan voordat ze in deze uithoek in het noordwesten belandden. Het was het welkom thuis dat Henry Cross verdiende, maar nooit had gekregen. Het was als een fatsoenlijke begrafenis, een verontschuldiging omdat hij (verlaten door iedereen) was gestorven en het verzachtte de pijnlijke plekjes die in haar hart waren ontstaan naarmate ze meer over haar vader te weten was gekomen.

'Nu moeten we alleen nog bier hebben,' zei Hannah. Ze deed een stap achteruit en droogde haar ogen. 'En ijs.'

'Tijd om de groothandel te bellen. Wauw. Dat ging vlot.' Ze keek naar het bord boven hun hoofd en kreeg een warm gevoel bij het zien van de sierlijke krullen van 'Dochters'. 'We hebben wel een vergunning nodig als we sterkedrank willen gaan schenken.'

'Als jíj sterkedrank wil schenken, Pipes,' zei Hannah zachtjes. Ze sloeg een arm om haar schouder. 'Het is klote en ik zal je vreselijk missen, maar ik kan hier niet eeuwig blijven. Ik heb ook mijn baan bij Sergei nog. Dat wil zeggen, áls je hier blijft...'

'Het is klote, ja,' bracht Piper uit. Het bord werd ineens wazig voor haar ogen.

'Dat wil zeggen dat je blijft?'

Door het raam zagen ze Brendan een lamp in de kroonluchter draaien. Hij wist zo goed wat hij deed, zijn aanwezigheid was zo geruststellend en vertrouwd, dat haar hart straktrok en zich in haar keel nestelde. 'Ja. Ik blijf.'

'Shit,' zei Hannah zacht. 'Ik weet niet of ik nou blij of verdrietig moet zijn.'

Piper veegde haar ogen af. Haar gezicht zat vast onder de

blauwe verf nu, maar dat interesseerde haar geen reet. ‘Kom maar vaak op bezoek, want anders…’

Haar zus snoof. ‘Wie moet je anders komen redden als het allemaal in de soep loopt?’

# Hoofdstuk achtentwintig

Het was te mooi om waar te zijn.

Op zee betekende dat meestal dat Brendan iets over het hoofd zag. Dat hij vergeten was een brandstofleiding door te spoelen bijvoorbeeld, of een verroeste lier te vervangen. Zoiets als rustig varen bestond niet. Niet voor lang tenminste. En met die zeemansmentaliteit had hij ook aan wal altijd geleefd, dus zette hij zich schrap voor het naderende onheil.

Hij had haar. Deze vrouw, die ongelofelijke, unieke vrouw, die maar ergens hoefde binnen te komen en hij hapte al naar adem. Ze was dapper, lief, slim, verleidelijk, avontuurlijk, zachtmoedig, het ene moment argeloos, het andere ondeugend. Zo mooi dat hij op zijn knieën wilde vallen als ze naar hem lachte. En ze hield van hem. Elke dag vond ze nieuwe manieren om te laten zien hoeveel ze van hem hield. Zo betrapte hij haar een keer toen ze zijn eau de toilette op haar nachthemd sprayde en het tegen haar neus hield alsof het alle kwalen kon genezen. Ze fluisterde elke ochtend en elke avond haar liefde in zijn oor. Ze vroeg hem honderduit over zijn beroep en googelde zelf het antwoord op de rest van haar vragen. Hij wist dat omdat haar laptop altijd opengeklapt in de keuken stond.

Te mooi om waar te zijn.

Hij zag iets over het hoofd.

Er zou binnenkort wel een kabel breken of zoiets.

Maar op dit moment, nu hij samen met Piper stond te koken, was het moeilijk voor te stellen dat er iets ergs stond te gebeuren. In een yogabroek en een strak truitje, op blote voeten en haar haar in een losse vlecht over haar schouder, stond ze neuriënd met één hand in de pastasaus te roeren. Ze aten nu al voor de vierde avond op een rij Italiaans, maar ze was zo trots dat ze saus had leren maken dat hij het niet over zijn hart kon verkrijgen om te zeggen dat hij het een beetje zat was. Desnoods at hij tien jaar elke dag hetzelfde, zolang zij maar steeds ademloos toekeek als hij de eerste hap nam en in haar handen klapte van opwinding als hij zijn duim opstak.

Brendans kin rustte op haar hoofd, zijn armen had hij om haar middel geslagen en hij wiegde heen en weer op de muziek die uit Hannahs kamer klonk. Op rustige momenten als deze moest hij zichzelf altijd inhouden om niet ter plekke een antwoord te eisen. Ging ze terug naar LA voor het feest? Ging ze überhaupt nog terug?

Dat feest dat ze in de grote stad voor haar aan het organiseren waren, maakte hem om allerlei redenen ongerust. Wat als ze zich in LA weer al die dingen herinnerde die het leven daar zo tof maakten?

Wat als ze tot de slotsom kwam dat ze veel liever beroemd was en bewonderd werd dan samen te zijn met een visser die haar elke week alleen liet? Want god ja, zo'n rare gedachte was dat niet. Zei ze nou maar gewoon dat Westport nu haar thuis was. Dan zou hij haar geloven en kon hij zijn angst loslaten. Maar dag na dag zei ze niets en dansten ze om de olifant in de kamer heen.

Haar onder druk zetten wilde hij nog steeds niet, maar de

onzekerheid, het ontbreken van een plan, begon aan hem te vreten.

Hij zou zijn relatie met Piper nooit vergelijken met zijn huwelijk, maar na die orkaan, toen Piper naar het ziekenhuis was komen racen (om nog maar te zwijgen van de huilbui die ze daarna in zijn bed had gehad) was er een nieuwe angst in hem gaan groeien.

*Ellendige dingen gebeuren altijd als ik weg ben. Wanneer ik er niets tegen kan doen.*

Die keer dat hij terugkwam en Desiree overleden was.

Die keer dat Piper doodsangsten uitstaand door de orkaan naar zijn huis was gerend en hem, nog steeds in paniek, in het ziekenhuis was komen zoeken. Het leek wel gisteren.

Wat als hij de volgende keer van zee terugkwam en ze was ervandoor? Zolang hij geen definitief antwoord kreeg, bleef de komende tocht als een donkere wolk aan de horizon hangen en werd hij alsmaar ongeduldiger.

Ze drukte haar achterhoofd tegen zijn borst. 'Wie kookt er eigenlijk als jullie op zee zijn?'

Brendan schudde de muizenissen van zich af. Probeerde in het hier en nu te zijn. Probeerde dankbaar te zijn voor elke seconde die zij hem in al haar perfectie schonk. 'In principe om de beurt, maar meestal Deke. Hij vindt het leuk om te doen.'

Ze zuchtte. 'Ik ben bang dat je nooit meer iets zo lekker kan vinden als mijn saus.'

'Je hebt gelijk.' Hij kuste haar nek. 'Die is nergens mee te vergelijken.'

'Ik zorg dat er wat klaarstaat als je thuiskomt. Een hele pan.'

'Zorg maar liever dat je zelf klaarstaat,' bromde hij en ging met zijn vinger over haar broeksband.

Piper deed haar hoofd achterover en hun monden ontmoetten elkaar in een lome kus. Het maakte dat hij begerig werd naar straks, wanneer ze alleen in bed waren. Begerig om haar gepassioneerde snikken te horen. Begerig om het geluid in zich op te nemen, zodat hij het morgen mee kon nemen aan boord. 'Brendan?'

'Ja?'

Ze onderdrukte een lach. 'Hoelang blijf je nog doen alsof je geen genoeg kan krijgen van mijn pastasaus? Zo verlies ik mijn weddenschap met Hannah nog.'

Hij moest zo hard lachen dat ze de lepel liet vallen.

'Au!' Piper probeerde het ding met haar vingers uit de gloeiendhete saus te vissen. 'Shit!'

Onmiddellijk hield hij op met lachen, draaide haar om en pakte een theedoek om haar verbrande vingers schoon te maken. Toen kuste hij ze. 'Gaat het?'

'Ja hoor,' hijgde ze en gooide zich schuddend van het lachen tegen hem aan. 'Wat boeien mij die vingers, het belangrijkste is dat ik gewonnen heb.'

'Ik vind je saus heerlijk.' Maar hij was toch nieuwsgierig. 'Hoelang dacht Hannah dan dat het zou duren voordat…'

'Je zou toegeven dat je mijn saus zat bent? Tot de dood ons scheidt.'

'Zo lang had het inderdaad moeten duren,' mopperde Brendan. Hij was een beetje kwaad op zichzelf. 'Eigenlijk had je die weddenschap moeten verliezen. En je had zelf ook moeten denken dat ik het eeuwig vol zou houden.'

Ze trok nadenkend met haar lippen. 'Ik ben niet boos hoor.' Ze legde haar wang op zijn borst. 'Ik heb die mooie lach van je gehoord. Twee keer winst dus.'

'Ik vind hem echt lekker,' gromde hij in haar kruin. Dit was een goed moment om zijn zorgen uit te spreken. 'Denk je dat je het hier redt als ik morgen wegga?'

'Ja.' Met gefronste wenkbrauwen keek ze hem aan. 'Maak je niet druk om mij als je op zee bent. Alsjeblieft. Ik heb er meer aan als jij je focust op je werk en je eigen veiligheid.'

'Dat doe ik ook, Piper.' Hij streelde haar wang met zijn knokkels. 'Altijd.'

Haar tengere gestalte ontspande wat. 'Brendan...' Nu ze zijn naam gezegd had, leek ze uit een soort trance te komen en wilde zich omdraaien. 'Waarom bestellen we geen pizza?'

Hij hield haar tegen. 'Nee, wat wou je zeggen?'

Aan de manier waarop ze kordaat haar schouders rechttrok, was te zien dat ze dacht aan haar belofte om hem niet buiten te sluiten uit haar hoofd. Om haar ware gedachten niet meer te verbergen. Angst en nieuwsgierigheid golfden door zijn maag, maar hij zei niets. Dit was goed. Het werd steeds natuurlijker om open naar elkaar te zijn. Ze vertrouwden elkaar. 'Ik wou vragen hoe je over kinderen denkt. En ik snap dat dat klinkt alsof... alsof ik vraag of je ze met mij wilt. En dat...' Ze kreeg een kleur. 'Ik bedoel, we hebben het er nog nooit over gehad, maar het lijkt me typisch een onderwerp waar jij allang een plan voor klaar...'

Op het keukeneiland begon haar telefoon te zoemen. 'Laat maar overgaan.'

Piper knikte. Haar telefoon was ongebruikelijk vaak gegaan sinds ze terug waren uit Seattle en dat was ook een reden waarom hij zo ongerust was. Maar net als toen in de hotelwinkel hield het ding maar niet op met zoemen, piepen en trillen. 'Laat me in elk geval het geluid uitzetten,' zei ze en pakte het apparaat op. 'Oh.

Het is Daniel.' Haar ogen werden een tikje groter, alsof ze aan iets dacht. 'Ik… ik bel later wel terug.'

Brendan wilde graag terug naar hun gesprek, maar als hij ging vertellen dat hij inderdaad kinderen wilde, moest hij haar volledige aandacht hebben. 'Nee hoor, neem maar op.'

Ze schudde vastberaden haar hoofd en zette de telefoon op stil. Maar op dat moment liet ze het ding uit haar handen vallen en drukte tijdens het opvangen per ongeluk op opnemen. 'Piper?' klonk een mannenstem door de speaker.

'Daniel,' bracht ze uit. Ze hield de telefoon onwennig tussen haar eigen borst en die van Brendan. 'Hoi.'

'Dag Piper,' zei Daniel formeel. 'Zeg, ik vroeg me af of jullie grote opening nog doorgaat, voordat ik mijn vlucht boek. Je staat niet bepaald bekend om je betrouwbaarheid.'

Brendan verstarde. Gedachten aan gevaar en verraad veranderden zijn bloed in ijs.

Daar had je het dus. De kabel brak.

Piper deed haar ogen dicht. 'Ja,' zei ze zacht. 'Het gaat nog steeds door. Om zes uur.'

'Uitstekend,' zei haar stiefvader monter. 'Ik zie hier een vlucht die een paar uur daarvóór aankomt. Kan ik nog iets meenemen van thuis?'

'Alleen jezelf,' zei ze veel te opgewekt.

Daniel humde. 'Goed dan. Ik moet gaan. Knuffels van je moeder.'

'Knuffels terug. Doeg.'

Ze durfde niet naar hem te kijken nadat ze opgehangen had. En misschien was dat maar goed ook, want de angst en bezorgdheid moesten van zijn gezicht te lezen zijn. 'Dus Daniel komt.' Hij slikte het zand in zijn keel weg. 'Blijkbaar wil je nog steeds indruk op hem maken met je café, zodat je eerder terug mag naar LA.'

'Nou...' Ze ging met bevende vingers door haar haar. 'Dat was eerst het plan, ja. Maar toen ging het ineens zo snel met ons en heb ik er helemaal niet meer aan gedacht.'

'Niet meer aan gedacht?' zei hij met vlakke stem, al bulderde de woede in zijn borstkas. Woede en angst. Angst om haar te verliezen. Verdomme. Net toen hij dacht dat ze eerlijk tegen elkaar waren. 'We hebben de hele week in de Cross and Daughters lopen werken en jij hebt helemaal niet meer gedacht aan waarom je er überhaupt aan begonnen was? En dat moet ik geloven?'

'Ja,' fluisterde ze, terwijl ze een hand naar hem uitstak.

Brendan deed een stap achteruit en had onmiddellijk spijt toen ze de hand geschrokken liet zakken. Maar verdomme, hij was te bezorgd en te gekwetst om haar toenadering te beantwoorden. Trouwens, zijn armen voelden loodzwaar. Te zwaar om op te tillen. 'Dus je hebt Daniel niet de hele tijd als escape gehouden?'

Ze werd rood en dat zei genoeg. 'Nou, dat wel, maar...'

Hij lachte vreugdeloos. 'En je vriendinnetje Kirby? Heb je haar al laten weten dat je niet naar het feest komt?'

Pipers mond werd een rechte streep.

'Nee hè? Dat dacht ik wel,' snauwde hij. Iets scherps doorkliefde zijn ribben. 'Je hebt overal escapes, ja toch, Piper?'

'Ik ga niet naar het feest,' piepte ze en sloeg haar armen om haar middel. 'Brendan, doe niet zo.'

Maar hij hoorde haar al niet meer. Hij was alleen nog bezig de golven te trotseren. Proberen te voorkomen dat het hele schip de draaikolk in werd gezogen. Dit was het dan. Dit was de storm die hij had voelen aankomen. Tot in zijn botten had hij het gevoeld. Had hij ooit echt een kans gehad bij Piper of was hij een sukkel met waanideeën geweest? 'Godver, wat ben ik naïef geweest,' zei hij, terwijl hij zich omdraaide en de keuken uitliep. 'Je bent nooit van plan geweest om te blijven, hè?'

Piper draafde achter hem aan. 'Oh mijn god, hou je nou eens op? Luister naar me.'

Zonder op of om te kijken ging Brendan met twee treden tegelijk de trap op. 'Ik was de hele tijd hier, Piper. Klaar om naar je te luisteren.'

Ze kwam achter hem aan naar boven. 'Dat is zó oneerlijk! Het is allemaal nieuw voor me, Brendan. Deze stad. Een echte relatie. Ik... Sorry dat ik niet alles meteen kon loslaten, maar dat is toch ook gewoon heel veel gevraagd?'

'Dat snap ik best. Verdomme. Echt. Maar als je dit serieus neemt, als je óns serieus neemt, dan hou je me niet aan het lijntje alsof ik een van je tien miljard volgers ben, terwijl jij stiekem je aftocht plant.'

In de slaapkamer keek hij over zijn schouder en zag haar aangeslagen blik. En zijn maag keerde om, zijn hart protesteerde tegen alles en iedereen. Hij wilde niets meer, behalve haar gelukkig maken. Haar troosten. Haar voor altijd in zijn armen houden.

Wat de fuck was er mis met hem? De tranen in haar ogen, de onzekerheid in haar houding, dat was verdomme zijn schuld. Hij kotste van zichzelf. Maar de angst om haar kwijt te raken won het van zijn gezonde verstand. Van zijn instinctieve neiging om Piper te troosten, haar duizendmaal te vertellen dat hij van haar hield. De angst maakte hem gek van woede. De woede was zijn enige bescherming. Anders ging hij hier kapot aan.

Hij trok zijn weekendtas, die al klaarstond voor de vistocht, onder het bed vandaan. 'Oké Piper,' zei hij onvast. 'Je moet maar eens nadenken over wat je echt wil. En misschien gaat dat beter als ik niet de hele tijd om je heen hang.'

'Brendan.' Er klonk paniek in haar stem. 'Hou op! Doe niet zo belachelijk. Ik ben niet van plan om weg te gaan. Zet die tas terug. Zet terug.'

Zijn handen trilden ervan, zo graag wilde hij doen wat ze vroeg. 'Je hebt nooit echt gezegd dat je blijft. Je wou een escape. Je opties openhouden. Al had je dat zelf misschien niet eens door.'

'Het is een enorme beslissing,' zei ze zacht. 'Maar ik wou echt...'

'Dat is zo. Het is een enorme beslissing.' Hij probeerde zijn woede weg te slikken. Woede omdat ze misschien wegging. Woede om de afschuwelijke mogelijkheid dat hij terugkwam van zee en haar ongelukkig aantrof. Of vol spijt. Of helemaal niet. Maar het enige dat hij kon doen, was het probleem onder ogen zien en hopen dat hij genoeg had gedaan om haar te laten blijven. Hopen dat zijn liefde genoeg was. 'Ik slaap vannacht op mijn schip,' wist hij uit te brengen, al was zijn keel dik. 'Denk na over wat je wilt doen. Denk echt na. Dat gezeik van "wil ze wel of wil ze niet", dat trek ik niet meer, Piper.'

Hij liet haar staan en ging de trap af, langs een verschrikte Hannah.

'Ik ben morgenochtend bij de haven,' riep Piper, terwijl ze ook naar de trap liep, een vastberaden uitdrukking op haar gezicht. En op dat moment hield hij zo fucking veel van haar. Van elke laag, elk aspect, elke stemming, elke complicatie. 'Ik weet al wat ik wil, Brendan. Ik wil jou. En ik sta morgenvroeg op de steiger om je uit te zwaaien, oké? Wil je kwaad naar buiten rennen? Prima. Ga maar. Deze keer ben ik de sterkste van ons twee.'

Even wist hij niets te zeggen. 'En als je er niet bent?'

Piper stak strijdlustig een vuist op. 'Dan heb ik altijd nog mijn escapes, is dat wat je wilt horen? Moet je het zwart op wit?'

'Zo ben ik.'

'Dat weet ik en ik hou van wie je bent.' Haar mooie ogen fonkelden van kwaadheid. 'Goed, als ik er morgenochtend niet ben, dan weet je wat ik besloten heb. Maar ik ben er wel.' Ze knipperde een paar keer tegen het vocht in haar ogen. 'Alsjeblieft... twijfel niet aan me, Brendan. Niet jij. Vertrouw me, oké?'

Met zijn hart in zijn keel draaide hij zich om. Het liefst wilde hij haar de hand reiken, de ruzie vergeten en zichzelf in haar verliezen. Maar de problemen zouden er dan nog steeds zijn en hij wilde ze juist voor eens en altijd oplossen. Het mysterie moest weg. Hij moest weten of hij een leven met haar voor zich had of een leven vol leegte. Deze spanning kon hij niet aan.

In de pick-up wierp hij nog een laatste blik op haar voor hij wegreed. En bijna had hij de motor weer afgezet en was uitgestapt. Bijna.

# Hoofdstuk negenentwintig

Piper ging woedend slapen en werd nog woedender wakker.

Ze vloog uit bed, stampte naar het deel van de kledingkast dat Brendan voor haar had leeggemaakt en trok een zwarte sportbeha, een rode (de kleur van de woede) hardloopbroek en een paar enkelsokken aan.

Eerst hardlopen en Abe naar het museum brengen, daarna zou ze over die stomme steiger flaneren alsof het een catwalk was, die stomme schipper op zijn stomme mond kussen en hem zo laten staan, nog nahijgend, met een harde pik in zijn broek en zichzelf voor zijn kop slaand dat hij zo'n eikel was geweest. En dan zou ze naar huis gaan.

Naar huis. Naar Brendans huis.

Toen ze de trap af stampvoette, verscheen een slaperige Hannah in de woonkamer. 'Wil je al praten?'

Piper stopte haar AirPods in haar oren. 'Nee.'

Afwachtend leunde Hannah met een heup tegen de bank.

'Ik heb nu maar één doel en dat is dat ik hem een klotegevoel ga geven.'

'Ah, dat klinkt als een gezonde relatie.'

'Híj is weggerend, niet ik.' Piper ging op de grond zitten om haar hardloopschoenen vast te maken. 'En dat mag helemaal niet!

Hij moet de redelijke en de geduldige zijn van ons twee!'

'Want alleen jij mag domme dingen doen.'

'Precies!' Er zat iets in haar keel. 'Hij is duidelijk helemaal klaar met mijn gezeik. En het kan alleen maar nog slechter worden. Geen idee waarom ik eigenlijk nog naar die rothaven ga.'

'Omdat je van hem houdt.'

'Nou hoera, kijk eens hoe fijn dat gaat.' Ze rukte aan haar veters. 'Ik word liever nog duizend keer gedumpt door Adrian dan dat ik Brendan nog één keer het huis uit zie lopen. Dat deed echt pijn.'

Hannah ging in kleermakerszit vóór haar zitten. 'De mooie dingen zijn het waard om voor te vechten, toch?' Ze zocht Pipers ogen. 'Kom op. Verplaats je eens in hem. Je hebt hem gisteravond weg zien gaan, maar hoe zou je je voelen als hij van plan was om nooit meer terug te komen? Dat is precies waar hij bij jou bang voor is.'

'Als hij nou gewoon beter naar me geluisterd...'

'Ja, je zégt dat je hier blijft. Maar Pipes, deze man wil harde bewijzen. En geef toe, je hebt nog wat vluchtgaatjes opengelaten.'

Piper liet zich achterover vallen op de houten vloer. 'Die wou ik afsluiten, echt. Waarom heeft hij niet wat meer begrip voor me?'

'Jij moet ook begrip voor hém hebben,' giechelde Hannah. Ze kwam naast haar zus liggen. 'Piper, die gast kijkt naar je alsof... hij vol barsten zit en jij een tube lijm bent. Hij wil je gewoon een beetje ruimte geven, snap je? Het is geen kinderachtig besluit dat jij moet nemen.' Ze ging op haar zij liggen. 'En vergeet niet dat hij een man is. Zo'n figuur met ballen en trots en testosteron en zo. Gevaarlijke combinatie.'

'Dat is zo.' Piper ademde diep in en rustig uit. 'Goed, stél dat ik hem vergeef, kan ik dan evengoed als een arrogante bitch naar die haven stappen en hem laten janken van spijt?'

'Ik wil je niet eens meer kennen als je dat níét doet.'

'Oké dan.' Piper stond op en hielp ook Hannah overeind. 'Bedankt voor het goede gesprek, oh wijze vrouw. Please, beloof dat ik je altijd mag bellen als ik advies nodig heb.'

'Sowieso.'

Piper kon makkelijk eerst Abe naar het museum brengen en toch op tijd bij de haven zijn om de Della Ray uit te zwaaien. Maar ze wilde Brendan zo graag zien en ze wilde hem zo graag laten weten dat het goed zat tussen hen, dat ze er een behoorlijk tempo inzette. Abe stond op zijn vaste plek te wachten, voor de zaak van zijn zoons, zijn krantje onder zijn arm.

Hij zwaaide hartelijk toen hij haar zag. 'Goeiemorgen Piper.'

'Goeiemorgen Abe.' Ze hield bij hem stil. 'Hoe is het vandaag?'

'Goed hoor, naar omstandigheden.'

Op hun gemak kuierden ze naar het museum. Piper keek naar de lucht en was dankbaar dat er geen stormwolken te zien waren. 'Dat wou ik je nog vertellen: op Labor Day is de grote opening van Cross and Daughters.'

Hij trok zijn spierwitte wenkbrauwen op. 'Cross and Daughters? Gaan jullie het zo noemen?'

'Yep.' Ze keek van opzij naar hem. 'Hoe vind je het?'

'Perfect. Een beetje oud, een beetje nieuw.'

'Dat vonden wij dus oo…' Op dat moment struikelde Abe over een scheur in de stoep. Piper graaide nog naar hem, maar het was te laat. Met een akelige klap belandde zijn hoofd op het trottoir. 'Oh mijn god, Abe!' Pipers hart ging als een razende tekeer en ze liet zich naast hem op haar knieën vallen, wapperend met haar handen zonder ook maar het flauwste idee wat ze moest doen.

'Oh god, gaat het?' Met trillende handen haalde ze haar telefoon tevoorschijn. 'Ik ga een ambulance bellen en daarna je zoons. Het komt allemaal goed.'

Hij stak zijn hand uit naar de telefoon. 'Hoeft niet,' zei hij zwakjes. 'Het lijkt erger dan het is.'

Ze boog zich wat dichterbij en zag bloed uit zijn slaap sijpelen. Was dat veel bloed? Weinig? Ze wist het niet. 'Z… zeker weten? Ik denk toch dat…'

'Help me liever rechtop zitten.' Dat deed ze, al moest ze iets wegslikken toen ze het bloed langs zijn hals zag stromen. 'Geen ambulance hoor, meisje. Ze schrikken zich allemaal een ongeluk als ik naar het ziekenhuis moet. Bel liever mijn zoons. Mijn telefoon zit in mijn zak. Bel Todd maar.'

'Oké,' stamelde ze en scrolde door zijn telefoon. 'Goed.'

Intussen was er al een vrouw uit de delicatessenwinkel gekomen met een prop papieren servetjes, die Abe op de wond kon drukken. Hij sprak nog steeds in volzinnen en zijn ogen stonden helder, dus dat was goed, toch? *Oh god, laat er alsjeblieft niets gebeuren met deze lieve oude meneer.*

Todd nam op bij de vierde keer overgaan, maar hij was net zijn kinderen naar school aan het brengen en kon er pas over een kwartier zijn. En toen… toen besefte Piper dat ze de afvaart van de Della Ray zou missen. Sterker nog, het schip had volgens de planning al twee minuten weg moeten zijn. Haar hart bonsde in haar oren en ze kon zich nauwelijks nog bewegen. Welnee, Brendan zou niet weggaan. Hij zou op haar wachten. Hij wist toch dat ze kwam? En als ze niet kwam opdagen, dan zou hij haar toch wel gaan zoeken? Hoe dan ook, ze kon Abe niet alleen laten. Geen sprake van. Eerst moest ze zeker weten dat hij in goede handen was.

Ze belde Brendan, maar kreeg meteen de voicemail. Nog een keer proberen. Bij de derde keer ging hij zelfs niet meer over. Met onvaste vingers stuurde ze een berichtje en schoot finaal in de paniek toen hij niet meteen antwoordde. God, gebeurde dit écht? Ze wist wel dat in Westport het bereik niet overal optimaal was, vooral in de haven niet, maar het kon toch niet zo zijn dat de techniek haar zó ongelofelijk in de steek liet? Op dit moment?

Todd was er niet in een kwartier. Zelfs niet in twintig minuten.

Intussen hadden Piper en de vrouw van de winkel Abe overeind gehesen en op een bankje gezet. Hij was moe en schaamde zich een beetje voor zijn val, dus vertelde ze over die keer dat ze haar pols verstuikt had toen ze probeerde te paaldansen na zes tequila. Dat vrolijkte hem tenminste wat op en op dat moment stopte eindelijk een pick-uptruck met een bezorgde Todd erin. Piper hielp Abe met instappen en liet hem beloven dat hij haar later zou bellen. En weg waren ze.

Eigenlijk durfde Piper niet eens te kijken hoe laat het was, maar ze raapte haar moed bij elkaar en keek op haar telefoon. Oh god. Een halfuur. Ze was een halfuur te laat.

Ze begon te rennen.

Zo snel als haar benen haar konden dragen, rende ze naar de haven. Ze probeerde moed te houden. Probeerde het stemmetje te negeren dat zeurde dat Brendan zich altijd aan zijn schema hield. Of dat hij het misschien zelfs opgegeven had. *Please, laat het niet waar zijn.*

Op Westhaven Drive ging ze rechtsaf en liep bijna het stoepbord van een restaurant omver. Maar ze bleef rennen. Totdat ze in de verte de Della Ray de haven uit zag varen, een spoor van wit, klotsend water achter zich en ze tot stilstand kwam alsof ze een onzichtbare muur had geraakt.

Een doof-makend gezoem klonk in haar oren.

Hij was uitgevaren.

Hij was weg.

Ze was hem misgelopen en nu...

Nu dacht Brendan dat ze voor LA gekozen had.

Een reusachtige, hikkende snik zat klem in haar borst. Haar voeten droegen haar richting de steiger, hoe zinloos het ook was om er nog naartoe te gaan. Ze wilde er alleen maar komen. Dat was het enige dat ze nog kon doen, al zou ze er niets vinden. Geen kus. Geen troost. Geen Brendan.

De tranen stroomden over haar wangen toen ze de steiger bereikte. Pas op het laatste moment merkte ze het handjevol vrouwen op dat er ook stond. Zo te zien hadden ze net het schip uitgezwaaid. Ze herkende vaag Sanders' vrouw van die eerste avond in de No Name. Een van de andere vrouwen was aan haar leeftijd te zien waarschijnlijk de moeder van een van de bemanningsleden, niet zijn vrouw of vriendin.

Piper wilde ze begroeten, maar haar handen waren te zwaar om te zwaaien en haar stembanden weigerden dienst.

'Piper, toch?' Sanders' vrouw kwam dichterbij, maar schrok een beetje van Pipers natte, vertrokken gezicht. 'Och schat, je moet echt een heel stuk sterker zijn dan dit.'

De oudere vrouw lachte. 'Maar goed dat je vent je zo niet heeft gezien, anders voelt hij zich maar schuldig.' Ze stapte over een meertouw en maakte aanstalten om naar huis te gaan. 'Als een man met zijn gedachten ergens anders is, gaat hij fouten maken.'

'Dat klopt,' zei Sanders' vrouw. Ze leek zich nog steeds wat ongemakkelijk te voelen bij Pipers tranenwaterval. Het schip was al niet meer dan een stip aan de horizon. 'En het geldt dubbel als je het liefje van de schipper bent. Je moet hard zijn. Ze moeten van je op aan kunnen. Ze geven het niet graag toe, die kerels, maar hun zelfvertrouwen komt voor een groot deel van ons. Het is niet makkelijk om ze naar zee te laten gaan, elke week weer, maar wat kun je anders?'

Piper wist niet hoe lang ze daar naar het water stond te staren, naar een boei die op en neer deinde op de golven. De wind droogde haar tranen en liet een zoute korst achter op haar wangen. Vissers zigzagden om haar heen en brachten toeristen naar hun schepen, maar ze kon haar voeten niet in beweging brengen. De zeurende pijn in haar maag leek wel een levend wezen, dat groeide totdat ze bang werd dat het haar zou verzwelgen.

Maar dit was niet het einde van de wereld, toch?

'Nee,' fluisterde ze tegen zichzelf. 'Hij komt terug. En dan leg ik het uit.'

Piper zoog haar longen vol lucht en liep met stijve benen van de steiger af, zonder acht te slaan op de vragende blikken van de mensen die ze passeerde. Oké, prima, ze had de boot gemist. Dat was klote. Heel erg klote. Ze werd misselijk bij het idee dat hij de komende twee dagen zou denken dat hun relatie voorbij was. Maar dat was niet zo. En als ze moest schreeuwen en huilen en smeken als hij thuiskwam, dan moest dat maar. Hij zou wel luisteren. Hij zou het wel begrijpen. Toch?

Ze wist niet hoe ze er gekomen was, maar ineens stond ze voor de Cross and Daughters. Het deed pijn om hier te zijn, waar nog zoveel van Brendan was. Zijn pergola. De kroonluchter die hij opgehangen had. Zelfs zijn geur hing er nog.

Er nestelde zich weer iets in haar keel, maar ze slikte het vastberaden door.

Ze had nog van alles te doen voor de feestelijke opening maandag. Leveranciers bellen, dat soort dingen. Ze had zelfs nog geen outfit en o ja, vanmiddag had ze afgesproken met Patty en Val. Ze had nergens zin in, maar het moest. Die twee dagen zou ze wel doorkomen. Haar arme hart moest het maar gewoon even zien vol te houden.

Die middag verdeelden Piper en Hannah in de Blow the Man Down samen met Patty en Val de taken. Hannah zou natuurlijk dj'en en had al een end-of-summersoundtrack klaarstaan. Patty bood aan om cupcakes met knettersuiker te maken en Val stelde voor om prijzen van plaatselijke winkeliers te verloten. De rest van de middag zaten ze met een glas wijn over make-up te kletsen en dat hielp een beetje om Pipers angst te verdoven. De angst dat ze Brendan kwijt was. Dat hij het had opgegeven.

*Je moet vertrouwen hebben.*

*Je moet vertrouwen hebben.*

Labor Day brak aan en om twaalf uur 's middags belde Daniel om af te zeggen.

Piper was bezig de ijscontainers achter de bar te vullen, dus nam Hannah op – en met één blik op het gezicht van haar zus wist Piper genoeg. Hannah zette het gesprek op speaker en met haar handen onbeweeglijk in het ijs luisterde Piper mee.

'Meiden, ik haal het niet. Het spijt me vreselijk. We hebben wat acute probleempjes met de casting en ik moet onmiddellijk naar New York om met acteurs en agenten te praten.'

Piper had erop voorbereid moeten zijn. Ze had kunnen weten dat hun stiefvader op het laatste moment zou afhaken. Met zijn baan moest hij altijd op het laatste moment naar New York, Miami of Londen. Tot dat moment had ze eigenlijk niet zo goed beseft hoe graag ze Daniel wilde laten zien wat ze met Cross and Daughters hadden bereikt. Je kon zeggen wat je wilde, maar Daniel was de man die haar had opgevoed, die haar alles had gegeven. Ze had hem gewoon willen laten zien dat het allemaal niet voor niets was geweest. Dat ze heus iets van waarde kon creëren als ze de kans kreeg. Maar dat ging nu niet door.

Eerst was Brendan vertrokken zonder afscheid te nemen en nu zei ook haar stiefvader af. Dat was de ene na de andere stomp in haar maag. Niemand geloofde in haar. Had vertrouwen in haar.

Maar ze had vertrouwen in zichzelf. Ja, toch wel. Al begon dat vertrouwen steeds meer rafelrandjes te vertonen naarmate de grote opening naderbij kwam. Maar Brendan kwam vanavond terug. Die zekerheid maakte haar rustig. Misschien zou hij kwaad zijn, misschien teleurgesteld, maar hij kwam in elk geval weer aan land en ze zou ervoor vechten om hem te laten luisteren. Ze zou vechten tot zijn vertrouwen in haar terug was.

Dit voornemen hielp Piper om weer tot zichzelf te komen en gefocust aan het werk te gaan. Ze vulde de koelkasten met bier en zette onderzetters, servetjes, rietjes, glazen en plakjes citroen voor het witbier klaar. De zussen maakten nog even snel schoon en hingen het feestelijke spandoek aan de gevel dat ze de vorige avond hadden geschilderd. En toen stonden ze midden in hun kroeg om zich heen te kijken, een beetje beduusd van alle grote veranderingen. Een maand geleden was het hier een stoffige bende geweest met een paar lege tonnen als meubilair. En oké, het was nog steeds een beetje een janboel, maar absoluut een stuk mooier en veel meer uitnodigend.

Vonden ze zelf dan.

Maar om half zeven had er nog niemand zijn opwachting gemaakt in de Cross and Daughters.

Hannah was in de dj-booth lusteloos met haar zomermix bezig, terwijl Piper achter de bar stond te handenwringen en continu op haar telefoon keek hoe laat het was. Er waren negen nieuwe berichtjes van Kirby, allemaal sinds vanochtend, waarin ze zo'n beetje éíste dat Piper per direct op het vliegtuig naar Los Angeles zou springen. Piper had veel te lang in het midden gelaten of ze zou komen en wist nu niet meer hoe ze de uitnodiging het beste kon afslaan. En heel eerlijk gezegd... had ze echt wel even een blik geworpen op Kirby's mailtjes over de gastenlijst en de designerjurken die ze in gedachten had.

Als ze ging, áls, zou ze voor de zwarte Monique Lhuillier met de diepe halslijn gaan.

Ze moest Kirby echt laten weten dat ze morgenavond niet kwam. Maar ze kon het niet opbrengen om het te doen. Want daarmee zou ze de laatste band doorsnijden en dat terwijl ze er nog van stond te shaken dat Brendan de deur uit was gelopen. Dat ze de standvastige, betrouwbare Brendan was kwijtgeraakt op het moment dat ze hem het hardst nodig had. En het punt met de partysence in LA was: als ze niet kwam opdagen, zou het niemand echt iets boeien. Misschien zouden sommige mensen een paar tellen teleurgesteld zijn, misschien zou er vijf minuten gespeculeerd worden over waarom ze er niet was en dan zou iedereen weer aan de coke en de wodka gaan.

Maar ze zou het Kirby echt snel laten weten, beloofde ze zichzelf.

Piper droeg vanavond een van de spijkerbroeken die Brendan voor haar had gekocht. Maar hoe langer ze hier stond zonder bezoekers, hoe ongemakkelijker ze zich voelde in dat soepele denim, dat zo anders was dan haar gebruikelijke jurkjes of rokjes. Zeven uur. Half acht. Zelfs Patty en Val waren er nog niet. Geen Abe of Opal.

Geen Brendan.

Met een zwaar gevoel in haar maag probeerde ze niet te letten op de bezorgde blikken die Hannah vanuit de dj-booth bleef sturen. De locals hadden de oude No Name veel leuker gevonden. Ze wilden niet dat hun kroeg werd opgeknapt door twee buitenstaanders. De boodschap was duidelijk.

Maar tegen acht uur ging de deur dan toch open.

Mick kwam binnen, een aarzelende grijns op zijn gezicht.

Het zweet brak Piper uit bij het zien van Desirees vader. Ze had hem voor het laatst in het ziekenhuis gezien, na die stormnacht toen ze in Brendans lege huis had geslapen. En de keer daarvóór had ze het herdenkingsdiner van zijn dochter verpest. Ooit hadden ze misschien een goede start gemaakt, maar die basis was vrij snel gaan wankelen. Er was iets in de manier waarop hij naar haar keek, toen en nu, waaruit duidelijk sprak dat hij haar tekort vond schieten. Sowieso was ze niet zijn dochter. Pipers maag keerde zich om toen Mick langzaam naar de bar kwam gelopen. Brendan had al haar onzekerheden over Desiree weggenomen, maar nu, in het pijnlijk lege café, kropen ze haar hoofd weer in en ze werd warm tot in haar hals. Het wegblijven van de klanten was een oordeel. De blik van Mick was een oordeel. Een streng oordeel over haar.

'Goeienavond,' mompelde Mick terwijl hij op een kruk ging zitten. 'Ik ben een beetje vroeg, denk ik.'

Een klein leugentje om haar te ontzien en daardoor ontspande ze toch iets.

Voorlopig dan.

'Wil je een biertje, Mick?'

'Daar zeg ik geen nee tegen. Heb je Bud?'

'We hebben verschillende lokale IPA's.' Ze gebaarde naar het krijtbord boven haar hoofd. 'Daar is onze bierkaart. Als je normaal Budweiser drinkt, lust je misschien ook wel…'

Hij lachte zenuwachtig, een beetje overrompeld door de maar liefst vijf biersoorten, allemaal in Hannahs mooiste handschrift op het bord gezet. 'Oh. In dat geval… ga ik maar gewoon een beetje zitten.' Hij draaide zich om en keek in het rond. 'De mensen hier lijken niet zoveel belangstelling te hebben voor hippe nieuwe dingen.'

Piper voelde de bodem onder haar voeten wegslaan. Want hij had het niet alleen over het café, zoveel begreep ze wel.

Zijn dochter was het oude. Zij was het nieuwe. De hopeloos tekortschietende vervangster.

Westport was maar klein. Mick had vast allang gehoord hoe Piper jankend als een klein kind op de steiger had staan kijken hoe de Della Ray vervaagde aan de horizon. En nu dit. Niemand was naar hun feestelijke opening gekomen en zij stond finaal voor schut. Wat was ze stom geweest, te denken dat ze de harten van de mensen wel even kon winnen door het café te moderniseren. Door te denken dat het haar stiefvader ook maar iets kon schelen. Het was oerstom geweest om, expres of niet, belangrijke dingen voor Brendan achter te houden. En nu had hij zijn vertrouwen in haar verloren.

*Ik hoor hier niet.*

*Ik heb hier nooit gehoord.*

Brendan kwam niet. Niemand kwam. In de Cross and Daughters was het leeg en hol. Net zo leeg als in haar binnenste.

Ze stond te trillen op haar benen en zou het liefst ergens anders willen zijn.

Het universum stuurde haar een overduidelijke boodschap.

Piper schrok toen Mick haar een klopje op haar hand gaf. 'Luister eens, Piper...' Hij zuchtte en leek oprecht medelijden te hebben. 'Ik snap dat je je rot voelt. Maar dit is een eigenzinnig stadje. Je moet sterk zijn als je het hier wil redden.'

Ze hoorde de woorden van Sanders' vrouw weer.

*Och schat, je moet echt een heel stuk sterker zijn dan dit.*

Ook dacht ze aan die eerste ontmoeting met Mick.

*Vissersvrouwen zijn taai. Ze hebben stalen zenuwen. Mijn vrouw ook en die heeft ze doorgegeven aan Desiree, onze dochter.*

En ze dacht aan die eerste ochtend hier, toen ze Brendan tegenkwam in de supermarkt.

*Je beseft niet hoeveel karakter ervoor nodig is om deze plek te laten draaien. Hoeveel doorzettingsvermogen.*

In haar hart wist ze dat hij er zelf inmiddels anders over dacht, maar misschien had hij toch gelijk gehad.

Misschien wist ze gewoon niet hoe het moest om een succes te maken van iets. Een relatie, een succesvol café... het zat er gewoon niet in. De nalatenschap van Henry Cross was niet van haar, maar van de gemeenschap. Wat een arrogantie om te denken dat ze zomaar aan kon komen waaien en zich toe te eigenen.

Mick klopte weer op haar hand. Hij leek echt een beetje bezorgd. 'Het wordt vast beter, uiteindelijk,' zei hij snel. 'Ik wens je heel veel geluk, Piper.'

Piper staarde naar het glanzend gepolijste oppervlak van de bar, veegde er een beetje met een doek overheen, maar stopte toen Hannah haar pols greep.

'Gaat het, Pipes? Ik denk dat de mensen zich gewoon vergist hebben in de tijd.'

'Ze hebben zich niet vergist.'

Haar zus fronste haar wenkbrauwen en bekeek Piper nauwkeurig. 'Hmm... het gaat niet goed met je.'

'Jawel hoor.'

'Nee,' vond Hannah. 'Je Pipergloed is weg.'

Ze lachte vreugdeloos. 'Mijn wat?'

'Je Pipergloed,' herhaalde haar zus, die intussen steeds bezorgder keek. 'Wat er ook gebeurt, die heb je altijd. Je hebt hem als je gearresteerd wordt, als Daniel lullig doet... altijd. Het is altijd alsof je straalt van optimisme. Behalve nu, en ik vind het maar niks. Wat zei Mick tegen je?'

Piper deed haar ogen dicht. 'Wat maakt het uit?'

Hannah schrok van Pipers ongewoon ongeïnteresseerde reactie. 'Wat heb je nodig om je je beter te voelen? Zeg het maar, dan fiksen we het. Het is vreselijk om je zo te zien.'

Wat ze nodig had? Nou, dat Brendan binnen kwam lopen en haar aan de oplader legde. Dat zou een hele hoop goedmaken, zo niet alles. Maar het ging niet gebeuren. Ze voelde het. Ze had het compleet verkloot door meerdere opties open te willen houden zonder het tegen hem te zeggen. En daardoor had zelfs de meest onverstoorbare man op aarde zijn geduld verloren. 'Ik weet het niet. Gadverdamme, kon ik maar met mijn vingers knippen en een miljoen kilometer hiervandaan zijn.'

Maar nog liever wilde ze gewoon weer haar oude vertrouwde zelf zijn.

De oude Piper wist misschien niet wat ze moest met haar leven, maar ze was gelukkig, toch? Als mensen over haar oordeelden, dan was het via het scherm van een smartphone, niet recht in haar gezicht. Je kon niet falen als je niets probeerde en dus probeerde ze niets. En god, wat was dat heerlijk. Ze wilde hier weg, terug naar haar oude identiteit. Ze wilde van dat teleurgestelde gevoel af. Het was nu wel duidelijk dat ze niet sterk genoeg was. Dat ze niets kon. Dat ze hier niet hoorde.

Op de bar trilde haar telefoon. Alweer een bericht van Kirby.

Piper veegde over het scherm en zuchtte bij het zien van de *peeptoe*-pumps van Tom Ford. Wit, met de gouden kettinkjes als enkelbandjes. Kirby speelde het nu echt hard. Op die schoenen en in een supermooi jurkje ergens binnenlopen, begroet door een massa vreemden die foto's van haar maakten, dát zou op dit moment echt haar pijn kunnen verzachten. Even niets voelen.

'Ga naar huis, Pipes.'

Ze keek abrupt op. 'Wat?'

Hannah worstelde zo te zien met iets. 'Je weet dat ik je vrienden in LA een stel neppers vind voor wie jij veel te goed bent…' Ze zuchtte. 'Maar misschien moet je maar naar Kirby's feest. Ik kan zien dat je dat graag wil.'

Ferm legde Piper haar telefoon terug op de bar. 'Na al het werk dat we hier gedaan hebben? No way.'

'Je kunt na het feest toch terugkomen?'

Dat kon, maar zou ze dat ook doen? Als ze eenmaal terug was in die beneveling van dansen en selfies en uitslapen tot in de middag, hoe waarschijnlijk was het dat ze terug zou gaan naar Westport om de confrontatie met haar tekortkomingen aan te gaan? Zeker als ze morgenavond zoveel aan sponsorgelden zou binnenslepen dat ze niet meer afhankelijk was van Daniels toelage? 'Het gaat niet. Ik kan gewoon niet…'

Maar waarom niet eigenlijk?

*Kijk toch om je heen.* Wat hield haar tegen?

'Nou ja...' Een vlaag van opwinding ging door haar lijf. 'Je gaat dan toch wel mee, Hanns? Als ik weg ben, hoef jij toch ook niet hier te blijven?'

Haar zus schudde haar hoofd. 'Ik moet de platenzaak morgen en woensdag openen, dat heb ik beloofd. Ik kan Shauna wel vragen of ze vervanging wil regelen, maar tot die tijd kan ik hier niet weg.' Hannah pakte Pipers gezicht in beide handen. 'Ga maar. Ik kom over een paar dagen achter je aan. Ik kan niet aanzien hoe je hier wegkwijnt.'

'Gaan? Nu meteen? Maar...' Ze gebaarde zwakjes in het rond. 'Het café. We hebben dit allemaal voor Henry gedaan.'

Hannah haalde haar schouders op. 'Henry Cross hoort bij dit café. Misschien is dit wat hij gewild zou hebben: dat we het teruggeven aan de gemeenschap. We hebben ons best gedaan, Piper. Ik ben sowieso trots op ons.' Ze keek de rij lege krukken langs. 'Ik denk dat ik het hier wel red in mijn eentje. Laat Kirby maar weten dat je eraan komt.'

'Hannah, weet je het heel zeker? Ik vind het een akelig idee om jou hier achter te laten.'

Haar zus snoof. 'Hou op zeg. Ik red me wel. Desnoods ga ik bij Shauna slapen als je je daardoor beter voelt.'

Pipers adem ging sneller. 'Ga ik dit echt doen?'

'Wegwezen,' beval Hannah en wees naar de trap. 'Ik regel alvast een Uber.'

Oh wauw, het gebeurde echt. Ze ging weg uit Westport.

Terug naar de dingen die ze kende en waar ze goed in was.

Zo gemakkelijk kon het dus zijn.

Wanhoop? Teleurstelling? Gewoon op het vliegtuig stappen en niet meer omkijken. Nooit meer denken aan de stad die haar niet wilde en de man die haar niet vertrouwde.

Zonder zich iets aan te trekken van Brendans gezicht voor haar ogen en zijn diepe stem in haar oren rende Piper de trap op en begon haar koffers te pakken.

# Hoofdstuk dertig

Brendan stond op het dek van de Della Ray in de richting van Westport te staren, de richting die ze nu uit voeren. Hij zag niets van de eindeloze watervlakte voor hem. Hij merkte niets van het gedoe van de mannen om hem heen, die lijnen ophaalden en kunstaas bevestigden, hoorde niets van het lage gedreun van Black Sabbath uit de luidsprekers op het dek. Al sinds het vertrek op zaterdagochtend liep hij als verdoofd rond.

*Ze was er niet.*

Hij had Piper tijd gegeven om na te denken, ze had geconcludeerd dat het een te grote opoffering zou zijn om bij hem te bleven en had toen een besluit genomen. Hij had de hele tijd al geweten dat het te mooi was om waar te zijn. Dat ze nooit alles, haar hele leven, voor hem zou opgeven. Zijn hart zat in zijn keel en zorgde daar voor een zeurende pijn in zijn nekspieren. Het was zo pijnlijk mooi geweest om Piper in zijn leven te hebben. Hij wist niet dat het leven zo schitterend kon zijn.

Het was alleen niet wederzijds.

Hij voer al ruim tien jaar en was nog nooit zeeziek geweest, maar op dit moment rommelde het onheilspellend in zijn maag. De afgelopen twee dagen had hij zichzelf afgeleid van de verwoestende klap, van de herinnering aan de lege steiger, door de jongens en zichzelf flink te laten zwoegen. Uren achter elkaar stond hij over de digitale kaarten gebogen en hij had zelfs in de machinekamer gewerkt, terwijl Fox aan het roer stond. Hij moest niet ophouden met bewegen of denken, want dan zag hij haar voor zich. En fuck, hij was haar kwijt.

Nee. Hij had haar nooit gehad.

Dat was het probleem.

Het was maandagmiddag. Labor Day. Het openingsfeest zou zo wel beginnen. Verwachtte ze hem? Of ging ze ervan uit dat hij wegbleef, nu ze had besloten om verder te gaan met haar leven? Het café was haar prorityticket naar huis. Als hij toch kwam opdagen, liep hij haar alleen maar in de weg. Dus nee, waarschijnlijk wilde ze niet dat hij kwam.

Brendan drukte zijn vuisten in zijn ogen om de beelden van Piper te laten verdwijnen. Piper met wilde haren, net wakker. Piper rond dolend in de supermarkt. Piper met een brandende koekenpan. Huilend om hem in het ziekenhuis. Kreunend in het kussen. Elk beeld was als een steek in zijn hart. Nog even en hij zou zijn evenwicht verliezen en overboord slaan. Naar de bodem van de ijskoude zee zinken was nog altijd beter dan te moeten leven met niets dan herinneringen.

Maar had ze niet gewoon gedaan wat het beste voor haar was?

Moest hij dat dan niet respecteren?

Respecteren dat de vrouw bij wie hij de rest van zijn leven wilde zijn, ervandoor ging?

Hij zou haar nooit meer in zijn armen hebben. Wat een verschrikking.

Het begon te miezeren, maar hij voelde er niets voor om naar binnen te gaan en zijn regenjas te pakken. Zeiknat worden en doodgaan aan een dikke longontsteking was eigenlijk best een aantrekkelijk vooruitzicht. Maar even later kwam Sanders voorbij en had Brendans regenjas meegenomen. Om iets te doen te hebben, trok hij hem toch maar aan en stak zijn handen in de zakken.

Hij voelde iets glads tussen zijn vingers.

Hij haalde het voorwerp uit zijn zak… en daar glimlachte Piper naar hem.

Een foto van hen tweeën. Hij wist niet eens dat die bestond.

Blijkbaar had ze achter zijn rug een selfie gemaakt toen hij haar in zijn armen had, aan de oplader. Haar ogen stonden naar seks en genot. Ze was gelukkig. Ze was verliefd.

Brendans hart werd in tweeën gekliefd toen hij de foto omdraaide en het mooie, vrouwelijke handschrift zag.

VOOR IN JE KOOI, KAPITEINTJE.
KOM VEILIG TERUG BIJ ME.
IK HOU ZOVEEL VAN JE.
PIPER.

Hij hapte naar adem.

Een golf tilde het schip op en zijn benen konden de beweging ternauwernood compenseren. Het was een wonder dat zijn lichaam überhaupt nog functioneerde, nu al zijn kracht nodig was om zijn hart aan de gang te houden. Met gesloten ogen klemde hij de foto tegen zijn borst. Zijn geest produceerde duizenden herinneringen en bleef toen hangen bij het beeld van haar in de deuropening van zijn huis. De laatste keer dat hij haar gezien had.

*Alsjeblieft twijfel niet aan me, Brendan. Niet jij. Vertrouw me, oké?*

Maar door weg te lopen twijfelde hij toch juist aan haar?

Hij had haar in de steek gelaten. Keer op keer had hij van haar geëist dat ze de sprong in het diepe zou maken en toen dat te lang duurde, was hij weggegaan en had haar fragiele vertrouwen kapotgemaakt. Hoe lang was ze hier nu helemaal? Vijf weken? Wat verwachtte hij dan verdomme van haar?

Alles. Dat verwachtte hij van haar. Dat vroeg hij van haar. En dat was niet eerlijk.

En ja, misschien had ze een paar escaperoutes open gehouden. Prima. Als je van iemand hield, gunde je haar toch alle vrijheid? Maar wat had hij gedaan?

Hij had haar gestraft.

Geen wonder dat ze niet op de steiger had gestaan. Hij had alle recht verspeeld om dat te hopen, te wensen, erom te bidden. Het was logisch dat ze niet was gekomen, dat snapte hij heel goed.

En nu, nu het te laat was, zag hij de oplossing kristalhelder voor zich. De oplossing om haar te houden, haar te verdienen. Ze hóéfde niet alles op te geven. Hij had nooit iets anders gedaan dan problemen oplossen, dus als hij ongemakken en obstakels moest overwinnen om haar te houden, dan zou hij dat verdomme doen. Hij zou zich aanpassen, net zoals Piper zich had aangepast.

'Ik heb een fout gemaakt,' zei hij schor. Prikkeldraad draaide zich strak om zijn hart. 'Godsamme, wat heb ik een fout gemaakt.'

Hij klampte zich vast aan de kans, hoe piepklein die ook was, dat hij zijn fout kon herstellen.

Anders werd hij gek.

Brendan draaide zich om en rende naar de brug, waar een bezorgd kijkende Fox over de marifoon met de kustwacht praatte.

'Wat is er aan de hand?'

Fox hing de ontvanger terug. 'Niets ernstigs. Ze adviseren alleen om een beetje om te varen als we naar het zuiden willen. Er is brand op een booreiland verderop en het zicht is daardoor wat minder. Maar we lopen hooguit twee uur vertraging op.'

Twee uur vertraging.

Brendan keek op zijn horloge. Vier uur. Volgens het oorspronkelijke plan zouden ze om half zeven de haven weer binnenvaren. Maar nu, met het uitladen en de vis naar de veiling brengen meegerekend, kon hij pas om een uur of tien, elf in de Cross and Daughters zijn.

Naast de enorme, onvergeeflijke fout die hij had gemaakt, zou hij ook nog zijn belofte breken om naar het openingsfeest te komen.

Hulpeloosheid klauwde met puntige vingers in zijn keel. Hij merkte dat hij Pipers foto nog in zijn hand had en keer ernaar, alsof hij zo met haar kon communiceren.

*Sorry dat ik je heb laten vallen, liefste.*

*Geef me nog één kans.*

Zodra ze de haven binnenvoeren en zijn telefoon weer een beetje bereik had, verscheen het bericht op het scherm.

**Ben wat later wegens noodgeval. Ben onderweg. Wacht op me. Ik hou van je.**

Brendan ging bijna door zijn knieën toen hij het las.

Was ze onderweg geweest? Had ze hem toch willen uitzwaaien?

God allejezus. Wat voor noodgeval? Was er iets met haar gebeurd? Had ze hem nodig gehad?

Hij zou het zichzelf nooit vergeven als hij was vertrokken terwijl zij in moeilijkheden was.

In een waas regelde hij wat er geregeld moest worden. Daarna was er alleen nog het brullen van het bloed in zijn oren en het gestamp van zijn snelle voeten op het wegdek.

Toen Brendan en Fox de Cross and Daughters binnen kwamen rennen, was het elf uur en zat de tent bomvol. 'Summer in the City' blèrde door de speakers, een dienblad met cupcakes ging van hand tot hand, en iedereen zat of stond met een drankje in de hand. Even werd Brendan getroffen door trots op Piper en Hannah. Dit hadden ze maar mooi bereikt. Maar bijna meteen werd alles overschaduwd door de behoefte om zijn vriendin te zien.

Ze stond niet achter de bar.

Hannah stond er in haar eentje. Ze kon de drukte maar nauwelijks bijbenen en maakte het ene flesje bier na het andere open. Ze nam bankbiljetten aan, probeerde gepast wisselgeld terug te geven en rende dan weer naar de volgende klant.

Wáár was Piper? Met een frons op zijn gezicht volgde Brendan zijn vriend door de menigte. Hier en daar knikte hij een bekende toe die zijn naam riep of, liever gezegd, lalde. Piper kon best weleens op de dansvloer zijn, dus wilde hij daar als eerste naartoe. Maar wacht eens, dat klopte niet. Ze zou haar zus nooit in haar eentje bardienst laten draaien. Trouwens, ze had sowieso achter de bar moeten staan, want Hannah ging over de muziek.

Er ontstond een gat in zijn maag, een gapend, zuur gat, maar hij probeerde rustig te blijven.

Gewoon op de wc dan?

Nee, daar ook niet. Een vrouw die net naar buiten kwam, wist hem te vertellen dat alle hokjes leeg waren.

In snel toenemende paniek duwde en trok Brendan zich een weg naar de bar. De uitdrukking op Fox' gezicht deed hem verstijven.

'Waar is ze?' riep hij boven het lawaai uit.

Hannah liet haar blik even over hem dwalen en keek toen snel weg.

Hij zag hoe ze met trillende handen een andere klant bediende en dat maakte hem zo ongerust dat hij bijna ontplofte. Hij zou deze tent met zijn blote handen slopen als iemand niet heel snel met zijn vriendin op de proppen kwam.

'Hannah. Waar is je zus?'

De jongste Bellinger stopte met wat ze aan het doen was en ademde diep in. 'Ze is terug naar LA. Voor Kirby's feest. En misschien... blijft ze.' Ze schudde haar hoofd. 'Ze komt niet meer terug.'

De wereld werd wazig om hem heen, de muziek vervormde, vertraagde. Zijn borstkas stortte in en sleurde zijn hart mee in zijn val. Nee. Nee, ze kon niet weg zijn. Ze kon niet vertrokken zijn. Maar hoewel hij het uit alle macht probeerde te ontkennen, wist hij dat het waar was. Hij voelde haar niet.

Ze was weg.

'Het spijt me zo voor je,' zei Hannah, terwijl ze haar telefoon tevoorschijn haalde en met een duimbeweging de muziek zachter zette. Een paar bezoekers protesteerden, maar werden onmiddellijk stil toen ze zagen hoe de schipper op een barkruk steunde en een langzame, pijnlijke dood stierf. 'Kijk, er was hier niemand. Niemand. Tot misschien een halfuur geleden. We dachten dat het feest volslagen mislukt was. Onze stiefvader had ook al afgezegd, en jij... nou ja, je weet wat je gedaan hebt.' Hannahs ogen werden vochtig. Ze veegde haar tranen weg terwijl Fox aarzelend over haar rug wreef. 'Ze was haar Pipergloed kwijt. Ik werd er bang van. Ik dacht dat ze haar gloed terug zou krijgen als ze naar huis ging. Superjammer dat ze nu nooit zal weten hoe populair deze kroeg toch is.'

*Ze was haar Pipergloed kwijt.*

Vrouwenpraat natuurlijk, maar hij begreep heel goed wat ze bedoelde. Piper had inderdaad een soort glans, een sprankeling, een innerlijk vuur. De Pipergloed was er altijd, of ze nu ruzieden, lachten of neukten en trok hem haar wereld in, waar alles perfect was. Het stond voor positiviteit, leven, de belofte van betere tijden. Het zat in het blauw van haar ogen en deed de hele kamer oplichten. Hij was er ziek van dat die gloed was verdwenen en dat dat zijn schuld was.

'Ik had haar moeten gaan zoeken,' zei Brendan, meer tegen zichzelf dan tegen iemand anders. 'Toen ze niet in de haven was, had ik haar moeten gaan zoeken. Waarom ben ik toch uitgevaren, verdomme?'

'Ze wás in de haven,' zei een stem achter hem. Het was Sanders' vrouw, die met een halfvol biertje naar hem toe kwam lopen. 'Ze was er, alleen te laat. En janken dat ze deed.'

Brendan moest de bar stevig vastgrijpen om te voorkomen dat hij zou omvallen.

'Ik heb gezegd dat ze niet zo'n slappeling moest zijn,' zei de vrouw. Een paar mensen begonnen verontwaardigd te mompelen. 'Op een vriendelijke manier, hoor,' verdedigde ze zichzelf. 'Denk ik.'

Jezus. Ze had huilend zijn schip staan nakijken. Die gedachte deed hem bijna stikken.

Wat een klotezooi.

Brendan was nog niet van het nieuws bekomen toen een oude

man met een verband om zijn hoofd zich tussen de bezoekers door wurmde en naar hem toe kwam.

Abe? De eigenaar van de doe-het-zelfzaak?

'Het is mijn schuld dat Piper te laat in de haven was, schipper. Ze loopt elke ochtend met me naar het museum, zodat ik daar mijn krantje kan lezen. In mijn eentje kom ik die veranda niet meer op tegenwoordig.'

Hij friemelde wat aan zijn verband. 'En nou ben ik laatst behoorlijk op mijn kersenpit gevallen. Piper is bij me gebleven tot Todd er was. En dat duurde even, want hij bracht net mijn kleinkinderen naar school.'

'Brengt ze jou elke ochtend naar het museum?' vroeg Brendan met verwrongen stem, alsof iemand met een steeksleutel een bout in zijn keel vastdraaide. Ze had nooit iets gezegd over Abe. Nooit verteld dat ze zo'n goede vriend had gemaakt. Echt iets voor haar.

'Reken maar. Het is zo'n schat.' Er kwam een ondeugende twinkeling in zijn ogen. 'Ik had haar maar wat graag aan een van mijn zoons gekoppeld, als die niet al aan de vrouw waren en zij niet toevallig een oogje had op onze schipper hier.'

Hou op! schreeuwde Brendan bijna. En misschien zóú hij het ook geschreeuwd hebben als zijn stembanden hadden gewerkt.

Hij ging kapot.

Hij ging verdomme finaal kapot.

'En óf het een schat is,' klonk er vanachter de menigte. Het was Opal. 'Ik was sinds het overlijden van mijn zoon mijn huis niet uit geweest. Hooguit voor de boodschappen of een stukje wandelen. Maar toen heeft Piper me weer opgelapt en van Hannah heb ik geleerd hoe je iTunes gebruikt. Mijn kleindochters hebben me teruggehaald naar de wereld van de levenden.' Goedkeurend gemompel steeg op bij Opals hartstochtelijke betoog. 'Wat is dat voor onzin over teruggaan naar LA?'

'Precies!' Een jonge vrouw van Pipers leeftijd kwam naast Opal staan. 'Ze had ons beloofd om een make-uptutorial te geven. Vorige week heb ik smoky eyes geleerd en er hebben al twee klanten om mijn nummer gevraagd.' Ze liet haar schouders hangen. 'Piper is te gek. Is ze echt weg?'

'Uh, ja,' riep Hannah. 'Ze is echt weg. Volgende keer op tijd komen, mensen.'

'Ja, sorry daarvoor,' zei Abe. Hij trok een schuldig gezicht, net als de overige bezoekers. 'Er stond een booreiland in de fik, net buiten de kust. Een jongen van hier werkt daar, dus we hebben allemaal gewacht tot we wisten dat hij in orde was voordat we naar het feest gingen. In Westport zijn we bezorgd om elkaar.'

'We moeten echt een tv hebben,' mompelde Hannah.

Het werd steeds duidelijker dat Piper wel degelijk wortel had geschoten in Westport, besefte Brendan. Ze had het stilletjes gedaan, voorzichtig, misschien in eerste instantie alleen om te zien of ze het kon. Misschien bang dat het haar niet zou lukken. Het was zijn taak om haar te steunen – en die taak had hij verkloot.

Hij was het mooiste kwijtgeraakt dat hem ooit was overkomen.

In gedachten hoorde hij weer wat ze had gezegd, die avond dat ze op het bankje aan de haven zaten. Die avond dat ze op het herdenkingsdiner was verschenen met een dienblaadje tequila.

*Sinds we hier zijn, is het me steeds duidelijker geworden dat ik geen idee heb waar ik mee bezig ben. Ik ben goed in partyen en foto's maken en daar is niks mis mee, maar wat als dat het is? Wat als dat alles is?*

Maar ondanks al haar onzekerheid had ze iedereen in deze gelagkamer op de een of andere manier geraakt. Ze had de weg naar ieders hart weten te vinden. Ze had zichzelf onmisbaar gemaakt. Als ze toch eens wist hoe goed ze daarin geslaagd was. Piper had ooit gezegd dat Brendan Westport was, maar het was andersom. Deze plek… was zij.

*Alsjeblieft… twijfel niet aan me, Brendan. Niet jij. Vertrouw me, oké?*

Voor geen goud zou hij toestaan dat dat de laatste woorden bleven die hij van haar hoorde. Dan kon hij net zo goed ter plekke doodblijven, want zo kon hij niet verder leven. En die avond dat hij wegreed en haar huilend achterliet, moest dat haar laatste herinnering aan hém blijven? No way.

Brendan zocht zijn evenwicht en ging zo staan dat hij kon bewegen en lopen zonder dat het kapotte hart in zijn borstkas nog verder uit elkaar scheurde. 'Het is mijn schuld dat ze weg is. Mijn verantwoordelijkheid. Ze is van mij.' Toen hij slikte, leek het of er glasscherven in zijn keel zaten. 'En ik ga haar halen.'

Een luid gejuich steeg op, maar Brendan hoorde het niet. Hij wist te goed dat hij net zo makkelijk kon falen.

Hij draaide zich om om weg te gaan, maar Hannah wenkte hem terug. Ze haalde haar telefoon uit haar zak, drukte een paar keer op het scherm en schoof het apparaat naar hem toe, over het hout dat Piper dagenlang zo zorgvuldig en geconcentreerd had geschuurd en gevernist.

Brendan slikte toen hij het scherm zag. Piper gaf een kushandje naar de lens, met 'Return of the Party Princess' erboven, plus het adres van een nachtclub in Los Angeles en 'Morgenavond, 21:00 uur'.

Entree: vijfhonderd dollar.

Mensen hadden er vijfhonderd dollar voor over om in dezelfde ruimte te verkeren als zijn vriendin en hij nam het ze niet kwalijk.

Hij had er al zijn spaargeld voor over om nu bij haar te zijn. God, wat miste hij haar.

'In principe mag ze nog niet terug zijn in LA, dus bel ons huis maar niet. Ik denk dat ze bij Kirby slaapt, maar ik heb haar nummer niet.' Hannah knikte naar de telefoon. 'Je moet haar dus in de club treffen.'

'Bedankt,' stotterde hij. Goddank gaf Hannah hem niet op zijn donder, al verdiende hij dat eigenlijk. 'Het maakt niet uit waar ik naartoe moet.'

'Ik weet het.' Hannah gaf hem een kneepje in zijn hand. 'Ga het maar goedmaken.'

Met het bloed bonzend in zijn oren liep Brendan snel naar de deur, maar Mick greep hem bij de arm voor hij de frisse avondlucht in kon stappen. 'Brendan, ik...' Hij keek naar de grond. 'Als je haar vindt, wil je dan sorry zeggen van mij? Ik ben vanavond niet echt aardig tegen haar geweest.'

Een scheut van pijn ging door Brendans hersenen. Godver, wat had zijn Piper allemaal niet moeten verwerken sinds hij zaterdag was uitgevaren? Eerst was hijzelf vertrokken naar zee. Toen had haar stiefvader afgezegd. Vervolgens was niemand komen opdagen voor de opening van haar kroeg, voor zover ze wist tenminste. En nu had Mick haar ook nog gekwetst?

Hij balde zijn vuisten langs zijn zij en vocht tegen de neiging om iets stuk te slaan. 'Ik durf niet te vragen wat je gezegd hebt, Mick,' kreunde hij met gesloten ogen.

'Ik ben bang dat ik heb geïnsinueerd dat ze mijn dochter niet kan vervangen,' zei Mick zacht en vol spijt.

Brendan ademde hard uit. De ellende was compleet en raasde door hem heen. 'Mick,' zei hij nadat hij zich tot kalmte had gedwongen. 'Je dochter zal altijd een plaats in mijn hart hebben. Maar dat hart is van Piper. Ze heeft het voor altijd van me gestolen.'

'Dat begrijp ik nu.'

'Goed. Wen er maar aan.'

En zonder verder iets te zeggen (niets was nog belangrijk, behalve bij haar komen, maakte niet uit hoe) stapte Brendan in zijn pick-up en reed met rokende banden Westport uit.

# Hoofdstuk eenendertig

Ze had een grote fout gemaakt.

Een hele grote.

Piper zat op een mechanische eenhoorn en maakte zich klaar om door een luik het podium op te worden getild. Kirby duwde een pluchen prinsessenstaf in haar hand. Piper staarde naar het ding en baalde dat ze er niet echt mee kon toveren, anders had ze zichzelf wel uit deze situatie bevrijd.

In de zaal riepen honderden mensen haar naam.

Boven haar trilde hun gestamp op de vloer van de club. Hier, backstage, kwam er continu iemand naar haar toe om ongevraagd een selfie te maken en Piper stelde zich voor hoe ze er op al die foto's uitzag. Als een konijn in de koplampen.

Dit was wat ze altijd gewild had. Beroemdheid, erkenning, feesten die speciaal voor haar werden gehouden.

Maar nu wilde ze alleen maar thuis zijn.

Niet naar Bel-Air, nee, ze wilde aan de oplader. Dát was thuis. Brendan was thuis.

Het roepen en stampen werd luider en Kirby danste om haar heen. 'Genieten hè, bitch! Straks komt jouw nummer, dan zetten we de lift aan en ga je heel langzaam omhoog. Vergeet niet met je stokje te zwaaien als je boven bent. De jongen van het licht zorgt dan dat het net lijkt of je sterrenstof rondstrooit. Zó echt, geloof me, de hele zaal wordt gek.'

Nou vooruit, dat klonk wel vet.

'Welk nummer is het?'

'Een mash-up van "Girls Just Want to Have Fun" en "Sexy and I Know It" natuurlijk.'

'O ja, natuurlijk.'

Kirby wapperde haar oksels droog. 'Ik zou het zwaaien maar even oefenen als ik jou was. Dat het gelijk gaat met de beat.'

Piper slikte en keek omlaag, naar haar Lhuillier-jurk en de zwarte kousenbanden die er aan weerszijden van de eenhoorn onderuit kwamen. Het was een leuke afleiding geweest om zich aan te kleden en haar make-up en haar professioneel te laten doen, maar... nu het moment was aangebroken dat ze haar plek als partyprinses weer in zou nemen, voelde het zo... onecht.

Haar hart lag aan diggelen.

Ze had helemaal geen zin om in de club te verschijnen op een mechanische eenhoorn.

Ze had er helemaal geen zin in dat alle social media vol zouden staan met foto's van haar. Natuurlijk, er was niets mis met partyen. Niets mis met dansen en leuke kleren aandoen. Maar toen ze in Westport zat en werkelijk niemand had gebeld of gemaild of ook maar een beetje benieuwd was geweest naar hoe het met haar ging, na het feest waarvan zoveel mensen hadden genoten, toen had ze een glimp opgevangen van hoe nep het allemaal was. Hoe vluchtig roem was.

Als ze straks door dat luik het podium op kwam, zou het geklap en gejoel niet voor Piper bestemd zijn. Niet voor de echte Piper tenminste. Het zou bedoeld zijn voor het image dat ze had opgebouwd. Maar dat image betekende niets. Het deed er niet toe. Ze had gedacht dat ze makkelijk terug kon naar deze scene. Dat ze zich er weer in onder kon dompelen, zich erdoor kon laten verdoven. Maar ze dacht alleen maar: met wie drinkt Opal morgen koffie? Wie helpt Abe het trapje van het museum op?

Van die bezoekjes werd ze duizendmaal blijer dan van de kortstondige flits van het online sterrendom. Want op die momenten was ze zichzelf, niet een image dat ze had opgebouwd om vreemden te entertainen.

De kroeg opknappen met haar zus, op het dek van een schip staan in de armen van de liefde van haar leven, hardlopen langs de haven in de mist, vrienden maken die zich interesseerden voor háár, niet voor wat ze voor hen kon doen. Dat waren de dingen die telden.

En dit? Dit was allemaal show. En door eraan mee te doen voelde het voor Piper alsof ze ontrouw was aan zichzelf. Alsof ze zichzelf tekortdeed.

De roem waar ze altijd achteraan had gelopen, liep nu eindelijk achter haar aan, maar ze had geen interesse meer.

'Piper! Piper! Piper!'

Het geroep was nu oorverdovend, maar er was maar één stem waar ze nu behoefte aan had. Waarom was ze niet gebleven om voor hem te vechten? Wat zou hij nu aan het doen zijn?

'Brendan,' fluisterde ze. Ze klapte bijna dubbel van verlangen. 'Het spijt me. Ik mis je. Het spijt me zo.'

'Huh?' schreeuwde Kirby over het lawaai heen. 'Oké, je moet op. Hou je vast, bitch!'

'Nee, wacht!' Piper veegde de tranen uit haar ogen. 'Ik wil eraf. Laat me eraf.'

Kirby keek haar aan alsof ze gek geworden was. 'Te laat, hij gaat al.'

En inderdaad, de lift kwam in beweging.

Sterk beest, zo'n eenhoorn.

Piper hield zich vast aan de synthetische manen en keek met ingehouden adem naar het luik boven haar. Verdomme. Verdomme, ze kon niet meer terug. Ze kon eraf springen, maar met deze schoenen zou ze zeker iets breken. Haar enkel bijvoorbeeld of een hak van deze hemelse Tom Fords, en dát ging haar te ver.

Nog een paar tellen en haar hoofd was zichtbaar.

Piper haalde diep adem, ging rechtop zitten en zwaaide glimlachend naar het uitzinnige publiek. Iedereen ging uit zijn dak voor haar. Het was alsof ze haar lichaam verliet en boven de hoofden zweefde. En ze vond het helemaal niets. Ze wilde hier niet zijn, ze wilde niet als een dom schaap op een eenhoorn zitten terwijl honderden mensen haar vastlegden met hun telefoon.

*Ik wil naar huis. Ik wil gewoon naar huis.*

De eenhoorn hield eindelijk op met bewegen. Mooi. Ze zocht al naar de dichtstbijzijnde uitgang. Maar wacht even. Als ze eraf klom, kon de hele club haar kruis zien. Wilde ze haar eer bewaren, dan moest ze op de een of andere manier omlaag zien te glijden en tegelijk haar onderlichaam achter de hals van de eenhoorn proberen te verstoppen. En dus deed ze een paar onhandige pogingen, terwijl de mensen zich voor het podium verdrongen. Ze voelde zich niet eens meer een gekooid dier, ze wás het. Geen ontsnapping mogelijk.

Piper keek naar links, naar rechts, op zoek naar een uitweg. En daar stond hij.

Brendan? Nee, dat kon niet. Haar zeeman hoorde niet in LA. Hij en de grote stad, dat ging niet samen.

Ze hield een hand boven haar ogen tegen het licht van een stroboscoop, en god, mijn god, hij stond er echt. Daar stond hij, zeker twee koppen groter dan iedereen, bebaard en knap en nuchter en krachtig. Hun ogen vonden elkaar en langzaam trok hij de muts van zijn hoofd, hield hem tegen zijn borst, bijna eerbiedig en uit zijn blik sprak een vreselijke mengeling van verdriet en verwondering. Nee. Ze moest naar hem toe. Het was een marteling om zo dicht bij hem zijn en toch niet zijn armen om haar heen hebben. Hij was er. Hij wás er.

'Brendan!' riep Piper. Haar stem verdween in het lawaai.

Maar ze zag zijn lippen bewegen en wist dat hij ook háár naam riep.

Ze kon het niet verdragen om nog langer niet bij hem te zijn, dus liet ze zich maar gewoon op haar kont vallen en sprong van het podium. Duwend en trekkend baande ze zich een weg door de menigte en hoopte maar dat ze de goede kant opging, want met al die flitslampen en telefoons in haar gezicht was ze hem uit het oog verloren.

'Brendan!'

Mensen graaiden naar haar, sloegen een arm om haar schouders voor een selfie, hun hete adem gleed over haar nek, haar schouders. Nee, nee, nee! Ze wilde maar door één iemand aangeraakt worden. Door de perfecte man.

'Piper!'

Waar kwam die diepe, iets paniekerige stem vandaan? Ze tolde rond in een desoriënterende brij van kleuren en flitsen. Tranen stroomden over haar wangen, maar ze had geen tijd om ze te drogen. Ze moest verder. 'Brendan!'

Ineens stond Adrian voor haar en Piper was even afgeleid van haar missie, alleen al omdat het zo'n absurde situatie was. Zij probeerde bij de liefste, de echtste mens op aarde te komen en daar stond dit neppe, valse jochie haar de weg te versperren. Wat dacht hij wel niet?

'Hé Piper, ik hoopte al dat ik je tegen zou komen!' schreeuwde Adrian boven de muziek uit. 'Je ziet er echt goed uit. Waarom gaan we niet een keer iets...'

Brendan doemde op achter haar ex-vriendje en mepte hem weg als een vervelend insect. Piper bedacht zich geen moment en stortte zich in zijn armen, aan de oplader. Meteen overviel haar het gevoel dat alles was zoals het moest zijn. Dat ze zichzelf weer gevonden had. Terug op aarde was. Brendan tilde haar op en klemde haar zo stevig vast als hij maar kon. Ze smolt weg in zijn armen, sloeg haar benen om zijn heupen, begroef haar gezicht in zijn hals en jankte als een klein kind. 'Brendan. Brendan.'

'Ik ben bij je. Hier ben ik.' Hij kuste vurig haar wangen, haar haren, haar slapen. 'Weg of blijven? Wat wil je?'

'Weg alsjeblieft. Please. Haal me hier weg.'

Piper voelde Brendans verbazing (omdat ze weg wilde?) en merkte toen dat hij al zijn spieren aanspande, klaar om te gaan. Met een beschermende hand om haar achterhoofd bewoog hij zich door de menigte, beval mensen uit de weg te gaan en ze wist zeker dat ze nog nooit in haar leven zo veilig was geweest. Ze snoof de geur van zijn eau de toilette op en hield zich vast aan zijn schouders. Ze vond absolute zekerheid in deze man. Hij was gekomen. Na alles wat was gebeurd, was hij gekomen.

Het duurde niet lang voor ze buiten waren, maar Brendan stopte niet. Hij droeg Piper langs een rij verbaasde clubgangers, bleef doorlopen tot de pompende bas vervaagde en het relatief stil werd. Pas toen ging hij langzamer lopen, maar hij liet haar nog steeds niet los. Hij bracht haar naar de portiek van een bankgebouw en wiegde haar in zijn sterke armen.

'Sorry, liefste,' gromde hij tegen haar voorhoofd. 'Het spijt me ontzettend. Ik had niet weg moeten lopen. Ik had jou nooit in de steek moeten laten of aan het huilen moeten maken. Vergeef me alsjeblieft.'

Hikkend en snikkend knikte Piper. Ze zou hem alles vergeven, als hij maar bleef. Maar voordat ze dat kon zeggen, ging hij verder.

'Ik heb vertrouwen in jou, Piper. Ik zal nooit meer aan je twijfelen. Je verdient veel beter dan wat je van mij hebt gekregen. Het was stom van me, zo slecht, om boos te worden, om je te verwijten dat je jezelf wou beschermen. Je had al zoveel gegeven. Je geeft zoveel aan alles en iedereen om je heen. Je bent een ongelooflijke vrouw en ik hou van je. Meer dan van de zee, hoor je? Ik hou van je en ik hou elke seconde meer van je, dus liefste, stop alsjeblieft met huilen. Je was zo fucking mooi, daar op dat beest. God, je was zo mooi en ik kon niet bij je komen.'

Zijn woorden deden haar zweven. Ze waren zó puur Brendan in hun eerlijkheid en diepte en norsheid en nederigheid. En ze waren voor haar bestemd.

Deze man gaf zichzelf volledig aan haar.

En zij wilde zichzelf volledig aan hem geven.

'Ik hou ook van jou,' fluisterde ze trillerig en kuste zijn hals, zijn mond, zijn stevige, uitnodigende lippen. 'Ik hou ook van jou. Ik hou van jou. Ik wou hier eigenlijk niet zijn vanavond. Ik verlangde alleen maar naar jou, Brendan. Ik verlangde zo naar je stem.'

'Dan blijf ik praten tot mijn stem ermee ophoudt,' zei hij, terwijl hij zijn lippen over de hare liet glijden en haar adem ademde. 'En ik blijf van je houden tot mijn hart ermee ophoudt. Ik zal je man zijn, duizend jaar lang. En langer, als jij dat ook wil.' Hij kreunde droevig en kuste de tranen van haar wangen. 'Ik heb het zo finaal verkloot, Piper. Ik was zo bang om je kwijt te raken dat ik de angst tussen ons liet komen. Ik was verblind van angst.' Hij hield op met kussen en wachtte tot ze opkeek, zijn intense blik ving. 'Als je Los Angeles nodig hebt om gelukkig te zijn, dan verzinnen we er wel wat op. In het krabseizoen moet ik natuurlijk naar het noorden, maar voor de rest van het jaar kan ik voor mijn nieuwe schip een thuishaven zoeken dichter bij LA. Als je me terug wil, dan zorgen we dat het werkt. Ik zal zorgen dat we niet falen. Zolang ik maar voor altijd van je mag houden.'

'Als ik je terug wil...?' Ze hijgde van ongeloof en nam een moment om zijn woorden te laten bezinken. Oh wauw. Wauw. Haar knieën, nog steeds om zijn heupen geklemd, begonnen te trillen toen de liefde in haar opborrelde en elke barst lijmde die de afgelopen drie dagen in haar ontstaan was. 'Zou je dat allemaal willen doen? Ja, ik denk het wel. Je zou je hele leven voor mij willen veranderen.'

'Heel graag zelfs. Zeg maar wanneer.'

'B... Brendan.' Haar borst deed haast te veel pijn om te praten. 'Toen ik verliefd op je werd, werd ik ook verliefd op Westport. Dat ging gelijk op. Het is mijn thuis. Ons thuis. Ik hoef nergens anders meer te zijn. En ik wist het zodra ik hier aankwam. Hier klopt helemaal niets. Zonder jou klopt niets.'

'Piper,' gromde hij, terwijl hun monden elkaar zochten, elkaar verwarmden. 'Zeg dat je weer van mij bent. Wees duidelijk. Je moet duidelijk zijn. Het heb me zo ongelofelijk klote gevoeld toen ik dacht dat ik je kwijt was.'

'Ik ben van jou. Natuurlijk ben ik van jou. Sorry dat ik weg ben gegaan. Sorry dat ik getwijfeld...'

Hij onderbrak haar door zijn lippen hard op de hare te drukken. Zijn hele lijf golfde van opluchting. 'Goddank,' zei hij hees. 'En nee, je hebt niets verkeerds gedaan. Niets.' Zijn duim streek langs haar ruggengraat terwijl hij haar heen en weer wiegde in zijn armen. 'Alles komt nu goed. We hebben de weg terug gevonden. Ik heb je terug en ik laat je nooit meer gaan.'

Ze omklemde hem steviger. 'Beloof je dat?'

'Dat beloof ik elke dag voor de rest van mijn leven.'

Een gelukzalige lach verspreidde zich op haar gezicht. 'Ik probeer het gewoon opnieuw met de Cross and Daughters. En de volgende keer op de steiger zal ik sterker zijn. Ik ga...'

'Piper, god nee.' Hij fronste zijn donkere wenkbrauwen en maakte oogcontact met haar. 'Ten eerste hoef je niet sterk te zijn. Niet altijd tenminste. Ik weet niet hoe je erbij komt dat jij, mijn perfecte, lieve, fantastische vriendin aan een of andere standaard moet voldoen, maar dat hoeft niet. Wees nou maar gewoon Piper, oké? De Piper waar ik verliefd op ben. De vrouw die voor mij gemaakt is. Huil als je behoefte hebt om te huilen. Dans als je wilt dansen. Scheld me desnoods uit. Niemand kan jou vertellen wat je moet doen of zeggen als ik naar zee ga. Niemand. En liefste...' Hij grinnikte. 'Het zat vanavond afgeladen vol in jullie café. Iedereen vindt het geweldig. Alleen... tja, in Westport doen de mensen de dingen in hun eigen tempo. Niet iedereen is zo van de klok als ik.'

'Wacht even, serieus? Zat het vol?' Ze hapte geschrokken naar adem. 'Oh nee. Hannah...'

'Maak je niet druk, Fox is bijgesprongen. En ze heeft mij vanavond geholpen om jou te vinden.'

'Oh, goddank.' Blijdschap borrelde op in haar borst en ze lachte flauwtjes. 'Dan moesten we maar eens naar huis. Ik moet een café runnen.'

Brendan bracht hun monden samen en kuste haar met zoveel

liefde dat het bijna brandde. De kreun uit haar keel ontmoette zijn krachtige gegrom, hun tongen kronkelden diep, zijn hand gleed omlaag en bleef op haar kont liggen. 'We kúnnen naar huis gaan,' mompelde hij, terwijl hij zijn lendenen kantelde om haar zijn opwinding te laten voelen. 'Maar we kunnen ook naar mijn hotelkamer lopen en pas morgen denken aan teruggaan.'

Ze slaakte een bevende zucht. 'Waar wachten we nog op?'

'Ik ben al onderweg.' En hij begon te sprinten, met haar schuddend in zijn armen. Haar lach schalde door de stille straten en ging over in een euforisch gilletje toen hij vaart minderde en haar over zijn brede vissersschouder gooide. Hotelgasten keken verbaasd op toen ze zo de lobby in liepen. 'Nou…' zei hij. 'Zullen we het maar niet meer over die eenhoorn hebben?'

'Ik hou van je,' snikte ze door haar tranen van geluk heen. 'Zo ontzettend veel.'

'Oh Piper.' Zijn stem trilde van emotie. 'Ik hou ook van jou.'

# Epiloog

*Een week later*

Vandaag was een verdrietige dag.

Vandaag was een gelukkige dag.

Brendan kwam thuis van een tocht, maar Hannah ging terug naar LA.

Piper ging rechtop in bed zitten, deed haar slaapmasker af en keek bewonderend (niet voor het eerst trouwens) hoe de kamer was veranderd. Voor ze LA achter zich lieten, was Brendan met haar naar Bel-Air gereden om even bij Maureen en Daniel langs te gaan. Halverwege het bezoek was Brendan ineens verdwenen.

Ze vond hem boven, in haar kamer, waar hij haar spullen aan het inpakken was.

En dan niet alleen haar kleren, al was het natuurlijk best chill om haar garderobe weer bij elkaar te hebben, maar ál haar spullen. Haar luchtjes, haar beddengoed, haar complete schoenenkast en haar sjaaltjes. En zodra ze terug waren in Westport, had hij meteen (oké, na een vluggertje op de bank) alles naar boven gebracht en zijn slaapkamer veranderd in hún slaapkamer.

Haar oermannelijke zeeman sliep nu onder een roze dekbed.

Zijn aftershave stond ingeklemd tussen flesjes nagellak en lippenstiften. En hij leek supertevreden met al die vrouwenspullen.

Ze hadden maar een paar dagen officieel kunnen samenwonen voor hij weer naar zee moest, maar het waren de fijnste dagen van haar leven. Brendan zijn tanden zien poetsen met alleen een handdoek om zijn middel, zijn ogen op haar gericht als ze bardienst had in het café, ontbijt op bed, seks in de douche, samen tuinieren, seks in de douche... Maar het allerbeste was dat hij elke ochtend en elke avond in haar oor fluisterde dat hij haar nooit, nooit meer zou laten gaan.

Piper liet zich weer in de kussens vallen en zuchtte dromerig.

Over een paar uur voer hij de baai van Grays Harbor binnen. Ze kon niet wachten om hem alles te vertellen wat er sinds zijn vertrek in de Cross and Daughters was gebeurd. Om het zoute water op zijn huid te ruiken. En misschien verder te gaan met hun gesprek over... kinderen. Misschien. Ooit.

Hij was niet vergeten dat Piper het onderwerp ter sprake had proberen te brengen op de avond van de grote ruzie. En sinds ze terug waren uit LA hadden ze er nog vier keer erover proberen te praten. Maar zodra het woord 'zwanger' viel, lag Piper binnen no time op haar rug, met Brendan zwoegend als een locomotief op haar.

Geen klachten dus.

Met verhitte wangen stapte Piper uit bed om te gaan hardlopen en Abe naar het museum te brengen, haar vaste ochtendroutine. Toen ze een uur later thuiskwam, was Hannah net klaar met pakken. Pipers maag maakte een salto toen ze haar zus haar rolkoffer zag dichtritsen.

'Ik zal je zo missen,' fluisterde Piper, met haar schouder tegen de deurpost leunend.

Hannah draaide zich om en ging op de rand van haar bed zitten. 'Ik ga jou nog meer missen.'

Piper schudde haar hoofd. 'Weet je… jij bent mijn allerbeste vriendin.'

Haar zus leek wat overrompeld en gaf een schokkerig knikje. 'En jij de mijne. Je bent altijd mijn beste vriendin geweest, Pipes.'

'Als jij niet mee was gegaan…' Piper gebaarde om zich heen. 'Dan was dit allemaal niet gebeurd. Ik had het nooit in mijn eentje gered.'

'Ach, natuurlijk wel.'

Piper knipperde een paar tranen weg. 'Naar het vliegveld dan maar?'

Hannah knikte. De Pioneer-platenspeler kreeg nog een afscheidskusje en toen was het tijd om te gaan. Piper hield de deur voor haar open, maar fronste haar wenkbrauwen toen Hannah ineens bleef staan. 'Wat is dát?'

'Hoe bedoel je?'

Piper draaide zich om om te zien waar Hannah naar keek en zag een vierkant pakje tegen de balustrade van de veranda staan. Het moest er nog niet lang staan, anders had ze het zeker gezien toen ze terugkwam van hardlopen. Ze pakte het, keek op het etiket en gaf het aan haar zus. 'Voor jou.'

Hannah liet haar koffer staan en trok het karton open. Een in cellofaan verpakte langspeelplaat kwam tevoorschijn. 'Het is… oh.' Ze klonk schor. 'Fleetwood Mac. Dat album dat tegen me praatte op de beurs.' Ze probeerde te lachen, maar het kwam er een beetje raar uit. 'Dus Fox heeft hem opgespoord.'

Piper floot veelbetekenend.

Hannah haalde haar ogen niet van de plaat. 'Dat is erg, uh..., sympathiek van hem.'

Het was zeker íéts, maar 'sympathiek' leek Piper niet het goede woord.

Een paar tellen bleven ze zo staan. Toen streek Piper een paar haren achter Hannahs oor. 'Klaar?' vroeg ze zacht.

'Uh...' Hannah leek wakker te schrikken. 'Ja. Ja, natuurlijk. Kom op.'

Een paar uur later stond Piper op de steiger en zag de Della Ray steeds dichterbij komen, terwijl haar hart steeds sneller ging kloppen. Het schuimende kielzog van het schip spreidde zich uit als golvende vleugels. Rondom haar stonden de partners, moeders en vaders van de bemanningsleden met bekers koffie in de frisse herfstlucht en speculeerden honderduit over de vangst. Iedereen was aardig tegen Piper, maar belangrijker: ze begon te leren om aardig te zijn voor zichzelf.

Ze begon te leren om van zichzelf te houden, gewoon zoals ze was.

Soms was ze losbandig en een beetje gek, soms koppig en vastberaden. Als ze kwaad was, hield ze zich niet in. Als ze verdriet had, huilde ze.

En als ze gelukkig was, zoals op dit moment, dan spreidde ze haar armen, rende naar de oorzaak van haar geluk en liet zich door hem meevoeren...

LEES OOK HANNAHS VERHAAL…

# AAN HET LIJNTJE

Lees nu verder voor een bonusscène met Hannah en Fox!

# Bonusscène

*Damn.*

Dat onderdeurtje met die sproeten had zojuist zijn schipper uitgefoeterd. En nog steeds schoten haar ogen vuur onder de klep van haar rode honkbalpet.

Gelukkig wist Fox genoeg van vrouwen om te begrijpen wanneer hij de grijns van zijn gezicht moest halen. Hannah, zo heette het nieuwe meisje, had ook naar hém uitgehaald, daar op straat bij de Red Buoy en hij had er weinig zin in om dat nog eens te laten gebeuren. En zijn lul ook niet, want die kon niet tegen negativiteit en was als een heremietkreeft in zijn schulp gekropen.

Op dat moment stak er een gure augustuswind op en sloeg Hannahs pet van haar hoofd.

Ze gingen er tegelijk op af en zijn vingers grepen de pet voordat die de grond kon raken. Nog half voorovergebogen (en met de charmantste grijns die hij in huis had) gaf Fox hem aan het meisje. Hij deed nog meer zijn best op zijn grijns toen hij enkel een wantrouwige blik terugkreeg.

'Thanks,' snoof Hannah.

'Geen probleem.'

Ze bromde sceptisch en trok de pet weer over haar ogen, maar in het licht van de avondzon had hij toch een glimp van haar gezicht opgevangen. Het moest een lief gezicht zijn, als je afging op het stompe neusje tussen de twee grote, hazelnootkleurige ogen en het kuiltje in de rechterwang. Ze liep op slippers, en zo zag hij dat er op de één na grootste teen een muzieknoot was getatoeëerd.

Yep. Best een cutie.

Maar dan wel eentje die zijn geslachtsdeel in een garnaal kon veranderen.

*En wie ben jij dan? Zijn knappe knechtje?*

Ze was dus niet alleen leuk en stoer, ze had ook talent om situaties goed in te schatten.

Want dat 'knap', dat klopte natuurlijk. En nu liep hij deze pittige tante naar de platenzaak te escorteren, zodat zijn beste maat wat tijd alleen kon hebben met de eerste vrouw die zijn interesse had gewekt sinds het overlijden van Desiree, zeven jaar eerder. Waarmee ook het 'knechtje'-gedeelte klopte.

Maar heel eerlijk? Hij vond het wel best dat hij niet serieus genomen werd. Van hem mocht Hannah hem in een handig hokje stoppen. Dan hoefde hij in elk geval geen moeite te doen. Moeite doen voor iets waardevols gaf toch alleen maar teleurstelling.

Fox besefte dat zijn glimlach was weggezakt en zette hem weer op, terwijl hij gebaarde dat Hannah voor mocht gaan. 'Na u, dame.'

Ze keek hem even onderzoekend aan en glipte toen langs hem heen. 'Je hoeft niet zo je best te doen hoor, haantje. Het maakt niet uit wat ik tegen Piper zeg over jou. Dat verandert haar beslissing toch niet.'

Haantje? Bruut. 'Wat voor beslissing?'

'Om iets te beginnen met die rotzak of niet.'

Rotzak? *Savage.* 'Jullie lijken me vrij close. Waardeert ze jouw mening niet?'

Hannah stond stil en draaide zich om, met de blik van iemand die haar woorden wil terugnemen. 'Oh, ja hoor. Zeker. Maar mijn zus, uh...' Ze greep in de lucht naar de juiste woorden. 'Ze ziet zo graag het goede in mensen dat ze niet altijd luistert als iemand haar ergens voor waarschuwt.'

'Aha. En jij ziet altijd het slechte in mensen?'

'Nog erger. Ik hóú van het slechte in mensen.'

Heel even was het kuiltje in haar wang te zien, toen liep ze op een drafje verder. Pas na een paar tellen kwam Fox ook weer in beweging. Tot zijn eigen verbazing was hij geïnteresseerd in een gesprek met haar. Dat had hij in geen tijden gehad met een meisje. Waar lag dat aan? Goed, hij had er respect voor dat ze niet terugdeinsde voor een man die twee keer zo groot was als zij. Maar verder kon hij geen reden bedenken waarom hij nu zo benieuwd was naar wat Hannah nog meer te zeggen had.

Hij kon niet eens met haar naar bed gaan.

Want dan verklootte hij het flink voor Brendan. Trouwens, ze was zijn type helemaal niet. En zou ze niet de komende maanden hier in Westport blijven? Zo dichtbij had hij ze liever niet. Sowieso viel zijn natuurlijke charme dood op deze chick. Ze liep niet voor niets twee meter voor hem uit.

Maar misschien wilde hij juist daarom zo graag met haar praten.

Seks ging 'm niet worden en ze was immuun voor zijn charmes, kortom, de druk was van de ketel.

Pas nu hij het zo beredeneerd had, besefte hij dat hij die druk wel degelijk had gevoeld. In zijn borstkas om precies te zijn, die nu traag als een strandbal leegliep. 'Zou je niet eens wat langzamer lopen, sproetenkop?' Hij zei het iets lomper dan de bedoeling was, maar dat kwam natuurlijk door dat vreemde gevoel. 'Je weet niet eens welke kant je op moet.'

Hannah keek over haar schouder en trok een wenkbrauw op, maar ging toch wat langzamer lopen. Ze leek zelfs een beetje nieuwsgierig naar hem. Maar wat kocht hij daarvoor? 'Serieus? Ben ik "sproetenkop" voor jou?'

'Beter dan schipper-mepper toch?'

Zag hij daar een soort van glimlach?

Puur uit gewoonte wilde hij net iets zeggen over haar leuke lach toen er iets in zijn broekzak begon te trillen. Als een onnozele beginner maakte hij de fout om zijn telefoon te pakken in plaats van hem gewoon te laten gaan, maar stopte hem snel weer terug toen de naam Carla op het scherm knipperde.

Maar Hannah had het al gezien. Snel keek ze weg, met een neutraal gezicht, maar het kon niet anders of ze had in de gaten dat hij gebeld werd door een vrouw. Waarom zat hem dat dwars? Waarom voelde hij een steek van teleurstelling in zijn buik? Dat sloeg toch nergens op?

Fox kuchte in zijn vuist en naast elkaar liepen ze verder. 'Wat bedoelde je daarnet, met "Ik hou van het slechte in mensen?"'

Het kuiltje in haar wang werd dieper toen ze nadacht. 'Ik denk omdat... het slechte in iemand ook het eerlijkste deel is, toch? Als je een nieuw iemand ontmoet, graaf je net zo lang tot het interessant wordt. Stel je eens voor hoeveel tijd we overhielden als onze openingszin het slechtste aan ons was.'

'Jij bent best diep voor een sproetenkop.'

Ze lachte en de vreemde onrust die in zijn borstkas had gewoeld stopte abrupt. Ervoor in de plaats kwam een gevoel van tevredenheid. Warmte. 'Zie je nou wel dat die bijnaam niet bij me past?' Ze glimlachte weemoedig. 'Maar inderdaad, soms ga ik een beetje diep. Net als de muziek waar ik naar luister. In een nummer krijg je het allemaal meteen om je oren: rampspoed, liefdesverdriet, spanning, hoop. Het is moeilijk om weer terug in het gewone leven te komen als je net naar Courtney Barnett geluisterd hebt.' Ze keek hem vluchtig aan. 'Ik weet het, ik vertel te veel over mezelf. Dat doe ik wel vaker bij mensen die ik nog maar kort ken. Daarom heb ik thuis niet veel vrienden. Mensen vinden mij vaak heftiger dan een dubbele espresso.'

Hij moest grinniken. 'Ho eens even, ik heb nooit gezegd dat diepgang een afknapper is.'

Haar ogen flitsten fel en haar mond werd een streep.

*Oei. Op een landmijn gestapt. Even rustig aan nu.* 'Daar bedoel ik niks mee, hoor.' Hij gebaarde tussen hen in. 'Wel afknappen of niet afknappen, dat is allemaal niet aan de orde hier.'

Ze knikte instemmend en ze liepen verder.

Shit, dit was toch wel geinig. Een beetje bekvechten met een meisje. Met dit meisje. Het had iets verfrissends om met haar om te gaan zonder dat er verwachtingen aan vastzaten. Niet dat hij normaal veel moeite deed om vrouwen te krijgen. Dat ging zo goed als automatisch. Hannah versieren zou veel ingewikkelder zijn, dus het was maar goed dat dat niet hoefde.

En dus bleef vriendschap over.

Damn, wat een onverwachte wending. Als je hem gisteren had verteld dat hij vandaag zonder bijbedoelingen met een chick zou lopen chillen, had hij je voor gek verklaard. Maar toch was het zo. Van seks was totaal geen sprake. Natuurlijk keurde hij haar wel een beetje, het zou absurd zijn om dat niet te doen en ze had zo'n dansende kont die hem normaal gesproken gek zou maken. Maar dat was nu allemaal niet belangrijk.

'Je vertelt vaak te veel over jezelf, zei je. Wat voor dingen dan zoal?' vroeg hij.

Ze keek naar de hemel, rood door de ondergaande zon, maar dook snel weer onder de klep van haar pet, toen er een meeuw boven haar kwam vliegen. 'Mijn grootste angsten, bij welke films ik moet huilen, de relatie met mijn moeder. Dat soort dingen. In Los Angeles is het de bedoeling dat je eerst en vooral zegt wat je doet voor de kost.'

'Volgende vraag: wat doe je voor de kost?'

Ze giechelde, verdomd als het niet waar was. 'Ik ben locatiescout bij een kleine filmmaatschappij.'

Ja, dat zag hij haar wel doen. Klembord onder de arm, oortje in, kauwgom kauwend en dan maar kijken naar het drama dat zich op de set afspeelde. 'Daar heb je wel iets van diepgang voor nodig, ja. Wil je dat nog lang blijven doen?'

'Nee.' Ze leek geen zin hebben om uit te weiden.

'Kom op, ik dacht dat je zo graag over jezelf vertelde?'

'Het is gewoon... niemand weet het nog.' Ze keek opzij en omlaag, naar haar schouder. Was dat haar manier van schouderophalen? 'Ik wil soundtracks maken. Niet componeren, hoor. Maar gewoon de perfecte liedjes bij een scene uitzoeken.'

'Dat klinkt behoorlijk vet.'

Ze stopte haar handen in haar zakken. 'Thanks.' Beet ze nou op haar lip om een lach tegen te houden? Damn, die had hij graag willen zien. 'En jij? Visser zeker, net als die rotzak?'

'Klopt helemaal.' Hij tikte op de binnenkant van zijn pols. 'Deze aders zitten vol zout water.'

'Vind je dat nooit eng? Als het stormt of zo?'

'Het zou heel dom van me zijn als ik dat níét eng vond.'

Op de een of andere manier zorgde dit dat dit interessante

meisje haar wantrouwen wat liet zakken. Ze knikte en bekeek hem wat nauwkeuriger. 'Ik hoorde dat hij jou de plaatsvervangend schipper noemde. Wil je ooit zelf baas op een schip zijn?'

'Echt niet.'

'Hoezo niet?'

'Te veel verantwoordelijkheid.' Hij ging met een hand door zijn haar. 'Ik vind het prima zoals het nu is. Werken, geen fouten maken en thuiskomen met een zak geld, dan is het voor mij mooi genoeg. Laat een ander maar aan het grotere plaatje denken.'

Hannah tuitte haar lippen. 'Ben je lui of bang dat je het niet kan?'

Hij voelde plotseling de noodzaak om zichzelf te verdedigen en aangezien hij maar één wapen had, liet Fox zijn ogen naar haar dijen dwalen. 'Ik ben absoluut niet lui, sproetenkop.'

Ze slikte en balde haar vuisten in haar zakken. 'Dus je bent... bang?'

'En maar graven, hè?' Lachend schudde Fox zijn hoofd. 'Zo gauw zul je mijn slechte kanten niet vinden. Die zitten goed verstopt.'

'Beroemde laatste woorden,' mompelde ze en ze keken een seconde of wat onderzoekend naar elkaar. 'Is er echt een platenzaak of ga je me vermoorden in een donker steegje?'

'Niet zo eng doen, sproetenkop.' Op dat moment waren ze bij de Disc N Dat. Ze liep er haast voorbij. 'Hier is het.'

'Serieus?' Ze bekeek het lage wit gestucte gebouw van onder tot boven. 'Ik zie nergens een bord?'

'Daarom is het juist zo cool. Dat moet je toch weten als je uit LA komt?' Fox deed de deur open voor ze kon antwoorden en liet haar met een grijns voorgaan. En ja, het deed hem wel wat dat ze een beetje bloosde. Vrienden zijn met een meisje, oké, dat kon best, maar het was wel zo leuk als ze af en toe opmerkte hoe knap hij was. Dat was zijn grootste troef en daar deed hij hard zijn best voor.

Zodra Hannah één voet in de platenzaak zette, bleef ze stokstijf staan.

Zelf was hij niet zo'n muziekfreak als zij, maar hij was in zijn leven vaak genoeg in de Disc N Dat geweest om te weten dat er iets magisch aan was. Het maakte hem verrassend trots dat juist hij degene was die Hannah hiermee kennis liet maken. Hij stond nog steeds achter haar in de deuropening en probeerde de winkel met haar ogen te zien. De bakken hadden ingebouwde blauwe verlichting, waardoor er een dromerige gloed om de rijen platen heen hing. Er hingen vintage gloeilampen aan het plafond, amber en goud en zilver, waar papieren mobiles omheen draaiden en grillige schaduwen op de muren en de originele houten vloer wierpen. Het rook er naar koffie, stof en leer.

Met grote ogen draaide Hannah zich om. Ze deed haar pet af, waardoor er een waterval van donkerblond haar omlaag kwam en van haar gezicht, zo in het flonkerende licht, kreeg hij een droge mond.

Cutie.

Vrienden.

Fox herhaalde die woorden als een mantra, maar zijn hoofd stopte met denken toen ze twee stappen zette, haar armen om zijn nek sloeg en haar lichaam, met alle rondingen, stevig tegen zijn gespierde torso drukte.

'Dankjewel dat je me hierheen hebt gebracht.'

Haar warme adem, haar kin op de plek waar zijn nek en schouder samenkwamen, jezus, wat voelde dat nice. Te nice. Véél te nice. Maar evengoed boog hij iets voorover om het lengteverschil te overbruggen en trok haar dichter tegen zich aan.

Hannah bewoog iets naar achter, tilde haar hoofd op… en hun ogen ontmoetten elkaar.

'Fade Into You' klonk zacht en betoverend door de speakers. Wat hier gebeurde, was onverwacht en had niets te maken met het echte leven. Niet met zijn leven. Iemand als hij had nooit zo'n moment als dit. Met niemand. Behalve met… dit meisje. Dit verboden meisje.

Ze bracht in hem de behoefte naar boven om haar te kussen. Hoe deed ze dat?

Hij bracht zijn hoofd omlaag, klaar voor de kus, hoe dom het ook was, toen zijn telefoon weer trilde in zijn broekzak. Deze keer haalde hij hem niet tevoorschijn, maar toch maakte Hannah zich los uit zijn armen. Geen van beide sprak het uit, maar ze dachten allebei dat er weer een vrouw belde. Waarschijnlijk was dat ook zo. Zinloos om dat te ontkennen. Hij wist niets anders met zijn handen te doen dan ze maar gewoon langs zijn zij te laten hangen.

'Ik ga rondkijken.' Hannah trok haar pet weer diep over haar ogen en was al onderweg naar de eerste rij platenbakken. 'Dus je kunt gewoon opnemen hoor.'

'Ja, bedankt. Ik ben… ik ga wel naar buiten.'

Maar eenmaal buiten nam hij niet op, maar liet hem naar de voicemail gaan. In plaats daarvan keek hij door het raam hoe Hannah tussen de platen snuffelde.

# Over de auteur

*New York Times*-bestsellerauteur Tessa Bailey heeft drie doelen in haar leven: steamy romances met onvergetelijke personages schrijven, een goede moeder zijn en ooit stiekem tussen de jury gaan zitten bij een bakprogramma. Ze woont met haar man en dochter op Long Island, New York, schrijft de hele dag en beloont zichzelf 's avonds met een kaasplank en veel Netflix. Als je houdt van sexy, emotionele, grappige romances met zeker weten een happy end, dan zit je bij haar goed.